W0238395

Sur l'auteure

Becky Manawatu est née à Nelson et a grandi à Waimangaroa sur la côte ouest de la Nouvelle-Zélande. Acclamé dès sa sortie, *Bones Bay* a déjà reçu les prix littéraires les plus prestigieux de Nouvelle-Zélande. Rédactrice pour le *Westport News*, journal de la côte ouest néo-zélandaise, l'auteure est considérée comme l'étoile montante de son pays.

BECKY MANAWATU

BONES BAY

Traduit de l'anglais (Nouvelle-Zélande)
par David Fauquemberg

10/18

AU VENT DES ÎLES

ARTS COUNCIL
NEW ZEALAND TOI AOTEAROA
creative nz

L'éditeur remercie Creative New Zealand pour son soutien à la production de ce titre.

Titre original :
Auē

© Becky Manawatu, 2019.
First published by Mākaro Press, Wellington, New Zealand in 2019.
© Au vent des îles, 2022, pour la traduction française.
ISBN 978-2-264-08313-5
Dépôt légal : août 2024

À Maman

et à la mémoire de Glen Bo Duggan

PLAYLIST DE BONES BAY
(PAR ORDRE D'APPARITION)

Tai Aroha
Eat the Meek, NOFX
Whakahonohono Mai, 1814
Dragons and Demons, Herbs
Just One Look, Eddie Lovette
Black Hole Sun, Soundgarden
Bohemian Rhapsody, Queen
Chirpy Chirpy Cheep Cheep, Middle of the Road
Keep on loving you, REO Speedwagon
Peace Train, Cat Stevens
Hītara Waha Huka Ūpoko Mārō
Akoako o te Rangi
We Belong, Pat Benatar
Living Next Door to Alice, Smokie
Heroes, David Bowie

OISEAU

Je suis noyée.

Mon cœur se gonfle comme s'il se préparait à l'envol, mais ne décolle pas. Et voilà que dans son silence, bruissement sans à-coups d'un oiseau qui plane les ailes déployées, ce que j'ai fait enfle. Plus vaste encore que cette mer où nous nous sommes noyés.

ĀRAMA

Taukiri et moi, on est venus jusqu'ici avec le pick-up de Tom Aiken. On l'a emprunté pour déménager toutes mes affaires. Tom Aiken a filé un coup de main. Pas Oncle Stu. Chez moi c'était ici, maintenant.

Taukiri a dit ça – « T'es chez toi maintenant, *buddy* » –, mais sans me fixer dans les yeux. Il a regardé autour de moi, le grille-pain, une mouche morte sur l'appui de fenêtre, la poignée de la porte. Il a dit un truc débile : « Tu vas te plaire ici, y a des vaches. »

T'es orphelin. Je me tire. Mais y a des vaches.

Il a porté les cartons jusqu'à ma nouvelle chambre en faisant semblant de pas remarquer que j'avais plus décroché un mot depuis qu'il avait vidé notre maison à Cheviot pour m'emmener ici. À Kaikōura. Chez Tante Kat. Un endroit où on était venus des fois, mais sans jamais y passer la nuit. Il a posé le lit contre le mur et les jouets sur les étagères, il a aligné certains de nos livres, comme avant. Pas tous. Il en a laissé dans le carton, qu'il a soulevé en grognant avant de le fourrer dans l'armoire.

« Faut que t'en prennes soin pour nous », il a dit.

J'ai pas répondu. Ça n'a pas eu l'air de le gêner.

Taukiri a regardé autour de lui comme s'il était content, maintenant. « Tout pareil. Cool, hein. »

Il n'avait pas dit ça comme une question, alors j'ai pas ouvert la bouche.

« Je reviens dès que je peux, OK ? » Mais quelque chose dans sa voix ne lui ressemblait pas.

J'ai suivi mon frère dehors. Les autres aussi ont suivi. Tauk m'a embrassé sur la tête et puis il est monté dans sa voiture. Il a regardé le volant, puis la route devant lui, a branché son portable, fait défiler, tapoté l'écran. La voiture s'est mise à cracher sa musique. Snoop Dog.

Tante Kat s'est approchée, elle a croisé les bras. Tauk a baissé le son avant que Snoop prononce le mot *nigga*. Beth et Tom Aiken étaient là aussi. Tauk a regardé Beth, puis son chien, Lupo, comme si en fait il me laissait avec eux et pas avec Tante Kat et Oncle Stu.

« Sois sage, il a fait.

— La route, a dit Tante Kat, les bras toujours croisés. Cette côte-là, Taukiri. Vas-y mollo. »

J'avais pas dit un mot depuis tout ce temps parce que j'avais peur de comment ma voix sortirait. J'espérais que ça allait empêcher Taukiri, le fait que je parle pas. L'inquiéter un peu. Mais j'ai eu beau pas dire au revoir, il est parti quand même.

Il a remis Snoop Dog à fond en s'éloignant, ce qui m'a fait mal.

On est restés plantés dans l'allée. Beth et moi. Tante Kat et Tom Aiken. Lupo remuait la queue parce qu'il croyait que c'était un moment joyeux. Il savait rien des au revoir. Cette fois-là, au moins, j'avais l'occasion de le dire. Mais j'ai pas pu. Oncle Stu n'était pas dehors avec nous. Il buvait de la bière devant la télé, dans le salon de ma nouvelle maison. Il avait eu une longue journée, d'après Tante Kat.

« Vous vous ressemblez vraiment pas, ton frère et toi », a dit Beth quand la voiture de Taukiri a disparu dans le nuage de poussière qu'elle s'était fabriqué. Lupo avait couru derrière, pourchassant les roues tournoyantes, mais alors, il avait aperçu un papillon et décidé de le poursuivre, lui, à la place.

On se ressemblait, Taukiri et moi. On était exactement pareils. Mais je parlais toujours pas, si bien que j'ai pas pu contredire Beth.

« Bon, vous avez ces yeux-là tous les deux, elle a ajouté en observant les miens. Mais les tiens sont tristes. Les siens sont fâchés. »

La voiture de Tauk roulait maintenant sur la grand-route. Sa planche de surf sur le toit donnait l'impression qu'il allait juste prendre deux-trois vagues à la plage, mais quelque chose au creux de mon ventre me disait que cette session-là allait durer longtemps.

« C'est un idiot. Tu te porteras mieux sans lui », a dit Tante Kat, puis elle a regagné la maison de son pas lourd.

Tom Aiken a posé la main sur mon épaule. « Il reviendra. Plus vite que tu crois. »

J'espérais qu'il allait revenir et m'emmener loin de cet endroit merdique. J'avais encore jamais prononcé le mot « merde », mais ma maman et mon papa étaient morts et mon frère venait de se tirer avec sa guitare et son surf, Snoop Dog à fond dans sa voiture, alors y avait plus personne dans les parages pour me gronder si je disais « merde » ou même « putain ». Ça faisait drôle. En fait, j'aimais pas trop ça. J'avais déjà entendu Taukiri dire ce genre de vilains mots, mais pas devant moi, Maman ou Papa. Seulement quand il traînait avec ses potes et pensait qu'aucun de nous trois était là pour l'entendre. C'est marrant, tout ce qu'on peut apprendre en entendant des trucs qu'on devrait pas. J'aurais jamais cru que mon frère était du genre fauteur de troubles, mais j'avais entendu Nanny, ma grand-mère, dire que si. Pas de doute, il l'était.

Une fois Taukiri parti, on est allés jouer dans le bush.

J'ai creusé un trou dans la terre pendant que Beth se balançait sous une branche.

« T'es pas cap de manger un ver de terre », j'ai fait. Ma voix était totalement normale, ça m'a étonné.

J'ai frotté le ver que j'avais trouvé pour le nettoyer, et je l'ai lancé vers elle.

Elle l'a attrapé d'une main. « D'ac », a dit Beth, et elle l'a enfourné dans sa bouche. L'a même laissé pendouiller un petit peu. Le ver gigotait dans tous les sens, mais ça lui faisait rien. Elle l'a aspiré si lentement que j'ai failli vomir. Je lui ai dit d'arrêter, alors elle l'a recraché. Un oiseau s'est laissé tomber en piqué d'un arbre et l'a gobé.

« Fainéant, a dit Beth. Ce ver était déjà déterré. »

J'ai décidé de m'imposer une règle : chaque fois que je dirais un vilain mot, je devrais manger un ver comme Beth l'avait fait.

On est descendus au marécage. Lupo s'est mis à aboyer et Beth lui a dit de la fermer. Quand il a arrêté, on a entendu un bruit. Une sorte de bagarre, puis un cri, comme quelque chose auquel on fait du mal.

Beth a montré du doigt les grosses touffes de flax. « Cette maman *weka* serait pas en train de donner une leçon à son petit ? »

Y avait là deux *weka* en train de faire un truc horrible.

« C'est pas ce que font les mamans *weka*. Si ? »

Beth a haussé les épaules. « Allons voir… »

On s'est approchés. Le cri bizarre est devenu plus fort. Les *weka* se servaient de leurs becs pour déchiqueter la chose qui faisait ce boucan.

« Ces salopards ont chopé un bébé lapin », a dit Beth.

Dans la vase en bordure du marécage, y avait un bébé lapin avec des bouts de peau qui pendaient, les pattes tordues comme elles auraient pas dû l'être et sa mâchoire du bas, si petite, arrachée. Il braillait comme un nourrisson. Les *weka* continuaient de s'en prendre à lui avec leurs becs, leurs ailes tendues derrière comme les mouettes quand elles s'attaquent à des poissons échoués ou des frites.

« Hé ! » a hurlé Beth en courant vers eux. Les *weka* se sont écartés, mais pas loin. Le bébé lapin a voulu bondir, mais on aurait dit qu'il était juste fait des tripes qui sortaient de son ventre. Il est tombé tête la première dans le marécage, et on l'a regardé essayer d'avaler un peu d'air en sortant le nez de l'eau boueuse, comme si jamais aucun animal avait eu le nez aussi lourd.

Beth a couru jusqu'à lui. Elle a enlevé son pull et posé le bébé dedans, tout boueux et plein de sang. Les cris se sont arrêtés.

« Chhh, je suis là… Ces salopards, te manger vivant ! » Beth s'est tournée vers l'endroit où les deux oiseaux l'observaient, grognant comme des lions ailés. « Cassez-vous !

— Qu'est-ce qu'on peut faire ? » j'ai demandé.

Beth a déplié son pull et on a regardé le lapin, dedans. Il avait le dos comme un salami, le visage à moitié arraché, et ses minuscules dents du haut étaient tout ce qui restait de sa bouche. Ses pattes pendaient sous lui comme si elles n'étaient plus que de la fourrure. Rien que du poil doux et de la chair, sans os à l'intérieur. Ça me faisait penser à un jouet arrangé en jouet gore pour Halloween.

Beth a ouvert un peu plus son pull et, sur le côté du ventre du lapin, y avait comme un petit morceau de sac jaune qui dépassait, et un truc autour avec des dents en peau.

J'ai vomi.

« Mongol, va, a dit Beth. Faut qu'on l'aide. »

J'ai essuyé mes lèvres. « On pourrait le ramener à la maison et trouver des bandes. Des sparadraps. »

J'ai ravalé la bile qui remontait.

« Non, a dit Beth. Faut qu'on l'aide à mourir. Là, il regrette sûrement d'être venu au monde.

— Les lapins, ça regrette pas.

— Qu'est-ce que t'en sais, le gars de la ville ? »

Cheviot, c'était la cambrousse, en fait, mais j'ai pas voulu me lancer là-dedans avec elle.

« S'il est capable de regretter, alors ramène-le à la maison et mets-lui des bandes et des sparadraps.

— Il sera mort avant. Va me chercher une pierre. »

Lupo m'a suivi, reniflant un peu partout sans arrêter de remuer la queue. J'ai trouvé un gros caillou et, quand je suis revenu avec, Beth a posé le bébé sous un arbre, sur une grosse racine.

« Donne-moi ça. »

Je lui ai tendu la pierre.

« T'es pas obligé de regarder. Prêt ? » elle a demandé au lapin, qui n'a pas répondu.

Elle a levé la pierre et j'ai continué de regarder. J'aurais pas dû. Lupo a aboyé et Beth a comme trébuché. La pierre est allée s'écraser sur les pattes arrière du lapin, le faisant crier comme tout à l'heure, mais en plus aigu encore.

Les *weka* grognaient de plus belle.

Beth pleurait maintenant. « Je l'ai loupé. »

Lupo a aboyé. Je lui ai fichu un coup de pied dans le ventre pour le faire taire. Il a poussé un jappement.

Beth a ramassé le caillou, qui était enduit d'une matière sanglante, brune et jaune. Les yeux du bébé lapin disaient qu'il était prêt. Beth a cogné avec la pierre une nouvelle fois. Pile sur sa tête. Elle s'est assise par terre et a regardé ses mains. Elle avait des traces de sang sur une de ses paumes. Je me suis assis à côté d'elle.

« Ça va ? »

Elle a pas répondu, et puis elle s'est levée.

« T'avise plus jamais de donner des coups de pied à mon chien, le gars de la ville.

— Pardon… Je…

— Tu quoi ? T'as voulu m'aider ? J'avais pas besoin. » Elle a passé la main sur ses yeux mouillés. « On est à la ferme, ici. Et c'était rien qu'un lapin. »

Elle s'est penchée et elle a fait rouler la pierre. J'ai regardé la viande écrabouillée, les tripes et la fourrure.

« Vous pouvez l'avoir votre truc, maintenant, bande de salopards ! » a lancé Beth en s'éloignant. Les *weka* ont arraché des bouts du lapin et se sont sauvés dans le bush.

Beth a foncé vers sa maison, et Lupo lui courait après. Je l'ai suivie aussi, mais elle voulait pas que je la suive, parce qu'elle s'est retournée pour me tirer la langue. Je me suis arrêté devant la grange, et j'ai coupé vers chez moi à travers l'enclos.

Chez *moi*, comme Taukiri l'avait dit.

Je suis allé tout droit dans la salle de bains pour me laver les mains. Dans le petit meuble au-dessus du lavabo, j'ai trouvé une boîte de sparadraps. J'en ai mis un autour de mon pouce, et ça m'a fait du bien. Alors j'en ai mis un aussi sur mon genou. Puis un autre sur mon front, et un autre sur l'autre genou, et j'en ai mis aussi sur ma nuque, sur ma poitrine, j'en ai mis un sur mon nombril, et quand y a plus eu de sparadraps, j'ai arrêté de chercher des endroits où j'avais mal.

Oncle Stu a grogné comme un *weka* pendant tout le dîner, suçotant les os des côtes de porc que Tante Kat avait cuisinées. Il a poussé sa chaise en arrière, a laissé échapper un couinement quand il a eu tout terminé, et a embrassé la tête de Tante Kat avec du gras plein les lèvres. Il avait pas remarqué que c'était le premier soir où je dînais avec eux, et personne a fait de commentaires sur les sparadraps pas recouverts par mes vêtements. Mais le pire, c'est qu'Oncle Stu a laissé son couteau et sa fourchette posés sur le rebord de son assiette comme s'il avait pas fini de manger, et il est parti.

Papa posait toujours les siens au milieu de son assiette, et il l'emportait dans la cuisine. S'il avait embrassé Maman avec du gras plein la bouche, il aurait fait ça comme une blague et Maman aurait ri. Tante Kat, elle, avait fermé les yeux et serré fort les lèvres.

Après le repas, je suis retourné dans la salle de bains pour me laver les dents, mais j'ai pas trouvé ma brosse. On l'avait oubliée là-bas, sur notre lavabo.

Celui de notre maison. C'est Taukiri qui avait fait les cartons, alors c'était sa faute si j'avais pas de brosse à dents.

Y avait une peluche toute douce sur mon lit. Elle ressemblait à un bébé lapin avant qu'il se fasse déchiqueter et écrabouiller sous une pierre. Je l'ai jetée par terre. Je me suis allongé sur mon lit en m'efforçant de pas la regarder.

Tante Kat est venue me dire bonne nuit.

« Je me suis pas lavé les dents, j'ai dit en souriant bien grand pour lui montrer. Tauk a oublié de prendre ma brosse à dents.

— On t'en trouvera une demain. » Elle a regardé le jouet par terre. « T'aimes pas les peluches, hein ?

— Pas trop.

— Je tâcherai de me rappeler que t'es plus un petit garçon. Pardon. »

J'avais une drôle de sensation, comme quand on est dans un grand bain et qu'on retire la bonde mais qu'au lieu de sortir on reste assis là à devenir de plus en plus lourd, jusqu'à ce que la toute fin de l'eau fasse du bruit en tourbillonnant dans le trou.

Tante Kat m'a tapoté le crâne. « J'imagine que t'es aussi trop grand pour les bisous avant de dormir ?

— Mmh, mmh », j'ai répondu, même si c'était pas vrai.

Elle a éteint la lumière de ma chambre et reculé dans le couloir. Elle a posé la main sur l'interrupteur. Je me suis mordu la lèvre.

« J'espère que ça te dérange pas si je la laisse allumée, elle a dit. Oncle Stu a moins de mal à descendre l'escalier le matin, comme ça.

— C'est bon, j'ai dit. Si c'est plus facile. »

Elle est partie, mais je pensais que j'arriverais pas

à dormir, parce que j'avais des bouts de viande entre les dents.

On est sur une plage. Beth tient le bébé lapin dans ses bras. Il est heureux, et en un seul morceau. La plage est celle où on a retrouvé Taukiri. Bones Bay – la « baie des Os ». Un endroit secret. Jusqu'à maintenant, on n'était que trois à le connaître. Koro le connaît et il est dans mon rêve. Koro, c'est mon grand-père. Je suis content de le voir. Dans mon rêve, lui aussi est en un seul morceau.

On est assis autour d'un feu de camp. Beth nous fait beaucoup rire, Taukiri et moi, et je me sens bien. Puis on voit bouger un truc dans l'eau. Il nage vers nous. On dirait qu'une chose terrible est sur le point d'arriver, j'ai peur. Beth et moi, on se blottit contre Taukiri. Le lapin aussi. Avec Taukiri, on a tous l'impression d'être en sécurité. Deux silhouettes sortent de l'eau. Bientôt, on se rend compte que c'est Maman et Papa. Ils traversent la plage. Ils s'assoient près du feu. On reste tous très silencieux et immobiles, comme des pierres. Taukiri a encore ses bras autour de nous ; je sens ses doigts qui s'enfoncent dans mon bras. Je demande à Maman et Papa où ils étaient partis. Ils savent pas.

On se tait à nouveau, mais la mer rugit fort, Maman et Papa tremblent, leur peau est presque bleue. Ils ont le même air qu'avant. L'air vivants. Juste frigorifiés. Maman s'assoit à côté de Koro et pose la main sur sa cuisse.

Nanny, ma grand-mère, arrive. Elle porte ses boucles d'oreilles préférées, celles avec des perles. Elle s'approche de Taukiri. Ils se saluent en plissant le front. Tauk lui grimace un *pūkana*, les yeux écarquillés, et j'ai l'impression qu'elle va lui coller une baffe. Mais elle dit : « T'as oublié ça », et balance devant elle l'os sculpté de Tauk. On a tous les deux le même. C'est notre truc – on est les guerriers aux os sculptés.

« Non, j'ai fait exprès », dit Taukiri.

Je baisse les yeux vers le mien, mais il est plus pendu au bout de la ficelle à mon cou.

À la place, y a une brosse à dents.

Je me suis réveillé. J'ai essayé de retourner dans mon rêve pour engueuler Taukiri d'avoir dit qu'il avait laissé son os sculpté exprès. Mais je suis juste resté là dans ma nouvelle chambre, paupières serrées de toutes mes forces et les dents pâteuses. Un orage grondait dehors et la pluie plic-ploquait sur notre toit de tôle, et la seule chose qui me plaisait dans ce vacarme d'orage, c'est que ça faisait taire tous les méchants oiseaux.

Lorsque Beth a enfin daigné me reparler, elle a rendu cet endroit un peu moins M.E.R.D.-ique et, moi, j'ai commencé à savoir épeler les vilains mots. Une semaine après l'histoire du bébé lapin et mon coup de pied dans le ventre de son chien, elle a débarqué chez moi alors que j'étais dehors, en train de me fabriquer un flingue avec un bout de bois, et elle a dit : « C'est cool d'habiter si près l'un de l'autre, hein ? »

J'avais déjà essayé trois fois de compter le nombre de pas qu'il y avait de ma porte à la sienne, mais chaque fois, j'étais distrait par un *pūkeko* ou un *weka*. Et quand c'était pas un de ces oiseaux qui se baladaient dans le coin comme si l'endroit était à eux, une vache me faisait perdre le fil, ou bien je croyais apercevoir un truc brillant comme une perle, et fallait que je m'arrête pour voir ce que c'était. Le ramasser.

Le laisser tomber. Et alors, je savais plus où j'en étais. J'étais pas sûr d'être d'accord avec ce que Beth avait dit – qu'on habitait tout près l'un de l'autre. Pour moi, si on avait vraiment habité si près, j'aurais pas oublié aussi facilement où j'en étais de mes pas.

Beth m'a dit que sa mère aussi était morte, donc on avait ça en commun. Mais elle avait de la chance, parce qu'il lui restait son père. On allait demander si on pouvait pas être frère et sœur, ce qui m'a rendu moins triste que mon vrai frère m'ait laissé là.

Ma tante a dit que Taukiri reviendrait sans doute jamais. Elle a dit qu'il allait sûrement retrouver sa camée de mère et que comme ça ils pourraient foutre en l'air leurs vies ensemble. Je lui ai rappelé que notre mère était morte, et que c'était pas une camée, quel que soit ce que ça voulait dire. Elle a rien répondu. J'arrivais pas à croire qu'elle soit assez bête pour oublier que sa propre sœur était morte. On était tous allés à son *tangi* – son enterrement maori. J'avais vu ma tante essayer de pas pleurer pendant que Taukiri grattait sa guitare et chantait pour tout le monde *Tai Aroha*, la chanson préférée de ma mère – et pas seulement parce qu'il y avait son nom dedans, Aroha.

J'allais devenir le frère de Beth et ensuite, quand on serait assez grands, on passerait de frère et sœur à mari et femme, on monterait s'installer à Auckland et on s'achèterait une bagnole, une petite Smart. Beth disait qu'une Smart était le mieux à faire, parce que se garer à Auckland c'était paraît-il le B.O.R.D.E.L. Une vraie M.E.R.D.E. Beth disait beaucoup de vilains mots. Une chance qu'elle se soit pas fixé la règle de devoir manger un ver de terre chaque fois, sinon elle se serait sans doute transformée en oiseau.

Beth pensait qu'on avait juste besoin d'une Smart

parce qu'on n'aurait pas d'enfants. Elle disait que même si on était mari et femme, elle voulait pas faire ce que faisaient les maris et les femmes pour avoir des enfants. Elle avait raison. C'était dégoûtant. Lupo tiendrait sans problème dans la Smart.

J'aimais bien Lupo, même si je lui avais donné un coup de pied. Il était bête, c'est sûr, mais sacrément marrant. Surtout quand il pourchassait des trucs. En général, tout ce qu'il pourchassait finissait par se montrer plus malin que lui.

Ce que je préférais chez Beth, c'est que c'était un moulin à paroles. Tante Kat et Oncle Stu disaient pas grand-chose de marrant, seulement « Fais ci » ou « Fais ça ». Parfois, Tante Kat demandait : « Ça va, *boy* ? » C'était sympa de demander, mais j'avais l'impression qu'elle préférait que je réponde juste oui, alors c'est ce que je faisais, même si c'était pas vrai. J'aimais pas trop mentir non plus, ou plutôt que personne s'en rende compte. Maman, elle l'aurait vu. Elle m'aurait arrêté tout net. J'allais aussi manger un ver chaque fois que je dirais un mensonge, la même règle que pour mes vilains mots.

Pour m'aider.

M'aider à être un orphelin comme il faut.

On faisait les cours à la maison, ensemble. Beth était censée avoir commencé l'école l'année d'avant, mais son papa avait oublié, ou quelque chose comme ça. Ou alors elle avait essayé et on la renvoyait trop souvent chez elle pour son mauvais comportement, et donc Tom Aiken avait décidé qu'elle étudierait chez elle. Un truc dans le genre.

Beth changeait beaucoup ses histoires. Beaucoup, beaucoup.

Ma tante lui a proposé de venir apprendre avec moi.

L'école était à l'autre bout du monde, compter les pas jusqu'à sa porte aurait vraiment été impossible. Tante Kat disait qu'elle s'attendait pas à devoir élever un enfant par ici, dans ce trou paumé. On aurait dû la remercier, elle disait.

Ça me faisait tourner la tête d'avoir à m'asseoir pour apprendre les mêmes choses qu'avant, alors que j'avais l'impression de plus avoir besoin de tout ça. Ça m'ennuyait de voir que, la plupart du temps, c'était comme si rien n'avait changé. J'aimais bien quand on apprenait le maori dans mon ancienne école. J'étais un des meilleurs de la classe parce que Maman m'avait déjà appris un peu, et Taukiri savait compter. Elle m'avait appris les couleurs, quelques chansons, et tous les soirs on récitait un *karakia* – une prière maorie.

Nanny aussi disait des mots.

Quand j'allais voir ma grand-mère, elle m'attendait à la porte pour me souhaiter la bienvenue : « *Haere mai, haere mai, Ārama*... » Et quand j'apportais un truc aussi génial que le dessin d'un *taniwha*, un monstre sorti de l'eau que j'avais fait à l'école, elle frappait dans ses mains et me félicitait : « *Tino pai rawa, mon moko !* » Parfois, Tauk la faisait ronchonner de honte en secouant la tête : « *Whakamā*, *Whakamā*... » Et pour savoir comment j'allais, elle me demandait sans arrêt – vraiment sans arrêt : « *Kei te pēhea koe ?* » Et pour elle, ça changeait rien que je réponde toujours la même chose : « *Kei te pai ahau, Nanny* », même quand, non, j'allais pas bien.

Taukiri m'a dit un jour que c'était pas grave si je savais rien dire d'autre, parce que c'était tout ce que les gens voulaient entendre, de toute manière. Maintenant, je sais que c'est vrai.

Tante Kat a dit qu'elle nous apprendrait pas le maori.

« Comment je pourrais ? Je me souviens de quoi, moi ? Je le parle quand ?

— T'es foncée, a dit Beth.

— Et alors ?

— Maman savait un peu de maori, j'ai dit. Nanny et Koro savent des tas de choses.

— Ça, c'est vivre dans un conte de fées », a dit Tante Kat.

Beth s'est redressée sur sa chaise. « Ça doit être cool !

— Cool ? a fait Tante Kat. Avec tous les loups, les méchantes belles-mères et les dilemmes…

— C'est quoi un dilemme ? a demandé Beth.

— Le choix entre deux résultats tout aussi merdiques.

— Alors faut en choisir aucun. Pas bouger.

— Ça aussi, c'est un choix. » Puis Tante Kat a plus rien dit pendant un moment. « Peut-être que quand elle sera moins occupée, Nanny vous apprendra un peu de maori. Moi, j'ai perdu le mien. »

Dans nos cours, Beth a appris à écrire bien plus que son nom et des mots comme « vache », « chat » ou « P.I.P.I. » ou « M.E.R.D.E. ».

Ma tante comprenait pas comment Beth pouvait avoir autant de choses à dire sur tout, alors qu'elle avait jamais été à l'école. Beth a dit que sa tante à elle l'appelait des fois depuis Auckland et lui parlait de la vie dans la grande ville, et c'est pour ça que Beth avait tant de choses à raconter. Tante Kat a dit que c'étaient des C.O.N.N.E.-ries et que si Beth avait tant de choses à raconter, c'était à force de trop regarder la télé. Beth s'est mise à bouder et elle a plus parlé pendant tout le reste du cours. Mais elle est revenue en sautillant le lendemain, aussi légère qu'un oiseau, et a fait comme si elle avait pas du tout été vexée.

Plus tard, pendant que Tante Kat préparait un café, Beth a chuchoté : « Je suis encore fâchée après elle, mais j'ai vraiment envie d'apprendre à écrire pour avoir un super boulot dans un bureau avec ma tante, à Auckland. Comme ça, on pourra acheter notre Smart et l'appartement. »

Je savais ce qu'était un appartement, mais Beth se sentait souvent obligée de tout m'expliquer. Elle m'a dit qu'un appartement, c'étaient des maisons empilées les unes sur les autres comme des boîtes, jusqu'à ce que ça fasse un grand bâtiment très haut. Dans un appartement, on n'était jamais seul, et quand on manquait de quelque chose, on pouvait aller le demander à ses voisins. Ça, ça semblait vraiment cool. Mais en y réfléchissant bien, j'ai réalisé qu'être dans la boîte du bas, ou même quelque part au milieu, ça devait être la M.E.R.D.E. parce qu'il y avait toujours une autre boîte, et une autre, et toutes leurs affaires et tous les gens dedans, entre vous et le ciel.

Moi, j'aimais bien avoir juste notre toit en tôle entre le ciel et nous. Parfois, la nuit, ça fichait la trouille le bruit que faisaient les orages, mais je me disais que c'était mieux de pouvoir les entendre. De savoir qu'un orage était là.

Mais avoir plus de voisins, ça devait être cool. Nous, on avait juste Tom Aiken et Beth. Avant que je déménage ici, on vivait à Cheviot et je pouvais aller à pied à l'école ou chez mon copain, si je voulais. Et même à la supérette Four Square pour acheter un bonbon. Tout était assez près. Juste une petite marche. Et en me retournant, je voyais toujours ma maison. Y avait d'autres enfants qui vivaient dans notre rue. Je me demandais parfois si je leur manquais. Je me demandais parfois si ça leur arrivait encore de s'arrêter devant notre porte d'avant, et d'espérer que j'allais sortir en courant.

La nuit, la chambre de Taukiri me manquait plus que la mienne. Parfois, j'avais l'impression qu'elle me manquait plus que Taukiri lui-même. Elle me manquait plus que Nanny, ça c'est sûr – pourtant Nanny me manquait beaucoup, elle aussi. J'aurais voulu retrouver ce que ça faisait d'être dans la chambre de mon frère.

La nuit, pour moi, c'était le moment le plus dur. Sans Maman et Papa. Sans Taukiri dans le même couloir. Tante Kat me lisait des histoires, mais c'était pas pareil. C'était comme manger du sucre quand on a envie d'un bonbon. Je compare avec ça parce que, quand j'ai demandé à ma tante si on pouvait prendre la voiture pour aller acheter un sachet de bonbons, elle a éclaté de rire et elle a dit « Ça, pas question ». Elle a dit que si j'avais besoin de sucreries, j'avais qu'à manger un peu de sucre. Alors c'est ce que j'ai fait. Je me suis assis par terre dans la cuisine avec un sachet de sucre Pam's et j'en ai enfourné des cuillères et des cuillères dans ma bouche. Après, je suis resté allongé sur le canapé, avec l'estomac à l'envers et mal à la tête, tout le reste de la journée. Et c'était même pas bon.

Nanny avait toujours un bocal plein de bonbons dans sa maison. Parfois, elle avait même des sachets de chamallows Eskimos ou des Pineapple Lumps ananas-chocolat. C'était bizarre que je l'aie pas vue depuis que j'étais chez Tante Kat et Oncle Stu. Quand j'avais encore ma vraie vie – pas celle-là, qui me donnait l'impression que j'allais me réveiller un jour et en sortir –, je voyais ma grand-mère au moins une fois par semaine. Elle venait dîner chez nous tout le temps et m'apportait toujours un petit cadeau. Elle disait que je pouvais l'appeler à n'importe quelle heure, pour parler de n'importe quoi. Depuis que je suis ici, j'ai déjà appelé chez elle cent fois pour lui dire qu'il faut qu'elle fasse revenir Taukiri. Mais elle répond pas.

J'ai appelé Taukiri trois fois sur son portable, le jour où il m'a laissé. Je l'ai appelé trois fois le jour d'après, et au moins trois fois tous les jours depuis. Ça sonne que deux fois. Et après ça bascule direct sur la messagerie. « Hey, vous êtes sur le portable de Tauk. J'écoute pas mes messages, faites-moi un texto. »

Mais j'ai pas dit à Tante Kat que j'appelais Tauk. Quand elle me voyait en train de téléphoner, elle soupirait juste. « Nanny est occupée, Ari. Faut pas l'appeler. Elle te téléphonera dès qu'elle pourra. »

Maman disait souvent que les choses arrivent toujours par trois. Une fois, je suis tombé de vélo trois fois en une semaine. « Tout arrive par trois, il faut être plus prudent », elle m'a dit. Mais c'était après le deuxième crash, alors j'ai jamais su si j'étais tombé la troisième fois à cause de la règle des trois, ou si j'avais juste voulu me débarrasser de la troisième.

Maman m'a embrassé et a mis des sparadraps aux cinq endroits où je saignais, et j'en ai collé encore un autre sur un bleu que j'avais.

J'ai pensé à Taukiri, loin d'ici, prenant sa voiture pour rouler quand l'envie lui prenait, musique à fond. Ça faisait déjà un bon bout de temps qu'il était parti, il devait être arrivé là où il avait prévu d'aller, maintenant. Mais je pouvais pas m'empêcher de me repasser les trucs qui s'étaient passés, pour essayer de voir ceux qui avaient eu lieu par trois, et ceux où la règle marchait pas.

Maman était morte. Papa était mort. Est-ce que

ça voulait dire que quelqu'un d'autre devait mourir aussi ? Ou est-ce que ce lapin pouvait compter comme le troisième ?

Aujourd'hui, j'ai calculé qu'il restait soixante-quatorze sparadraps dans la boîte de cent que j'ai trouvée, et j'ai dit à Tante Kat qu'on devrait toujours en avoir plus d'une boîte à la maison. On vivait dans un trou paumé, après tout. Comme elle semblait pas m'écouter, j'ai ouvert en douce son sac à main et j'ai ajouté « Lots de sparadraps » sur sa liste de courses.

TAUKIRI

Je me suis cassos, tiros, barros. Sèche tes larmos, Ari.

Je descendais l'allée de la ferme de Tante Kat, vitres remontées. D'abord Snoop Dog et puis *Eat the Meek* de NOFX gueulant dans mes oreilles à faire vibrer toute la bagnole, au cas où Ari me crierait de m'arrêter. Et j'ai pas regardé dans le rétroviseur.

Ari serait bien avec Beth et, même si Oncle Stu était un sale connard, Tom serait là. Mon frère s'en sortirait mieux sans moi. Y avait un truc qu'il savait pas. Il savait pas que j'apportais toujours des problèmes et qu'il arrivait de mauvaises choses aux gens que j'aimais.

Je me suis éloigné avec les vitres fermées pour pas sentir l'odeur de la mer.

J'étais content de rouler vers le nord, pas le sud. De pas passer par Ōaro ou Claverley. Content de filer d'abord vers l'intérieur des terres. Je me demandais si j'avais fait le bon choix. Et puis 1814 a balancé son reggae, *Whakahonohono Mai*. J'ai poussé le volume. C'était trop facile de partir comme ça.

Musique à fond. Vitres remontées. Rien de plus facile. Ce trou paumé, cette putain de mer, y avait pas plus facile à quitter. Ari, c'était plus dur. Mais ce qui était fait était fait.

Mes mains tremblaient sur le volant. J'avais peur d'oublier de le serrer. Mon cœur se mettait à battre plus fort quand la route coupait vers la mer ou qu'une voiture venait en face, quand je me rappelais que j'étais dans un engin lourd, lourd et que les engins lourds, lourds pouvaient couler comme des pierres.

La chanson d'après avait un beat pourri, j'ai appuyé sur Suivant.

Maman et Papa aimaient nous emmener dans le Sud, à Ōaro, pour voir les falaises de Haumuri, puis continuer de rouler jusqu'à ce que le paysage s'ouvre à nouveau, vers Claverley – et même si on pouvait pas voir Bones Bay depuis la route, Ari et moi, on savait que c'était là. On se donnait un petit coup de coude. On attrapait nos os sculptés. Des phoques sautaient des rochers, Ari les montrait du doigt et je tournais la tête, mais trop tard. Je faisais comme si je les avais vus. Quand on regardait au large aussi loin qu'on pouvait, alors on croyait au monstre *taniwha* et que c'était peut-être vrai que les *tīpuna*, nos ancêtres, avaient suivi les étoiles pour se diriger jusqu'ici.

Kaikōura a toujours été un désastre sur le point d'arriver. Volatil, vulnérable. C'est pour ça qu'on avait le souffle coupé, là-bas, c'est pour ça qu'on pouvait plus regarder la route. C'est pour ça que vos mains relâchaient un peu le volant, sans que vous vous en rendiez compte.

Les doigts d'Ari qui gigotaient, qui faisaient tourner l'os sculpté, son menton qui tremblait. Qu'est-ce tu vas faire, Tauk ? Qu'est-ce tu vas faire ? Ça me tombait dessus, ça me noyait dans une mer acide. Il serait mieux avec Tante Kat.

Le surf, avant, ça me vidait la tête. Il s'est trouvé que frôler la mort l'a bien vidée aussi. La mer était une salope, une salope monstrueuse. Mes poumons étaient en feu et, chaque fois que je pensais avoir tout l'air qu'il me fallait, je m'en prenais une autre sur la tête. Dans la bouche, au fond de ma gorge, et si profond dans mes narines que ça me piquait le cerveau. L'eau était noire et plus grande que quoi que ce soit d'autre. J'avais prié, crétin comme j'étais. J'avais serré mon os sculpté dans ma main, j'avais prié et fait du surplace en battant des pieds.

Je roulais vers le nord avec ma guitare sur la banquette arrière, et sur la galerie mon surf, que je comptais vendre à Wellington. Dans le temps, j'aurais fait n'importe quoi pour surfer. J'adorais ça, j'adorais la mer. J'ai séché les cours, oublié les tâches que mon père me confiait et même fauché un vélo pour arriver plus vite. Mais plus maintenant.

Papa m'a appris à conduire dans sa voiture – pas mon vrai père. Mon vrai père est mort quand j'étais tout petit. Je me souviens à peine de lui. Seulement ses yeux et ses mains, et quelquefois sa voix. Une ou deux histoires. Ça peut sembler pas mal de choses à se rappeler sur quelqu'un, mais c'est pas parce que je m'en souciais le moins du monde que je me souvenais de ces trucs. Je racontais jamais les histoires.

Au terminal du ferry, en attendant de monter en voiture à bord de l'Interislander qui reliait les deux îles, je tremblais. J'avais peur de traverser ces eaux-là.

Puis je me suis souvenu des pilules que j'avais fauchées. J'avais vu Tante Kat s'en jeter quelques-unes pendant le *tangi* de Maman, et plus tard j'étais allé dans sa salle de bains et j'avais mis tout ça dans ma poche, et je les avais planquées dans la boîte de chocolats qu'Ari m'avait offerte pour mon anniversaire.

Les pilules m'ont aidé – elles arrondissaient les angles.

Le port de Picton est devenu plus petit, lentement d'abord. Et puis j'ai dû cligner des yeux et tout a disparu et ça m'a énervé, comme quand vous êtes en train de poster une story Snapchat qui déchire – du genre où un pote à vous roupille, et un autre pote lui rase le sourcil –, qu'il vous reste un pour cent à télécharger avant de l'envoyer à tous vos potes, et là, votre batterie lâche.

Une femme est sortie sur le pont et s'est plantée tout près de moi, alors qu'il n'y avait personne autour et pas mal d'espace. Elle avait un visage pâteux, des petits yeux. Elle portait un coupe-vent violet super moche.

« Faites pas attention à moi, c'est juste que je trouve ça tellement joli par ici. Vous aussi ? » Elle a levé le menton et son cou a ondulé dans le vent.

J'ai toussé par-dessus la rambarde, mais rien n'est sorti. Pas un grain de sable fantôme.

« Oh, mon pauvre… » Elle a posé la main dans mon dos.

Je me suis raidi. « Me touchez pas », j'ai dit, et je suis rentré à l'intérieur.

Je suis allé au bar. Le serveur avait de grosses lèvres violettes, comme si on les avait sucées ou qu'elles avaient reçu un coup. Il portait une chemise blanche, manches retroussées.

« Donne-moi une bière, *bro.* »

Je pensais qu'il allait demander mes papiers, mais il ne l'a pas fait. Il a pas parlé, non plus, n'a pas bougé, m'a juste regardé comme si j'étais débile.

Il a fini par soupirer : « N'importe quelle bière ? »

J'ai regardé les noms sur les robinets. « Celle-là. Une Monteith's. Blonde. »

Il a versé la bière. Il l'a posée devant moi, la mousse coulant sur les côtés.

« Dix dollars, s'il vous plaît.

— C'est une blague ?

— Ben non. Pas du tout. »

Et c'est à ce moment-là que j'ai reçu un appel du fixe de Tante Kat. J'ai laissé sonner, sorti dix dollars de mon portefeuille et siroté la bière froide jusqu'à ce que mon portable arrête de vibrer.

Il a recommencé à gigoter, et ma tête s'est mise à tourner.

« Vous devez avoir un portable magique, a dit le serveur. Pratiquement personne capte, ici. Vous en faites pas, il sera bientôt mort.

— Quoi ?

— Le réseau. »

Le bateau roulait et j'ai ressenti une piqûre glacée, juste sous la peau de mon visage.

J'ai empoigné mon téléphone et j'ai couru dehors. La femme au coupe-vent violet était encore là. Le portable s'est remis à vibrer dans ma paume, et l'odeur métallique de la mer m'a cramé les narines, la gorge, s'est tassée dans ma tête jusqu'à ce que j'aie la sensation que j'allais saigner par les oreilles, et la femme était juste devant moi, maintenant, à me regarder, les yeux rougis comme si elle avait pleuré. Mon téléphone a recommencé à vibrer, je l'ai sorti de ma poche et je l'ai balancé dans la mer, je suis retourné au bar et j'ai bu ma bière à dix dollars.

C'était hallucinant de me retrouver sur une autre île. Je me sentais séparé de tout ce qui s'était passé.

Ça, c'était là-bas. Eux, ils étaient là-bas. Et entre ici et là-bas, il y avait assez d'eau pour tout engloutir. J'avais dit à tout le monde que je partais chercher ma mère, ma mère naturelle, qui m'avait abandonné. Mais c'était pas vrai. Je m'en tapais complètement de ma mère. C'était une salope de m'avoir laissé. Je la détestais, et je la détesterais toujours. Et si un jour on se croisait, je lui dirais que la femme qui m'avait élevé était morte, donc maintenant j'avais plus de mère.

Ma mère naturelle vit sans doute plus au nord que Wellington. À Te Kūiti, probablement. Tom Aiken m'a dit que je la trouverais peut-être là-bas. Même s'il espérait que non, il espérait qu'elle serait ailleurs. Tom Aiken m'a donné de l'argent. Il m'a dit d'aller la retrouver et de la ramener à la maison. Je lui ai dit que je le ferais. Que j'essaierais. J'avais besoin de cet argent, mais j'avais pas besoin de la ramener où que ce soit. Elle pouvait bien rester là où ça lui plaisait, putain.

Quelque part près du port, j'ai trouvé un endroit où garer ma voiture, au bout d'une piste en terre, près d'une maison abandonnée. Les fenêtres de la maison étaient brisées, les gonds de la porte arrachés. Planté sur le seuil, j'ai jeté un œil à l'intérieur. Dans un coin, il y avait un tas de sacs-poubelle empilés les uns sur les autres et une sale odeur. J'ai entendu un froissement de plastique, des bruits de course puis un couinement. Une obscurité froide qui l'emportait sur la nuit, dehors. Près de la porte, une table en bois. Sur la table, il y avait un gobelet crade, une assiette avec une toile d'araignée autour. Le plancher avait été arraché par endroits et les murs en partie défoncés, si bien que des fils électriques pendaient de la structure à nu de la maison. Les bruits de course encore. Un autre couinement.

J'allais dormir dans ma voiture. Me garer entre la maison et les broussailles, pour que personne me voie. Si la bière coûtait dix dollars par ici, je n'allais pas survivre longtemps avec le peu d'argent que j'avais. Et j'avais vraiment pas les moyens de me payer une piaule où que ce soit.

J'allais devoir essayer de vendre ma planche le plus vite possible.

La première nuit dans la voiture a été dure, parce que je pouvais pas laisser la portière ouverte. L'odeur de la mer s'engouffrait dès que je l'ouvrais. Cette odeur qui se tassait dans mon cerveau et me mouillait les yeux. Et le bruit, ce pousser-tirer creux qui me faisait mal aux oreilles.

Mes jambes et mon cou étaient douloureux au matin, d'avoir dormi en boule sur la banquette arrière.

J'ai roulé dans le coin pour me trouver un job. Dans une usine de décorticage de coquilles Saint-Jacques, un type a voulu prendre mon numéro de téléphone. Il a eu l'air désolé pour moi quand je lui ai dit que j'avais pas de portable. J'avais eu un numéro, des comptes Facebook, Snapchat, Instagram. J'avais posté des photos d'Ari et moi. Les gens likaient les photos de nous sur la plage, surtout celle où on venait de nager et on tendait nos os sculptés devant nous en souriant.

Et mes potes m'envoyaient sûrement des messages. « Ça va, *bro* ? » « Hey ? » « Partant pour sortir, *bro* ? » « Tu fais quoi, tête d'œuf ? » Tous ces messages tombaient au fond de l'océan, et je m'en tapais complètement. Ils pouvaient bien dériver au large jusqu'au Kaikōura Canyon, cet endroit comme une bouche affamée qui pointait sa langue au creux de mon dos, prête à m'avaler tout entier. Une bouche aussi profonde que douze terrains de football. J'avais réussi à m'échapper, et tout ce que j'avais prévu de faire avec ma seconde chance, c'était de m'échapper encore un peu plus loin. Mais pour ça, j'avais besoin d'argent. J'avais besoin d'un job.

J'ai laissé le type être désolé pour moi.

Il avait de longs cils blonds, des taches de rousseur et le crâne rasé. Il pinçait ses lèvres comme s'il savait déjà que j'allais le décevoir.

J'ai relâché les muscles de mon visage. Fait en sorte qu'il sache que j'étais quelqu'un pour qui il avait des raisons d'être désolé. Exploiter ce filon autant que possible. Sans un mot. Sans le dire tout haut. Raconter l'histoire, ç'aurait été de la triche, et je me suis fixé cette limite. Faudra revenir après Noël, il a fait. Et même si Noël me paraissait très loin, c'était déjà un début.

Après, je suis allé à la bibliothèque du coin.

J'ai pris un livre sur une étagère et je suis allé m'asseoir au coin d'un canapé. Sa mollesse – la manière dont il cédait, juste un peu, sous mon poids – m'a fait me sentir lourd. Mes bras, mes jambes, même mon ventre. J'ai regardé le livre pour pas couler. Le livre s'appelait *Sutures*, de David Small. Je l'ai ouvert et y avait presque pas de mots, juste des images en noir et blanc. Sur une de ces images, un petit garçon disparaissait dans une feuille de papier, d'abord sa tête, puis son torse, à la fin tout son corps.

J'ai continué de tourner les pages, compris que c'était l'histoire d'un garçon qui perd sa voix après une opération pour enlever un cancer dans son cou.

J'ai touché mon cou et trouvé la ficelle de mon os sculpté, alors je me suis senti encore plus lourd, mais dans des parties plus petites de mon corps, mes orteils par exemple, mes paupières. J'ai eu soudain envie de prendre cette image. De la garder. Comme il y avait personne autour, j'ai calé le livre entre mes cuisses et j'ai commencé à arracher la page. Petit bout par petit bout. Si doucement que j'étais le seul à pouvoir entendre la déchirure.

J'ai aimé ce bruit sec discret et le petit secret et prendre un truc qui ne m'appartenait pas. J'ai aimé détruire le bouquin pour la personne d'après.

Je suis ressorti de la bibliothèque. J'ai trouvé une supérette Four Square et je me suis acheté un Coca. Je l'ai vidé et les bulles ont piqué ma gorge à vif, encore tellement à vif à cause de toute la mer et tout le sable que j'avais avalés. J'ai marché jusqu'au centre-ville. J'ai trouvé un banc et je me suis assis pour écouter un gars qui chantait en faisant ses barrés avec le pouce.

Il se débrouillait pas mal. Un tas de gens l'écoutaient jouer. Ils dansaient et jetaient des pièces dans son étui de guitare. Je suis resté jusqu'à ce qu'il ait terminé, et alors je lui ai balancé une pièce d'un dollar.

« Respect, *bro* », il a fait.

Le soir est tombé et l'odeur de la mer a envahi la ville. Y avait d'autres odeurs du soir, aussi : de la viande de bœuf qui grillait, des oignons et des épices en train de frire, je sentais aussi la mer se faufiler dans les rues. Cette odeur-là était plus forte que toutes les autres. Je suis allé à la gare et j'ai pris le train de banlieue, la ligne qui desservait Hutt. Quand j'ai vu une contrôleuse remonter les wagons pour vérifier les tickets, j'ai marché jusqu'à la dernière voiture. Le train s'est arrêté et je suis descendu. J'ai marché une heure, facile, puis j'ai repris le train pour rentrer.

Dans la voiture, j'ai sorti la page volée de ma poche, et j'ai repensé au livre de la bibliothèque avec sa page manquante plus qu'à l'image elle-même. J'ai trouvé un stylo-bille bleu dans la boîte à gants et dessiné des notes de musique sur la feuille de papier dans laquelle le garçon était en train de disparaître.

Le lendemain après-midi, je suis retourné au banc où j'avais écouté le type qui faisait la manche. Il était encore là.

J'avais plus beaucoup d'argent mais je m'étais acheté deux Coca. J'avais passé ma guitare sur mon épaule en quittant la voiture, sans vraiment réfléchir. Quand je suis arrivé à l'endroit où le type faisait la manche, je lui ai donné le Coca, puis je me suis assis pour écouter. Au bout de quelques chansons, il est venu me trouver, a fait claquer sa cannette contre la mienne.

« Merci, *bro*, j'en avais bien besoin. » Il a montré ma guitare d'un geste du menton. « Tu joues aussi ?

— Ouais. Un peu. »

Il a ouvert sa paume, a souri. Attendu que je gratte un accord pour prouver que je trimballais pas juste une guitare pour faire cool. J'ai d'abord joué *Tai Aroha*. La chanson préférée de ma mère. C'est elle qui me l'a apprise. Mais il pouvait pas la chanter avec moi, alors je l'ai terminée vite fait et j'ai plaqué les accords d'introduction d'un reggae, *Dragons and Demons* du groupe Herbs. Là, le musicien a hoché la tête, frappé du pied, il s'est mis à chanter les paroles et on a tapé le bœuf ensemble. Des gens sont arrivés – certains dansaient et nous jetaient des pièces. Une fille a sifflé. Un homme nous a filmés avec son portable. J'adorais ça – ça faisait des semaines que je m'étais pas senti si bien.

À la fin, le musicien a compté l'argent dans le chapeau.

« Merde alors ! Un bon samedi… » Il a regardé son téléphone. « … et il est pas encore deux heures. » Il m'a donné une poignée de pièces et un billet de cinq dollars.

« C'était pas mal ce qu'on faisait, *bro*. Moi, c'est Elliot. » Il a tendu sa main.

« Taukiri.

— On se revoit la semaine prochaine, Taukiri ?

— C'est clair ! »

Il a baissé la tête et il s'est éloigné. J'ai compté treize dollars. J'en ai mis sept dans ma boîte de chocolats, et je l'ai planquée dans le coffre de la voiture.

Je suis tombé sur un bureau de poste. Je suis entré et j'ai marché jusqu'au guichet. J'ai sorti de ma poche le dessin volé, tatoué de notes de musique. J'ai écrit dessus : « Désolé, Ari. »

Le type au guichet avait des yeux de chien et un bouc noir.

« Je voudrais envoyer ça », je lui ai dit.

Il a fait glisser une enveloppe à travers le guichet.

J'ai écrit le nom d'Ari et l'adresse de Tante Kat sur l'enveloppe, et j'ai mis l'image dedans. J'ai léché la bande collante au dos.

« À l'ancienne, hein ? a dit le postier en souriant. Y a plus besoin de les lécher, maintenant. »

J'ai senti mes joues qui chauffaient.

« Normal ou express ? il a demandé.

— Lent, y a pas ?

— Euh. Non.

— Normal, alors. » J'ai payé et je suis reparti.

Je suis entré dans un café et j'ai commandé un sandwich au rôti de porc, que j'ai mangé dehors sur la terrasse. Un petit garçon était assis à une table, en face de moi, avec une femme qui avait de longues dreadlocks blondes. Elle portait un débardeur décolleté et avait un ange tatoué sur le haut de la poitrine. Du jus de viande coulait sur le menton du gamin, qui ne s'en rendait même pas compte, mangeait comme si de rien n'était.

« T'as du jus sur le menton », a dit la femme en se grattant le creux du coude.

Il s'est essuyé sur sa manche.

« Pas avec ta manche », a dit la femme, mais il a juste continué de manger. Comme si c'était le meilleur sandwich qu'il avait jamais goûté. Comme s'il se disait « Je m'en tape du jus sur mon menton, du jus sur ma manche, je me tape de tout dans ce putain de monde à part ce sandwich ». Ari mangeait comme ça, aussi. La langue sortie comme un chien, en pensant à rien d'autre. Quand du jus coulait sur son menton, si seulement il s'en rendait compte, il essayait de le lécher. Il l'aurait même léché sur son cou, s'il avait pu…

J'ai pris la voiture et je suis ressorti de la ville. J'ai tourné sur la piste en terre. Tout au bout, près de la mer, je suis retourné me garer entre la maison abandonnée et les broussailles, j'ai éteint le moteur. Cette voiture garée derrière une maison en ruine était comme un chez-moi bizarre, maintenant.

La mer était assez proche pour que je l'entende frapper et racler le rivage, sans jamais s'arrêter, mais j'ai dormi avec la portière ouverte cette fois. Je me suis pas roulé en boule. J'ai tendu les jambes et laissé mes pieds dépasser. Les chansons que j'avais jouées sur Cuba Street résonnaient encore dans ma tête, elles chassaient le son de sa voix à elle, qui fredonnait.

J'entendais souvent Maman – je la sentais souvent – mais Papa, non. Je me demandais si c'était parce qu'on avait pu ramener le corps de mon père à la maison, et pas celui de Maman.

J'ai passé tellement de temps dans cette eau-là. Au bout d'un moment, elle rentre à l'intérieur de vous.

Je suis dans une chambre blanche, sous des draps blancs. Les seules couleurs que je vois, ce sont les yeux verts d'Ari, cerclés de rouge, ils me regardent essayer de recracher quelque chose qui n'est pas là. Le sable fantôme.

Ari passe la main sur le rebord du lit, dans un sens, puis dans l'autre, encore et encore. Il espère sûrement que je vais me réveiller et tout arranger. Je le vois au tremblement de son menton. Et il dit : « Maman et Papa sont morts. »

Il a pleuré si fort et si profond que ses iris brillent comme des citrons verts, et il me dit : « Maman et Papa sont morts. Ils sont morts. Et j'ai cru que t'allais mourir aussi. J'ai cru que t'allais mourir aussi et que j'allais me retrouver tout seul. »

Il arrête de faire glisser sa main au bord du lit et attrape son os sculpté. Mais moi, tout ce que je peux faire, c'est essayer de recracher le sable fantôme.

Des falaises blanches comme des os me dégringolent dessus.

Je ferme les yeux et j'essaie de rester sur la route, loin des grandes algues brunes qui se tortillent, prêtes à attraper et à serrer comme des tentacules. J'essaie de m'arracher pour regagner la côte.

La route, rien qu'une corniche, entre des murs de terre et la bouche monstrueuse de la mer, large, avec ses dents de pierre.

Je suis dans une chambre blanche, sous des draps blancs. Je me réveille.

ĀRAMA

Je me suis levé encore plus tôt ce matin, en espérant que si Oncle Stu me voyait, il m'emmènerait peut-être faire un tour en quad, et me laisserait traire les vaches avec lui. J'avais enfilé mes bottes en caoutchouc et un vieux tee-shirt que j'avais pas peur d'abîmer, mais quand Oncle Stu est descendu, il m'a même pas dit bonjour. Il m'a juste regardé, assis à la table de la cuisine. S'est pas préparé de café. Il est sorti de la maison, comme ça.

J'ai pris des Weetabix. J'étais triste que Tante Kat n'ait pas une conserve de pêches au sirop dans son placard, et qu'elle ait que du sucre blanc. J'aime mieux le brun. C'était tellement P.O.U.R.R.I. de manger des Weetabix tout seul alors que j'aurais pu être en train de tracer sur un quad autour de la ferme ou de traîner sur un tracteur, enfin, un truc cool dans le genre.

Tante Kat est descendue. J'ai continué de manger.

« Ari », elle a dit.

Je l'ai regardée et elle m'a souri, puis elle s'est penchée pour m'essuyer le menton. « T'as du lait partout. »

J'ai sorti ma langue et me suis léché les lèvres.

« Dépêche-toi, on va en ville. »

Alors, j'ai été bien content qu'Oncle Stu m'ait pas emmené avec lui à la salle de traite. Tante Kat a dit qu'on allait à Coopers Catch pour se faire un petit *fish & chips*. Et j'avais deux dollars à claquer au milk-bar. Si Beth avait pas d'argent, j'en avais assez pour qu'on s'achète deux sachets de bonbons à un dollar chacun. On boirait du L&P avec notre déjeuner. On trouvait tous les deux ça carrément mieux que la limonade normale.

Tante Kat portait des boucles d'oreilles et un truc qui rendait ses yeux très jolis. Elle avait pas l'air si fatiguée. Elle sentait le shampooing Palmolive, pas la bouse de vache. Elle ressemblait plus à Maman.

Il faisait vraiment chaud, et Beth avait mis un short et des sandales violettes. Elle attendait debout dans l'allée de sa maison. Elle s'était brossé les cheveux et ses ongles de pied étaient peints en jaune vif. Lupo était avec elle.

« Ouais, ça fait un moment que j'attends d'aller me balader en ville dans cette Cortina marron crotte, a déclaré Beth en montant à bord. T'en fais pas, je vais revenir », elle a dit à Lupo.

Beth a pointé son doigt sur lui, par la vitre ouverte, comme si c'était un flingue.

« Chick, chick, boom », elle a dit. Et il est tombé par terre comme s'il était mort.

Tante Kat et moi, on était morts de rire.

« C'est le seul truc qu'il sait faire, a expliqué Beth. Papa lui a appris ça pour qu'il puisse jouer avec moi quand Papa est trop occupé, ce qui est toujours le cas.

« Regardez. Assis, Lupo, assis. » Le chien s'est pas assis. « Chick, chick, boom », et là il est tombé par terre. « Gros bêta. »

En passant devant Mangamaunu, on a vu des tas

de surfeurs dans l'eau, et c'était un peu débile, mais j'ai cherché des yeux Taukiri.

Beth a dit : « Tu sais qu'un gamin était en train de surfer là-bas, et un requin lui a foncé dessus… »

J'ai pas quitté des yeux les vagues. Beth m'a pris par la main. « Mais tu sais quoi ? Le gamin, il s'est pas dégonflé : il a donné un coup de poing dans le nez du requin ! »

Taukiri, j'ai pensé.

« Mais tu sais ce qui s'est passé après ? » Sa voix n'était plus qu'un murmure. J'ai détourné les yeux de la vitre, pour fixer ceux de Beth, baissés. « Ce gamin, ce gamin… il avait un couteau dans la jambe de sa combi.

— Qui irait surfer avec un couteau ?

— Ce gamin-là, justement. Écoute… Ce gamin a cogné si fort dans le nez du requin que le requin s'est retourné, et son gros ventre blanc s'est retrouvé face au ciel. » Beth a marqué une pause, elle a regardé dehors par la fenêtre, puis elle s'est à nouveau penchée vers moi. La voiture serpentait sur la route. « Alors le gamin, il a sorti son poignard et il a fait une longue entaille dans le ventre du requin. » Beth a découpé l'air avec sa main, et attendu. La route tournait de plus en plus. « Et alors, tu vas pas me croire, mais en plus de toutes les tripes, de tous les trucs qui pendaient et de tout le sang, des centaines de poissons sont sortis en nageant.

— Non.

— Attends, c'est pas le pire ! Une mouette, les plumes toutes pleines de sang, plus un millimètre de blanc dessus – elle est sortie aussi. Une patte écrabouillée. Un seul œil. Elle est sortie de ce requin retourné, et elle s'est envolée. » Beth a lâché ma main. « Elle s'est envolée de travers, n'importe comment, et sans doute qu'elle a dû s'écraser dans l'eau et finir noyée au bout du compte, mais quand même... » Beth s'est rassise au fond du siège, en souriant. « Hallucinant. »

Et c'est là que j'ai ruiné toute la journée en gerbant sur ses sandales violettes et ses ongles peints.

Beth a poussé un hurlement. Elle est devenue toute blanche, a serré les poings et m'a cogné la joue. Puis elle a baissé les yeux sur le vomi partout sur ses pieds et entre ses orteils et elle a éclaté de rire. Tante Kat a hurlé sur moi pour avoir salopé sa voiture, et sur Beth pour avoir raconté des histoires idiotes.

« Elle m'a donné un coup de poing dans la tête ! j'ai crié.

— Tu saignes pas, a fait remarquer Beth.

— Demande pardon, a dit Tante Kat.

— Pardon de t'avoir cogné, espère de débile de la ville », a dit Beth, qui s'arrêtait plus de rigoler.

Même si j'étais fâché qu'elle m'ait frappé, j'ai ri aussi. L'odeur de mon vomi nous a accompagnés toute la journée, même après que Tante Kat a balancé les sandales de Beth dans une poubelle. Tante Kat lui a acheté des sandales d'occase à la boutique St John, et ça m'a fait plaisir parce que c'était à peu près ce que ma maman aurait fait.

Beth s'est plainte : « Les miennes étaient neuves.

— Celles-là sont neuves, pour toi, a répliqué Tante Kat.

— Les miennes étaient violettes.

— Celles-là le sont pas.

— Elles sont trop grandes.

— Elles sont de la même taille que ta bouche. »

Beth a paru satisfaite.

La ville était super bien décorée pour Noël. C'est

quand j'ai vu les bonshommes de neige peints sur les vitrines des magasins et les gens qui marchaient dans la rue en tongs et en short que je me suis souvenu que c'était bientôt Noël. C'était vraiment bizarre que j'aie oublié Noël. J'oublie jamais Noël. La sensation que ça me donnait d'habitude au creux du ventre m'avait encore jamais laissé l'oublier.

Et puis je me suis souvenu d'un truc. Un truc que Taukiri m'avait dit avant de partir : Tom Aiken avait un cadeau pour moi, de sa part.

Tante Kat était différente, loin de la ferme. Elle donnait encore l'impression qu'elle allait se mettre à grogner ou à vous tirer les oreilles, mais elle était sympa.

Des gens s'arrêtaient pour lui parler et lui demandaient comment elle allait, et ensuite ils me regardaient et me souriaient. Mais pas avec leurs dents, non, rien qu'avec le coin des lèvres un peu relevé. J'avais l'impression que ces sourires-là étaient faux.

Chaque fois que quelqu'un me souriait, je regardais mes pieds, ou mon déjeuner, ou mes doigts. Ma maman aurait pas été contente après moi si j'avais fait un doigt d'honneur aux gens parce qu'ils me souriaient, alors je le faisais pas, enfin, pas de manière visible. Quand Tante Kat s'est arrêtée dans la rue pour discuter avec une *kuia*, une vieille dame maorie, je me suis caché derrière elle et j'ai fait semblant d'être timide. Quand elle a dit : « Oh, il fait son timide maintenant. Montre-toi, *tama* », j'ai fait un doigt d'honneur dans le dos de Tante Kat. Beth m'a vu et s'est couvert la bouche avec ses mains, et alors on a éclaté de rire tous les deux. Tante Kat avait l'air gênée, parce que le visage de la vieille *kuia* était tout rouge. On riait tellement, jusqu'à ce que ma tante me tire l'oreille en disant qu'elle risquait de changer d'avis, pour ce qui était de passer par le milk-bar.

Je suis content qu'elle l'ait pas fait.

Au milk-bar, une dame nous a servis. Elle nous a souri de toutes ses belles dents et nous a donné à chacun une Chupa Chups gratuite avec nos sachets de bonbons à un dollar. Elle a ri quand Beth lui a raconté l'histoire du requin.

J'ai essayé d'ouvrir ma Chupa Chups. J'ai mordu dans le plastique mais il voulait pas se déchirer. J'arrêtais pas de le mordiller.

« Kat, ma chérie, t'as bien besoin de sortir un soir, a dit la dame du milk-bar à ma tante.

— C'est vraiment la dernière chose dont j'ai besoin.

— Quoi, Stu fait encore son Stu ?

— Non, non. C'est juste… Tu sais bien... a répondu Tante Kat et elle s'est tournée vers Beth et moi.

— On trouvera une baby-sitter. Ici. Les gamins pourront dormir tous ensemble. Ils vont adorer.

— Ouais, Tante Kat, j'ai dit.

— Ce serait trop cool ! » a dit Beth. Elle m'a fait un clin d'œil, super rapide, et elle a chuchoté : « Sucettes à volonté, Ari.

— T'as vraiment besoin de sortir », a dit Beth en me donnant un coup de coude. J'essayais encore d'ouvrir ma Chupa Chups. Beth me l'a arrachée des mains, a planté ses dents dedans et a déchiré le plastique. Elle m'a tendu la sucette libérée.

« Beurk, y avait ma bave dessus.

— Beurk, m'a imité Beth. Ta tante a besoin d'une soirée à pas s'occuper de toi, non ?

— Ouais, Tante Kat. C'est vrai, j'ai dit en suçant ma Chupa Chups.

— OK, OK. Je vais en parler à Stu. »

La dame du milk-bar s'est penchée vers Tante Kat : « Dis à Stu… », et le sourire avait disparu de son visage.

« Il se comporte bien, ces derniers temps. T'en fais pas. Ça posera pas de problème. »

La dame du milk-bar souriait toujours pas. « Dis à Stu… »

Tante Kat a éclaté de rire. « Oui. Je lui dirai. »

Je me demandais ce que Tante Kat devait dire à Stu. Sans doute un truc qu'il entendrait pas, de toute façon.

Elles ont décidé d'organiser cette soirée en ville deux semaines plus tard.

« Une fois que toute la pagaille de Noël sera passée », a dit Tante Kat. J'espérais qu'il y aurait pas de pagaille à Noël. J'aimais pas la pagaille.

J'ai aperçu des sparadraps sur une étagère, j'en ai pris trois boîtes et je les ai apportées à la caisse.

« On a des pansements à la maison, a dit Tante Kat.

— Je les ai tous utilisés.

— Pour les mettre sur quoi ?

— Plein de trucs, j'ai dit. De toute façon, ils sont sur ta liste. »

Tante Kat a sorti sa liste de courses. J'ai reconnu mon écriture dans le coin : « Lots de sparadraps ».

« Maintenant, tu peux barrer ça. » Je lui ai souri.

La dame du milk-bar a mis les sparadraps dans un sac. « Cadeau de la maison. Tu me paieras une bière, Kat. »

On a mangé nos bonbons sur la route du retour. Les enfants de la dame du milk-bar avaient sans doute le droit de manger des bonbons à un dollar le sachet quand ils voulaient, a dit Beth. J'ai dit sans doute pas, mais qu'ils devaient en avoir plus souvent que nous quand même, et j'ai parié qu'ils étaient jamais obligés de manger une cuillère de sucre Pams quand ils mouraient d'envie de croquer des bonbons.

On est rentrés à la maison et je suis allé dans la salle de bains me regarder dans la glace pour voir si j'avais une marque sur le visage, là où Beth m'avait cogné. Ça faisait assez mal quand je touchais, mais je voyais rien. J'ai quand même mis un sparadrap dessus, au cas où. J'ai rangé deux des boîtes dans l'armoire à pharmacie, et j'en ai gardé une que j'ai glissée sous mon matelas, pour les urgences.

Beth était fatiguée et bougonne le lendemain. Tante Kat sentait à nouveau la bouse de vache et elle avait plus son joli truc sur les yeux. Elle était fâchée parce que Beth avait presque tout oublié de ce qu'on avait appris la semaine d'avant. Moi, j'étais fâché parce que Beth faisait pas de blagues, et les cours étaient plus marrants quand elle déconnait. Elle faisait même pas sa maligne avec Tante Kat. Et j'adorais vraiment quand Beth fanfaronnait devant elle, même si je le montrais pas parce que j'avais pas envie que ma tante me tire les oreilles.

Tante Kat a dû remarquer la mauvaise humeur de Beth, parce qu'elle a soufflé fort et a passé en revue les sons que les lettres faisaient ensemble. Beth s'est requinquée.

« S et H font le son *cccchhhheu*. G et L font le son *gggllleu*, elle a dit. Chhhiure gggllluante. Comme celle qui est tombée sur la tête de Papa ce matin. »

Tante Kat lui a grogné dessus pour avoir dit un vilain mot, puis elle s'est mise à rire aussi.

À l'heure du coucher, j'ai pas réussi à m'endormir quand Tante Kat est sortie de ma chambre. Tauk avait installé toutes mes affaires ici comme elles étaient avant, mais ça avait l'air différent. Les objets eux-mêmes avaient l'air différents.

Et puis on est au milk-bar en ville, et c'est ma mère qui nous vend nos sachets de bonbons à un dollar au lieu de la dame. Je suis tellement content de la voir. Mais Beth et moi, on doit quand même repartir avec Tante Kat. Je comprends pas pourquoi. Je dis à tout le monde que je veux rester vivre au milk-bar avec Maman, mais même elle, elle me sourit sans rien faire.

« Je veux rester ici avec toi, Maman », je dis.

Elle me tend un paquet de sparadraps et une Chupa Chups.

« Tiens, prends ça. Au revoir », elle dit.

Et alors je me retrouve dans ma nouvelle chambre et elle est faite de côtes de baleine qui laissent entrer la nuit. J'essaie de m'endormir en regardant la lune à travers les côtes, et j'y arrive pas.

Je me suis réveillé mais j'ai serré très fort mes paupières, si fort que j'en avais mal à la tête. Je voulais pas laisser passer la lumière blanche de la lune, qui entrait par la fenêtre. Et allongé là bel et bien réveillé, les paupières écrasées, j'avais l'impression que Beth, dans la ferme d'à côté, n'était peut-être pas réelle.

Même si je savais que je pouvais voir les lumières de sa maison depuis ma fenêtre.

Quand j'ai rouvert les yeux, j'ai vu mon ancienne chambre autour de moi, et il a fallu que je cligne et que je cligne des yeux pour trouver un accroc dans le papier peint, la forme de l'abat-jour aussi, qui rendaient cette chambre différente de l'ancienne.

Je me suis levé et le contact de la moquette sous mes pieds m'a donné une sensation dégoûtante dans les jambes, comme marcher dans un marécage, et j'avais peur que quelque chose m'attrape par les chevilles et me tire sous le lit, alors j'ai vite couru jusqu'à la fenêtre et c'est seulement en voyant l'ombre des buissons dehors et la lumière de la lune au lieu de celle des lampadaires, et en entendant le bruit des oiseaux qui aimaient la nuit que j'ai su que j'étais pas dans mon ancienne chambre, et j'ai su que je m'étais réveillé d'un mauvais rêve mais pas de celui dont je voulais me réveiller parce qu'il y avait toujours pas de Maman et de Papa, pas d'autre lit où me glisser. Il n'y avait pas de Taukiri.

De l'autre côté des enclos, derrière les arbres, une lumière était allumée dans la maison de Beth. Je suis retourné dans mon lit, faisant deux petits pas puis sautant sur place comme le rugbyman Sonny Bill Williams pour que ce qu'il y avait sous mon lit puisse pas m'attraper. J'ai tiré les couvertures par-dessus ma tête et je suis resté éveillé toute la nuit.

Le soir de Noël, Tom Aiken et Beth sont passés nous prendre, Tante Kat et moi, pour aller couper notre sapin. Ils avaient déjà le leur.

« Pourquoi t'as mis tout ce temps à en prendre un ? a demandé Tom Aiken.

— Trop de trucs à faire, c'est tout, a répondu Tante Kat. Et pour tout dire, on n'a pas trop la tête à ça.

— Dommage, il a dit. Je connais l'endroit parfait pour en trouver un. Mon vieux pote nous en voudra pas. »

« Vieux pote » ou pas, Tom Aiken nous a quand même demandé de monter la garde. Il nous a dit de rester plantés au bord de la piste en terre et de crier si on voyait approcher un pick-up rouge.

Beth lui a demandé : « C'est du vol, ce qu'on est en train de faire ? Parce que, dans ce cas, le Père Noël risque de nous voir et alors on n'aura pas de cadeaux… »

Tom Aiken lui a dit de se détendre. Il avait juste peur que le vieux pote en question ait oublié que ça l'embêtait pas qu'on prenne un arbre. Beth l'a regardé avec l'air de ne pas y croire. Moi je faisais plus confiance au visage de Beth et à tout ce qu'elle pouvait avoir à dire qu'à n'importe quoi d'autre.

Tante Kat est allée aider Tom Aiken, pendant que Beth et moi on guettait le pote qui risquait d'avoir oublié que ça l'embêtait pas qu'on coupe un de ses arbres. Le soleil nous cramait et je me sentais tellement fatigué à cause de toute cette lumière. Beth a levé les yeux au ciel et elle a dit : « Tu sais quoi, Père Noël ? Je fais juste ce qu'on m'a demandé et c'est rien de mal. » Elle m'a donné un coup dans le bras. « C'est rien de mal, pas vrai ? »

Ça me plaisait de pouvoir aider Beth à se sentir mieux, parce que sans s'en rendre compte elle m'aidait à me sentir mieux tout le temps.

Je me suis tourné vers la route en croisant les bras,

et j'ai dit : « Si j'avais encore un papa pour me dire ce que je dois faire, je ferais ce qu'on me dit sans m'occuper de ce que pense le Père Noël. »

Beth m'a donné une tape dans le dos. « Ouais », elle a dit.

On a guetté le pick-up rouge. Puis Tom Aiken a crié : « Allez, les gars ! On y va, on y va ! »

On a couru jusqu'au pick-up de Tom et on a sauté dedans, puis on est partis à toute berzingue avec un arbre marron-vert qui rebondissait derrière sur le plateau.

« Papa, il a l'air mort », a dit Beth.

Tom Aiken a éclaté de rire. « Tu croyais quoi ? J'allais pas prendre un de ses bons arbres. » Et Tante Kat a dit de pas s'en faire, qu'elle avait de la peinture blanche à la maison.

« Oui ! » a crié Beth, et elle s'est mise à chanter qu'elle voulait un Noël tout blanc, qu'elle rêvait d'un joli Noël tout blanc.

« Pourquoi t'en prends pas un de ta propre ferme, Tom ? a demandé Tante Kat.

— Ça aurait quoi de marrant ? Je veux dire, qui se souviendrait de cette histoire ? On se fabrique des souvenirs, là. »

On a tous chanté aussi fort qu'on pouvait, et Lupo a pété les plombs.

Le matin de Noël, ç'a été la M.E.R.D.E.

Je me suis réveillé et la maison était silencieuse, parce que Tante Kat était partie aider Oncle Stu à traire les vaches. J'ai décidé de faire comme si c'était pas du tout Noël.

Noël, on l'attend, on compte les nuits qui restent. Moi, je l'avais pas fait.

Je me suis levé, je suis allé dans la salle de bains et j'ai trouvé des trucs sur lesquels mettre des sparadraps. J'ai posé la main sur ma poitrine pour sentir les battements de mon cœur, puis j'ai mis à peu près six sparadraps sur le bruit.

TAUKIRI

Je me suis réveillé parce qu'il faisait chaud dans la voiture. La veille, j'avais fait un tour au supermarché et acheté un pain, de la margarine et un bocal de Marmite à tartiner. J'avais ajouté une douzaine de bières dans mon Caddie. Et il me fallait une nouvelle brosse à dents.

J'étais allé au rayon brosses à dents. J'en avais d'abord choisi une verte, mais c'était la couleur de celle qui apparaissait toujours dans notre salle de bains, pour Ari. Elle apparaissait, juste comme ça. Une bleue, une verte. Comme par enchantement.

Y a des choses que j'aurais dû dire à Tante Kat : Ari a une brosse à dents verte et une nouvelle devra apparaître juste comme ça quand il en aura besoin. Il aime le sucre brun sur ses Weetabix. Il fait des cauchemars et, dans ces cas-là, il aura besoin d'un autre lit où se glisser.

J'ai acheté une brosse à dents jaune. Et un pack de bières. J'aurais pas dû acheter la bière parce qu'il me restait presque plus d'argent. J'avais plus que des pièces, et pas beaucoup de dorées.

Mon déjeuner de Noël, ç'a été sandwichs de Marmite et bières sur la plage.

Une année, Ari a eu une boîte de chocolats et, une fois la boîte vide, il a découpé des photos de lui et moi, des photos de vagues et de surf, une guitare aussi, et il les a collées sur la boîte pour me l'offrir le jour de mon anniversaire. Cette boîte de chocolats vide, c'était le meilleur cadeau qu'on m'ait jamais fait. Enfin, le meilleur cadeau fait maison. Maman m'a offert la vieille guitare de Papa pour Noël, l'année dernière. J'avais tout ça avec moi, maintenant. La guitare. La boîte de chocolats. Mes bières.

Je suis descendu jusqu'à la plage. Suis allé plus près de la mer que je l'avais été depuis Bones Bay.

Tom Aiken pensait que j'aurais dû attendre après Noël. « Reste, il avait dit. Passe Noël ici, après tu partiras. »

Je me suis assis sur la plage et j'ai gratté ma guitare.

Au bout d'une ou deux chansons, j'ai arrêté de jouer et j'ai enlevé mes chaussures. La bière m'avait rendu courageux. J'ai planté mes pieds dans le sable et je l'ai laissé se glisser tout serré entre mes orteils.

J'ai marché vers la mer et je me suis arrêté là où elle aurait pu me toucher. J'ai vidé ma cannette d'un trait, je l'ai balancée dans les rouleaux et j'ai crié : « Tu me la feras pas, à moi ! Je te déteste. »

J'ai remis mes baskets et je suis remonté à la voiture. Dos aux vagues, après avoir balancé ma cannette dedans et hurlé dessus, j'avais l'impression que la mer allait me suivre et m'avaler d'une seule gigantesque bouchée écumeuse. Mais en me retournant, je l'ai vue reculer dans un triste murmure gris.

Dans la voiture, j'ai enlevé mes chaussures et frotté jusqu'au dernier grain de sable entre mes doigts de pied. J'ai enfilé des chaussettes propres et craqué une autre cannette.

« Ari a sûrement ouvert son cadeau, maintenant », je me suis dit. Et même si je m'en foutais un peu, j'espérais qu'il lui plairait. J'espérais qu'il trouverait quelqu'un pour lui apprendre à jouer.

ĀRAMA

Le salon sentait la peinture, pas Noël – ce qui était bien. Tante Kat avait recouvert l'arbre de peinture blanche, jusqu'à la dernière branche. Pour tout dire, elle avait l'air un peu cinglée à peindre et repeindre cet arbre dans tous ses recoins, alors que certaines parties seulement étaient brunes. Quand tout a été sec, Tante Kat et moi, on a pendu des boules et des guirlandes aux branches.

La maison était si calme que ça pouvait pas être Noël.

J'ai attendu que Tante Kat revienne de la traite, et on a ouvert les cadeaux pendant qu'Oncle Stu prenait sa douche. Sur un des cadeaux, y avait ce mot : « Cher Ari, bisous de Tante Kat et Oncle Stu », et dedans j'ai trouvé un hélicoptère radiocommandé. J'avais l'habitude de prendre dans mes bras tous ceux qui m'offraient des cadeaux, alors j'étais content qu'Oncle Stu soit pas là.

Dans ma taie d'oreiller, y avait des chocolats, des chaussettes avec des camions de pompiers dessus, des feutres, un livre de coloriage et un ballon de rugby. Le Père Noël m'avait retrouvé, et ça donnait presque l'impression que c'était Noël, mais j'ai pas laissé cette sensation s'infiltrer trop profond. Oncle Stu a décidé d'aller passer Noël chez un de ses copains de chasse. C'était mieux comme ça. Il a posé une caisse de bières à l'arrière de son pick-up et il est parti. Tante Kat a téléphoné à Tom Aiken et lui a demandé si ça le tentait de venir faire un barbecue avec Beth.

« On a de l'agneau et des saucisses, et j'ai préparé une salade de pommes de terre, elle a dit. Non, j'ai pas fait de pavlova pour le dessert. »

Ils sont arrivés une heure plus tard. Beth avait pris la poupée que le Père Noël lui avait apportée.

« J'ai pas l'impression qu'il me connaît si bien, pour m'apporter une poupée débile », elle a dit en la serrant entre ses bras sous son menton.

Tom Aiken avait apporté une grosse pavlova couverte de chantilly et de mûres fraîches.

« Waouh, a fait Tante Kat.

— Elle vient du supermarché. Beth l'a décorée.

— C'est très joli.

— J'ai apporté autre chose, il a dit. Attends, je retourne au pick-up. »

J'ai tout de suite vu ce que c'était, même s'il y avait un papier cadeau avec des flocons de neige.

« De la part de Taukiri, a dit Tom Aiken. Il m'a demandé de te l'offrir. »

Je lui ai arraché le cadeau des mains et j'ai filé à l'étage. En courant, j'ai entendu Tom Aiken qui riait et disait : « Je pensais bien que celui-là l'exciterait. »

Le paquet était gros, j'ai trébuché dans les marches et je suis tombé. Le cadeau a fait un bruit creux comme s'il voulait dire quelque chose, un truc profond comme le « Fee-fi-fo-fum » de l'ogre dans *Jack et le haricot magique*. Puis il a soupiré.

Je l'ai traîné jusqu'en haut de l'escalier et j'ai posé

le paquet par terre pour ouvrir la porte de ma chambre. Je l'ai poussé dans ma chambre. Je l'ai pas regardé et j'ai essayé de pas entendre, et puis j'ai glissé le cadeau de Taukiri sous le lit.

Ensuite, je suis allé dans la salle de bains, j'ai enlevé mes chaussettes et j'ai collé des sparadraps autour de mes deux petits orteils parce que je m'étais fait mal en courant dans l'escalier.

Tom Aiken a fait cuire au barbecue les saucisses et les côtelettes d'agneau. On a déjeuné et c'était délicieux, si délicieux que ça donnait presque l'impression d'être Noël, avec la salade de pommes de terre bien crémeuse et les tranches d'agneau roses et salées avec du gras croquant autour.

J'ai repensé à toutes les fois où Oncle Stu venait s'asseoir pour dîner et était déçu par les plats, et je me suis dit que c'était vraiment débile de sa part de s'en aller le jour où il savait qu'il aurait rien trouvé à redire. Enfin, peut-être que si. C'était mieux sans lui, ce qui donnait encore l'impression d'être un miracle de Noël, mais j'ai décidé de faire comme si les miracles de Noël existaient pas. Et c'était bien qu'Oncle Stu soit pas là pour profiter de ce déjeuner. C'était sans doute une mauvaise pensée, mais je m'en fichais.

Tante Kat a apporté la pavlova de Tom Aiken et Beth. Beth et moi, on s'est empiffrés. La meringue était moelleuse et croquante et crémeuse, et même si les mûres m'ont fait grimacer, c'était vraiment le meilleur truc que j'avais jamais mangé. Après le déjeuner, Tom Aiken et Tante Kat sont allés chercher une bâche en plastique noir dans l'abri en tôle derrière la maison, et ils l'ont arrosée avec le tuyau pour que, Beth et moi, on glisse dessus.

Tom Aiken a décrété qu'il nous fallait la meilleure pente, alors on a tous escaladé le pâturage le plus à pic. Tante Kat et Tom Aiken se sont assis en haut avec une poubelle remplie de glace et de bières, et ils nous ont regardés, Beth et moi, courir pieds nus jusqu'en haut de la colline avant de dévaler la bâche noire à toute berzingue. On avait pris le gros tuyau dont Tom Aiken se servait pour nettoyer l'étable, pour arroser à fond la bâche, et Beth a vidé dessus un énorme flacon de liquide vaisselle, et le plastique noir s'est couvert de mousse. On a dévalé la pente, encore et encore, et le rire bourdonnait comme des abeilles dans mes os et au creux de mon ventre.

On a joué jusqu'à ce qu'il soit tard, parce que d'autres oiseaux ont commencé à faire d'autres bruits, et d'autres ombres se sont allongées sur le sol. Et nos doigts étaient comme des noix détrempées.

C'était pas Noël. C'était juste un jour chaud d'été, à s'amuser avec Beth. On avait eu quelques cadeaux et un bon déjeuner. Et moi, j'avais eu la meilleure chose qu'on puisse imaginer : la promesse de Taukiri qu'il allait revenir. Il aurait jamais laissé personne d'autre m'apprendre à jouer du cadeau glissé sous le lit. Ce qui voulait dire qu'il allait forcément revenir bientôt. Quand ça arriverait, je sortirais le cadeau et on l'ouvrirait ensemble.

À moins qu'il s'agisse d'une embrouille.

À moins que Taukiri ait trouvé une boîte en forme de guitare mais, dedans, y avait autre chose. Non, Tauk n'était pas si méchant. Et ce cadeau faisait des bruits.

C'était pas Noël. Impossible. Nanny n'a pas appelé.

C'était moi qui allais chercher le courrier. Je ramenais surtout des lettres sans intérêt avec des noms tapés à la machine et des fenêtres transparentes pour Kataraina Te Au ou Stuart Johnson. J'aimais bien avoir un boulot, mais la plupart des lettres que j'apportais à Tante Kat la faisaient grimacer et soupirer.

Un après-midi, j'ai ouvert la boîte à lettres et j'y ai trouvé les lettres sans intérêt habituelles, trois en tout. Telecom, Conseil général de Kaikōura, Coopérative agricole Farmlands. Mais y en avait une quatrième, écrite à la main.

J'ai remonté l'allée en courant, l'agitant devant moi. En me précipitant dans la maison, j'ai foncé dans Oncle Stu.

« Pardon, j'ai dit.

— Y a du courrier ?

— Oui, regarde. Pour moi. De la part de Tauk. »

Il m'a pris de sous le bras les autres enveloppes et en a ouvert une.

Je l'ai senti se gonfler, les dents de plus en plus serrées. J'ai senti l'air se changer en ces minuscules échardes qui se plantent dans vos doigts et vos orteils et qu'il faut retirer avec des aiguilles de couture.

« Et toi, qu'est-ce que t'as besoin d'une lettre ? » il m'a demandé.

Il m'a donné une tape sur la poitrine avec une feuille de papier. Elle était couverte de chiffres.

« T'as pas besoin d'une lettre. »

Il m'a arraché de la main la lettre de Tauk et il est sorti de la maison avec. Je l'ai suivi mais j'ai pas pu crier Rends-la-moi, parce que j'arrivais plus à respirer l'air qu'il avait rendu piquant avec toutes ces échardes.

Il a sorti de sa poche une boîte d'allumettes, en a pris une et l'a frottée contre la boîte, puis il a mis le feu à l'enveloppe.

« Non, non, non ! j'ai crié. Non !

— Tous ces appels que t'as passés. »

Quand elle a été presque entièrement brûlée, il a jeté par terre ma lettre et ses écailles de cendres noires.

Il m'a laissé là, il est monté sur son quad et il est parti à toute berzingue. J'ai regardé ce qu'il restait de la lettre, et j'ai vu deux boucles de lettre qui disparaissaient dans les cendres. Rien d'autre. Taukiri avait-il fait un dessin pour moi ? Avait-il écrit quelque chose ? Quand allait-il revenir ?

J'ai fermé la bouche et retenu les mots qui me brûlaient les mâchoires et la langue, le fond de ma gorge. Je les ai mâchés comme une bouchée de minuscules échardes et j'ai tenté de les avaler.

Je suis entré dans la salle de bains, j'ai pris deux sparadraps dans la boîte rangée au fond de l'armoire à pharmacie et je suis allé dans ma chambre. Je me suis allongé sur mon lit. J'en ai mis quatre sur ma bouche, puis j'ai fermé les yeux et j'ai mis des sparadraps dessus, aussi. Pour retenir les larmes à l'intérieur.

Quand j'ai entendu le quad revenir à la maison, et la porte claquer, je suis juste resté là sans bouger. Et quand j'ai entendu ce qu'il commençait à faire à Tante Kat dans leur chambre, j'ai pris le reste des sparadraps pour les mettre sur mes oreilles. Mais il m'a fallu un oreiller en plus, et même avec l'oreiller sur ma tête, j'entendais encore ses cris à lui. Les coups. Tante Kat qui pleurait.

Le lendemain matin, Tante Kat était pas dans la cuisine. Y avait un mot sur la table disant qu'elle devait aider Oncle Stu toute la journée, qu'il fallait que je prenne mon petit déjeuner et que j'aille jouer avec Beth.

Beth était occupée à pendre la lessive sur un séchoir. Elle aussi, elle était seule à la maison.

« Pas de cours aujourd'hui, j'ai dit.

— Moi, ça me va. J'ai mieux à faire », elle a dit, et elle a continué à étendre son linge.

Après, on est allés dans le bush construire une cabane avec des grandes fougères ponga. On a fait une sorte de tipi en attachant les fougères en haut avec une corde. À l'intérieur, la cabane était mouillée et on s'est trempé les fesses en s'asseyant par terre. Beth a trouvé des bouts de bois pour nous servir de sièges et une caisse de bières en bois ramenée de la maison pour la table. Elle est allée chercher une vieille bouteille de lait en verre. Elle l'a remplie de mauvaises herbes et l'a posée sur notre table. C'était joli. Je lui ai dit qu'on avait qu'à faire comme si on était des Esquimaux, et cette cabane était la maison qu'on s'était fabriquée avec les côtes d'une baleine échouée. Taukiri et moi, on avait parfois joué à ce jeu-là à Bones Bay.

Quand on a commencé à avoir faim, Beth a proposé qu'on aille préparer le déjeuner.

Sa maison était jolie. Il y avait des cannettes de bière et des bocaux de confiture partout, remplis de fleurs et d'herbes sauvages. La maison ne sentait pas autant la bouse de vache et le foin que celle de Tante Kat et Oncle Stu. Elle sentait le citron, comme si une maman vivait là. Ce qui paraissait bizarre, parce que c'était pas le cas.

Beth a sorti du frigo de la margarine et un morceau de fromage. Elle nous a préparé des sandwichs aussi vite que ma maman ou Tante Kat auraient pu le faire. Elle a lavé deux pommes et les a posées sur la table avec nos sandwichs. Elle nous a servi deux verres de lait et a essuyé les miettes. On aurait dit une naine, parce qu'elle bougeait comme une adulte mais était bien trop petite pour en être une.

Lupo est entré dans la cuisine. Il avait le museau gonflé.

« T'as encore chopé une abeille, hein, bêta ? »

Il s'est laissé tomber par terre. Beth a mouillé un torchon et l'a posé sur son museau.

« T'es trop débile comme chien. Faut pas chasser les abeilles. »

Elle a mordu goulûment dans son sandwich, a mâché puis a ouvert la bouche.

« Beurk, j'ai fait.

— T'es qu'un gars de la ville.

— T'es qu'une crasseuse de la campagne.

— Lupo est débile comme chien, non ? » m'a demandé Beth, comme si elle voulait vraiment mon avis.

Je me suis penché pour le caresser. Son pelage avait la couleur du chocolat Caramello et il avait des oreilles vraiment douces et une marque noire comme une croix entre les épaules.

Beth continuait de parler, la bouche pleine. « Je veux dire, combien de fois il va se faire piquer par une abeille avant de comprendre qu'il faut pas les chasser ? Ni les attraper dans sa gueule ?

— Il est juste joueur et gentil, c'est tout, ça lui fait oublier les dards.

— Ouais, et être joueur et oublier les trucs, c'est bien, parce que comme ça, Papa veut pas de lui à la ferme. Il m'a dit qu'il l'aurait abattu si je l'avais pas aimé autant. Je lui ai répondu que s'il abattait mon chien, je m'en irais d'ici et je reviendrais jamais.

Je m'en irais à Auckland, et il me manquerait pas du tout.

— Chez ta tata ? j'ai demandé.

— Ouais. Apparemment, j'ai habité chez elle pendant un moment. Après que ma maman…

— Tu t'en souviens ?

— Non. Mais c'était sûrement génial. »

Beth a proposé de regarder un film et j'ai trouvé que c'était une bonne idée. On parlait trop, et quand on parle trop, en général, on finit par entendre et dire des choses qu'il faudrait pas.

Elle a ouvert un placard et en a sorti un film qui s'appelait *Django Unchained*, et elle l'a mis dans le lecteur DVD.

« C'est mon film préféré, a dit Beth. Mais le dis pas à mon père. Il m'a dit que j'avais pas le droit de le regarder, et c'est pour ça que je l'ai regardé. »

Le film m'a fait super peur, mais j'ai dû faire semblant que non, parce que Beth arrêtait pas de me regarder, en disant : « T'es mort de trouille, hein, le gars de la ville ? »

Il y avait un tas de mots vraiment terribles dans ce film, et tout un tas de gens qui tuaient d'autres gens. Quand un homme a ligoté une femme noire à un arbre et a sorti son fouet, j'ai fait comme si j'avais besoin d'aller aux toilettes.

Beth a dit : « OK, je mets sur pause. Pas question que tu loupes ça, Django est sur le point de faire payer ce type.

— J'en ai marre de regarder la télé.

— Ah ! Je comprends, tu sais. Moi non plus, j'ai pas pu le regarder en entier les premières fois. Y a encore des moments que j'arrive pas à supporter. C'est raide, gamin. Ce monde-là, il fait pas de cadeau. On n'a qu'à aller jouer à Django, à la place. On pourra essayer de regarder la suite demain. »

C'est moi qui ai fait Django, parce que j'étais maori. J'aurais aimé avoir l'air d'un Maori. Comme ma mère. Comme Tauk. Je veux dire, je *ressemblais* à Tauk mais j'avais pas sa peau. Et puis je me suis senti mal, parce que je ressemblais à mon père, et comment il se serait senti s'il avait su que j'aurais préféré pas lui ressembler ?

« Pardon, Papa », j'ai dit tout bas, pour que Beth entende pas.

Mais elle a dû m'entendre parce qu'elle a posé la main sur mon épaule. « Je suis désolée qu'il soit mort. Je suis désolée qu'ils soient morts tous les deux.

— Ouais. »

Puis elle a pris son flingue, qui était un bout de bois, et me l'a planté dans le dos. « Allez. Les mains en l'air, Django. T'es mon esclave. » Et pendant une seconde, je me suis demandé si c'était encore Beth derrière moi.

J'ai répondu : « Hé, m'abats pas comme un chien dans la rue. »

Et Beth a souri. « Comme le shérif ?

— Exactement. »

Je me suis dit que Beth était la meilleure amie que j'avais jamais eue, même si elle avait juste huit ans et des bananes alors que moi j'avais huit ans et demi, et même si c'était une fille.

« Tu veux qu'on joue avec ta poupée ? je lui ai demandé.

— Oui, on va la mettre dans la cage à suer, a dit Beth. C'est Broomhilda, ta Broomhilda. Il faut que tu viennes la sauver.

— Toi, tu devrais être Doc.

— Il nous faut un méchant. Je serai Monsieur Candie. Essaie de pas te vexer si je t'appelle *nigger* – rappelle-toi que je joue juste mon rôle.

— Je crois pas que tu devrais dire ça, Beth.

— C'est juste un jeu. Juste un mot. »

Mais je savais que c'était un vilain mot parce que Maman grognait toujours sur Tauk quand il s'en servait dans sa musique. Et puis, ça me faisait me sentir bizarre.

« Ouais, mais quand même, j'ai dit.

— Comme tu veux. »

Monsieur Candie a donné un homme noir à manger à une meute de chiens. Django regardait, il a pas bronché, parce qu'il faisait semblant d'être courageux, il jouait un rôle. Après avoir sauvé Broomhilda en la faisant sortir de la cage à suer, on l'a donnée à manger à Lupo, qui l'a seulement léchée, ce qui m'allait bien. Beth et moi, on ferait certainement jamais semblant d'être une maman et un papa et leur bébé, comme des enfants normaux quand ils jouent avec une poupée.

Encore affamés, on est retournés à la maison pour un deuxième déjeuner. On était en train de manger un autre sandwich au fromage dans la cuisine quand Tom Aiken est entré. Il nous a salués tous les deux, et Beth lui a dit qu'on était un esclave et un maître d'esclaves. « Comme toi », elle a ajouté en rigolant. Et Tom Aiken a embrassé Beth sur la tête, et puis il a marché jusqu'au canapé et s'est laissé tomber dedans.

Beth lui a préparé un sandwich au fromage. Il l'a mangé très vite, puis a roté vraiment très fort. Beth et moi, on a piqué un fou rire. Il a bu un verre de lait qui lui a laissé une belle moustache blanche. Beth a roulé de gros yeux. Tom Aiken a pris un bouquin et s'est mis à lire, mais il a pas tardé à s'endormir. Beth est venue chercher l'assiette de son sandwich. Pendant qu'elle était dans la cuisine, je me suis approché du canapé pour regarder son père.

Au bruit doux de sa respiration, j'ai su qu'il avait jamais brûlé les lettres de personne.

Je l'ai regardé longtemps. Le papa de Beth endormi sur le canapé me donnait envie de pleurer, mais j'ai tout retenu aussi fort que j'ai pu. J'ai tiré une couverture par-dessus Tom Aiken, et j'ai tout retenu.

J'ai compté les pas jusqu'à ma maison. Je crois que je suis arrivé à cent onze avant qu'un lapin saute devant moi.

À la ferme, la table était mise pour trois. Ça me rendait toujours triste de voir la table de Tante Kat mise pour trois. Oncle Stu a traité Tante Kat de bonne à rien et de S.A.L.O.P.E. pendant le dîner. Son sandwich grillé était un peu brûlé. J'avais jamais entendu ça, mais j'ai bien vu que c'était un vilain mot parce que même la plante en pot sur l'appui de fenêtre a semblé arrêter ce qu'elle était en train de faire. Et moi, j'ai encore eu cette drôle de sensation.

Tante Kat m'a regardé, puis elle s'est tournée vers Oncle Stu et s'est levée de table. Elle est revenue avec un autre sandwich bien doré. Ses yeux étaient gonflés, sa lèvre aussi.

J'étais content de la voir revenir à table parce que être tout seul avec Oncle Stu, c'était vraiment horrible, et il m'avait plus reparlé depuis qu'il avait brûlé la lettre de Tauk. Quand j'étais avec lui, mon père me manquait tellement.

Après avoir terminé son sandwich grillé, Oncle Stu a pris la parole.

« Bon, il a dit en souriant presque. Tu vas être un peu plus tout seul, maintenant. »

Il s'est levé et il est parti.

« Il a viré son ouvrier agricole, aujourd'hui, a expliqué Tante Kat. Pour économiser de l'argent. Je vais devoir l'aider et je pourrai plus vous faire cours. Mais on sera pas loin à pied, en cas de problème. Et tu pourras jouer avec Beth. Elle a l'habitude d'être toute seule. Tout se passera bien. Tout se passera vraiment bien. On trouvera une solution. »

J'aurais pas su dire si Tante Kat me parlait vraiment à moi, alors j'ai arrêté d'écouter. J'ai pensé que ces mots-là étaient vraiment terribles, et qu'au moment où on les avait lâchés dans le monde ils avaient aspiré tout l'air autour.

JADE ET TOKO

Toko et Jade se sont rencontrés dans une fête à la plage. Jade était venue avec sa cousine Sav, qui était amoureuse d'un garçon nommé Tommy, et elle avait persuadé Jade de partir en douce avec elle. D'échapper en douce à leurs hommes pour aller assister au *tangi* d'une tante décédée. Mais elles étaient passées sans s'arrêter devant la ville où les funérailles devaient se dérouler, et lorsqu'elles étaient passées devant la sortie qui devait les emmener jusqu'à l'endroit où elles avaient dit qu'elles allaient, Sav avait fait un signe de croix et déclaré : « La vie, c'est pour les vivants. Continue tout droit, *baby*, c'est ce que ma tante aurait voulu. » Puis, en éclatant de rire : « Une sacrée petite garce, celle-là. Dieu la bénisse. »

Jade était une nouvelle venue dans ce petit groupe qui passait tous les week-ends d'été à la plage, autour d'un feu de camp, à fumer, à boire et à jouer de la musique. Sav se pointait souvent à l'improviste. En arrivant, elle avait crié : « Regardez qui revient, *e hoa !* Matez-moi ça. Maintenant, ça ressemble à une fête. »

Il y avait un type qui jouait de la guitare et chantait. Son tee-shirt était blanc, il avait une voix magnifique et des yeux renversants.

Sa peau noire luisait à la lueur du feu.

Son sourire dans la nuit avait quelque chose de méchant.

Une méchanceté séduisante.

Jade a entendu le type au tee-shirt blanc, au sourire méchant et aux yeux renversants dire : « Elle est à moi. » Et même si Jade avait passé toute sa vie à sentir que les hommes s'appropriaient sa personne et à en souffrir, cela ne l'avait pas dérangée.

Quelque chose chez ce type lui donnait envie de faire la fête.

Son bon sourire, pas ruiné par la came, lui donnait l'impression de se tenir au bord d'une rivière vive et profonde – une rivière possiblement mais pas sûrement trop large pour sauter par-dessus – avec un irrépressible désir de la traverser.

Elle s'est levée pour danser. Les yeux fermés, elle se balançait. Elle a levé les bras au-dessus de sa tête, si haut qu'elle a senti l'air marin sur son ventre, et elle a dansé sans peur d'attirer une attention malvenue, sans peur même de la rechercher.

Toko a chanté *Just One Look* d'Eddie Lovette.

Il chantait si fort, avec tant de force et de maîtrise qu'elle a senti la terre s'ouvrir sous ses pieds.

Plus tard dans la soirée, il ne restait que quelques personnes autour du feu, tendant les mains au-dessus des braises pour profiter de leur dernière chaleur.

Une couverture a enveloppé ses épaules. Elle n'avait pas remarqué qu'il avait cessé de chanter. Ou peut-être que si, mais elle avait continué de danser quand même, au cas où il la regarderait. Soulevant la couverture et la faisant tournoyer au-dessus d'elle, les orteils plantés dans le sable, elle s'est retournée vers lui.

« Tu viens d'où, ma jolie ? » il a demandé.

Elle a fait encore un tour sur elle-même, et elle a ri. « De l'enfer. »

La Maison était le premier chez-soi de Jade. C'était là que sa mère, Felicity, assouvissait ses désirs de drogue et d'anticonformisme. Felicity n'avait jamais gardé un job plus de temps qu'il n'en fallait pour sniffer une ligne, mais se sentait chez elle à la Maison. Et le père de Jade, Head, en était le président.

Jade était gâtée, à en croire Felicity. « Carrément. La petite veinarde du gang. »

Felicity et Head aimaient Jade. Certains jours, ils lui donnaient à manger avant qu'elle parte à l'école, et parfois elle y allait dans des vêtements propres, de seconde main. Parfois, après un bon coup de peigne, elle n'avait plus de *kutu* qui lui mangeaient le cuir chevelu, pondant leurs œufs dans ses longs cheveux noirs. Parfois, Felicity était sobre quand Jade rentrait à la maison, un gigot de mouton rôtissait dans le four et une pile d'assiettes et une pile de couverts étaient posées au centre de la table dégagée tout spécialement pour l'occasion. Les couteaux à brûler le cannabis hors de vue.

Et quoi qu'il arrive, chaque matin, Jade s'entendait dire qu'on l'aimait. Même quand la journée virait au n'importe quoi, elle la commençait *aimée*.

Certains parmi ceux qui passaient par la maison se montraient gentils avec elle, aussi.

« Viens manger un morceau, *bub*.

— Tiens, prends ces cinquante cents, *bub*.

— Tu veux une gorgée de ma bière, *bub* ?

— Si tu veux tirer sur ce joint, faut que tu le fumes jusqu'au bout. T'apprendras, comme ça. »

Peu après son huitième anniversaire, un homme avec un nez qui ressemblait à une grosse patate douce grillée et un cou de taureau lui avait dit :

« Tu veux venir faire un tour en bagnole, *bub* ?

— Où ça ?

— Jusqu'à la plage ?

— J'suis jamais allée à la plage.

— Incroyable, putain : c'est ton jour de chance. »

Jade était allée chercher une serviette. Il n'y en avait plus de propre, alors elle avait pris un sarong que Felicity avait acheté dans une boutique de charité. Elle l'avait passé autour de ses épaules et était allée retrouver l'homme en sautillant. Son père se tenait debout près de lui. « J'ai trouvé que ça, comme serviette », avait-elle dit en tendant le sarong à bout de bras et en tournant sur elle-même.

« C'est pour quoi, ça ? » avait demandé Head.

Jade avait pointé son doigt. « Il m'emmène à la plage.

— Ah bon ? Il m'a rien dit. »

Head avait attrapé l'homme par les épaules et avait assené un coup de boule sur son nez en forme de patate douce rôtie. Le sang avait jailli. Head lui avait écrasé le poing dans son gros ventre. Et quand l'homme s'était plié en deux, Head lui avait donné un coup de genou en plein visage. Head avait dit à Jade d'aller s'asseoir dans sa Mustang. Sortant en titubant de la Maison, Felicity était montée aussi dans la voiture. La mère de Jade empestait le pyjama crasseux et le gin.

« Cheehou, *bub* ! Ton père nous emmène à la foutue plage. T'y crois, toi ? »

Head était sorti de la Maison avec un drap rouge. « Tiens, ma reine. » Il l'avait tendu à Felicity. « Pour t'essuyer.

— Tu crois que j'vais traîner ma came à la plage, en plein soleil ? Ah ! »

Jade était contente que le type ne l'ait pas emmenée. C'était une longue route, qui leur avait pris l'après-midi entier, et puis la nuit. Après un dîner au KFC, Jade s'était endormie. Au lever du soleil, le lendemain, ses jambes et son cou lui faisaient mal et elle en avait assez, et puis elle avait vu la mer. Pour la première fois. Et parce que le voyage avait duré si longtemps, c'était vraiment spécial de voir la mer et elle s'était de nouveau sentie soulagée que ce ne soit pas l'homme qui l'ait emmenée là.

Sur la plage, Felicity s'était assise, renfrognée, sous le soleil aveuglant, plissant les yeux malgré ses lunettes noires ; et Jade avait marché jusqu'au bord de l'eau et touché la mer du bout de ses orteils, puis avait continué d'avancer jusqu'à avoir de l'eau jusqu'aux chevilles, pataugeant de plus en plus loin jusqu'à ce l'eau lui arrive aux aisselles et qu'elle soit obligée de sautiller pour empêcher les vagues de toucher son cou et son visage. Car cela aurait été trop, que la mer vous fouette le visage pour un premier voyage jusqu'à la mer.

Head avait enlevé sa veste et son tee-shirt. Jade trouvait que son torse tatoué lui donnait l'allure d'un dieu. Il avait remonté les jambes de son pantalon et donné des coups de pied dans l'eau pour éclabousser le visage de sa fille. « Mets la tête dedans, vas-y », l'avait-il encouragée.

Felicity avait enlevé son bas de pyjama et marché en culotte jusqu'au bord de l'eau. « Z'avez éliminé vot' came, m'dame ? » avait demandé Head en l'éclaboussant à son tour.

Sans prêter attention à Head, Felicity s'était avancée dans les vagues, une grimace déformant ses traits.

Elle avait plongé sous l'eau, comme si quelqu'un avait appuyé sur sa tête et la maintenait sous la surface. Elle était remontée les yeux écarquillés, à bout de souffle. Elle avait rejoint son coin de sable et enroulé le drap rouge comme une robe autour d'elle. Mais elle trébuchait dans les replis amassés à ses pieds, telle une créature marine.

« Reviens te baigner, Maman ! » avait crié Jade.

Alors Felicity était redescendue vers eux et dans la mer, Head la contemplant comme si elle était en train de remonter en planant l'allée centrale d'une église, vers lui.

« T'es une reine, avait-il dit.

— Arrête tes conneries, Māui », avait-elle grogné. Le drap rouge nageait autour d'elle.

Se penchant vers Jade, elle avait dit : « C'est la première fois que je mets la tête sous l'eau, dans la mer, *bub*. C'était chouette. Je crois que j'avais envie de rester dessous. Je voulais devenir cette sirène…

— Celle de notre livre, Maman ?

— Ouais, *bub*. Faut que t'apprennes à le lire pour moi, hein ?

— Tu peux pas être la sirène, Maman. Elle est blanche. »

Alors, Felicity s'était enfoncée plus profond dans la mer. « Ah. C'est vrai. Mais rien à foutre. »

Quelques semaines plus tôt, l'institutrice de Jade s'était pointée à la Maison et avait demandé à entrer. Jade n'en avait pas cru ses yeux en la voyant sur le pas de la porte, parce qu'elle ressemblait à une star de ciné. Cheveux lisses et brillants, les joues roses, des cils bien recourbés. Jade l'avait prise par la main. « Entrez, entrez, avait-elle dit en l'entraînant à l'intérieur. Venez voir ma chambre. »

Felicity avait plissé le front, empoignant Jade par le bras. « Elle a sûrement mieux à faire, n'est-ce pas, madame l'institutrice ?

— Mademoiselle Matt, avait rectifié la maîtresse. Et j'ai tout le temps. »

Jade n'avait plus aimé Mlle Matt après cette visite. Primo, elle n'avait pas voulu s'asseoir sur son lit ; deuxio, elle avait refusé de rester dîner avec eux ; et tertio, elle avait fait pleurer Felicity. Celle-ci avait pleuré pendant presque deux jours après la visite de Mlle Matt. Elle avait pleuré, pleuré, sans sortir de son lit. « Faut que les choses changent ! » hurlait-elle.

Head avait monté un mur au milieu de sa chambre. Il avait peint en jaune le côté de Jade et Felicity avait acheté des photos dans une boutique de charité et les avait fixées dessus.

Mlle Matt était revenue les voir. Elle avait apporté un énorme carton de livres.

Felicity avait ouvert le carton, et ses yeux étaient devenus tout ronds et brillants en voyant *La Petite Sirène* sur le dessus. Elle s'était assise au bord du lit et avait ouvert le livre, passant sa main sur les images. « Je me souviens de ça », avait-elle dit. Et elle était restée assise là si longtemps, en silence, ses doigts glissant sur les pages comme s'ils peignaient la chevelure de la sirène.

Jade n'avait jamais vu sa mère aussi calme – jusqu'à cette journée à la plage.

Felicity s'était avancée dans la mer, laissant le drap rouge s'imbiber d'eau salée, et Jade avait contemplé le dos de sa mère, constellé de cicatrices d'acné et de vergetures, jusqu'à ce qu'il semble se parer d'un éclat blanc argenté, comme le ventre d'une perche kahawai, et Jade avait soudain eu l'impression qu'elle avait une tâche cruciale à accomplir. Apprendre à lire *La Petite Sirène*. Pour Felicity. Depuis toujours, c'étaient les histoires qui les protégeaient dans la Maison. Les légendes. La légende de Head.

La légende qui maintenait les chiens à l'écart.

Des années plus tard, Sav l'avait racontée à Jade, comme un conte de fées.

« Il était une fois trois gangsters qui roulaient dans la nuit, le coffre rempli de beuh, et il restait plus un seul gramme de crack à fumer dans leurs pipes. Ils étaient presque rentrés à la maison… »

Quand la voiture était tombée en panne dans la campagne, ils s'étaient mis à marcher.

« Ahhh ! marcher dans la campagne en étant défoncé », avait grogné Sav.

En chemin, ils avaient croisé une tente. Dedans, ils avaient trouvé une femme et un homme. Ils avaient traîné la femme hors de la tente. L'homme aussi. Ils l'avaient presque tué à coups de pied. Elle, ils l'avaient violée.

« Ah, la campagne… » avait soupiré Sav.

Les cris de la femme n'avaient pas dissuadé ses deux violeurs. Ses supplications de la laisser rentrer chez elle. Ses talons nus qui avaient frappé, craqué, non pas une fois, ni deux, mais au moins trois fois.

Le troisième homme, lui, ne l'avait pas violée. Il avait couru jusqu'à une ferme, était entré par effraction et avait téléphoné à la Maison. Il avait tout raconté à Head. Raconté à son président ce qu'il était en train de se passer dans la campagne, au milieu des vaches et des moutons et de toute cette industrie.

Head avait pris un flingue – dans une boîte fermée à clé, au fond d'un tiroir fermé à clé –, il était monté dans sa Mustang et avait roulé jusqu'à la campagne. Il avait garé sa voiture, était descendu et avait tiré une balle dans le pied d'un des violeurs. L'autre s'était rué sur lui, mais il avait trébuché dans les jambes de son pantalon et s'était effondré tête la première dans la terre grasse de la campagne. Head l'avait retourné et lui avait flanqué un coup de pied entre les cuisses.

« Avant cette nuit-là, rien d'aussi terrible n'avait jamais eu lieu dans la campagne », avait expliqué Sav à Jade.

Head l'avait roué de coups de pied, il avait écrasé son talon sur l'entrejambe du violeur.

L'avait-il épargné ?

« Oui, oui, il l'a épargné », avait dit Sav.

Mais en baissant les yeux sur la pauvre femme gisant sur le sol, il avait pensé à toi, Jade, au jour où il t'avait emmenée à la plage et où tu avais tournoyé sous le soleil, ton sarong flottant dans les airs. En cet instant suspendu, il t'avait vue comme une petite femme, et là, dehors, en respirant l'air marin, il avait mieux compris qui il était, ce qu'il était, et avait aussitôt renoncé à sa clémence.

Avait piétiné encore et encore. Ignoré la prière d'un frère, une sorte de *karakia* à la mords-moi-le-nœud. Et il avait piétiné de plus belle.

Il avait porté la femme, puis l'homme, jusqu'à la Mustang. Les avait conduits à l'hôpital et laissés sur les marches. Il était remonté dans sa voiture et avait klaxonné. Pas une fois, Jade, pas deux, mais au moins trois fois. Il avait roulé jusqu'à une cabine téléphonique pour appeler les flics et avait dit aux flics où trouver les violeurs, ces animaux parmi les autres animaux de la campagne. « Bouclez-les-moi », avait-il dit aux flics.

« Je sais ce que tu penses, Jade, avait dit Sav.

Qu'est-ce qu'elle fait avec lui ? Mais regarde le côté positif : je suis là, moi, avec toi. Je veille sur toi, parce que ton père est plus ici. Et sur la plage, ce jour-là, sans les murs de la Maison autour de lui, avec toi qui tournoyais sous le ciel bleu, il a enfin compris – il était né pour être ton père. »

Jade avait laissé sortir une ou deux larmes et donné à Sav sa propre version de l'histoire.

Le téléphone avait sonné. Head était entré dans la chambre et avait récupéré son flingue. Felicity l'avait supplié de ne pas partir avec, de ne pas faire quelque chose de stupide. Il lui avait dit de fermer sa grande gueule. Et comme c'était ce qu'elle savait le mieux faire, elle s'était exécutée. Elle s'était glissée dans son lit et avait pleuré jusqu'à ce qu'il rentre, son pantalon et ses bottines couverts de sang, les joues ruisselantes de larmes.

Head s'était assis sur le rebord du lit. Felicity avait quitté la pièce. Quand elle était revenue, elle avait pris le flingue et l'avait essuyé avec un chiffon.

Elle l'avait remis dans sa boîte, sous clé.

Puis elle avait essuyé le visage de Head avec le chiffon, l'avait aidé à enlever ses bottines pleines de sang, son pantalon plein de sang, sa chemise trempée. Elle l'avait pris par la main et l'avait entraîné hors de leur chambre. Quand ils étaient revenus, Head portait des vêtements plus propres, et Felicity n'avait pas posé la moindre question, parce que ça aussi, c'était ce qu'elle savait le mieux faire.

Et Jade avait appris ce qu'était l'amour.

L'amour enlevait la chemise et les bottines ensanglantées, emmenait sans rien dire les gens dans la salle de bains et ouvrait des robinets pour qu'ils puissent rincer les paumes sanglantes de leurs mains. Il ne posait pas de questions. Plus important : il mettait le flingue dans sa boîte, sous clé.

*

Les années qui avaient suivi cette nuit-là avaient sûrement été les meilleures des vies de Jade et de Felicity. Propriétés d'un homme redouté. Un homme impitoyable, possédant la seule chose que les membres d'un gang semblaient craindre : quelques principes inflexibles. Felicity n'était plus la propriété de la Maison, mais celle de Head, et seulement la sienne.

Felicity et Jade. La reine et la princesse. Des bâtards.

Malgré ses quelques principes inflexibles, il y avait des nuits où les problèmes de Head l'obligeaient à ravager la terre sous ses pieds. Ou les murs. Et les gens. Juste pour mieux y voir, juste pour un foutu instant de clarté. Juste pour voir qui, ce que, où il était, putain. Parfois, il se soûlait. Et il dévastait leur chambre et balançait Felicity contre ses murs. La giflait. Parfois, Jade se pointait : « Qu'est-ce que tu regardes ? » Ou bien : « Casse-toi d'ici. » Et Jade sortait de la chambre et allait se blottir dans une couverture volée et essayait de s'endormir contre les fondations en béton de la Maison jusqu'au matin, quand Head la retrouvait et chantonnait ses regrets et laissait couler des larmes tellement plus douces qu'aucun homme prévisible et dénué de rage n'aurait pu en produire.

Il la ramassait par terre et la ramenait à l'intérieur.

Mais son statut de patriarche était mis à l'épreuve, encore et encore. Et chaque fois que la légende de Head était mise sous pression, sondée, remise en cause, elle s'affaiblissait davantage, perdant sa structure, son ossature, jusqu'à ce qu'elle devienne un mythe.

Les lèvres et les jambes de Jade, ses yeux aussi, trop doux pour un tel lieu, avaient commencé à attirer les chiens, humant l'air avec leurs yeux de bâtards. Et les jointures de sagesse fracturées que Head avait récoltées au cours de sa vie troublée étaient les premiers os sur lesquels leurs dents jaunies se refermaient.

Mais le jeune homme qui jouait de la guitare sur la plage avait les dents blanches, des yeux de mer. Et quand elle avait ri et lui avait dit qu'elle venait de l'enfer, il n'avait pas trouvé ça drôle.

TAUKIRI

Je me lave quand et où je peux.

Hier, je suis allé dans un camping. Les toilettes comportaient des douches qui coulaient quand on mettait une pièce d'un dollar dans un petit boîtier argenté. J'étais content, parce que ça me donnait l'impression d'avoir payé pour ce que j'utilisais, même si je savais que c'était pas tout à fait vrai. Il y avait une laverie automatique et là aussi, ça fonctionnait avec des pièces. J'avais trois jeans, deux pantalons de jogging, quatre shorts de surf et quatre tee-shirts, un pull, deux sweat-shirts à capuche, un tas de caleçons et quelques chaussettes. Je les avais déjà portés plus longtemps qu'il aurait fallu. J'ai utilisé quelques pièces pour faire ma lessive.

Tous les jours, il fallait une heure pour marcher jusqu'à la gare depuis là où j'étais garé. Je payais le voyage en train de temps en temps, les autres fois je fraudais. Je marchais beaucoup, à la recherche d'un boulot. Certains soirs, j'avais très mal aux jambes.

Noël était passé, alors je suis retourné à l'usine de décorticage de coquilles Saint-Jacques. J'espérais que ça se passerait bien là-bas. C'était sans doute pas mal que j'aie pas les moyens de me payer un rasoir.

Les poils sur mon visage avaient poussé presque partout pareil, et ça me faisait paraître un peu plus vieux.

En arrivant sur place, j'ai vu l'homme aux taches de rousseur et aux cheveux rasés, platine, avec qui j'avais parlé la première fois. Il portait des bottes en caoutchouc et un bleu de travail, il arrosait de grosses poubelles en plastique. Je l'ai salué du bras. Il a relevé les yeux mais sans interrompre ce qu'il était en train de faire. Il m'a pas reconnu. J'ai baissé la main et traversé le ciment trempé de l'usine. Il a continué son arrosage, sans la moindre expression au visage.

« Je m'appelle Taukiri, j'suis passé la semaine dernière.

— Ah oui. »

Son visage s'est un peu redressé, forçant le mien à faire de même. « Le gamin. T'as de la barbe ! » Il a ri. Il arrosait ses grosses poubelles. J'ai passé la main sur mon visage. Je devais avoir l'air gêné.

« C'est bien. Les filles doivent adorer. »

J'ai haussé les épaules.

« Vous m'avez dit de revenir.

— Ouais. Ouais, j'ai dû te dire ça. »

J'ai fait tourner une pièce au fond de ma poche. Et je l'ai regardé bien droit. J'ai élargi ma posture, sans bouger le moindre muscle. Il m'a tourné le dos et a commencé à empiler les poubelles propres les unes dans les autres.

J'ai pas cillé. Il a jeté un coup d'œil par-dessus son épaule, m'a regardé des chaussures de skate jusqu'aux yeux. Puis est redescendu jusqu'aux chaussures.

« Écoute, gamin… »

J'ai tout misé sur la pauvre carte que j'avais pensé jouer. J'ai arrêté de faire tourner la pièce au fond de ma poche et j'ai marché à grands pas jusqu'à la pile de poubelles en plastique, et je les ai soulevées. Toutes en même temps. Mes biceps tremblant sous leur poids.

Mais je l'ai maîtrisé. Le tremblement.

« Je vous les mets où ? »

Il m'a guidé à l'intérieur de l'usine, ses bottes en caoutchouc vasouillant dans les flaques. Et j'ai posé les poubelles lentement, calmement, comme si j'avais pu les porter éternellement si on m'avait payé pour ça.

Je faisais la manche avec Elliot presque tous les soirs, et je travaillais à l'usine de décorticage de saint-jacques presque tous les jours. Il y avait un bâtiment avec des douches pour les employés. J'étais autant reconnaissant de ça que de la paie que je touchais toutes les semaines.

Les journées étaient longues. Avec un peu de chance, je terminais assez tôt pour rincer l'odeur de coquilles qui s'accrochait à moi et me pointer sur Cuba Street avant qu'Elliot soit prêt à commencer. Des fois, il commençait sans moi.

« Cool, *bro*, je lui disais. Sympa d'avoir chauffé mon public. »

Le décorticage me laissait trop de temps pour penser. J'essayais de m'en empêcher, mais en forçant les coquilles pour en extraire la chair, debout sur le ciment froid de l'usine, ils se pointaient. Le père et la mère qui m'avaient mis au monde. Je tâchais de pas me souvenir d'eux, parce que je les confondais avec des histoires qu'on m'avait racontées, ou des photos que j'avais vues. J'étais sûr de me souvenir d'une chanson que mon père jouait sur sa guitare, avec moi sur ses genoux. Mais alors, je l'entendais à la radio et ça me rappelait Maman, si bien que je savais plus à qui appartenait ce souvenir.

Je me disais que ça serait toujours comme ça, pour Ari et moi. On chercherait dans les miroirs et dans les foules des morceaux de tous les proches qu'on avait perdus.

C'est ce que ressentirait Ari en pensant à moi – qu'il m'avait perdu et devait me chercher dans les endroits où j'étais pas.

Mais ça finirait par lui passer. Les choses deviendraient plus faciles.

Elliot m'aidait assez. J'aimais bien faire la manche avec lui, jouer de la guitare et chanter avec lui. Parfois, des gens aimaient notre musique et s'arrêtaient pour écouter, comme quand on avait tapé le bœuf le premier soir.

Une fois, un groupe d'hommes est passé devant nous et j'ai entendu quelqu'un qui disait : « Hé, regardez, c'est la *Star Ac* des Maoris ! »

Ils ont tous éclaté de rire, et Elliot m'a dit de pas faire attention à des connards pareils.

Parfois, des étudiants de la fac venaient s'asseoir autour de nous, ils écoutaient peut-être, les yeux fermés, balançant la tête en fumant. Une fois ou deux, des gens ont même dansé. C'était cool.

Souvent, je me pointais sur Cuba Street, mais Elliot était pas là. Une fois, j'ai joué quand même. J'ai ouvert mon étui à guitare et je me suis lancé. Les gens passaient devant sans s'arrêter, écoutaient à peine. Un garçon avec une cape de superhéros et des bottes en caoutchouc – il devait avoir un an de moins qu'Ari, à peu près – a attrapé la main de sa mère et l'a suppliée de lui donner un peu d'argent pour moi. Elle a souri, un peu embarrassée, et a sorti une pièce. Il l'a prise et s'est précipité sur moi en l'agitant, il a jeté la pièce d'argent dans mon étui.

« Merci, *dude*… » j'ai dit pendant qu'il filait retrouver sa mère, manquant tomber avec ses bottes, sa cape ondulant derrière lui comme une vague.

Après avoir fait la manche, en rentrant chez nous, Elliot me posait souvent des questions, et je répondais : « J'ai pas envie d'en parler, *bro*. Je veux juste oublier. »

La première fois que j'ai dit ça, il m'a raccompagné à ma voiture, a sorti des comprimés de sa poche et les a posés sur le capot, les a broyés, a fait un rail avec la poudre et m'a dit de sniffer. J'ai fait ce qu'il disait.

Puis il m'a emmené dans une fête.

« Là t'oublies, *bro* ? » il m'a demandé après. On était assis dans un cabanon sur des canapés défoncés, éclairés par des guirlandes de Noël, des gens parlant autour de nous, murmurant, riant fort. Nos guitares s'étaient mises à jouer toutes seules et une fille à côté de moi m'embrassait dans le cou. Elle a passé la main sous mon tee-shirt. M'a demandé ce que voulait dire mon os sculpté.

Elle a insisté : « Ça veut dire quoi ? »

Comme si elle en avait quelque chose à faire. Je lui ai dit que c'était un cadeau de mon *koro*, mon grand-père. Puis je l'ai embrassée pour la faire taire. Pour être sûr qu'elle reposerait pas la question. Pour être sûr qu'on n'allait pas commencer à parler de nos vies, de ce qu'on ressentait, de nos avenirs.

Il y avait dans l'air des odeurs d'étoiles et de beuh.

« Alors t'oublies, là ? m'a redemandé Elliot.

— Quoi ? Oublier quoi ? »

Et il avait éclaté de rire, sans que je sache pourquoi.

La fille me léchait le cou comme la mer, et ça m'a fait la détester et la désirer à la fois. Je lui ai pas demandé son nom parce que je m'en tapais complètement.

ĀRAMA

Tante Kat nous emmenait pique-niquer à la cascade, Beth et moi.

« C'est le meilleur trou d'eau du monde pour nager, a dit Beth. Faudra juste faire gaffe aux vieux papys anguilles qui risquent de croire que tes orteils sont de petites saucisses, parce que les saucisses sont leur nourriture préférée. »

Oncle Stu était censé venir, c'était son jour de repos, mais il a préféré aller au Craypot avec Tom Aiken. Normalement, Tom Aiken passait son jour de repos avec Beth, mais il y avait un tournoi de billard et il était le meilleur joueur de Kaikōura. Il allait peut-être ramener un trophée à la maison. C'est ce qu'a dit Tante Kat en voyant que Beth était triste que son père vienne pas – elle a dit qu'il allait sûrement lui rapporter un trophée.

« J'en veux pas, de leur trophée de merde », a dit Beth.

Tante Kat a fait comme si elle n'avait pas entendu son vilain mot. Moi, j'avais dit à Tante Kat que j'avais passé une nuit de M.E.R.D.E. et même si j'avais juste dit les lettres, elle m'avait pincé l'oreille.

La route jusqu'à la cascade de Smithy était cabossée

et la voiture remplie de poussière, car Lupo pétait les plombs si on baissait pas la vitre. Cet idiot de chien jappait chaque fois qu'un gravier tapait le dessous de la voiture. Quand on s'est garés et qu'on a ouvert la portière, Lupo a bondi dehors et disparu dans le bush. Beth a dit qu'il connaissait très bien le chemin parce que Tom Aiken les emmenait sans arrêt ici, tous les deux.

Il faisait hyper chaud et j'avais vraiment hâte de me baigner. J'entendais juste le bruit de la chute d'eau et le froissement des herbes contre mes jambes. J'en ai arraché une tige et je l'ai enfoncée dans ma bouche comme l'aurait fait Django. Ça me donnait l'impression de plus avoir le moindre problème. Plus d'Oncle Stu, plus de Maman et de Papa morts, plus de frère que je voulais voir revenir.

Beth s'est approchée de Tante Kat par-derrière et l'a prise par la main. Tante Kat a d'abord eu l'air étonnée, mais après elle a serré la main de Beth.

Tante Kat était si différente loin de la ferme et d'Oncle Stu. Elle ressemblait plus à ma mère.

Beth et moi, on avait des shorts de rugby pour nous baigner. Le mien était celui des Canterbury Crusaders et le sien était tout noir. Tante Kat portait un maillot violet, une serviette autour de la taille. En temps normal, elle mettait de vieux tee-shirts avec des trous dedans et un jean taché.

On a laissé notre panier de pique-nique et nos sacs sur la berge, au pied de la cascade.

J'ai enlevé mon tee-shirt.

« Waouh ! a soufflé Beth en s'approchant de moi. Hallucinant. »

J'ai touché mon os sculpté. « Taukiri a le même. C'est un os de baleine. »

J'ai compris qu'elle avait jamais vu un truc pareil. Ça m'a rendu fier d'avoir quelque chose capable de faire taire Beth.

« C'est la mer », je lui ai dit. Je voulais lui en dire plus. L'histoire que Tauk m'avait racontée, mais elle a pas voulu sortir. Juste la tristesse. Juste un vœu. Juste « Reviens, Tauk ».

Elle a cligné des yeux. « Allez, viens », elle a fait.

Beth a proposé de grimper jusqu'au trou d'eau. La montée était pentue, mais Beth connaissait toutes les racines dégagées où s'accrocher, toutes les pierres assez solides pour nous retenir, toutes les branches à attraper.

Lupo est arrivé en haut avant nous. Ce bêta de Lupo. Il se frayait un chemin sous les ajoncs et les buissons de mûres. Quand on a atteint le sommet, Lupo regardait le trou d'eau en remuant la queue, langue pendante, d'où dégoulinaient de gros filets de bave de chien.

Beth a escaladé comme elle a pu un gros bloc qui surplombait le trou d'eau et elle s'est jetée dedans en faisant la bombe. Tante Kat a plongé après elle. Le bloc était haut, alors je suis descendu dans l'eau depuis la berge. Elle était plus froide que je le pensais. Sauter dedans serait plus facile.

Beth m'a dit de grimper sur le rocher avec elle. C'est à ce moment-là que je me suis souvenu que j'avais pas apporté de sparadraps, ce qui était vraiment idiot de ma part. J'aurais voulu rentrer en courant à la maison et en rapporter. Juste au cas où.

« Allez, viens. Il ferait quoi, Django ? Il volerait comme un *manu* », a déclaré Beth.

Elle s'est mise à chanter en frappant dans ses mains. « Quoi, quoi, Django ? Oise, oise, oiseau… »

Tante Kat a dit qu'on pouvait sauter ensemble, parce que le bloc était assez large pour qu'on tienne tous dessus. Dans l'eau, j'ai cru voir le visage de Maman. Tante Kat a compté jusqu'à trois et on a tous sauté bien haut dans les airs, si haut, et Lupo a aboyé et un nuage a recouvert le soleil et on est tombés – les jambes en l'air et les fesses en bas, on est tombés – et le nuage est passé devant le soleil et le monde est soudain redevenu brillant et on a volé comme de sacrés *manu*. Tauk aurait trouvé aussi. Il adorait plonger comme ça. J'avais hâte de l'emmener ici. Ça pourrait devenir notre endroit secret, comme Bones Bay.

JADE ET TOKO

Il faisait courir sa langue sur les oiseaux tatoués ornant les côtes de Jade. Bouche grande ouverte, elle s'est rempli le ventre d'air et l'a gardé à l'intérieur, a écarté les cuisses et s'est caressée. Cette sensation d'avoir autant envie de baiser que la personne qui allait la baiser était nouvelle. Elle n'avait jamais eu envie de Coon ; il l'avait prise au piège. Cet homme-là, cet homme la léchait, l'embrassait, l'avalait, la consumait, et pourtant elle se sentait comme une note de musique… une parole de chanson… lâchée dans le monde, et que nul ne pourrait attraper ni capturer. Jamais plus.

« Je peux pas. » Elle lui a griffé le dos, a tenté de rentrer son ventre sous sa cage thoracique. « Je peux pas faire ça. »

Il a compris, a cessé de la torturer. Lui a donné ce qu'elle demandait, ce qu'elle méritait, ce qu'elle voulait.

Elle s'est réveillée seule dans son lit à lui, et s'est imaginée en train d'avouer.

« T'as couché avec un autre, dirait sans doute Coon, comme il le faisait toujours.

— Oui, pourrait-elle répondre cette fois.

— Oui ? la relancerait-il.

— Ah ça, oui ! dirait-elle.

— J'espère que ça valait la peine, sale pute. » Paf ! « Ah ça, oui ! »

Jade n'avait dit non qu'une seule fois. Le lendemain, Coon s'était repenti de ce qu'il avait fait. Ses excuses avaient été douces et plus proches de l'amour que tout ce qu'elle avait pu voir de lui.

Il y avait dire non et ne pas être entendue, et il y avait n'avoir jamais été partante.

La chambre de Toko était simple. À part le grand lit, il n'y avait que deux meubles : une armoire et une table de chevet avec une lampe posée dessus. Sur l'un des murs, une horloge.

Elle aimait ses draps. C'était agréable d'être nue dedans.

Elle a entendu ses pas dans le couloir. La porte s'est ouverte. Il avait une serviette autour de la taille. Il a marché jusqu'au lit et s'est assis au bord.

« T'as soif ? il a demandé. C'est dangereux.

— C'est profond, tout ça, elle a dit.

— Ouais, *girl*, on est enfoncés jusqu'au bout. »

Une tranche de citron se balançait dans le verre ; cette attention de sa part a fait battre le cœur de Jade.

Le bruit de la mer toute proche était une promesse de vert. Elle était habituée à des couleurs plus rageuses, plus sales. Le rouge du sang, le noir des ecchymoses. À des bruits qui promettaient de nouvelles marques sur les marques.

Il a pris son verre vide, l'a posé par terre, a défait sa serviette et s'est glissé de nouveau sur leur lit saccagé.

Sav a retrouvé Jade chez Toko un jour et demi après la fête sur la plage. Jade était assise sur un transat en plein soleil. Sav s'est posée en face d'elle.

« Il va te retrouver, ma chérie. C'est sûr. C'est la merde, *babe*, mais faut que tu reviennes. M'oblige pas à rentrer sans toi. Il me tuera. On va se tirer de là. On va trouver un moyen. Reviens cette fois encore, la dernière, et on s'organiscra. »

Jade a songé un instant à laisser sa cousine rentrer seule et tout expliquer. Il ne ferait peut-être rien. Sav n'aurait peut-être aucun problème. Il serait peut-être juste triste, en colère même, ce qui serait normal après tout.

Coon noierait peut-être tout ça dans l'alcool. Il se soûlerait à mort. Gueulerait. Frapperait dans des trucs, voire des gens. Il pleurerait même peut-être pour de bon. Mais elle savait qu'il préférerait la voir morte que simplement partie, que simplement la voir faire ses affaires et s'en aller. « Ouais, nan, nan, nan, nan, se dirait Coon. Pas question. »

« Une dernière fois, je te promets, a insisté Sav. On va changer de vie. J'ai promis à Head de te sortir de là. Mais on peut pas faire ça comme ça.

— Tu l'as faite quand, cette promesse ?

— Il était mort, et moi ivre, mais ça compte quand même. Sans doute plus encore. »

Jade a dit au revoir à Toko. S'est fait passer pour un vrai esprit libre.

« C'était cool, elle a dit. On devrait le refaire une autre fois. » Et elle s'était sentie fausse, à prononcer des mots entendus dans les films. À faire et à dire des trucs dont elle savait que les princesses, dans les livres, les faisaient et les disaient mieux qu'elle. *On devrait le refaire une autre fois.* Indications de jeu : *Agiter les cheveux. Battre des cils. S'éloigner d'un pas nonchalant.* Elle n'avait pas la moindre idée de qui elle était, mais elle n'était pas la fille qu'elle prétendait être.

La vérité, c'était qu'elle avait déjà imaginé leurs bébés, et elle en train de laver leurs draps et de ramasser ses tee-shirts, ses jeans, ses sous-vêtements – les siens à elle aussi – laissés sur le plancher quand le lit était trop loin.

Mais il fallait qu'elles partent. Sav avait raison – Coon la retrouverait.

Alors elles sont parties.

Elles sont montées dans la voiture et elles ont démarré.

« N'oublie pas, ma chérie : on était au *tangi* de ma tante à Christchurch, d'accord ? Parle pas de Kaikōura. Tout débile qu'il est, Hash ferait quand même le rapprochement.

— Il rapprochera même ce qui a rien à voir, et tu seras encore plus dans la merde.

— Ça a rien de drôle, *babe*. Je sais que c'est la merde.

— Effectivement.

— Mais c'est la vie qu'on a choisie.

— Que t'as choisie.

— Ouais, j'ai choisi. C'est la grosse galère, *babe*.

— Ouais. »

Le trajet a été long après ça, douloureusement long et douloureusement silencieux. Sav a conduit et Jade a dormi. Puis Jade a conduit et Sav a dormi, et elles ne se sont pas arrêtées pour acheter à manger de tout le voyage.

Mais il leur restait les blagues, c'était ça qui les faisait tenir. Leur liberté, c'était le rire.

« Putain, pourquoi tu t'es remise avec Hash ? Il va te donner autant d'amour que Tommy ? »

Sav a rigolé, donné une tape sur le volant.

« T'es vraiment une sale pétasse, tu sais. Head a vraiment estropié Hash. C'est pas juste des histoires.

— T'en as eu la preuve, hein ?

— C'est pas beau à voir, *babe*. »

Elles ont ri jusqu'à ce qu'elles pleurent. Elles ont ri jusqu'à ce que les larmes deviennent de vraies larmes. Elles pleuraient leur propre impuissance en roulant lentement, de leur plein gré en apparence, vers la Maison.

Assez, se disaient-elles. Ça suffisait.

Sav a dit : « Une chance que la ligne fixe de Coon ait été coupée.

— Non, elle l'est pas.

— Si c'était pas le cas, ma tante arrêterait pas d'appeler pour me demander pourquoi je suis pas allée à ce foutu *tangi* alors qu'elle m'a payé le voyage.

— Elle a pas payé pour rien, ça c'est sûr », a dit Jade en souriant.

Sav a posé la main sur les cheveux de Jade. « Sale pétasse. »

Il pleuvait quand elles se sont garées devant la Maison.

Jade a imaginé un lieu où il aurait fait bon entrer pour s'abriter de la pluie. Où elle se serait sentie chez elle. Elle n'était pas rentrée chez elle pour s'abriter de la pluie depuis que Head s'était fait tuer. Depuis, elle rampait à l'aveugle dans la boue gluante de cet endroit.

Sav a marché jusqu'à sa chambre et refermé la porte. C'est surtout l'odeur de la Maison qui tourmentait

Jade. Dès qu'elle est rentrée, l'odeur lui a sauté au visage.

Pas un bruit. Elle a parcouru les pièces en quête de la raison. Des caisses de bières étaient empilées dans le salon. Le plancher était poisseux. Il y avait des mégots, des cafards. Des plats à emporter à moitié mangés. Des emballages. De la pisse. Elle s'est demandé si Coon et Hash étaient partis en chasse, en mission, retrouver ces deux petites pétasses. Elle s'est inquiétée pour Toko, mais elle ne pouvait rien pour lui.

Elle a décidé de laver les draps de son lit.

Il y avait une montagne de linge sale dans la buanderie, qui puait le moisi.

La machine sentait plus mauvais encore. Jade a pris un seau et de l'eau savonneuse pour la nettoyer. Puis elle a mis ses draps dedans pour les laver.

Une fois la machine lancée, elle s'est mise au travail. Elle a trouvé un peu de liquide vaisselle dans la cuisine. Mieux que rien, elle s'est dit. Elle a commencé par le salon. Une fête avait eu lieu. Avec de l'alcool et de la drogue. Sans doute une baston. Peut-être que quelqu'un s'était fait défoncer les dents, ce qui aurait expliqué les morceaux retrouvés dans sa serpillière.

La version sordide d'une fête avait eu lieu.

Jade a fait de son mieux. Deux heures durant, elle a récuré l'alcool, la saleté, le sang, l'urine et le vomi. L'odeur, relâchée par le plancher de bois et la moquette, s'est infiltrée encore davantage dans sa peau. Elle n'avait jamais vraiment l'occasion de faire le ménage entre deux fêtes. Ça ne valait pas la peine. Mais là, ça lui permettait de ne pas se demander sans arrêt quand Coon allait rentrer – et dans quel état.

Jade passait d'une pièce dégueulasse à la suivante. Ramassait des trucs. Épongeait. Balayait. Ouvrait les fenêtres. Elle est sortie récupérer ses draps, les a serrés contre sa poitrine et a cherché quelque chose. Quelque chose de nouveau. Quelque chose de prometteur. Mais elle n'a trouvé que la Maison. Revenue à l'intérieur, elle a fait le lit, s'est glissée dans les draps propres, elle a fermé les yeux et elle s'est endormie.

Quand elle s'est réveillée, la maison était plongée dans l'obscurité et elle a entendu des voix. Des cris. Des claquements de verre. Des rires. Une basse. Une batterie. Elle a entendu Coon. Son corps s'est raidi et ses orteils se sont recroquevillés contre la plante de ses pieds. Bien réveillée maintenant, elle a écouté. Attendu.

Le bruit s'est déplacé dans la rue. Elle a entendu des bouteilles se briser sur la chaussée. Puis sa porte s'est ouverte brusquement et Coon est entré en titubant dans la chambre.

« Je t'ai manqué, *baby*, hein ? Me v'là rentré. »

Déroutée, Jade n'a pas répondu.

« T'es fâchée, *baby* ? Oh, *baby*. Sois pas fâchée. On était sur la route. Trois jours sans dormir. Puuutain… Mais la came qu'on a rapportée, *baby*, c'te came… On va être riches. Je vais t'acheter des trucs. Tellement de trucs. Puuutain. »

Alors elle a eu honte d'avoir été une telle salope, de s'être tellement moquée de lui, alors qu'il s'échinait à remplir de choses leur avenir.

« Y a du kaimoana dans le frigo pour toi, un truc au poisson que je t'ai rapporté. J'sais que t'adores ça. »

Il s'est laissé tomber à côté d'elle et s'est endormi.

Elle s'est levée, a enfilé ses baskets et elle est allée dans la cuisine. Une pagaille monumentale, comme si elle n'avait pas fait le ménage. Des éclats de verre par terre, du vomi dans l'évier. Ça sentait la fumée et l'herbe et le vomi et la bière et la vieille huile et la maladie. Elle a ouvert le frigo. Une bouteille de sauce tomate, un vieux chou, la carcasse osseuse d'un poulet rôti.

Et là, planqué tout au fond pour que personne ne le vole, un Filet-O-Fish. Soudain affamée, elle l'a attrapé, a défait l'emballage, l'a dévoré si vite que sa poitrine lui faisait mal.

Elle est allée se recoucher.

Il s'était pissé dessus. Et la puanteur dans la chambre lui a inspiré de la pitié, pour elle-même et pour lui. Elle qui avait lavé les draps et lui qui aurait peut-être honte, ou peut-être pas, lorsqu'il se réveillerait.

TAUKIRI

En faisant la manche, hier soir, on a failli se retrouver à la plage avec toute une bande. Quelqu'un a eu l'idée, une idée que j'ai aussitôt détestée, et j'ai dit à Elliot que je la détestais. Les lampadaires au-dessus de nous s'étaient allumés, dessinant des lunes jaunes sur le ciment gris. Une touriste américaine avait dit, avec son accent – qui donnait l'impression qu'elle avait vu le monde entier, et qu'ici c'était juste une île de plus sur sa liste –, son bras bronzé passé autour du cou d'Elliot, coiffée du chapeau qu'il utilisait pour faire la manche : « Si on allait à la plage ?

— Idée de merde, j'ai dit à Elliot. Allons ailleurs.

— Où ? a demandé l'Américaine, avec un rire insouciant. Où ça pourrait être meilleur qu'à la plage ?

— Je t'ai parlé, à toi ? j'ai répliqué.

— Laisse tomber, *bro.* » Elliot l'a embrassée sur la joue. « J'connais un million d'endroits bien meilleurs, *baby.* » Et sa main a glissé sous le chemisier de la fille.

« Un million ? Essaie donc de me montrer à *moi* un million d'endroits que je connais pas, j'aimerais voir ça.

— Un million, j'te jure. » Et il a sorti un truc dont

la seule vue provoquait maintenant chez moi une réaction instinctive. Une envie démente.

On a gobé les cachetons. « T'inquiète, *bro*. J'suis avec toi », a murmuré Elliot alors que mes os, mes muscles et mes organes commençaient à se soulever. Mon cœur savourant la légèreté qu'il y avait à ne presque plus battre.

« N'oublie pas, elle a murmuré, se détachant déjà du petit soldat débordant d'énergie, prêt à prendre d'assaut la plage, qu'elle avait été. Un million de choses. »

Dans une maison, après que l'Américaine s'est déshabillée et a comaté sur ses genoux, Elliot et moi, on a plus ou moins discuté.

« Ça me fait pas trop d'effet, hein, *bro*. File-m'en un autre. »

Je l'ai broyé, sniffé, et Elliot s'est endormi.

J'ai essayé de faire abstraction du fait que je savais pas vraiment où on était.

On avait marché. Ça, je m'en souvenais. Et Elliot s'était servi d'une clé pour entrer. C'était sûrement chez lui ! On avait mangé des chips, et l'Américaine s'était mise à danser et avait enlevé tous ses vêtements.

J'étais soulagé de savoir que c'était sans doute la maison d'Elliot. C'était ça, qu'il avait dit ? « Allons chez moi. » Je savais plus trop. Mais je faisais semblant de pas m'en soucier. Le papier peint blanc se décollait dans les coins, et le plafond était aussi haut qu'une église.

On était sur un plancher, devant une cheminée vide. Et là, j'ai vu un oiseau perché sur le linteau. Il a penché la tête de côté pour me regarder. Il clignait des yeux comme Ari quand je m'étais réveillé à l'hôpital. Sa queue était déroulée comme un éventail derrière lui.

« J'ai essayé de sauver tellement d'entre vous, j'ai murmuré, et le petit oiseau semblait écouter de tout son être minuscule. On a réussi une fois seulement. Ari et moi. Avec un *tūī*. Tu en connais, des *tūī* ? Nan, toi, t'es un *pīwakawaka*. T'es trop cool pour t'occuper des autres oiseaux. »

Le *pīwakawaka* a penché sa tête de l'autre côté.

« T'es un oiseau pas très prudent, pour entrer comme ça dans une maison. »

Elliot a ronflé. L'Américaine avait posé la tête sur ses cuisses, les seins toujours à l'air. J'ai enlevé mon sweat-shirt à capuche et je l'ai posé sur elle. Je me suis retourné vers l'oiseau.

« Tu t'appelles Ari ? » je lui ai demandé.

Je me suis levé et l'oiseau s'est envolé droit vers mon visage, puis il s'est mis à voleter partout dans la pièce. Il a foncé dans la fenêtre, dans un miroir puis dans un mur, il est passé si près de ma tête que j'ai senti ses plumes glisser contre mon cou.

J'ai ramassé la brosse à cendres posée près de la cheminée, je l'ai jetée sur cet idiot d'oiseau. Je l'ai raté de peu. La brosse s'est écrasée contre le mur dans un grand claquement qui a résonné sous le haut plafond de la pièce. L'oiseau a retraversé la salle, a heurté de nouveau la fenêtre avant de s'écraser sur le plancher, où il s'est agité.

Je suis allé ouvrir la fenêtre. L'ai aiguillé vers l'ouverture.

« Vas-y, sauve-toi. »

Des mains, je les ai vues s'envoler dans le ciel, puis des fleurs sauvages, puis des livres.

J'ai vu, j'ai vu un livre s'envoler dans les airs.

Et j'ai pensé à toutes les histoires que je possédais, et que j'avais pas racontées.

Je me suis rué vers ma guitare, qui gisait par terre, et j'ai chanté pour chasser le fardeau écrasant qui pesait sur moi.

Elliot a bougé pendant que je chantais – je l'ai entendu – mais j'ai gardé les yeux fermés. J'ai senti une main sur mon épaule. J'ai ouvert les yeux et il y avait une autre fille, pas celle d'Elliot. Celle-là avait les yeux marron et une tache de rousseur sur la paupière.

« Un *pīwakawaka* est entré », j'ai dit.

Elle s'est assise devant moi et a croisé les jambes.

« C'est pas bon, ça. Mais continue de jouer. Continue de chanter. »

J'ai refermé les yeux, et j'ai chanté. Puis je me suis interrompu, les yeux toujours fermés. « Où je suis, jolie fille avec une tache de rousseur sur la paupière ?

— Megan. Je m'appelle Megan.

— Je crois que je vais t'appeler Jolie-fille-avec-une-tache-de-rousseur-sur-la-paupière.

— Moi, ça me dérange pas, mais s'il te plaît… pas quand mon copain est dans le coin.

— Non. Jamais devant lui. Mais chaque fois que je pourrai, sinon. »

J'ai ouvert les yeux.

« Tout va bien », j'ai dit.

J'ai regardé autour de moi. « C'est nous qui avons tout dérangé comme ça ?

— À moins que je sois rentrée à la maison au milieu de la nuit, défoncée, et que j'aie désapé cette fille, en balançant des chips et d'autres merdes un peu partout, oui, c'est vous.

— Ça, j'ai dit en montrant la brosse à cendres, c'est

la faute de l'oiseau. Et la fille s'est juste amusée. Mais pour les chips, je plaide coupable. »

J'ai ramassé la brosse, trouvé la petite pelle et me suis mis à balayer les chips sur le plancher.

La Jolie-fille-avec-une-tache-de-rousseur-sur-la-paupière est restée assise là, en tailleur, à me regarder.

« T'es Taukiri.

— Lui-même.

— Tu veux savoir comment je le sais ?

— Ouais, bien sûr.

— Je suis la sœur d'Elliot.

— Tu fais quoi, à part être la sœur d'Elliot ?

— Je prends des photos.

— De quoi ?

— De choses.

— Genre, des gens ? Genre, des mariages ?

— Plutôt des bouts d'histoire, elle a dit en se frottant le tibia. J'aime les histoires. Elliot m'a raconté la tienne. Enfin, une partie… »

J'ai continué de balayer. Même s'il n'y avait plus rien à ramasser.

« C'est une histoire triste, elle a ajouté.

— Oui, j'imagine.

— Tu dois te sentir très seul. » Et sa voix a résonné, rebondissant contre les murs comme si elle m'embrouillait et qu'en fait la mer, c'était elle, sous une forme humaine, venue voir de ses propres yeux la souffrance qu'elle m'avait causée. La tache de rousseur sur sa paupière s'est déployée comme une étoile de mer et le soleil a glissé sur son visage comme il le fait à la surface de l'eau.

J'ai laissé tomber la brosse. « Ravi de t'avoir rencontrée. » Et je suis sorti par une porte, qui donnait sur un couloir, qui conduisait à une cuisine sans porte.

J'ai remonté le couloir dans l'autre sens, passant devant la fille à la tache de rousseur en étoile de mer, ses cheveux ondulant comme des algues au-dessus d'elle. Quand je suis passé devant elle, elle a dit : « Par là. »

Je suis sorti dans la lumière du jour. La pleine lumière aveuglante du jour. Comment pouvait-on être déjà le matin ?

J'ai entendu un avion qui décollait, une voiture qui escaladait en rugissant la colline.

J'ai marché vers le bas de la colline, longeant les maisons en bois qui ressemblaient toutes à celle de Megan, et mon corps donnait l'impression d'être trop léger. Comment pouvais-je marcher aussi facilement ? Qu'avais-je oublié ? Qu'avais-je négligé ?

« Merde », j'ai dit. J'avais laissé ma guitare dans le salon, posée contre le canapé.

Je suis remonté en haut de la colline. Les nuages filaient dans le ciel, et le soleil faisait une dernière tentative pour tout brûler sur terre avant que les nuages noirs l'en empêchent.

J'ai parcouru au petit trot les derniers mètres avant la maison de Megan et retrouvé ma guitare calée contre la porte d'entrée, comme si elle s'était précipitée dehors et m'attendait comme un gosse qu'on a oublié. Il y avait l'éclat dans le vernis qui avait toujours été là, mais il ressemblait maintenant à une petite étoile de mer.

J'ai empoigné la pauvre guitare.

Tonnerre, au loin. Redescendu la colline jusqu'en ville, en espérant retrouver ma voiture. Le ciel, plein d'orage.

Mon cœur battait fort, je voulais ma voiture comme autrefois j'avais voulu une bouée de casier à langoustes ou un bout de bois flotté. La terre. La pluie qui découpait le matin chaud, déferlant comme une vague, comme si on avait soulevé la mer pour l'abattre, lourde, sur un sol en flammes.

Un gamin, qui me ressemblait comme deux gouttes d'eau, je veux dire, vraiment comme deux gouttes d'eau, était en train de rire. Il a dit : « Voilà le gars qui roule en ville avec un surf sur le toit de sa voiture pour avoir l'air cool. »

J'ai serré plus fort ma guitare. Elle semblait s'accrocher à moi, apeurée. Effrayée par l'eau. J'aurais voulu cogner ce gosse qui me ressemblait comme deux gouttes d'eau, mettre mon poing dans son visage tout pareil au mien. Lui fracasser ma guitare dessus pour m'avoir embêté, mais il s'est envolé dans le ciel. « Ah ah ah ah ah ah ah ah ah ah ah ! » il criait.

À la bibliothèque. J'ai dit à ma guitare de pas faire de bruit, mais une note a retenti, secouant les bouquins sur leurs rayons.

« Chhhhhh », j'ai soufflé, mais on nous a dit de partir et on a dû courir dehors, sous une pluie pleine d'étoiles de mer et de sel. Un éclair de Neptune.

Et d'autres éclairs de Neptune.

J'ai vidé un sac-poubelle dans la rue, l'ai déchiré avec mes ongles et tout ce qu'il y avait dedans s'est répandu comme les entrailles d'un poisson sur le bitume trempé. J'ai enveloppé ma guitare de ce plastique noir gluant, qui me crachait des grossièretés de derrière ses lèvres scotchées. Quand j'ai fini par retrouver ma voiture, la portière s'est ouverte pour moi, comme si elle attendait notre évasion.

Stan Walker, le chanteur maori, était au volant. Il avait mis *Black Hole Sun* de Soundgarden à fond sur la stéréo. « Viendras-tu, soleil trou noir… » J'étais content que Stan conduise à ma place. J'ai regardé son cou. Son tatouage disait : *Whakamā*.

« Ça veut dire "beau" », a dit Stan, et je me suis demandé pourquoi il me mentait.

« Mets une chanson à toi, j'ai dit.

— Désolé, *bro*. J'arrive pas à trouver mes trucs. Je les ai posés sur la banquette arrière, mais ils y sont plus. »

Chris Cornell, le chanteur de Soundgarden, était assis là à la place, son bouc poussant sous son menton comme s'il avait mangé des haricots magiques. On aurait dit un dieu. Tangaroa. Mais il portait les boucles d'oreilles en perles de Nanny.

« Oh, ces trucs, il a dit en me voyant les regarder. Un marin écossais me les a donnés quand on est tombés amoureux. »

On s'éloignait, à tombeau ouvert.

Ma planche de surf s'est changée en aileron pour nous aider à glisser à travers la ville aussi vite qu'un poisson.

Ils ont retrouvé un équilibre. Le soleil et la mer. La mer a arrêté de se déverser dans le ciel depuis son lit sans âge, et le soleil a arrêté de faire son trou noir à la con, brûlant tout sur son passage, et quand la voiture s'est garée le long de la maison abandonnée, j'ai entendu les oiseaux faire des bruits qui promettaient la paix et l'harmonie, et d'autres conneries dans le genre. Posé entre la vieille maison et les buissons, j'ai fermé les yeux sur la banquette arrière, dans mes habits trempés.

Se vider la tête avait un prix. La tête se vidait, euphoriquement, dans un sens, bien sûr, mais toute la merde finissait par retomber dedans. Plus éclatée encore qu'avant.

Je me suis endormi dans une flaque, sur la banquette.

Et puis j'essaie d'aller au boulot, mais mes os et mes muscles n'arrivent pas à savoir qui doit diriger, et s'appuient les uns sur les autres comme des hommes soûls. Toutes les coquilles que je devrais décortiquer sont repoussées dans un coin de l'usine par un homme aux longs cils pleins de sable, en bleu de travail et bottes en caoutchouc. La chair des coquilles pourrit et je fais tourner des pièces dans mes poches. Et je mange les boucles d'oreilles de Nanny. Jusqu'à en faire du sable. Du sable fantôme. Et je tousse, je tousse, je tousse.

ĀRAMA

On allait passer la nuit au milk-bar. Beth et moi, on était tellement excités. Beth se demandait combien de sucettes au juste on nous laisserait manger. D'après elle, cent. J'ai dit : « Impossible. » Moi, je pensais pas plus de quarante, et il me semblait pas en avoir mangé autant dans toute ma vie, donc ça faisait beaucoup. Tom Aiken irait avec Tante Kat, et Oncle Stu aussi.

Il m'a semblé que Tante Kat était pas vraiment contente, parce qu'elle voulait juste sortir avec sa copine. Beth et moi, on s'en fichait. On était tellement excités d'aller passer la nuit au milk-bar. J'espérais que les enfants qui vivaient là-bas étaient sympas. La dame du milk-bar avait l'air sympa. Elle avait un gentil sourire, alors je me suis dit que les enfants devaient être gentils aussi. Quand on vous laissait manger des sucettes et d'autres cochonneries chaque fois qu'on en avait envie, vous étiez sûrement sympa.

Après le déjeuner, j'ai mis des affaires dans mon vieux sac d'école. La dernière fois que j'avais fait mon sac, c'était quand Taukiri m'avait conduit ici depuis chez nous.

En l'ouvrant, je suis tombé sur toutes les photos de Papa et Maman que j'avais emportées avec moi. Je me suis assis par terre pour les regarder. Y en avait tout un tas. Même certaines de Maman et Papa quand ils étaient beaucoup plus jeunes. Avant ma naissance, je crois. Dans une enveloppe, y avait d'autres photos que j'avais encore jamais vues, j'avais dû les récupérer dans les affaires de Maman et juste les jeter dans mon sac.

J'ai trouvé une photo de Taukiri quand il était petit, peut-être un peu plus jeune que moi maintenant. Il était avec deux personnes que je connaissais pas. L'homme ressemblait à ma mère. Ça devait être son frère, celui qui était mort. Je crois qu'il est mort dans un genre d'accident de pêche. Je me rappelle son nom. C'était Oncle Toko. Il ressemblait tellement à ma mère. C'étaient des jumeaux. Je trouvais ça cool que ma mère ait un frère jumeau, mais j'aurais aimé l'avoir rencontré. La femme avec eux était jolie. Beaucoup plus petite qu'Oncle Toko. Elle se tenait sur la pointe des pieds, elle avait les jambes et les bras – tout son corps, et même son visage souriant – enroulés autour de lui à un tas d'endroits, comme une plante grimpante.

Taukiri était petit, et il était perché là-haut sur les épaules d'Oncle Toko. Je me suis demandé si Tauk se souvenait d'Oncle Toko.

J'ai mis toutes les photos dans la poche de devant de mon sac et j'ai continué à préparer mes affaires pour la nuit au milk-bar. J'ai pris mon maillot de rugby des Crusaders pour dormir dedans, un cadeau de Papa. J'ai mis un slip, un sweat-shirt à capuche, un pantalon de jogging. J'ai ajouté une lampe de poche, ma brosse à dents et une boîte de sparadraps avec soixante-dix-huit pansements dedans.

On n'allait partir qu'à la fin du dîner, mais j'étais prêt et tellement excité. Une fois mon sac fait, je suis allé chez Beth pour voir comment elle s'en sortait avec le sien. Elle avait déjà posé son sac devant la porte et sa poupée – qui portait le doux nom de Broomhilda – dépassait en haut. Je me suis senti moins mal d'avoir emporté mes sparadraps, en voyant Broomhilda.

On a décidé d'aller se promener autour de la ferme, en espérant que ça ferait passer plus vite cette journée. Lupo est venu avec nous. Beth et moi, on a lancé des bâtons pour lui dans le champ. Au bout d'un moment, il s'est fatigué et a arrêté de courir après.

On est allés escalader les balles de foin entassées dans le hangar. On aurait dit des appartements empilés les uns sur les autres. On a fait comme si c'était notre immeuble, et on a rampé entre les balles. On a trouvé des chemins et des cagibis. On se rendait visite dans nos cagibis pour s'emprunter des trucs, genre des DVD ou du dentifrice.

Beth est venue me voir dans le mien. « T'as pas du whisky ? J'suis à sec, elle a fait.

— Pas de problème, Doc. » Et je lui ai tendu une bouteille et elle a dévissé le bouchon et a bu au goulot, puis elle me l'a donnée. J'ai bu une gorgée.

« Allons causer des ennuis à quelqu'un, Django.

— D'abord, raconte-moi encore l'histoire de Broomhilda, Doc.

— OK, Django. Eh bien, Broomhilda est la fille d'un dieu. Elle désobéit à son père, alors il la pose en haut d'une montagne et il met tout autour un cercle de feu infernal, et elle peut être sauvée que par un héros assez fort et courageux pour traverser le feu de l'enfer et tuer un dragon. » Beth a bu une autre gorgée de whisky. « On va la sauver, Django ?

— C'est une bonne idée, j'ai dit.

— Mais d'abord, il te faut un petit remontant, et elle m'a tendu la bouteille invisible.

— C'est quoi, un remontant ?

— Papa fait ça avec la bière, quand il a peur avant un tournoi de billard. Il joue mieux quand il a trois ou quatre bières dans le nez. S'il en prend plus, il est foutu ; s'il en prend moins, ses nerfs lâchent. »

J'ai bu une gorgée. « Ton père te dit un tas de trucs.

— J'écoute aussi en douce. Maintenant, embarque le whisky et allons-y. »

Et nous sommes partis armés de notre remontant pour faire preuve de courage face aux feux de l'enfer et aux dragons, et sauver Broomhilda, tout en balançant des bâtons pour Lupo.

Après, on a eu besoin de nous rafraîchir un peu, alors on a ramené Lupo à la rivière pour qu'il boive un coup et pour tremper nos pieds. On s'est assis sur les rochers, nos pieds nus se balançant dans les rapides pendant que Lupo faisait des allées et venues, faisant traîner sa langue le long de l'eau et la mordant parfois.

Des vaches sont descendues du pâturage, un peu plus haut, pour venir boire à la rivière. Elles ont pas bronché devant Lupo qui a remué la queue en les voyant et sauté autour d'elles avec un petit jappement idiot. Les vaches ont juste continué de lécher la rivière, le regardant par-dessus leurs museaux de vache comme s'il était la chose la plus barbante qu'elles avaient jamais vue.

En regardant les vaches boire, j'ai repensé à ce truc que Taukiri m'avait lu un jour dans un recueil de faits surprenants : « Saviez-vous que les vaches produisent quasiment cinquante livres de salive par jour ? C'est l'équivalent de cinquante bouteilles de lait. »

« Vraiment ? a dit Beth. C'est cool. J'aimerais bien être capable de faire ça.

— Ouais, moi aussi. » Même si je savais pas trop pourquoi.

« C'est pas cool que ton oncle laisse ces vaches descendre par ici. C'est ce que dit mon père.

— Pourquoi ?

— C'est mauvais pour l'environnement, un truc comme ça. »

Une vache a C.H.I.É. dans l'eau.

« Tu te souviens, quand on a trouvé ce lapin ? a demandé Beth.

— Oui.

— Le papa et la maman de ce lapin étaient sans doute morts. »

J'ai fait glisser mon pouce sur le rocher, jusqu'à ce qu'il me fasse si mal que j'allais pouvoir mettre un sparadrap dessus en rentrant à la maison.

« Allons chez moi regarder *Django*.

— Pourquoi tu l'aimes tellement, ce film ?

— Ce monde-là, il fait pas de cadeau. Faut qu'on soit prêts.

— Le monde est pas vraiment comme ça…

— Ah ouais ? Comme je le disais, ce lapin était sans doute un orphelin, comme toi. Un peu comme moi aussi. »

On est allés chez elle. Beth a lancé *Django*.

« On en était où ?

— La scène où une femme noire est attachée à un arbre. »

Elle a appuyé sur *avance rapide*, puis sur *Play*. « C'est notre cours qui commence, Ari. On va regarder le meilleur moment. »

Des hommes montaient des chevaux avec des

masques en tissu, tenant des bâtons enflammés. Ils galopaient en criant le mot qui commence par N.

« Pourquoi c'est le meilleur moment ? j'ai demandé.

— Regarde. »

Les hommes aux masques blancs ont commencé à s'énerver, comme quoi ils voyaient rien avec leurs masques, et Willard s'est fâché parce que sa femme, Jenny, était celle qui avait découpé les trous pour les yeux dans ces masques, et il s'est éloigné du groupe sur son cheval.

Les hommes masqués voulaient faire payer le mot-qui-commence-par-N et l'amoureuse du mot-qui-commence-par-N.

Django et Doc étaient cachés dans la forêt et quand les hommes aux masques blancs sont arrivés pour leur faire payer, ils ont compris qu'on leur avait tendu un piège.

« *Auf Wiedersehen* », a dit Doc, puis il a tiré sur un Caddie, qui a explosé, et tous les hommes aux masques blancs et leurs chevaux ont volé dans les airs.

Beth a rigolé en se frappant les cuisses, puis elle a fait un pistolet avec ses doigts. « *Auf Wiedersehen*, elle a dit. Tchick, tchick, boum. »

On a marché jusqu'à la maison de Tante Kat et Oncle Stu pour voir si Tante Kat était bientôt prête à partir. Les chaussures de travail d'Oncle Stu étaient posées devant la porte. Son pick-up et le quad étaient garés sous l'abri, ce qui voulait dire qu'il était à la maison.

Quelque chose s'est écrasé par terre et Oncle Stu hurlait. On a fait le tour de la maison pour attendre le temps que les cris s'arrêtent.

Quand tout a été calme, au bout d'un moment, on est entrés.

Tante Kat était accroupie sur le carrelage de la cuisine, à ramasser des morceaux d'assiette et de la purée. Beth s'est baissée à côté d'elle pour l'aider. Tante Kat gardait la tête baissée.

« On part bientôt, Tante Kat ? j'ai demandé.

— J'suis un peu fatiguée. Peut-être un autre soir, OK ?

— Mais on a déjà fait nos sacs. On a attendu toute la journée.

— Je sais. Et je suis désolée. La journée a juste été longue. Je suis plus trop d'humeur. »

Oncle Stu est entré dans la cuisine. « Tu vas nulle part », il a dit, avant de ressortir.

J'ai vu Beth serrer les poings. Son visage se tordre. Ses épaules se redresser. Ses mâchoires trembler légèrement.

Je suis sorti en courant par la porte de derrière. J'ai couru, couru. J'ai couru jusqu'au hangar à foin et j'ai escaladé les balles, je me suis caché tout en haut entre le toit et la pile la plus élevée. J'ai arraché des poignées de foin des balles et m'en suis fait un nid, jusqu'à être certain que personne me trouverait jamais. Je suis resté allongé là aussi immobile que possible, n'avalant que de minuscules bouffées d'air pour que le foin qui me recouvrait bouge presque pas. Il commençait à faire chaud et j'avais envie d'inspirer un grand bol d'air frais, mais ce que je voulais encore plus, c'était qu'on me retrouve jamais, et plus jamais revoir Oncle Stu.

Un peu de lumière entrait par de vieux trous dans la toiture à des endroits où y avait plus de clous, et tout était plein de poussière, mais le foin sentait bon, et j'étais caché tout là-haut contre les tôles chaudes du toit et les poutres en bois.

Je me suis endormi dans mon nid de foin. Quand je me suis réveillé, tout mon corps me grattait et j'avais la bouche vraiment sèche. J'avais tellement soif. Mon visage était gluant de larmes et la poussière s'était collée dessus. Mes yeux me grattaient. Dehors, il commençait à faire nuit. Aucune lumière s'engouffrait plus dans les trous de clous et de rouille. J'ai entendu comme un reniflement, un bruissement dans le foin, et tout à coup j'ai senti un truc mouillé sur mes orteils. J'ai replié brusquement mes jambes. Puis le mouillé s'est frotté contre mon visage. Lupo. Une lumière a éclairé l'intérieur de mon nid de foin qui grattait.

« T'es là-dedans, Ari ? »

Tom Aiken.

« Ari, sors de là. »

Beth.

« Mec, tu vas te faire piquer par des bestioles si tu dors là-haut. Redescends. »

J'ai jeté un coup d'œil. Il y avait Tom Aiken en bas, et Beth à ses côtés.

« Saute, *bud*, je vais te rattraper. »

Je suis retourné au fond de mon nid.

« Allez, *bud*. Faut rentrer à la maison.

— Je veux pas rentrer à la maison ! j'ai crié.

— Je voulais pas dire la maison *maison*. Juste… Je voulais juste dire "allons manger un poulet rôti". Un poulet rôti dans le four, dans notre maison à nous. Qui est aussi une de tes maisons. Tu es chez toi, chez nous. »

J'ai pas répondu.

« J'ai bien précisé poulet rôti sans légumes ? Du bon pain et du beurre ? De la glace au dessert ? J'ai précisé que tu pourras passer la nuit là, qu'on regardera un film en mangeant des cochonneries ? »

J'ai pas répondu, mais j'avais l'eau à la bouche, et mon dos s'est mis à me gratter atrocement.

« Allez, *bud.* »

J'ai demandé : « On boira du L&P ? »

Alors Beth a hurlé : « On a une machine à soda ! »

J'ai jeté un nouveau coup d'œil. « Je peux rester dormir, vraiment ?

— Bien sûr, a répondu Tom Aiken en soulevant mon sac d'école. Ta tante est déjà passée déposer tes trucs. »

C'est triste, j'ai pensé. Comme si elle avait renoncé.

J'ai sauté en bas. Tom Aiken m'a rattrapé. Puis il m'a serré dans ses bras. Il m'a serré fort contre lui et j'ai eu l'impression d'être une coulée de L&P qu'on versait trop vite dans un verre. Je débordais. Mon visage me démangeait à cause de ces larmes séchées. Il semblait tout sale et râpeux.

À la maison, Beth a dit : « Viens avec moi, Django. »

Je l'ai suivie.

Dans la salle de bains, elle a mouillé un gant de toilette. « Lave-toi le visage, après tu te sentiras un million de fois mieux. » C'est ce que j'ai fait et elle a frotté les brins de paille dans mon dos. Puis elle a rouvert le robinet. « Lave-toi les mains », elle a dit. Je me les suis lavées. L'eau était froide et m'a tout de suite fait me sentir mieux. Au moins, avec cette eau froide qui coulait sur mes mains, en regardant la saleté disparaître au fond du lavabo, ça donnait l'impression qu'on pouvait tout recommencer à zéro à n'importe quel moment.

« Tu peux aller chercher mon sac ? » j'ai demandé.

Beth m'a apporté mon sac et j'ai ouvert ma boîte de sparadraps. J'en ai mis un sur mon coude, là où je m'étais égratigné en rampant sur les balles de foin.

Tom Aiken était en train de beurrer du pain. Ça sentait bon dans la cuisine, et quand il a ouvert le four, l'odeur des herbes, du gras et de la viande chaude a bondi dehors avec le bruit de la peau du poulet en train de griller. Beth a pris des assiettes dans le placard et a mis la table pour trois, sel et poivre au milieu, à côté d'une tour de pain beurré. Tom Aiken a sorti le poulet puis l'a poignardé avec un couteau. « Mission accomplie », il a dit. Beth a fait du Coca avec la machine à soda.

Tom Aiken a dit : « Eh ben, cette soirée va être bien mieux que passer la nuit dans un milk-bar.

— À cause du poulet ? a demandé Beth.

— J'ai dit : “va être”.

— Continue…

— Glace au dessert.

— Oh ! la la.

— Film et cochonneries à grignoter.

— Pas mal. Mais c'est pas vraiment mieux que passer la nuit au milieu de toutes les cochonneries du monde. »

Tom Aiken s'est creusé la tête, alors. Il a rien trouvé d'autre. « La dernière chose, ce sera une surprise », il a dit.

Les sandwichs étaient moelleux et salés et, comme le poulet était encore chaud, le beurre fondait et le pain devenait tout gluant. On n'a pas beaucoup parlé en mangeant. Tom Aiken a fait passer ça avec de la bière, Beth et moi avec du Coca.

Au salon, après le dîner, Tom Aiken a ouvert le placard des DVD. J'ai regardé à l'intérieur. J'ai vu la pile sur le côté, à l'écart des autres, mais pas très bien cachée. *Django Unchained*, *Kill Bill*, *Slevin*, *Blood Diamond*, *Blanche-Neige et le Chasseur*.

Tom Aiken en a attrapé un sur la pile du devant. « Celui-ci ? il a demandé en montrant *Alice au pays des merveilles*.

— Non, c'est pour les bébés, a dit Beth.

— Tu l'adorais, avant », a fait remarquer Tom Aiken.

Beth s'est approchée du placard et a pris *À la poursuite de Ricky Baker*. « Celui-là », elle a dit en le tendant à son papa.

À la poursuite de Ricky Baker était triste. Ricky Baker n'avait pas de parents, et, quand il finissait par décider qu'il aimait bien sa mère adoptive, elle mourait et elle était la meilleure. Alors je me suis dit : « C'est vraiment pas de bol pour lui, c'est possible une malchance pareille ? »

Ricky Baker écrivait des haïkus.

Son haïku sur les asticots était cool, et celui sur Kingi qui était un vrai branleur et comme quoi Ricky Baker aurait voulu qu'il meure. En souffrant. Je me suis dit que c'était vraiment une chose terrible à reconnaître.

On a mangé des tas de cochonneries. Tellement que mes dents me faisaient mal et que j'étais mort de soif.

Après le film, Beth a dit : « Et maintenant la grande surprise, Papa ? »

Papa s'est encore creusé la tête. « Un concours de haïkus.

— C'est nul, a ronchonné Beth.

— Attends, a dit Tom en tendant la main devant lui. Le gagnant aura droit à un tour de quad.

— Dans le noir ? a demandé Beth.

— Dans le noir, il a fait en souriant. Maintenant, vous avez cinq minutes pour écrire un haïku. »

On est allés chercher des stylos et des feuilles de papier et on les a mis sur la table. « T'écris sur quoi, toi ? a demandé Beth.

— Tauk. Et toi ?

— Un branleur. »

Tom Aiken est allé dans la cuisine et a ouvert une autre bière. « Bon, il a dit. C'est parti pour les haïkus ! »

Beth s'est lancée la première, dépliant un doigt à chaque nouveau son.

« Stu-art John-son / T'es le plus moche des fermiers / Pourvu que les vaches te chient dessus. »

Tom a recraché un peu de bière. « C'est pas sympa, Beth », mais il l'a dit d'une voix aiguë qui chantait, si bien que j'ai compris qu'en fait il aimait bien son haïku. Beth aussi a vu que ça plaisait à son père, alors elle a baissé les yeux sur sa feuille et a souri avec fierté, comme si elle avait déjà gagné le tour de quad, alors qu'elle en faisait sans doute tout le temps.

Tom a frappé dans ses mains. « Bon, au tour d'Ari.

— Tau-ki-ri m'a écrit / Une lettre qui dit qu'il va / Rentrer à la maison-maison. »

Beth et Tom Haiken ont rien dit. J'ai expliqué mon haïku. « Je suis à la maison-maison, maintenant. Genre, pour moi, c'est lui ma maison-maison. »

Tom Aiken a frappé dans ses mains. « Et le gagnant est : Beth-Ari. Ari-Beth. Nos deux poètes. »

Et j'ai eu de nouveau l'eau à la bouche. Parce qu'on allait faire du quad.

Il faisait nuit dehors. L'herbe était mouillée et l'air lourd. Encore chaud, mais lourd. Tom Aiken est monté sur le quad, il a tourné la clé et le moteur a grondé. Il s'est tourné vers moi. « Toi d'abord ! » il a crié. Je suis monté à l'arrière et j'ai passé les bras autour de sa taille. Son ventre était un peu mou, mais j'arrivais presque à faire tout le tour. Il sentait la poussière et le foin et le poulet et la bière et le ciel et les rivières et les montagnes. « T'es prêt ? » il a demandé, et j'ai fait oui de la tête dans son dos.

Alors on a décollé et on filait à toute allure sur des bosses, dans un sens puis dans l'autre. Les roues projetaient des cailloux et de la terre sur mes jambes nues, ça me piquait. J'étais une cannette de L&P qu'on n'arrêtait pas de secouer et de secouer et qu'on décapsulait, et qui pétillait et alors tout giclait dehors, tout giclait sans s'arrêter. Des abeilles bourdonnaient dans mes os, j'ai fermé les yeux et écouté le grondement du quad. Est-ce qu'il fallait que je lâche ? Que j'écarte les bras pour m'envoler ?

J'ai desserré les bras, un peu, rien qu'un peu, puis on a accéléré, on s'est pris une bosse, j'ai un peu décollé de la selle et j'ai cru que j'allais tomber du quad, mais je me suis raccroché fort à Tom Aiken, encore plus fort qu'avant.

Quand on est rentrés à la maison, Tom Aiken a sorti le poulet rôti du frigo. Il a pris un os dessus.

« L'os de vœux », il a dit. Il l'a posé sur l'appui de fenêtre. « Je vais le mettre à sécher là pour vous, les gars. Comme ça, vous pourrez faire un vœu avec la prochaine fois qu'Ari restera dormir. Ici aussi, c'est ta maison-maison, Ari. Bon, ça vous dirait un autre film avant d'aller au lit ?

— Vraiment, vraiment ?

— Oui, mais c'est Ari qui choisit. »

Je voulais un vrai film pour enfants. Un dessin animé. En couleurs. « Celui d'Alice », j'ai dit.

Je n'ai pas été étonné que le moment préféré de

Beth soit vers la fin, quand la reine courait dans tous les sens en criant : « Qu'on leur coupe la tête ! »

Quand on est allés se coucher, Beth sautillait devant en chantant un truc sur des gens qui perdaient leur tête pour avoir peint les roses en rouge. Dès qu'elle a ouvert la porte de sa chambre, je me suis rendu compte que j'y étais jamais entré. Elle était tout en rose. Elle avait des rideaux en dentelle. C'était une maison de poupée. Sa couette était violette et elle avait une lampe en forme de licorne sur une petite table à côté du lit.

Broomhilda était sur son lit, et elle avait une tasse devant elle. Il y en avait une autre sur le lit, comme si Beth et Broomhilda avaient pris le thé ensemble. Sans moi. Comme si c'était sa vie secrète. Licornes et dentelle et thé entre copines.

« Elle est toute rose », j'ai dit.

Beth m'a donné un coup dans le bras. « Et alors ? Ça te pose un problème ?

— Non, je veux dire… c'est joli.

— On dort chacun dans un sens ? » a fait Beth en sautant dans le lit.

J'ai sorti mon pyjama du sac et je l'ai enfilé vite fait, puis je me suis glissé sous la couette contre Beth. Je me suis pelotonné tout contre elle, mon dos contre le sien, la tête sur son oreiller.

Tom Aiken a éclaté de rire. « Moi non plus, je dormirais pas dans l'autre sens. Elle a les pieds qui puent. »

Il a éteint la lumière. « Bonne nuit, Beth-Ari. Bonne nuit, Ari-Beth », il a dit. Puis il a rigolé. Quand il est sorti de la chambre, Beth m'a dit qu'elle avait un autre haïku.

« Dis-le-moi.

— “Ta tête est mise à prix / Stu-art John-son, gros branleur / Pourvu que tu crèves bientôt.”

— Je suis fatigué, Beth, j’ai dit.

— Doc, tu veux dire.

— Ouais. Faut dormir, Doc.

— Mais il est bien, non ?

— Ouais. Vraiment. »

J’ai eu honte que ce haïku me plaise tellement.

JADE ET TOKO

Sav a dit à Jade qu'elle voulait s'enfuir. Et, dans le même souffle, elle lui a dit qu'elle ne s'enfuirait jamais. Hash était méchant. « Aussi méchant que Coon, c'est juste qu'il le montre pas », a-t-elle ajouté.

Mais les un-de-plus s'empilaient. Une raclée de plus, un joint de plus, un verre de plus, une dose de plus. C'était comme une longue agonie.

Sav a dit qu'elle se rendait compte que revenir avait été une mauvaise idée.

Elles auraient dû rester à Kaikōura, courir le risque. C'est Sav qui avait dit : « M'oblige pas à rentrer sans toi. Il me tuera. » Mais à présent, c'est Jade qui s'en accommodait, alors que Sav souffrait. Leurs souffrances respectives n'arrêtaient pas de se tourner autour, comme si elles existaient aux deux extrémités de la roue du karma.

Sav était enceinte et tout le monde savait que l'enfant n'était pas de Hash. Le « Violeur écrabouillé », c'était devenu son surnom. Hash était rentré à la Maison après que Head s'était fait buter. À bout portant.

Coon était entré dans la maison avec Hash, la main posée sur son épaule, et il avait dit – devant Jade : « Il est mort. Content de te revoir ici, *brother*. »

D'aussi loin qu'elle se souvenait, Sav avait été avec Hash. Même si elle disait souvent qu'elle n'arrivait pas à savoir où ça avait commencé, ni quand c'était devenu pareil à une prison. Et maintenant, elle était enceinte.

Il s'attendait à quoi, Hash ? Elle n'était et ne serait toujours qu'une traînée. Les filles sont comme ça. Mais ces derniers temps, elle faisait l'impasse sur ces drogues dont elle avait jadis raffolé, eu besoin. Dans les fêtes, elle remplissait des cannettes de bière avec de l'eau, et faisait passer ses nausées matinales pour une simple gueule de bois. « Putain, j'suis trop vieille pour ces conneries », disait-elle, sans s'adresser à personne. Et Jade essayait de deviner son âge. Elle avait facilement l'âge d'être sa tante.

Sav était d'une beauté sauvage, qui avait tapé dans l'œil de Tommy, malgré ses quelques années de moins. C'était une Mrs Robinson version maorie, affiliée à un gang, mais, contrairement à celle de la chanson, personne ne lui chantait son désir de lui apprendre à s'aider elle-même.

Sav avait pris un rendez-vous risqué un jour que les garçons étaient partis en mission. Une mission de caïds. Ils allaient rapporter une nouvelle came – encore plus nouvelle pour eux que la meth – et ce truc-là était difficile à trouver. Coon innovait. Un vrai entrepreneur. Contrairement à Head, éternellement coincé dans ses vieilles habitudes. Jade avait encouragé la chose : « Tu vas devenir le roi. » Mais elle savait que le gang – leur jeu de gangsters – était déjà en train de s'autodétruire. L'héro allait leur épargner une version sans fin de l'inéluctable. Coon et son entourage de décérébrés allaient se rendre accros, et exploser en vol.

La meth encourageait leurs tendances violentes. L'héroïne, espérait Jade, allait peut-être les déglinguer, les plumer, voire les faire crever. Jade entrevoyait une fin possible. Sav et elle n'avaient plus qu'à tenir jusque là.

Sur le chemin de son périlleux rendez-vous, Sav s'est arrêtée, elle a posé la main sur son ventre plat et dit à sa jeune cousine : « Y a forcément un autre moyen », et elles ont fait demi-tour pour rentrer à la Maison.

« On pourrait se tirer en avion – en Australie ou bien, j'sais pas, à Londres.

— On aura déjà de la chance si on arrive à prendre un bus pour South Auckland », a répondu Jade.

La liberté tourbillonnait dans leurs têtes, comme les sarongs dans le ciel et les pièces dans les poches.

Une fois, Jade avait entrevu la liberté. Comme si c'était une chose tangible, comme le pied du Père Noël remontant dans la cheminée, qu'elle montrait du doigt en disant : « Regardez, c'est réel. C'est vraiment réel. »

C'était quand Head s'était fait tuer.

Cette opportunité avait été mise dans une boîte, sous clé.

Et après le *tangi* de son père, le premier jour où elle était ressortie dans l'éclat désolé du monde, elle avait attendu à la gare routière, en pleurs. Elle avait un petit sac calé entre ses pieds et presque assez d'argent dans la poche pour un ticket de bus. Il l'avait retrouvée, pas par hasard. Il l'avait cherchée partout, tête penchée de côté, l'avait regardée, innocemment surpris. Content de se trouver, de manière si inattendue, au bon endroit au bon moment.

« Laisse pas Felicity toute seule. Pas maintenant, pas encore, avait-il dit.

— Bientôt, alors.

— Ouais, bientôt. »

Sans même réfléchir, elle était rentrée à la Maison.

Dans la cheminée, plus rien. Elle avait presque quinze ans.

« Je m'occuperai de vous deux », avait-il promis.

Et c'est ce qu'il avait fait. Il s'était arrangé pour que la mère de Jade reste accro à ce qu'il avait les moyens de se procurer. De la colle, pour l'essentiel. Les yeux de Felicity avaient fini par ne plus regarder dehors. Mais la nuit qui avait suivi le *tangi* de Head, Jade était dans ce lit qu'elle s'était retrouvée – sans savoir comment et soudainement – à partager avec Coon, comme si une sorte d'accord avait été signé – en petits caractères, dans une langue dont elle connaissait les mots, mais sans savoir ce qu'ils voulaient dire lorsqu'on les assemblait d'une manière visant délibérément à embrouiller les choses.

Ce même lit qu'avaient partagé Head et Felicity.

Qu'est-ce que je fais là ? s'était-elle soudain demandé.

Sa mère avait déménagé dans une autre chambre, plus petite, moins royale. Et finalement dans une autre maison, parfois dans la rue. Car parfois elle se punissait en se privant d'abri. Car malgré cette manière qu'elle avait de contempler le vide, le menton plein de bave, Jade savait que Felicity voyait Coon. Felicity voyait tout clairement. Elle voyait ce qu'il allait faire à sa fille maintenant que Head n'était plus là. Mais les plaies si lentes à cicatriser, et si nombreuses, s'agglutinaient les unes aux autres. Jade savait que ces cicatrises agglomérées avaient rendu sa mère faible, ses mouvements lents, comme si elle pataugeait dans de la vase. Une vase gluante. Si bien qu'elle ne pouvait pas arrêter Coon. Et préférait ne pas voir ce qu'elle avait fait. Comment ses choix avaient décidé du sort de sa fille.

Sur le lit où Coon avait emmené Jade, il y avait des couvertures. Un drap rouge décoloré qui avait viré au rose. L'endroit même où, les genoux calés sous son menton, Jade avait écouté Felicity lui raconter sa propre version des histoires. Parfois, Head aussi écoutait. Ensemble, tous les trois, ils feuilletaient des livres. Ceux où Māui capturait le soleil, retrouvait sa mère, ou relevait toutes sortes de défis.

Jade savait que Felicity inventait les mots, parce qu'ils sonnaient comme ses mots à elle, pas comme ceux que Jade entendait à l'école.

« Alors Māui a chopé une grande corde et il a fait : "*Oi*, ma foutue Soleil. On a des trucs à faire, alors magne-toi un peu moins le cul. – Essaie de me freiner, pour voir", a répondu la Soleil, qu'était du genre à la ramener… »

Et chaque fois qu'elle arrivait à la fin du livre, elle disait : « *Tū meke*, Māui, maintenant on a le temps de faire toutes les choses qu'on veut faire de nos journées. Genre, tirer sur un bong. »

Felicity souriait à Head, mais il ne lui rendait pas toujours son sourire. Il regardait Felicity, puis il regardait le livre, et il savait qu'on le privait de quelque chose.

Jade aurait voulu que son père aussi relève des défis. Elle voyait que Māui inspirait Head, mais qu'il y avait autre chose, cette chose qui l'empêchait de devenir Māui. Le regret que personne n'ait lu ces histoires pour *lui*, avant de le mettre au lit. Alors il soufflait et se levait. Il enfilait son blouson de cuir d'un coup d'épaule et sortait de la chambre comme s'il avait l'intention d'aller défier Dieu sait quoi, comme s'il était un guerrier maori. Mais dans la rue, dans le monde réel, il se rendait compte que ce n'étaient que des histoires. On ne pouvait pas ralentir le soleil. Ça n'avait jamais été possible.

Il laissait la rage qu'il défiait, qu'il s'efforçait de ligoter, lui échapper et se déverser sur la première personne qui osait ne serait-ce que le regarder comme s'il aurait dû être meilleur qu'il n'était.

Mais parfois, au lieu de s'aventurer dans le monde pour faire ses preuves, il restait à la Maison et sortait *La Petite Sirène* du carton, parce qu'il avait entendu sa reine dire à sa princesse qu'elle devait apprendre à lire ce livre.

Ils s'asseyaient sur le lit et Head lui apprenait les mots. Il était meilleur professeur que Mlle Matt. Il faisait sentir à Jade qu'ils déchiffraient les mots ensemble. Mlle Matt lui faisait sentir qu'il s'agissait là d'une faveur extraordinaire, et que Jade lui serait redevable à tout jamais.

Head apprenait donc les mots à sa petite princesse. Car s'il ne pouvait pas lire les livres sur Māui en *te reo*, la langue des Maoris, les livres des *Pākehā*, des Blancs, étaient carrément trop faciles. Il trébuchait bien sur un mot de-ci, de-là, mais, pour l'essentiel, c'était carrément trop facile. Il ne pouvait pas offrir des bijoux à sa reine, mais il faisait en sorte qu'elle ait l'histoire qu'elle désirait. Les histoires étaient plus précieuses que les colliers de perles ou de diamants, les broches ou les rubis – du moins, c'est ce qu'il disait à sa fille.

« Les histoires sont un savoir, le savoir est un pouvoir et, un jour, on prendra notre pouvoir et on régnera sur quelque chose de mieux que cette Maison.

— Et alors tu nous achèteras des colliers et des bagues et des diamants et plein de jolis trucs ? » avait demandé Jade.

Il avait éclaté de rire. « Carrément trop facile.

— Juré ? »

Head avait levé son petit doigt, et Jade avait enroulé le sien autour comme un germe de haricot sur une perche. « Juré. »

Quand Jade en avait enfin été capable, elle avait lu l'histoire à sa mère. Lentement d'abord, puis clairement, et avec assurance, jusqu'au point où, parfois, elle avait l'impression que Felicity ne supportait plus d'entendre à quelle vitesse sa fille la dépassait.

Allongé là sur ce drap rose fané, Coon murmurait dans le dos de Jade : « Faut que tu saches : ton vieux a rien vu venir. Il a sûrement rien senti. Par-derrière, ouais, une seule balle. Ce gosse, alors… Un petit enculé d'orphelin. »

Coon l'avait touchée si délicatement. Et couchée dans ce lit, les yeux clos, Jade se demandait s'il pensait qu'elle dormait tandis qu'il murmurait ces choses dans son dos. Ou bien s'il se fichait de savoir si ces mots la blessaient. Mais sa main douce tandis qu'il évoquait l'acte de violence qui avait mis fin à la vie de son père lui rappelait quelque chose. Le seul type d'amour qu'elle connaissait. La fureur puis les remords et le pardon. Et elle espérait que Coon savait jusqu'où devait aller sa fureur afin de créer une parfaite équation entre ces éléments. Un équilibre qui leur servirait à mesurer l'amour. Une trinité. L'amour, tel qu'elle l'avait appris.

Ne jamais poser de questions.

Elle avait cette pensée, cette question qu'elle gardait dans une boîte, sous clé. Où était donc le flingue qui avait tué Head ? Était-ce son flingue à lui ? Appartenait-il désormais à Coon, comme elle-même lui appartenait, et ce lit aussi et ce drap rouge ?

Les membres du gang n'avaient pas de flingues.

Ils avaient des battes de base-ball avec lesquelles ils ne jouaient pas au base-ball, des pieds-de-biche dont ils ne se servaient pas pour ouvrir de force quoi que ce soit. Des gaffes avec lesquelles ils n'allaient jamais pêcher avec leurs fils. Des mains dont ils faisaient des poings, des bottes qui servaient à cogner. Mais pas de flingues. Les flingues, c'était juste un truc qu'ils voyaient dans les gangs à la télé, et ils se disaient, comme font les enfants, que ça devait être quelque chose d'avoir ce jouet-là. De pouvoir jouer au gang et que ça fasse plus vrai. La mort de Head avait été un rebord d'où elle aurait pu s'envoler, mais Coon était là. Il l'avait rappelée, l'avait prise dans ses mains et lui avait offert de retrouver la seule vie qu'elle connaissait.

Elle n'avait pas tardé à apprendre à quel point il pouvait se montrer méchant : « Si t'essaies un jour de me quitter, je te tuerai. » Mais il était gentil aussi, il était parfois vulnérable : « Si tu me quittes un jour, je me tuerai. »

Sav voulait qu'on réécrive le deal.

Elle priait Dieu de la soulever là-haut et de la reposer quelque part – dans un meilleur endroit, avec plus de soleil, un endroit où elle pourrait faire tourner son enfant autour d'elle jusqu'à ce que le monde devienne flou.

Un *tangi* à l'ancienne représentait pour elle l'échappatoire la plus fréquente. En bonne actrice qu'elle était, elle pleurait des cousines qu'elle n'avait jamais rencontrées. Elle se lamentait, tout sauf pieusement : « Dieu est un salopard vorace. Comment a-t-il pu l'emporter ? Il en a pas assez comme ça ? »

Jade n'arrivait pas à décider si elle devait être émerveillée ou dégoûtée par l'habileté de sa cousine à jouer les endeuillées. Jusqu'à ce que ce talent permette une fois ou deux à Jade de s'échapper de la Maison, elle avait plutôt penché pour le dégoût. Après, Jade avait accepté l'argument dont se servait Sav pour sa défense : « Les filles sont comme ça, *babe*, c'est tout. »

Et Sav se remettait du mascara. Elle frottait l'une contre l'autre ses lèvres fraîchement peintes. Se regardait dans le rétroviseur et se pinçait les joues. Elle mettait quelque chose de gai, un truc un peu « road trip » sur la stéréo.

C'était une survivante. Elle trouvait les moyens qu'elle pouvait de mener la vie qu'elle voulait. De rejoindre Tommy. Sans que personne en paie les conséquences.

Mais tout ça semblait si loin, désormais.

En la regardant, à présent, Jade doutait que Sav réussisse, en se pinçant la joue, à y faire revenir le sang.

« Tu l'as appelé ? avait demandé Jade.

— Non. Je me pointerai juste, un jour. Un beau jour, *babe*.

— Appelle-le.

— J'ai peur. »

Jade avait appelé Tommy elle-même. Elle avait marché jusqu'à une cabine téléphonique, dans le quartier, et l'avait appelé. Il avait répondu à la deuxième sonnerie.

« C'est Jade. La cousine de Sav.

— Tout va bien ?

— Elle est enceinte. »

Tommy n'avait rien répondu. Puis : « Qu'est-ce que je dois faire ?

— Je pensais que tu saurais.

— Ouais, j'imagine que je devrais savoir.

— Faut que j'te laisse. Comme je t'ai dit, je pensais juste…

— Dis-lui que tout va bien se passer.

— Je lui dirai. »

Jade avait raccroché et elle s'était remplie de regrets, s'était sentie si lourde. Ce qu'elle regrettait, elle ne le savait pas au juste, mais elle était soudain certaine qu'elles n'auraient jamais dû revenir.

Une semaine avait passé, et aucune nouvelle de Tommy.

Le ventre de Sav était devenu plus difficile à cacher, même sous des sweat-shirts à capuche et des pulls trop grands. Elle avait maigri. Elle avait cessé d'essayer. Elle ne pouvait plus porter le poids de ce secret, voulait en être libérée, quelle que soit la manière.

Jade se torturait à force de réfléchir, de se demander quelle était la meilleure chose à faire.

Ils allaient bientôt fêter l'anniversaire de Jade, Coon l'avait décrété. Ils allaient organiser une fête d'anniversaire. Coon n'avait jamais prononcé l'expression « fête d'anniversaire », jusqu'ici. Mais on allait bien faire une fête.

« Ouais, puuutain, ça va te faire quel âge, gamine – vingt, vingt et un ?

— Dix-huit », avait-elle corrigé.

Coon était défoncé. Il avait donné de l'argent à Jade pour qu'elle aille s'acheter une robe pour sa fête d'anniversaire. « On va faire la fête comme si on était la putain de famille royale, avait-il dit. Va t'acheter une robe, gamine, et une pour Sav aussi. »

Jade avait gardé l'argent pendant quelques jours et avait un peu réfléchi. Finalement, elle s'était précipitée dans la chambre de Sav, l'argent des robes dans son poing.

Sav était nue, endormie sur le lit.

Sav n'était plus que peau, os et bébé.

Jade avait jeté sur elle une couverture.

« Tu veux te faire buter, *girl*... tu délires ou quoi ? »

Sav n'avait pas répondu.

Jade avait regardé le ventre de Sav monter puis redescendre, doucement et lentement, et, en le voyant bouger ainsi, elle avait compris quelque chose. Le bébé de Sav – en dépit de sa mère, en dépit de son environnement et en dépit de ce à quoi il était destiné tandis qu'il grossissait au fur et à mesure que la chair de sa mère fondait sur ses os – grandirait, grandirait, grandirait tel un haricot magique, se déployant jusqu'au ciel où vivaient des géants assoiffés de sang. *Fee-fi-fo-fum*.

Le ventre de sa mère était une supercherie dorée. Le bébé était à la fois à mille lieues de la Maison, et d'ores et déjà emprisonné dedans.

Assise à côté de Sav, passant sa main sur le front de sa cousine et dans ses cheveux gras, elle imagine ce qu'on peut ressentir dans le ventre d'une mère.

Sav ouvre les yeux : « Je meurs de soif. »

Jade va dans la cuisine. Elle trouve un verre, le nettoie et l'essuie. Elle sort de la Maison.

Elle marche jusqu'à la clôture qui sépare la Maison de l'édifice voisin, un foyer de sans-abri sans doute. Ses occupants haïssent certainement la Maison, mais ce sont des mendiants, pas des gens qui ont choisi. Jade est presque plus désolée pour eux que pour elle-même.

Non pas qu'elle ait fait à Coon le plaisir de le laisser s'approcher de sa douleur, mais, si elle l'avait fait, Jade aurait pu crier et crier sans que personne vienne. Des voisins.

Mais il y a une branche qui enjambe la clôture et Jade y cueille un citron.

Elle le rapporte dans la Maison, et dans la cuisine.

Elle prend un couteau et découpe le citron en petites rondelles.

Elle remplit le verre avec de l'eau du robinet et fait tomber dedans des tranches de citron.

Dans la chambre de Sav, Jade s'accroupit à son chevet. « Ouvre les yeux. »

Sav n'esquisse pas le moindre geste.

« S'il te plaît, ouvre les yeux. »

Sav ouvre les yeux. Contemple Jade comme si elles se trouvaient dans deux mondes différents. Aux deux extrémités.

« Bois ça », dit Jade.

Sav prend le verre ; elle boit.

« Qu'est-ce que je suis en train de faire ? murmure Sav, paniquée. Je vais perdre mon bébé.

— Ta vie.

— Lance-moi ce sweat-shirt. »

Jade enfile sur elle un sweat-shirt à capuche trop grand.

Jade montre à Sav l'argent que Coon lui a donné pour les robes. « On va t'acheter un ticket de bus pour partir d'ici, *babe* », dit-elle.

Elle compte quarante dollars. Le grand geste de Coon. Des robes de princesses. Quarante dollars de robes. Pour des traînées.

« Coon te tuera.
— Non.
— Il te fera du mal. »

Pendant quelques instants, Jade ne répond pas. Puis : « C'est possible. Mais comparé à ce qui va t'arriver à toi ? Allez viens, on s'en va, on n'a qu'à dire qu'on sort acheter les robes. T'iras dans le Nord. Pour le moment. Puis dans le Sud. Pas tout de suite, mais bientôt. »

Jade met les affaires de Sav dans un sac et le jette par la fenêtre de la chambre. Les filles traversent lentement la Maison. Jade tend le cou pour jeter un œil dans le séjour – la pièce où une famille se serait retrouvée pour partager les événements de la vie quotidienne, mais où, ici, d'autres événements se déroulent – et, sans le vouloir, par accident, ses yeux rencontrent ceux de Coon. Leur néant la terrorise toujours. Ce cliché du « regard vide » qu'elle croisait de plus en plus souvent dans la Maison.

« On va faire du shopping, dit-elle, avant de faire brusquement volte-face.
— Viens là. »

Elle lui tourne encore le dos. « Pour acheter les robes, Coon. Tu m'as dit d'aller chercher des robes.
— Viens là. »

Jade se retourne.

Il l'enveloppe de son regard vide. Sa suggestion d'aller acheter des robes, vieille de deux jours, s'est perdue dans la déconnexion de son esprit. Dans la pagaille des neurones en surchauffe, qui lancent des étincelles tels des fils arrachés. Une bombe à retardement. Un tic-tac. Tic-tac. La souris part à l'attaque.

« T'as de l'argent ?
— Tu m'en as donné.

— Tu mens, salope. » Tic.

« Mais, Coon… » Elle s'efforce de masquer la tension dans sa voix, le coup de griffe, l'évasion. « *Baby*. Tu me l'as donné.

— T'es plus une princesse ici. De l'argent pour des robes ? Ah ! Viens là. File-le-moi. » Tac.

Sav gémit. Jade lui donne un coup de pied. Lui enjoint de rester calme. Elle s'approche de Coon et sort de sa poche son argent de traînée.

« Tiens. » Elle le lui donne.

Coon a une idée. Son visage s'éclaire quand il a une idée. Il a l'air étonné et content de lui.

Cela réveille quelque chose en Jade qui ressemble à de l'amour pour Coon. De l'amour pour Coon. Comme si c'était un phénomène, un mythe. Une telle chose a-t-elle jamais existé ? Est-ce donc pour cela qu'elle a essayé ? Ce sombre courant sous-marin d'étonnement, d'inquiétude même, qu'il n'y ait jamais eu de l'amour pour Coon. Et ce courant sous-marin l'entraînait vers le fond, manquant la noyer, encore et encore.

Elle sent l'idiote en elle.

Elle sent l'idiote qui a envie de prendre Coon dans ses bras.

Et, dans le même temps, voudrait lui broyer la cervelle.

Fais-le ! Broie-lui la cervelle !

Mais Jade l'Idiote déploie ses mains vers lui.

Tandis qu'une chose mauvaise se déploie dans l'esprit sous meth de Coon. Une chose vraiment mauvaise.

Tic.

Tac.

« Tu le veux, ton fric ? Mérite-le. Danse pour les gars. »

Jade ne bouge pas. « J'en ai pas besoin.

— Danse, sale pute », et il jette une cannette de bière pleine contre la porte. La cannette vole en éclats et le liquide brun éclabousse partout. Des taches sur des taches. Des bruits qui sont la promesse de ce qui va venir.

« J'ai pas besoin de cet argent. J'ai pas besoin d'une robe.

— Mais les gars ont besoin d'une danse. Pas vrai, les gars ? »

Ses gars ne bronchent pas, et Jade non plus.

Jade l'Idiote a disparu.

Jade la Maligne prend le relais. Elle ne cédera pas. Elle impose l'immobilité à son corps. Endurer ce qu'on lui impose est un art dans lequel elle est passée maître.

Elle ne lui offrira pas le moindre petit geste. Pas d'amour pour Coon. Il se lève et marche vers elle. Tente de l'attirer dans un endroit où elle devrait avoir peur de lui. Ou personne ne pourra l'aider ni l'entendre. Ni Sav ni Dieu. Ni les voisins.

Sav gémit de nouveau derrière la porte. Coon penche la tête de côté comme un chiot. Tic.

« C'est toi, Sav ? Viens là, *baby*, dit Coon sans quitter Jade des yeux. Ah. Ouais ! Une partenaire de danse. Viens là. Un truc pour te détendre… »

Il empoigne Jade et Sav. Ses doigts s'enfoncent dans la chair de leurs bras. Il les tire jusqu'au canapé.

Des seringues sont éparpillées sur une table basse, devant, comme des jouets.

Des jouets qui rendent plus réel tout ce pour quoi ils existent.

Pour rendre plus réel leur jeu de gangsters.

Il force les deux femmes à s'asseoir entre les deux autres chiens qui sont à peine conscients. Coon est le seul à être assez réveillé pour jouer, le seul à ne pas avoir pris sa dose. Si Jade s'était pointée quelques minutes plus tard, elle serait sans doute tombée sur une tout autre scène. Elle aurait sans doute trouvé Coon en train de ressentir le seul amour qu'il avait jamais connu. Cet amour dans son sang. Chaud et si beau.

Les seringues étaient de nouveaux jouets.

En ce dimanche après-midi, une friandise – un truc qui donnait l'impression à Coon d'être le roi de quelque chose : un fix d'héro.

« Qui en premier ? » Coon ricane. Tic.

Apeurée, Jade la Maligne pousse Jade l'Idiote vers la scène.

T'inquiète pas, je suis là, dit Jade la Maligne. Il faut juste que tu parles à ma place.

« Toi, mon roi. Toi en premier. »

Tout le monde fait l'idiot.

« Non, non… Les jolies filles d'abord. »

Il lui tend une ceinture. Tac.

Jade espère que gagner du temps offrira une chance à Sav. De ne pas être obligée d'injecter cette merde dans son sang. De ne pas injecter cette merde dans le sang de son bébé. Elle entreprend de garrotter son propre bras.

« Sav d'abord. Tu penses qu'à toi, salope ! » Coon gifle Jade au visage. Dans un cas comme dans l'autre, ça n'aurait pas été. Si elle avait garrotté le bras de Sav, il aurait dit : « Toi d'abord. »

Coon serre la ceinture autour du bras flasque de Sav. Elle a déjà disparu, comme si elle allait revenir, comme si elle était sortie acheter du sucre pour préparer les pancakes du dimanche.

Jade prie pour qu'il y ait des couleurs. Des blancs, des jaune citron et le vert de l'océan. Elle presse l'aiguille au creux du bras de Sav, et des volutes de fumée sanglante tourbillonnent dans la seringue. C'est très noir, ce qu'elle vient de faire.

Elle laisse tomber la seringue par terre.

« À ton tour, maintenant », ordonne Coon.

Comme Jade se garrotte le bras, une odeur, si sucrée, imprègne l'air. Elle la rend malade. Du sang s'écoule entre les jambes de Sav, sur le canapé du dimanche après-midi.

Sav a l'air morte – elle a l'air d'une femme décédée, au ventre lourd d'un secret.

« Putain, c'est quoi cette merde ? » Coon soulève le tee-shirt de Sav et dévoile la vérité. *Fee-fi-fo-fum.*

Il s'accroupit, penche la tête de côté, prend le visage de Sav dans ses mains, délicatement, si délicatement. « T'as appris à ta gamine de cousine à niquer le système, hein ? Hein, Sav ? T'as appris à Jade à se moquer de son homme ? »

Il se lève, enroulant les cheveux de Sav autour de sa main, un tour puis un autre puis un autre, puis il tire, tire pour la forcer à se lever. La hisse de plus en plus haut, comme une marionnette. « Puuutain. Sav qui file des cours de salope… » Il se tourne vers Jade. « Alors… ? T'as des bonnes notes ? »

Il jette Sav sur le plancher. Le sang se répand autour d'elle.

L'odeur de ce sang. Tic tac.

Puis le premier grand coup de botte dans le ventre de Sav. Boum.

Boum. Boum.

Jade tombe à genoux. Elle tente de bloquer les coups, de les absorber, de les prendre à la place de sa cousine. Ils se font plus puissants, vifs. Ils passent du ventre de Sav aux mains tendues de Jade. À son visage, son ventre aussi. Aux cuisses de Sav. À la poitrine de Jade. Sa tête.

Au ventre de Sav. Au coccyx de Jade. Au ventre de Sav, au ventre de Sav.

Au ventre de Sav.

Mains, jambes, cœurs.

Trois cœurs.

Deux ont cessé de battre avant qu'il en ait terminé. Avant qu'il ne grogne : « C'est pas un endroit pour un gosse. Tu sais ça. » Des gens avaient rappliqué dans la salle en entendant ces bruits terribles. Un jeune orphelin prometteur, avec sur le visage le fâcheux tatouage du gang, avait déboulé en hurlant : « *Oi, man !* Putain. Ça suffit. »

Et ça avait suffi.

Jade a ouvert les yeux, tendu la main, tiré sur les bras de sa cousine. « Viens. Allons-y. Sav. Sav. Faire du shopping. » Alors qu'elle avait mal, alors qu'elle avait mal partout. Alors qu'elle avait l'impression d'être brisée jusqu'au cœur.

Coon s'est laissé tomber sur le canapé, il a contemplé le chaos qu'il avait causé.

À son rythme, mais en grognant, le souffle court, il a garroté son bras décharné, a enfoncé brutalement l'aiguille dans ses veines et s'est allongé sur le dos.

« Laisse-la cuver cette merde, pauvre connasse. Qu'elle dorme. Le shopping, elle est pas en état. » Puis, les yeux révulsés, son visage se détachant de son crâne, il a murmuré : « Désolé pour ton papa, Jade. J'ai vu ce truc dans les yeux de ce gosse, ouais, et quand j'lui ai dit : "Mets-lui une balle dans la tête, fils, il a appuyé sur la détente, super vite, en espérant que ce serait pas la dernière fois que je l'appellerais fils.

Fils. Ouais. J'ai vu ce truc. Je l'ai vu. Ce petit enculé d'orphelin. Ouais. C'est facile de leur apprendre nos manières de faire, à ces putains d'orphelins. "Bute-le, fils." C'est ce que j'ai murmuré à l'oreille de ce gosse. Bang. Mort. Et j'suis le roi ! Le roi Coon. Ouais. »

Il a fermé les yeux. Laissé l'amour stupéfiant inonder ses veines.

Impossible pour Jade de courir. Son coccyx était comme un filet rempli de billes de verre éclatées. Sa jambe ne voulait pas la soutenir, voulait la laisser tomber, voulait la garder dans les nuages avec les géants. Elle s'est traînée dehors. Le bout des doigts en sang. S'est traînée dehors. Est sortie de la Maison, sous le ciel du dimanche.

A repoussé les gens à coups d'épaule. « Non. Non. Trop tard. Pour. M'aider. »

Et comme les gens n'écoutaient pas, elle a crié : « Cassez-vous ! »

Elle a atteint la rue. S'est évanouie sur le trottoir. Elle a repris connaissance, aperçu un visage. Et ce visage était celui d'un homme, penché au-dessus d'elle. L'homme ne semblait pas impressionné par ce qu'il avait sous les yeux. Elle a cru déceler un jugement. « Qui resterait ici ? » a-t-elle cru l'entendre demander. Et elle a cru entendre quelqu'un répondre : « C'est pas le moment, Toko. »

Parlaient-ils d'elle ?

Puis on a allongé Sav à côté d'elle. Et un homme s'est mis à souffler dans la bouche de Sav et à appuyer à deux mains sur son cœur. « Je suis là, je suis là. Réveille-toi. »

Il était une fois deux damoiselles en détresse…

Toko et le jeune Tommy étaient arrivés quelques minutes trop tard. Pour l'une d'elles, en tout cas.

Peut-être s'étaient-ils arrêtés en route manger une tourte à la viande. Peut-être étaient-ils passés prendre un verre rapide au pub, pour les aider à affronter le danger qu'ils pensaient sans doute ne pas avoir à affronter.

« Ça doit pas être si terrible, s'étaient-ils peut-être rassurés. J'veux dire, elles seraient déjà parties si c'était le cas, non ? »

Mais *koo-koo-ka-choo.*

TAUKIRI

Je me suis réveillé frigorifié, mal partout, la bouche sèche.

Je me suis réveillé et j'aurais voulu voir Ari verser du sucre brun sur ses Weetabix, alors je me suis mordu fort la langue.

Où étais-je ?

Ça sentait le bois dans la chambre. Le soleil s'engouffrait par un carré éblouissant. J'étais dans un lit une personne, au ras du sol. Dessus, il y avait un drap jaune et une couette Chewbacca. Ma guitare était posée sur le plancher. Elle était enveloppée dans un sac-poubelle. Pourquoi j'avais fait ça ? Et où étais-je ?

La chambre avait quelque chose – peut-être l'odeur de bois – qui me rappelait cette pièce haute de plafond où je me revoyais en train de sniffer, quoi, la nuit dernière ? Ou celle d'avant ? La vie était comme découpée, comme dans un scrapbook. Découpée et collée, au hasard.

Hier, j'ai pensé. Je m'étais réveillé dans une chambre où un oiseau posait des questions avec ses yeux, avant que la pièce ne soit envahie par la mer, et j'avais dû me taper un délire un peu zarbi en courant à travers la ville avec ma guitare, pour essayer d'échapper à un incendie ou à une inondation. Ou bien aux deux ?

J'avais mal à la tête.

J'ai cherché à tâtons mon os sculpté. Il était encore là.

J'ai entendu un craquement, et elle est réapparue. La Jolie-fille-avec-une-tache-de-rousseur-sur-la-paupière.

La tache de rousseur n'était plus une étoile de mer.

Elle s'est assise sur le lit et je me suis redressé.

« Comment tu te sens ? elle a demandé.

— Ça va. Un peu patraque, mais ça va. J'essaie juste de me rappeler comment je me suis retrouvé ici.

— Je t'ai suivi.

— Pourquoi ?

— T'étais tellement stone quand t'es parti. Je t'ai suivi jusqu'à cette maison et tu t'es endormi dans ta voiture, trempé. Alors j'ai pris le volant et je t'ai ramené ici.

— Merci.

— Elliot m'emmènera récupérer ma bagnole. J'ai dû la laisser là-bas. J'aurais jamais pu te porter. »

Mon sweat-shirt à capuche gris et mon jean étaient pliés sur une chaise.

« Comment j'ai… ?

— Elliot m'a aidée, elle a dit.

— Megan ? »

Elle a fait oui de la tête.

« Tu prends des photos ?

— Oui.

— Tu m'as pas dit de quoi.

— J'suis un genre de flic. Mais je prends juste des photos.

— Genre, des scènes de crime ?

— Parfois. Ou des accidents. Quand il y a des opérations de relations publiques, aussi. »

Elle a regardé l'os sculpté sur ma poitrine. Je l'ai pris dans ma main.

Elle a ouvert la bouche pour poser une question, mais elle s'est ravisée. Puis elle est sortie de la chambre, refermant la porte derrière elle.

J'avais besoin de plus de sommeil. De moins de lumière. D'un autre moi.

La porte s'est rouverte et le craquement était plus fort que la première fois. Elliot se tenait debout près du lit.

« *Bro*, tu m'as bien fait flipper. Megan me fait une crise. Et Jason, *man*, il est super vénère…

— C'est qui, Jason ?

— Le copain de ma sœur. Qui me fournit ma came, notre came. Cette merde qui te permet de tenir à distance toutes tes merdes à toi, elle vient de Jason. Alors, ouais, bien joué.

— Désolé.

— T'as sûrement perdu ton boulot, *bro*. Ça fait deux jours que t'es au lit.

— Je sais.

— C'est pas grave. Tu pourras nous filer un coup de main. Quand il se sera un peu calmé. »

J'ai avalé ma salive. J'avais la gorge à vif. « Cool, j'ai dit.

— Je te laisse dormir.

— Hey *bro*, ma guitare… ? »

Elliot l'a ramassée. « Qu'est-ce qui t'a pris, de courir avec sous la pluie ? Elle est rayée de partout, pleine de gnons. T'es pas soigneux, comme musicien. »

Je me suis redressé sur le lit. « Tu veux bien me la passer ? Et mon tee-shirt ? »

Il me les a tendus. « T'es un musicien sacrément

pas soigneux, putain, un gros boulet comme pote, mais bien sûr, Votre Majesté. Vous désirez autre chose ? »

Il m'a donné la guitare, qui a fait un bruit creux et mécontent.

J'ai enfilé mon tee-shirt. « Merci, *bro*. »

Il a refermé la porte derrière lui, et je me suis blotti contre l'arche en palissandre, toute fraîche, de la guitare.

ĀRAMA

Beth et moi, on jouait dans le pick-up de Tom Aiken. Enfin, moi d'abord. J'étais assis sur le siège du conducteur à faire des *vrroouuumm* et à cogner sur le klaxon, et j'avais le bras calé sur la vitre baissée, coude dehors, comme Tom Aiken faisait tout le temps.

J'ai crié pour appeler Lupo : « Grimpe derrière ! » Il m'a regardé, la tête penchée sur le côté, puis s'est laissé distraire par une abeille qui avait besoin d'être pourchassée, et il est parti en courant. Beth est sortie de la maison et m'a demandé ce que je faisais.

« Tante Kat m'a dit de venir là parce que Oncle Stu est de mauvais poil. Il a besoin de calme.

— Tu fais tant de bruit que ça ? »

J'ai haussé les épaules, puis j'ai écrasé le klaxon de toutes mes forces, et je me suis remis à faire des *vrroouuumm*.

Beth a sauté sur le siège passager. « Qu'est-ce t'es en train de faire ?

— Rien, je joue.

— Les véhicules de la ferme, c'est pas des jouets. Et t'es trop grand pour faire des *vrroouuumm* comme ça. »

J'ai arrêté. Je me suis senti un peu bête. « Ouais, je sais. »

Beth s'est mise à rire. « Je plaisante, elle a dit et elle a bouclé sa ceinture. On part à Auckland, Django !

— On va faire comment pour traverser le détroit de Cook ? j'ai demandé.

— C'est quoi, ça ?

— La mer entre l'île du Nord et celle du Sud.

— Oh. » Elle a eu l'air gênée, mais elle a pas tardé à se reprendre, comme seule Beth pouvait le faire. « Quand t'appuies sur ce truc, notre voiture se change en avion », et elle a appuyé sur le bouton de l'autoradio.

« Allons voir Taukiri.

— OK. C'est parti. »

Beth a montré du doigt quelque chose, puis elle a lancé ses bras au ciel. « Attention, tu vas t'écraser ! »

Elle a fait un bruit suraigu avec sa bouche, comme un sifflement.

« Bien joué. On est morts maintenant, pauvre nul. Pas de Taukiri pour toi. Tu le reverras plus jamais. »

J'ai ri pour de faux. Je voyais bien ce qu'elle essayait de faire. Elle pouvait être méchante comme ça, des fois. Elle aimait bien voir mes yeux se mouiller. Ça la faisait kiffer. Sans doute parce que j'avais fait le fier avec mon détroit de Cook, tout ça. Sa tante, visiblement, lui avait pas encore parlé de ça, et son film idiot, là, *Django*, pouvait pas tout lui apprendre.

Alors elle a dit : « Tu sais, en fait, je sais conduire ce pick-up.

— Raconte pas des bobards, j'ai dit, mes mains bien serrées sur le volant. T'es beaucoup trop petite. Tu touches même pas les pédales.

— Eh bien, quand je m'assois sur les genoux de Papa, je peux le conduire. Je sais même changer les vitesses.

— Ah ouais ? Montre-moi.

— Papa est pas là. » Je savais qu'elle se sentait obligée de me le prouver. Mais elle avait pas besoin. Je la croyais. Je la taquinais, c'est tout.

« Je peux m'asseoir sur tes genoux ? elle a demandé.

— Je crois pas que ce soit une bonne idée de conduire le pick-up sans ton père. »

Beth est descendue de voiture. Là, j'avais réussi mon coup. Elle avait vu que j'avais un peu peur, et ça, elle adorait. Quand j'avais peur, pas elle ; et quand elle avait peur, pas moi. Mais c'était rarement dans ce sens-là.

Elle est montée de mon côté, s'est assise sur mes genoux et a posé ses deux mains sur le volant.

« OK, donc quand je te dirai de relâcher l'accélérateur et d'appuyer sur l'embrayage, faudra le faire, d'accord ? Mais tout doucement. Et quand je dis "freine", tu freines. »

J'ai regardé mes pieds. « C'est quoi, les pédales ?

— Embrayage à gauche. Frein au milieu. Accélérateur à droite. Pigé ? »

J'ai posé le pied sur la pédale de gauche. « Embrayage », j'ai dit. Beth a fait oui de la tête.

J'ai déplacé mon pied sur celle du milieu. « Frein. »

Beth a fait oui. J'ai bougé le pied sur celle tout à droite.

« Accélérateur.

— Ceintures mises, on peut y aller. » Elle a éclaté de rire en posant la main sur le truc des vitesses, puis elle a fait tourner la clé. Elle a dit que Tom Aiken laissait toujours ses clés dans le pick-up.

« Accélérateur. » J'ai enfoncé le pied. Le pick-up avait l'air en colère. « Relâche l'accélérateur, doucement ! Embrayage. »

Et Beth, une main sur le volant et l'autre sur les vitesses, a bougé celle-là jusqu'à ce que le pick-up semble à nouveau content.

« Super ! » elle a crié, et alors on a bondi en avant, le pick-up s'est secoué comme un chien tout trempé et s'est arrêté.

« On a calé », elle a dit en tournant de nouveau la clé.

On a recommencé, mais chaque fois qu'on passait la première, on noyait le pick-up et il se secouait et s'arrêtait tout seul.

« Je sais vraiment le faire, Ari, elle a dit en me regardant tristement.

— Je te crois. De toute manière, je crois que c'est ma faute, avec l'accélérateur et cette histoire d'embrayage.

— Oh, elle a fait, l'air encore triste. Cette partie-là, c'est toujours mon père qui s'en occupe. Peut-être que c'est la partie difficile.

— Non, je crois pas. Je crois juste que, vous deux, vous formez une bonne équipe.

— Ouais. » Elle a retrouvé la pêche. « T'as sans doute raison. Et toi et moi, on est une bonne équipe pour d'autres trucs. Tu veux qu'on aille jouer à Django ?

— Bien sûr, Doc. »

On est descendus du pick-up et Beth a crié pour appeler Lupo : « Viens mon gars, viens ! » Lupo a déboulé en sautant comme un fou, et on a marché vers la ferme pour aller jouer.

Quand je suis rentré à la maison, j'ai pas entendu Tante Kat. Y avait une assiette sur la table avec un sandwich. Et un petit mot : *Mange un morceau et va te mettre au lit. Je me sens pas bien. Bisous, Tante Kat.*

J'ai mangé mon sandwich tout seul à table. Je m'entendais mâcher, et j'aimais pas ça. J'ai allumé la télé parce qu'il était vraiment très tôt et j'ai regardé la série *Shortland Street*. Tante Kat avait pas la chaîne des dessins animés, celle que j'avais dans ma vraie vie. Maman me laissait jamais regarder *Shortland Street*, mais, maintenant que j'avais vu *Django*, qui allait se soucier de ce que je regardais à la télé jusqu'à la fin de ma pauvre vie ?

Après *Shortland Street*, je suis monté à l'étage, je me suis brossé les dents et j'ai enfilé mon pyjama. J'ai fait tout ça très lentement, en espérant qu'avant que je me mette vraiment au lit, Tante Kat allait sortir de sa chambre fermée pour me souhaiter bonne nuit. Mais elle est pas venue.

J'ai éteint la lumière, et puis j'ai dû trouver le lit dans le noir. Je me suis cogné le tibia contre un coin du sommier et j'ai passé la main sous le matelas pour prendre ma boîte de sparadraps de secours. J'ai mis un pansement sur mon tibia et sur quelques bleus que j'avais sur les genoux et les coudes. Ils ne saignaient pas, mais quand même – je me sentais mieux avec des sparadraps dessus.

J'ai fixé le plafond. J'aurais dormi si Taukiri avait été dans mon dos et m'avait serré contre sa poitrine. C'était toujours ces fois-là que je dormais le mieux. Après un cauchemar, je me glissais dans son lit et je murmurais : « Taukiri, je peux dormir avec toi ? » Alors il ouvrait juste ses couvertures et il m'enveloppait dans ses bras et dans les couvertures. Mais une fois ou deux, je me suis réveillé dans le lit de Taukiri alors que je me rappelais pas être venu là. Je me rappelais pas avoir fait un mauvais rêve. Alors je lui demandais : « J'ai fait un cauchemar, cette nuit ? »

Il répondait : « Oui. »

Mais des fois, j'avais l'impression qu'il mentait.

J'ai vraiment compris le mot « orphelin » que quand j'en suis devenu un. La première fois que Tauk a ramené un bébé oiseau à la maison, il a dit qu'on devait l'aider parce que c'était un orphelin. J'ai demandé à Maman ce que ça voulait dire, et elle a répondu que ça voulait dire que l'oiseau n'avait ni maman ni papa. Je me rappelle pas avoir été vraiment désolé pour l'oiseau après qu'elle a dit ça. La plupart des oiseaux avaient l'air de bien s'en sortir tout seuls. Comme la plupart des animaux, d'ailleurs, et j'ai pensé que, sans doute, une chose aussi terrible était jamais arrivée et arriverait jamais à un enfant.

Taukiri était vraiment un con de m'avoir abandonné. Il aurait dû savoir que j'allais pas être heureux avec Tante Kat et Oncle Stu. Si ç'avait été un bon endroit, il serait resté aussi, mais il était parti, il était parti avec sa guitare et quelque part, dans une foutue ville, il jouait des chansons que je pouvais pas entendre. Personne jouait de chansons ici. Personne écoutait de la musique, personne racontait d'histoires. Ils se rendaient même pas compte que pas faire ces choses, ça faisait d'eux des mauvaises personnes. Le pire, c'est que je pensais pas que Tante Kat était une mauvaise personne, elle était juste le fantôme d'une personne, et je savais pourquoi. Oncle Stu faisait douter les gens de leur propre existence et, à force de douter de son existence, on finissait par disparaître.

Peut-être que le jour où ma famille a cessé d'exister, moi aussi.

Est-ce que j'étais un fantôme qui hantait la mauvaise maison ?

Pleurer dans mon ancienne chambre, c'était différent de pleurer à la ferme. À la ferme, j'avais peur de pleurer, parce que personne était là pour arrêter ça. Même s'ils essayaient. Je devais me débrouiller tout seul. C'est ça que ça voulait dire, être un orphelin.

Quand on doutait de son existence, il était impossible de s'accorder la moindre confiance.

Cet oiseau avait eu de la chance que Taukiri le ramasse. C'était vraiment un con de m'avoir abandonné. Il aurait jamais fait ça à un débile d'oiseau qui savait même pas qu'il était orphelin. Je me suis dit que je commençais peut-être à le détester. Essayer de m'endormir avec de la haine au fond de moi, c'était dur.

Mais bon, j'ai dormi quand même.

Je le sais parce que, quand je me suis réveillé, le soleil brillait déjà par la fenêtre, et j'ai entendu Tom Aiken en bas qui discutait avec Tante Kat. Il était venu voir si Tante Kat avait besoin de quelque chose en ville. Je suis descendu et je lui ai demandé si je pouvais aller faire un tour avec lui.

Tante Kat a pas voulu, d'abord, mais Tom Aiken a dit que ce serait bien parce que je tiendrais compagnie à Beth pendant le voyage.

Tom Aiken a dit que je pouvais m'asseoir devant et m'a demandé de chercher un CD à écouter dans la boîte à gants. Il avait exactement la même musique que ma maman et mon papa, et tout à coup j'ai eu un peu peur de passer ces chansons. Beth m'a dit de mettre Queen – *Bohemian Rhapsody*.

Dès que j'ai entendu ce morceau, j'ai su qu'il était fait pour moi.

Il posait les mêmes questions que je me posais. Les bonnes questions, celles que tous ceux qui devenaient vieux oubliaient de poser. Cette vie-là était-elle la vraie vie ? Ou bien était-elle une chose imaginaire, vraiment idiote ?

Un jeu super zarbi ?

C'était ça, cette chanson. Une histoire et un jeu et de la musique. De la musique super forte. Elle me donnait l'impression de voler puis d'être sous l'eau, genre, super profond sous l'eau. Le rythme s'accélérait et les paroles, elles étaient terribles et tristes et en colère et puis si heureuses et haut perchées.

Beth a fait semblant de tenir une guitare et de gratter les cordes en secouant la tête de haut en bas, puis elle a articulé les paroles, puis elle m'a crié dessus. « Batterie, le gars de la ville ! » Alors j'ai joué la batterie. On a guitaré et battu et secoué la tête et pianoté. Tom Aiken aussi tapotait le volant et secouait la tête et jetait son poing en l'air. Beth a crié : « Là, c'est le meilleur passage ! » Et quand la guitare m'a fait dresser les poils des bras comme un choc électrique, Beth a fermé les yeux en délirant à fond sur sa guitare. Puis la chanson a ralenti, et Beth a posé sa guitare pour jouer du piano, et il y a eu un grand vacarme final et on l'a fait ensemble.

On est un peu restés sur le silence une fois la chanson terminée, comme si on flottait sur la mer, avec rien que le ciel au-dessus.

Beth a soupiré. « Aaah, c'était marrant.

— T'es une drôle de gamine, a dit Tom Aiken. Pas vrai qu'elle est bizarre, Ari ?

— Quoi ? C'est pas mal comme musique, elle a dit.

— T'aimes quoi comme musique, Ari ? a demandé Tom Aiken.

— Celle de Tauk.

— C'est vrai. Il est bon. Et ton cadeau, alors, ça donne quoi ?

— Quel cadeau ?

— Celui… » Il m'a regardé dans le rétroviseur. « Celui que je t'ai donné à Noël.

— Ah, ouais, celui-là. Sous mon lit. Il attend Tauk. Je l'ouvrirai avec lui. Au cas où ce serait une embrouille.

— Une embrouille ?

— Ouais. Une embrouille. Comme quand on enveloppe des cadeaux dans des grands cartons, mais qu'en fait il y a d'autres cartons dedans, des cartons et des cartons, et un petit cadeau alors qu'on en voulait un grand. On peut faire ça avec les formes, aussi. Ce qui serait méchant de la part de Tauk – mais on sait jamais. Peut-être que c'est un carton en forme de guitare. Même si je sais déjà plus ou moins que c'est pas une embrouille parce qu'il faisait déjà des bruits quand je l'ai caché. Mais tu vois, on sait jamais avec les cadeaux.

— Si tu changes d'avis, on pourra le déballer avec toi, a dit Tom Aiken.

— Non, c'est bon. Je vais attendre. Ça devrait plus être long, maintenant. »

Quand on s'est retrouvés sur la piste en terre, Tom Aiken s'est plaint que son siège était bizarre, comme si quelqu'un d'autre s'était assis dessus.

« Comment tu peux savoir ?

— Je sais, c'est tout. Je sens que quelqu'un d'autre s'est assis sur mon siège », il a dit en grognant comme un ours. Il s'est garé au bord de la route.

« Allez, ma p'tite dame, montrons-lui comment il faut faire ! », et Beth a sauté sur ses genoux depuis la banquette arrière.

« Alors, mon pote, a dit Tom Aiken en se tournant

vers moi. Ce que j'ai remarqué que t'avais sans doute fait de travers, hier, quand je vous espionnais…

— J'en étais sûre ! a hurlé Beth. J'étais sûre que t'avais pas juste senti que quelqu'un s'était assis sur ton siège.

— Je l'ai senti, mais je vous ai vus, aussi. Parce que je vous espionnais. Je suis toujours en train d'espionner, même quand je le fais pas.

— Ça veut dire quoi, putain ?

— Surveille ton langage. Bref, ce que j'ai remarqué, Ari, c'est que tu retirais sans doute pas ton pied assez lentement de l'embrayage, et que t'appuyais pas assez vite sur l'accélérateur. C'est pour ça que tu calais. Viens, saute devant, et regarde mes pieds. »

Je me suis glissé comme j'ai pu à l'avant, alors que le pick-up commençait à avancer sur la piste en terre. Lupo était en train de péter un câble.

« Tu peux baisser la vitre, s'teup, pour ce foutu clébard ? Je te jure… Si tu ne l'aimais pas tant… »

Beth a donné une tape à son père.

« Attention, Ari, a dit Tom Aiken. Regarde mes pieds. » J'ai regardé ses pieds, et il semblait les bouger dans des sens opposés mais en même temps. Un vers le haut, l'autre vers le bas.

« Bien. Réveillez-moi quand on arrive en ville. » Tom a fermé les yeux et fait semblant de ronfler, puis de se réveiller en sursaut quand, Beth et moi, on a pris un fou rire.

En ville, Tom Aiken nous a acheté à manger dans un café. C'était vraiment cool de manger dehors et on a eu le droit de choisir ce qu'on voulait, n'importe quoi, dans une vitrine. J'ai choisi un feuilleté à la viande hachée et Beth a pris la même chose avec un gratin de pommes de terre sur le dessus. Tom Aiken a commandé un thé et un roulé à la saucisse. Un tas de gens lui disaient bonjour. Une dame est venue parler de notre inscription à l'école. Elle était super gentille. Elle avait les cheveux blonds et du rouge sur les lèvres. Elle a dit qu'elle allait se renseigner pour Tom. Le mieux était sans doute de commencer le plus tôt possible. De revenir à la normale. Tom Aiken était d'accord avec elle, mais il a dit que c'était dommage qu'aucun bus scolaire passe par chez nous, ce qui aurait facilité la chose. La dame lui a demandé son numéro de téléphone, pour pouvoir lui donner des infos sur le bus. Elle a posé la main sur son épaule.

« Ça m'a fait plaisir de te revoir, Tommy. »

Les gens arrêtaient pas de venir saluer Tom Aiken, et ils l'appelaient tous Tommy et parlaient de trucs qui le faisaient se tourner vers moi puis les regarder, eux, et tout à coup on avait l'impression qu'aucun d'entre eux savait plus quoi dire.

Tom Aiken est allé au comptoir demander des sacs en papier pour pouvoir emporter nos plats. « Venez, il a dit, on va aller se garer à la colonie de phoques. »

On a remonté la rue principale puis roulé jusqu'au Seafood Barbecue, devant la plage de Jimmy Armers Beach. En baissant la vitre, j'ai senti des odeurs de poisson grillé dans du beurre à l'ail, et ça m'a redonné faim.

« On peut acheter du poisson ? j'ai demandé à Tom Aiken.

— T'as des vers ou quoi ?

— Comment ça ?

— Non, rien. Bien sûr. »

Tom Aiken a garé son pick-up près de la roulotte. « Allez-y, vous deux. Je vous attends là. » Et il a donné à Beth un billet de dix dollars.

On est allés au comptoir. Un grand homme maigre avec de longues dreadlocks et la peau couleur Benco s'est penché vers nous. Son tablier blanc était taché de noir à force de décortiquer des *pāua*.

Il a souri quand on s'est approchés. « Une petite sortie en amoureux, hein ?

— Allez vous faire voir ! a crié Beth en croisant les bras. J'imagine que vous avez pas besoin de clients… » Elle a secoué ses dix dollars dans les airs. « On allait acheter toute une langouste, mais maintenant ça m'étonnerait. »

Le type a souri. « Désolé. C'était malpoli de ma part.

— Vous avez de quoi. Bon, qu'est-ce qu'on prend, Django ? C'est moi qui invite. »

J'ai regardé la liste des plats au choix, écrits sur un tableau blanc. *Galette de pāua $10, poisson grillé $7, saint-jacques $8, galette de blanchaille $8, langouste $25+*.

J'ai donné un petit coup de coude à Beth et pointé du doigt. Elle a regardé le tableau, serré l'argent dans son poing et tordu les lèvres.

Le type s'est penché en avant. « Je peux vous confier un secret ? »

On s'est approchés du comptoir. « Honnêtement, la dernière fois qu'on a eu de la langouste fraîche, c'était y a une semaine. On en vend encore aux touristes qui voient pas la différence, mais ça me gênerait de vous refiler ça à tous les deux. Je parie que vous vous y connaissez, en *kaimoana*. »

Beth a fait un grand sourire et s'est penchée vers

lui. « Je voulais pas le dire, mais il me semblait bien avoir senti un truc un peu pourri. »

Il a hoché doucement la tête. « Écoutez, je vais être honnête : le meilleur produit qu'on a en ce moment, c'est du *tarakihi* frais. Ça vous dit ?

— Ouais, ça me paraît bien. » Beth m'a poussé du coude. « D'accord ?

— Moi je voulais du poisson, de toute manière », j'ai dit.

L'homme a fait griller le *tarakihi* dans du beurre à l'ail et nous a préparé un demi-sandwich chacun, au lieu d'un seul entier, pour qu'on n'ait pas à partager.

« Bon appétit », il a dit en nous les tendant avec précaution. Il a pris l'argent de Beth sur le comptoir et a fait glisser quelques pièces en retour. Elle lui a fait un clin d'œil et les a laissées sur le comptoir. « Payez-vous une bière. Pour votre honnêteté. »

Il a éclaté de rire en secouant la tête. D'autres personnes sont arrivées derrière nous, avec des sacs à dos. On a marché vers le pick-up. Beth a crié aux nouveaux clients : « Je vous recommande vraiment la langouste ! »

C'était magique de manger des sandwichs au poisson si près de la mer, avec les mouettes qui criaient, l'eau qui frappait les rochers et tout ce sel dans l'air.

Après manger, Tom Aiken nous a emmenés voir la colonie de phoques. De là, on apercevait les montagnes des deux côtés de Kaikōura.

« C'est le meilleur endroit pour comprendre ce qu'est une péninsule, a dit Tom Aiken.

— C'est quoi, une péninsule ? a demandé Beth.

— Rien qu'un bout de terre. De la terre presque entièrement encerclée par l'eau. Sauf un morceau, un tout petit bout, qui la connecte au reste, et ce petit morceau est la seule chose qui l'empêche d'être une île. »

Nous avons regardé dehors à travers la vitre de la voiture, là où les phoques étaient allongés au soleil. Des deux côtés il y avait des montagnes, et, partout ailleurs, la mer.

Que se passerait-il s'il y avait un tremblement de terre assez fort pour détacher ce bout de terre ? Ou si la mer montait brusquement et que, tout à coup, ce petit morceau qui nous empêchait de devenir une île était emporté ?

Sur la route du retour, quand on est arrivés à la piste en terre, là où nos allées se rejoignaient, Tom Aiken s'est arrêté.

« À toi, mec, il a dit en se tournant vers moi.

— Vraiment ?

— Viens… saute sur mes genoux. »

Je me suis hissé à l'avant.

« Tu vois la route, devant ? »

J'ai jeté un coup d'œil par-dessus le volant. Je voyais tout juste au-dessus de mes mains. « Ouais.

— T'es sacrément grand, *buddy*. Comme ton père. »

Ça me gênait pas que Tom Aiken parle de mon papa.

« J'suis là, mec. Je peux rattraper le volant à n'importe quel moment. Et puis, bon, je peux même m'occuper du frein, tu sais, si t'oublies ou quoi que ce soit. »

J'ai laissé sortir la bulle de rire coincée au fond de mon ventre.

« Prêt ? On y va ! il a dit. Tourne la clé. »

J'ai tourné la clé et le moteur a fait un *vrrroouummm* parfait.

On a commencé à avancer. Beth gloussait de rire.

« Allons à la maison, a dit Tom Aiken.

— Chez vous ? » j'ai demandé.

Tom Aiken a fait oui de la tête.

J'ai serré bien fort le volant et je nous ai ramenés *à la maison*. J'ai conduit jusqu'à *chez nous*.

Tom Aiken m'a appris à conduire une voiture – je pouvais pas encore le faire tout seul, mais après quelques sorties sur les genoux de Tom Aiken je pourrais me débrouiller.

On a joué chez Beth, jusqu'à ce que Tom dise qu'il valait mieux me ramener chez moi. Je me sentais plus chez moi dans la maison de Beth que dans celle où j'avais ma propre chambre.

Tom Aiken et Beth m'ont ramené à ma maison-maison.

La table était mise pour trois.

Peut-être qu'un sandwich tout seul, en m'entendant mâcher, c'était pas si mal après tout.

Tom a dit que le dîner sentait bon, et j'ai supplié Tante Kat de les laisser rester et manger avec nous. Tom Aiken a dit non, Tante Kat a dit oui, Oncle Stu est arrivé et il ne semblait pas avoir de préférence, mais il a ouvert une bière pour Tom Aiken, qui a paru le convaincre. Tout à coup, avec Beth et Tom Aiken à table, il y avait une atmosphère dans cette maison, genre c'était pas le pire endroit sur Terre.

Jusqu'à ce que ça le redevienne.

Oncle Stu a froissé son visage dans une moue méchante en écoutant la conversation entre Tante Kat et Tom Aiken.

« C'était bien, cette plage en été, hein ? a dit Tom.

— Et puis Jade s'est pointée », a dit Tante Kat.

Quand Tom Aiken a commencé à débarrasser la table avec Tante Kat, le visage d'Oncle Stu est devenu franchement mauvais, il s'est mis à faire des grognements de *weka*, et je savais qu'il allait les changer en de méchantes paroles.

« T'as bossé toute la journée, Aiken. Cette salope de bonne à rien fait pas grand-chose, ici.

— Stu ! a crié Tante Kat. Les enfants !

— C'est bon. On peut plus rigoler, Kat ? » Oncle Stu s'est reculé sur sa chaise. « Tu veux l'aider, Aiken ?

— Ça va, Tommy, a dit Tante Kat. Assieds-toi, bois un verre.

— Ouais. Tommy. Pourquoi je t'appelle pas Tommy, moi ? Kat t'appelle Tommy. Bois un verre, Tommy. » Et Oncle Stu a poussé une bière à travers la table.

Tom Aiken a regardé Tante Kat. Puis il s'est rassis, a ouvert la cannette et l'a soulevée jusqu'à ses lèvres. Tante Kat a essayé de traverser la pièce en étant invisible. Je connaissais ce mouvement, parce que moi aussi je le faisais. Ari bougeait comme ça quand il valait mieux être Ari le Fantôme.

Mais ça n'a fait qu'empirer les choses. Quand on est un fantôme, c'est difficile de tenir des objets solides, genre des assiettes, et c'est sans doute pour ça que Tante Kat en a fait tomber une.

Tom Aiken a tendu la main pour la rattraper. Oncle Stu a bu une gorgée de bière en regardant Tom Aiken se jeter vers l'assiette qui tombait. Mais elle a explosé sur le plancher. Oncle Stu a rigolé.

« Tommy, Tommy… » il a dit en secouant la tête. Et la manière dont il a dit le nom de Tom Aiken a fait que cette maison est redevenue le pire endroit sur Terre.

Tom Aiken est venu parler à Tante Kat le lendemain. Il a attendu qu'Oncle Stu soit parti de la maison. Il apportait de bonnes nouvelles : on allait avoir un bus scolaire. On aurait dû en avoir un qui passe par là depuis longtemps, lui avait dit la dame. Il y avait cinq enfants qui faisaient l'école à la maison : Beth et moi, plus trois frères et sœurs qui vivaient encore plus loin que nous.

Et à partir de maintenant, on allait tous pouvoir aller en bus à l'école.

« Et puis, Kat... a dit Tom Aiken. À propos d'hier soir, pendant le dîner... Y a autre chose dont j'aimerais qu'on parle.

— Super, a dit Tante Kat. Waouh, l'école ! » Mais elle le regardait pas dans les yeux. « Tu penses que Beth va s'en sortir ?

— Elle a eu un peu de mal une fois ou deux déjà. Mais avec tout ce que t'as fait pour elle, Kat, je crois qu'elle s'en sortira. »

Donc Beth avait déjà été à l'école.

Et moi, je ne pensais plus qu'à ça : l'école.

J'ai couru jusqu'à ma chambre et sorti mon sac – celui qu'on avait pris pour venir ici. Je l'ai ouvert en grand et j'ai retrouvé la photo. La photo où on était, tous. Moi, Taukiri, Maman et Papa.

Dans mes mains.

J'ai oublié, alors, ce que j'étais venu faire dans ma chambre. J'étais monté là tout heureux d'aller à l'école ? Tom Aiken avait des nouvelles ? De bonnes nouvelles ? J'étais heureux ? J'ai eu une drôle de sensation, à ce moment-là, comme un bébé oiseau en train de tomber du nid, qui voit sa maman et son papa s'éloigner, puis s'écrase sur le sol. J'avais des cauchemars qui ressemblaient à cette sensation. Dans les cauchemars, je savais que le sol s'approchait, et, de le savoir, ça me faisait mal au corps. Mais on tombe et on tombe, en ayant mal tout du long.

J'ai attrapé mon os sculpté et fermé les yeux. J'ai dit : « Allez, Tauk. Reviens maintenant, d'accord ? S'il te plaît… »

Ces oiseaux avaient de la chance de s'écraser par terre. Leur chute s'arrêtait. Et ils avaient de la chance que Taukiri se pointe et les prenne dans le creux de ses mains. Mais à la fin ils mouraient quand même, tout seuls, chacun dans sa boîte.

Mais y en avait un qui avait survécu. Je me rappelle, il s'est envolé.

TAUKIRI

Elliot a fini par me traîner là-bas, à nouveau. Deux filles et un type qu'avait pas l'air de se rendre compte qu'elles l'avaient définitivement classé dans la catégorie « bon pote » voulaient qu'on les emmène, nous, les musiciens de rue, à la plage. Elliot m'avait promis une plage où je pourrais fermer les yeux et faire comme si c'était une rivière.

« S'il te plaît, *bro*, il avait murmuré. Ces filles sont hyper bonnes. Faudrait être taré !

— Eh bien…

— S'il te plaît.

— On verra. »

On a continué de faire la manche. Cinq personnes nous écoutaient. Une fille salement bourrée avec des cheveux très noirs et un jean déchiré dansait, trébuchant toute seule et poussant des cris. Son frère a eu l'air dégoûté quand il a compris qu'il allait devoir la ramener à la maison. « Je devrais juste appeler Maman, il a dit.

— Je devrais juste appeler Maman… »

La fille a éclaté de rire et elle est tombée en arrière. Son frère l'a tirée pour la remettre debout. Elle a passé le bras autour de ses épaules et ils sont partis. Un frère et une sœur. Qui se soutenaient l'un l'autre. Comme tous les frères et sœurs devaient le faire, même quand ils n'en avaient pas envie.

Alors ils n'étaient plus que trois. Ces deux filles et le type qui leur collait aux basques.

On a chanté de bons trucs. Certains de nos meilleurs morceaux.

Mais bon, pas plus de dix dollars dans la casquette d'Elliot. Pas grave.

Elliot s'est mis à frapper dans ses mains et à chanter *Chirpy Chirpy Cheep Cheep* de Middle of the Road, la chanson qui fait : « Où est passée ta maman ? », « Où est passé ton papa ? », et j'ai eu peur qu'il soit pas vraiment un ami. Qu'il soit en fait un mauvais mec. Je l'ai fixé pendant qu'il fredonnait ça, et il a continué. Puis il a arrêté de frapper dans ses mains et a gratté les accords, et il m'a regardé droit dans les yeux en chantant les paroles. Il riait pas avec ses lèvres, mais avec ses yeux, c'était sûr.

Je lui ai pas fait ce plaisir. Qu'il aille se faire foutre. J'ai chanté avec lui. À vrai dire, j'ai changé les paroles et je me suis approprié la chanson, rien qu'à moi, elle *m'appartenait*.

« Où est ma maman, hein ? Où est mon papa, hein ? Loin, ils sont partis loin. »

À la fin je riais en secouant la tête, sautant autour d'Elliot, chantant cette chanson joyeuse. Cette chanson joyeuse et cruelle.

« Excellent, *bro*, il m'a dit quand le morceau a été terminé. Je crois que t'es prêt à aller à la plage. »

J'ai rigolé. « T'es vraiment un malin, toi. »

La mer était calme. Pas d'écume. Pas de rugissement. Rien que le bruit doux des galets – pas du sable – aspirés et roulés par les vagues paresseuses.

L'odeur de la mer était là, mais on a allumé pétard sur pétard pour la recouvrir. Elliot n'arrêtait pas de les sortir de sa poche dès qu'il voyait mes yeux s'élargir de nouveau.

Le bon pote des deux filles avait disparu, je l'avais même pas vu partir. Pauvre gars. Mais voilà qu'on jouait un air sur nos guitares, qu'on faisait notre truc à nous, qu'on était ces gars-là.

Et nous voulions être ces gars-là. C'était pas très original – j'en avais conscience –, des musiciens de rue sur une plage jouant de la guitare pour des filles.

L'une des filles savait chanter. Jessie. La voix de Jessie était plutôt pas mal. Tout le reste, chez elle, était d'une intensité exaspérante. Elle regardait mes doigts bouger sur ma guitare, semblait fixer ma gorge quand je chantais. Elliot s'est éloigné avec l'autre fille, qui s'appelait autrement, peut-être Sarah. Jessie s'est abattue sur moi comme une vague, et l'envie de la repousser a palpité en moi. Elle m'a embrassé et j'ai eu du mal à respirer. J'ai senti le sable fantôme monter dans ma poitrine et j'ai tourné la tête pour tousser. Une fois tout le sable remonté, je me suis servi de l'envie que j'avais eue de la pousser pour l'embrasser fort, à la place. La laisser déboutonner mon jean. Laisser mes doigts déboutonner le sien. Me laisser avoir dix-sept ans. Me laisser faire ce que fait un ado qui joue de la guitare sur une plage, avec une fille qui lui murmure « Baise-moi » dans l'oreille.

Cette sensation, dans l'air du petit matin, comme un fantôme essayant de se glisser sous ma peau, m'a réveillé. J'étais pas prêt à me réveiller sur une plage.

Le soleil n'était pas levé, mais il commençait déjà à faire jour. Et il y avait toute cette mer, juste devant, là où on avait dormi. Je l'ai secouée.

« Jessie, on s'en va.

— Pourquoi ? » Elle s'est blottie contre moi, a frotté sa tête sous mon menton, les yeux fermés. « C'est beau, ici. Rallume le feu…

— Non. Je veux m'en aller. »

Elle s'est assise sur le sable. « Reste. »

Je me suis levé. « Je m'en vais. »

J'ai commencé à remonter la plage, rapidement, puis les rochers, vers l'endroit où était garée la voiture. Elliot et l'autre fille dormaient à l'intérieur. J'ai donné un coup sur la vitre puis me suis retourné, adossé à la carrosserie.

J'ai contemplé cet océan. Ai perdu patience. Frappé encore sur le carreau. « *Oi !* Debout. Rhabillez-vous. C'est l'heure de partir. »

Jessie a traversé la plage en courant, ses sandales à la main, les cheveux en bataille. Ses bretelles glissant de ses épaules.

« T'allais juste me laisser comme ça ? elle a braillé en me frappant avec ses sandales.

— Non. Je t'ai dit… Je t'ai dit que je voulais m'en aller. »

Elle a remis la bretelle de son débardeur sur son épaule. « Le Maori dans toute sa splendeur… »

J'ai fait un pas vers elle, les bras le long du corps, poings serrés. Derrière elle, la mer fusionnait avec ses cheveux.

« Qu'est-ce que t'as dit ?

— Rien. » Elle a secoué la tête. « Je voulais dire : l'homme dans toute sa splendeur. »

Je suis retourné m'adosser à la voiture, contemplant

la mer qui commençait à s'illuminer. « Le Maori en question a un job qui l'attend. »

Ce qui était un mensonge. Je n'avais nulle part où aller et rien de particulier à faire. Mais ça, elle le savait pas.

J'ai donné un grand coup dans la vitre de la portière. « Dépêchez-vous. Rhabillez-vous. »

J'ai sauté sur le siège conducteur, me suis penché par la fenêtre vers Jessie, qui avait les bras croisés sur sa poitrine. « Monte, *girl* », j'ai dit, et j'ai tourné la clé dans le contact. Ai fait rugir le moteur.

Jessie est montée et a claqué sa portière. Je suis parti à fond, pendant que les deux autres, derrière, cherchaient leurs vêtements à tâtons.

« Pourquoi t'es si pressé, *bro* ?

— J'aime pas dormir sur les plages.

— T'es quel genre de surfeur, toi ? » Il a éclaté de rire. « Ah, je vois : le genre qui se balade juste partout avec une planche sur le toit pour essayer de choper des filles. »

Je l'ai regardé dans le rétroviseur, sans rien dire.

ĀRAMA

Y en a un qui s'est envolé. Ça, je m'en souviens.

Le dernier qu'on a trouvé est mort, comme les deux d'avant, mais celui-là était spécial, c'est ce que disait Taukiri. C'était un bébé *tūī*. Moi, je trouvais qu'il ressemblait exactement au reste des oiseaux qu'on avait trouvés. Le même duvet sur son corps rose, la même forme de poire avec une tête d'alien, et le minuscule bec qui avait l'air tout mou.

Maman avait dit à Tauk de m'emmener à la cour de l'école. J'étais sur la balançoire et Taukiri avait disparu derrière un arbre, je voyais des nuages de fumée dans l'air et je savais qu'il fumait, ce qui aurait vraiment rendu dingue notre maman. Il faisait froid et j'avais mal aux doigts de tenir la chaîne en métal.

Je suis allé rejoindre Tauk. Il a laissé tomber sa clope dans l'herbe et l'a écrasée. C'est là qu'il a vu quelque chose. Il s'est baissé.

J'ai couru jusqu'à lui. C'était un bébé oiseau.

« Un bébé *tūī*, a dit Tauk.

— Comment tu le sais ? »

Sa mère avait volé autour en chantant, il a dit. Elle cherchait son bébé. J'étais pas sûr de le croire, on aurait dit une de ces histoires qu'il racontait en pleine nuit pour que je me rendorme.

« Comment tu sais que c'était la mère de ce petit ? »

Taukiri l'a pris dans sa main.

« Je crois que cette fois on devrait faire quelque chose, il a dit.

— Quoi ?

— Cette fois, on devrait dire un *karakia*. On n'a jamais prié pour eux. On risque rien à essayer. »

Taukiri m'a dit de fermer les yeux et de joindre mes mains. Alors je l'ai fait. Puis il a dit : « Cher Dieu. Pouvez-vous aider ce bébé oiseau à devenir assez fort pour voler, pour qu'il retrouve sa maman ? *Āmene*.

— Suffit pas d'ajouter *Āmene* à la fin pour que ça fasse un *karakia*, j'ai remarqué.

— Alors tu veux que je dise le *karakia* que je connais, p'tit malin ? Bénissez le repas… Et puis je lui croquerai la tête et tu mangeras le reste.

— Beurk.

— C'est bien ce qui me semblait. Alors maintenant, ferme-la et prie. »

Il a répété le même pas-vraiment-*karakia*. M'a dit de garder les yeux fermés, mais je les ai ouverts un petit peu et j'ai jeté un coup d'œil sur le côté pour le voir.

Je l'avais encore jamais entendu prononcer le mot « maman ».

Il a gardé encore un peu la tête baissée, les mains toujours serrées l'une contre l'autre, et j'ai détaché mes yeux de son visage pour regarder celui du bébé oiseau, puis il a ouvert les yeux, alors j'ai plissé vite fait les miens, j'ai baissé la tête et il a dû croire que j'étais resté comme ça tout du long.

En rentrant à la maison, je sentais le vent me piquer

le visage, j'avais les yeux et le nez qui coulaient. J'avais mal au bout des doigts.

« L'oiseau va mourir, j'ai dit. Il fait tellement froid aujourd'hui.

— Peut-être pas, a dit Tauk.

— Pourquoi pas demander à Nanny de dire un vrai *karakia* ?

— Écoute, Ari. Nanny est pas magicienne, pas aussi spéciale que tu crois. Si ses *karakia* étaient si géniaux, elle aurait déjà retrouvé cette foutue boucle d'oreille, tu crois pas ?

— Ouais, j'imagine. Pardon. Mais c'était pas une foutue boucle d'oreille…

— Laisse tomber. Si l'oiseau meurt, t'auras qu'à dire que c'est de ma faute. Comme tout le monde. »

Après, il n'a plus parlé, il a juste baissé la fermeture de son blouson, l'a ouvert et m'a serré contre lui, et on est rentrés à la maison comme ça. Dans le blouson de Tauk, qui sentait la fumée, le vent me piquant le visage et le bébé oiseau dans sa main.

JADE ET TOKO

Un poignet bandé, cinq points de suture à la joue, un œil boursouflé et qui brillait comme une tache d'huile, une côte qui ne la laisse avaler qu'une petite quantité d'air avant d'avoir l'impression qu'une chose pointue est sur le point de lui percer le poumon, une douleur lancinante au niveau du coccyx et un seul pansement recouvrant un truc dans son cou, qu'elle a préféré ne pas regarder, Jade épluchait des patates pour le *tangi*. Elle a coupé une citrouille, coupé du chou en lamelles. Elle travaillait à côté d'une *kuia*. Et tandis qu'elles s'affairaient ensemble, la vieille Maorie chantait des *waiata*, entre deux sanglots. De temps en temps, elle tapotait le bras de Jade, comme si elle voulait faire bouger un truc à l'intérieur de Jade. Le réveiller.

Puis elle a pris la parole : « *Auē ! Te mamae hoki – kia tangi koe.* »

Jade ne comprenait pas les mots, mais elle a saisi au visage de la vieille dame ce qu'elle voulait. Jade ne pouvait pas le lui donner, vraiment, malgré tous ses efforts, elle ne pouvait pas.

La *kuia* avait des bras puissants, de courts cheveux blancs et le visage comme une lune, et tout en martelant les *pāua*, en pétrissant la pâte, en décortiquant les langoustes et en équeutant les haricots, elle chantait et elle sanglotait. Et elle chantait et sanglotait en essuyant la vaisselle et en préparant les crumbles aux pommes. Jade ne voulait travailler auprès de personne d'autre. Même si les autres chantaient et sanglotaient et équeutaient les haricots aussi, Jade aimait bien être à côté de cette *kuia*, qui était la grand-tante de Sav.

Quand Jade était arrivée au *marae*, le lieu sacré où auraient lieu les funérailles, elle s'était rendue directement dans les cuisines pour fuir tout le chagrin autour du cercueil de Sav. Une des femmes avait relevé la tête mais sans la regarder dans les yeux, et une autre lui avait adressé un sourire doux. C'est à ce moment-là que la *kuia* avait tapoté une planche à découper, hissé un sac de patates et lui avait dit : « Je t'ai gardé une place, ma fille. »

Jade sentait que sa place était vraiment dans cette cuisine, à préparer le *kai*. Et après que le soleil se serait couché, que le ciel se serait rempli d'étoiles, quand la fumée dériverait légèrement dans le noir comme un cône d'encens depuis la fosse du *hāngi* où tout cuisait à l'étouffée, la *kuia* poserait une assiette pour Jade à côté d'elle, sur une petite table en bois près de l'entrée de la cuisine du *marae* et lui dirait de s'asseoir. Elle réciterait un *karakia mō te kai* pour bénir le repas et dirait à Jade de manger tout son mouton et ses légumes cuits à la vapeur dans le sol, et ensuite elle verserait de la crème sur le bol de crumble aux pommes brûlant destiné à Jade.

« Oh, mais j'ai le ventre plein, protesterait Jade.

— Encore un peu. *Āe*. Il le faut. Sinon, comment tu feras pour supporter le poids de ce *kākahu whakataratara* ?

— C'est quoi ? a demandé Jade.

— Tu ne la sens pas ? Tu ne sens pas cette lourde cape d'orties sur tes épaules, ma fille ? »

Jade ne la sentait pas. Elle ne sentait presque rien, d'ailleurs, rien qu'un élancement au creux de son coccyx. Si elle avait ressenti autre chose, peut-être qu'elle aussi elle aurait pu pleurer.

Au dernier matin du *tangi*, de bonne heure, la *kuia* a trouvé Jade devant l'évier, en train de gratter des pommes de terre. Elle a foncé sur elle, empoigné férocement les bras de Jade et les a serrés fort. Elle a crié : « Allez, ma fille, laisse sortir tout ça ! »

Jade a fermé les yeux et a cherché en elle ces larmes qui n'avaient pas coulé. Puis elle s'est souvenue d'une histoire et l'a racontée à la vieille Maorie. L'histoire de ce road trip qu'elle avait fait un jour avec Sav – vers un *tangi* où elles ne s'étaient jamais présentées. Elle avait mis dans le lecteur de cassettes une compilation que Sav avait faite. *Keep on Loving You* du groupe de hard rock américain REO Speedwagon passait à fond sur la stéréo.

« Tu mettras ce morceau à mon enterrement, hein, *babe* ? avait dit Sav en fixant la mer, tandis qu'elles roulaient.

— Pour qui ?

— Pour Tommy.

— C'est Tommy qui chante les paroles, ou toi ?

— Tommy.

— L'enterrement sera pour nous, pas pour toi. Quand je mourrai, faudra passer *Peace Train*, pour toi, pour moi. Le train de la paix…

— Et quand moi, je mourrai, faudra passer ça ! » Elle avait agité son doigt verni devant l'autoradio. « Passe cette chanson d'amour pour moi – pour tous les hommes qui m'ont aimée, pour les aider à pleurer.

Comme ça je verrai. Je verrai que j'ai existé. Je verrai que j'ai été aimée.

— Idiote, va.

— Regarde la route ! » Elle avait éclaté de rire. « Je veux mourir vieille. »

Jade avait mis sa cassette de Cat Stevens dans le lecteur et avait cherché *Peace Train*. Elles étaient si heureuses – toutes les deux – en repensant aux bonnes choses.

« Tu me traites d'idiote, moi ? Espèce de pauvre débile, t'as grandi dans la Maison, pas dans une communauté hippie. On a de la chance, d'ailleurs : je leur ferais pas confiance à ces détraqués. »

Elles avaient chanté, leurs cheveux battant au vent qui s'engouffrait par la vitre baissée. Elles filaient le long de la côte et, sous un certain angle, elles savaient qu'elles devaient avoir l'air d'autres personnes, avec d'autres vies.

« Dis-lui de venir.

— Qui ça ?

— Tommy. Quand je mourrai, dis-lui de venir à mon *tangi*. Pour que je puisse le voir pleurer. »

Jade avait posé sa main sur la cuisse de Sav. « On va essayer de faire un peu mieux que ça… hein, *babe* ? Faut essayer.

— Ouais, on va essayer. » Sav avait frappé du pied au rythme de la chanson de Jade et, une fois la chanson terminée, elle avait remis sa compilation dans le lecteur et repassé *Keep on Loving You*.

« C'est plus honnête, avait-elle dit.

— Que quoi ? avait demandé Jade.

— Que *Peace Train*.

— Pourquoi ça ?

— Parce que, Jade, tant qu'il y aura de l'amour,

y aura jamais de paix. » Elle avait rejeté ses cheveux noirs sur le côté. « Et l'amour est vraiment la seule chose qu'on a envie de faire.

— Je crois que tu confonds l'amour avec d'autres choses… » Jade avait compté sur ses doigts. « … L'argent, la peur, l'envie, la haine… »

Sav avait haussé les épaules. « Mais bon, on dépense tellement d'énergie à se dégotter des mecs. À se remettre des joies de l'amour. Une énergie si précieuse. Jouer à l'amour, c'est tout ce qu'on a envie de faire. »

Quand Jade a eu fini de lui raconter cette histoire, la *kuia* a lâché les bras de Jade et s'est éloignée d'elle. Et Jade aurait voulu la rappeler et lui dire combien elle était désolée. Car tous les *waiata* avaient été si beaux, et Jade se sentait si triste et abandonnée. Si insensible et si sèche à l'intérieur, et pas une larme ne viendrait. Mais elle n'a pas rappelé la vieille Maorie, elle l'a juste regardée sortir du *marae*.

Jade était en train de nettoyer un banc quand la *kuia* est revenue. Elle tenait dans une main un gros *ghetto blaster* et, dans l'autre, un CD tout neuf. Et elle a déchiré l'enveloppe plastique de ce CD : REO Speedwagon. Elle l'a glissé dans le lecteur, a cherché le morceau et appuyé sur *Play*.

Jade l'a dévisagée et elle a dévisagé Jade, et comme Jade ne réagissait pas, elle a mis la musique plus fort. « Pleure, ma fille. Je te laisserai pas partir avant que tu aies pleuré. S'il le faut, on fera durer le *tangi* une éternité. »

Alors la musique s'est abattue sur Jade, et toute la douleur. Elle s'est dit que quelque chose devait clocher chez elle, pour que ce soit cette musique de *Pākehā*, de Blancs, qui l'aide à pleurer, alors que tous les beaux *waiata* des siens n'avaient pas su le faire. Mais quand le morceau s'est arrêté, la *kuia* l'a remis au début, et elle a pris Jade dans ses bras, et Jade a hurlé dans le cou si doux de la vieille dame, encore et encore. La femme l'a serrée contre elle jusqu'à ce que son œil, son coccyx et ce qu'il pouvait bien y avoir sous le pansement dans son cou se mettent à l'élancer horriblement – et Jade était heureuse de sentir enfin ces choses qu'elle n'avait fait que voir en se regardant dans un miroir, comme s'il s'agissait d'illusions. La *kuia* a passé la chanson une troisième fois et elle a dit : « C'est une chanson parfaite pour notre Sav. C'est une belle chanson. » Et elle s'est mise à la chanter aussi. Elle chantait et elle pleurait.

La *kuia* n'a pas cherché à dissimuler son mécontentement quand les hommes en blousons de cuir et lunettes noires effilées ont débarqué avec leurs motos et leurs grosses voitures de gangsters. Mais aussitôt, elle a pincé le bras de Jade et gloussé. « Sav aurait adoré ça. Oh, ma petite diablesse aurait adoré ça. »

Des tatouages s'extirpaient des vêtements pour remonter le long des cous et s'infiltrer comme du sang dans les crevasses de ces visages balafrés. Envahir mains, jointures et crânes rasés. Sur les mentons aussi, autour des bouches. Sav aurait adoré voir ces hommes venus en si grand nombre, qui se penchaient sur son cercueil et l'embrassaient sur la joue et la pleuraient.

Hash, aussi.

Et Tommy, les yeux cachés sous des lunettes noires, noires. Puis Jade a aperçu ce garçon rencontré sur la plage. Et il l'a vue. Il s'est approché d'elle et l'a embrassée sur la joue. Puis il a embrassé la *kuia*, il lui a remis une enveloppe et il a dit : « *Anei taku koha, ahakoa iti.* »

La vieille dame a pris l'argent et l'a serré dans ses bras. « *Māhea mai i tēnā.* »

Jade s'est approchée du cercueil avant qu'on le referme et s'est agenouillée devant pour embrasser Sav. Elle a pris sa main froide et raide et a chanté tout bas qu'elle voulait continuer de l'aimer et l'aimerait toujours, que c'était tout ce qu'elle voulait faire. Elle a pleuré, pleuré, espérant pouvoir s'arrêter.

Dans l'allée du *urupā*, Toko se tenait derrière Jade quand on a descendu le cercueil de Sav dans la fosse, et il s'est avancé pour se tenir à son côté lorsqu'on a jeté des poignées de terre dessus.

Quand le cercueil a été recouvert, il a touché les cheveux de Jade et il a dit : « Tu veux venir faire un tour en voiture jusqu'à Kaikōura ? »

La *kuia* était debout juste à côté, elle a pris la main de Jade pour l'embrasser. « Si tu n'y vas pas, c'est moi qui irai ! » Elle a éclaté de rire.

Jade a quitté le *tangi* assise à l'arrière de la voiture de Toko. Ça sentait l'eau de Javel. Elle avait du mal à respirer avec toute cette liberté qui lui soufflait dans le visage à travers la vitre qu'elle avait ouverte. Puis fermée. C'était comme si l'air qui lui avait toujours manqué se précipitait violemment sur elle, et ses poumons étaient incapables de résister. Elle avait du mal à croire qu'elle prenait la route ainsi, qu'elle était tout simplement montée dans une voiture et qu'elle était partie, sans rendre de comptes à personne. Elle effleurait les oiseaux tatoués sur ses côtes.

Sav avait eu raison, le jour où elle les avait fait tatouer, parce que c'était un cadeau d'anniversaire. Sav avait volé un portefeuille aperçu dans une voiture qui avait une vitre baissée.

« C'est un cadeau des dieux, pas du vol, cousine, avait-elle dit. Ça nous est offert parce qu'aujourd'hui c'est ton anniversaire. »

C'était l'une de ces rares journées qui leur appartenaient vraiment, et à elles seules.

« Tu veux quoi ? Des livres ? Je sais combien tu les aimes.

— Non », avait répondu Jade. On pouvait les brûler ou les déchirer, leur pisser dessus.

« Un collier, peut-être ?

— Non », avait-elle de nouveau répondu. On aurait pu le voler ou le vendre, lui serrer le cou avec.

« Quoi, alors ? Une paire de chaussures neuves ?

— Pour marcher où ?

— Allez, *girl*. Réfléchis. Un jean, des boucles d'oreilles, un repas qui tue ? »

Le repas qui tue était tentant, mais alors Jade avait eu une idée.

« Un tatouage. » Un tatouage, comme un repas qui tue, c'était un truc qu'on ne pourrait plus lui enlever.

Au salon de tatouage, elle avait choisi un oiseau. Un oiseau en vol. Noir, avec une petite touffe blanche sur la gorge. Et une pierre précieuse ! L'oiseau porterait une pierre, avait-elle décrété. L'une de ces pierres précieuses que son père n'avait pas pu lui offrir. Celles qu'il lui avait promises.

Quand le tatoueur avait terminé l'oiseau, Jade avait aimé le voir sur elle, noir et pur, et elle avait aimé la brûlure de l'aiguille et ne voulait pas encore rentrer à la Maison, alors elle en avait réclamé deux de plus. Sav avait sorti de sa poche le reste des billets destinés à son anniversaire. « Pas de repas qui tue, alors. »

Et quand le tatoueur avait terminé ces deux de plus,

elle en avait demandé encore deux autres. « J'en veux cinq, avait-elle dit.

— T'as pas les moyens de t'en payer cinq », avait répondu le tatoueur. Il avait descendu son bonnet de laine un peu plus bas sur son front, s'était frotté les mains et avait croisé ses longs bras. Alors, Jade avait aperçu les crânes gravés sur les jointures de ses mains et avait soudain eu envie d'être seule avec ses oiseaux.

Sav s'était approchée du tatoueur et avait posé la main sur son bras, pressé son corps contre le sien, enfoncé le nez dans le creux de son cou, elle lui avait enlevé son bonnet et l'avait enfilé sur sa tête.

« Hé ! avait-il protesté en passant la main dans ses boucles.

— Allez, *baby*, avait-elle dit. Fais-lui deux petits oiseaux de plus, à ma cousine. C'est son anniversaire. »

Et ils étaient allés baiser dans l'arrière-salle.

Jade les entendait, allongée sur la table à attendre que les deux derniers *tūī* soient gravés à l'encre sur son flanc. En attendant, elle avait essuyé du doigt les minuscules perles de sang qui remontaient à la surface de ses tatouages frais et les avait déposées sur sa langue.

Ce soir-là, à la Maison, Jade avait entendu sa cousine hurler sur Hash, en lui disant qu'elle faisait ce qu'elle voulait, putain, quand elle voulait. Jade avait entendu d'autres cris affirmant le contraire. Le lendemain, Jade avait tenu la main de Sav, pressé un linge froid sur sa joue boursouflée. Les *tūī* sur les côtes de Jade palpitaient. Palpitaient comme si on les avait écrasés de force sur son corps sans ailes, comme s'ils auraient préféré ne pas être coincés sur cette peau.

Jade a marché pieds nus dans la petite maison de plage de Toko, à leur arrivée. Toko a apporté l'unique sac qu'elle avait pris, bien qu'elle ait été tentée de le laisser là-bas. Elle ne se débarrasserait jamais de cette odeur, l'odeur de la Maison, et elle savait qu'elle aurait déjà de la chance si elle parvenait à la chasser de ses narines, de ses rêves. L'odeur d'alcool, de cigarettes et de cannabis. De vomi et d'urine, l'odeur métallique du sang. L'odeur métallique qui la faisait se demander où les balles et le flingue étaient planqués. Dans un coffre à jouets ? Pour jouer aux gangsters ?

Elle est entrée dans sa chambre. Le lit de Toko était défait. Les draps blancs, poussés sur le côté. Il était parti en catastrophe.

Jade s'est assise sur son lit et a enfoncé son visage dans les draps de Toko. Elle a inspiré et tout son corps s'est retrouvé pris dans une drôle de convulsion, à mi-chemin entre le galop et le vol, mais bridée par le chagrin.

« Jade. Qu'est-ce que je peux faire ? Je te connais même pas. »

Jade a laissé son visage là où il était. « Tes draps sont beaux », a-t-elle dit.

Elle l'a senti s'asseoir sur le lit. L'odeur qui émanait de Toko, entre nuage, terre et savon, lui a donné envie de lui, mais la culpabilité a inondé son cœur et l'a noyé.

« Qu'est-ce que je peux faire ? » Il a posé la main sur son épaule.

« Tu peux balancer mes affaires, t'en débarrasser ? L'odeur va s'installer ici. Dans ta maison. Tu peux faire ça pour moi ? Et ça aussi… » Elle s'est levée du lit, prise de fureur, et s'est déshabillée comme une enfant le ferait pour plonger dans la mer. Elle a repoussé les habits d'un coup de pied et ce geste brusque a provoqué une douleur, comme si des galets et des éclats de roche lui déchiraient les vertèbres.

Toko a contemplé son corps, les cinq oiseaux avec leur touffe blanche sur la gorge, dans leur vol suspendu au-dessus de ses côtes. Ses pupilles se sont dilatées.

« S'il te plaît », a-t-elle insisté.

Il a ramassé les vêtements et a quitté la pièce. Par la fenêtre, elle l'a vu allumer le feu. Elle est restée debout à sa fenêtre, à regarder les flammes qui tentaient de toucher les étoiles, et elle a repensé au temps où elle avait dansé autour d'un feu et où Sav riait quelque part, tout près, et alors on lui avait glissé une couverture sur les épaules.

Elle a marché jusqu'au lit, s'est glissée sous les draps de Toko.

ĀRAMA

Tante Kat allait nous emmener en ville, Beth et moi, pour acheter des fournitures. Je lui ai dit qu'on aurait besoin d'un rouleau de couvre-livres transparent, elle a regardé la liste et elle a dit que c'était en option. Puis elle a ajouté qu'on verrait.

Elle s'est garée sur la rue principale et on est descendus de voiture. Devant la papeterie, il y avait un homme au crâne rasé qui portait un long truc rouge sombre – un genre de cape, mais pas vraiment. Une sorte de drap, plutôt. Comme s'il portait des draps dans la rue.

En souriant, il a demandé à Tante Kat : « Vous aimeriez acheter un livre merveilleux ? » Sa peau avait l'air si chaude et douce.

« Non, merci, a répondu Tante Kat.

— Ça parle de quoi ? a demandé Beth.

— La paix dans le monde, comment on peut créer la paix dans le monde à partir de chez soi.

— Il coûte combien ? a demandé Beth.

— Ce que vous pouvez payer ou avez envie de donner, a répondu l'homme. Cinq dollars à peu près, de préférence, pour couvrir au moins les frais d'impression. »

Beth m'a filé un coup de coude. « Je crois qu'on aurait bien besoin d'un peu de paix dans le monde, hein, Django ? »

Beth s'est tourné vers Tante Kat : « Tu peux nous l'acheter et on te remboursera ?

— Je le ferais volontiers, mais j'ai pas de pièces ni de billets sur moi. »

L'homme a plongé la main dans sa poche et en a sorti brusquement un petit truc qui ressemblait à une télécommande. « On peut payer par carte. »

Beth a frappé dans ses mains. Le visage de Tante Kat a perdu son éclat, comme si un nuage était passé au-dessus et recouvrait le soleil.

Elle a fouillé dans son sac à main et s'est mise à compter des pièces. Elle lui en a tendu une poignée. Il a défait le zip de sa banane, a pris l'argent et l'a mis dedans. Il a donné le petit livre à Beth. « Bénédictions éternelles, il a dit.

— Waouh, regarde ! » Elle l'a tendu vers moi. Le livre était tout brillant, il y avait dessus la photo d'un coucher de soleil avec un petit bateau, les passagers ramaient vers une île avec des palmiers. On aurait dit qu'ils s'échappaient, ce qui voulait dire que le monde était sans doute pas très en paix.

« Bon, a dit Tante Kat quand on s'est éloignés. Maintenant, c'est moi qui commande.

— Bénédictions éternelles », a dit Beth.

On est entrés dans la papeterie.

Le rayon des couvre-livres occupait plus de place que la dernière fois. Il y avait tellement de modèles. J'en ai vu un que j'avais eu avant, avec des surfs dessus, Tauk l'avait choisi pour moi.

J'ai pris un rouleau et j'ai couru retrouver Tante Kat.

Elle m'a dit qu'il avait l'air cher et qu'elle voulait voir l'étagère où je l'avais pris.

Je l'ai emmenée dans le rayon et j'ai pointé du doigt l'étiquette : *$4.99*.

« Désolée, mais non. »

Sur la route de la maison, on s'est arrêtés pour acheter des sachets de bonbons à un dollar, et Beth a dit que cette fois c'était elle qui allait payer. J'avais pas envie d'entrer dans le milk-bar.

« Prends-en un pour moi, et vérifie qu'il y a au moins deux Esquimaux dedans », j'ai dit.

Je suis resté dans la voiture, à regarder les passants. Des vieilles dames et des vieux messieurs. Des mamans. Des papas. Des familles.

Un petit garçon a fait tomber sa glace sur le trottoir en sortant du milk-bar et il s'est mis à pleurer. Un chien est passé par là, il s'est arrêté pour renifler la glace par terre, l'a léchée et l'a gobée d'un coup. Le petit garçon a voulu lui donner un coup de pied et il s'est cassé la figure. J'avais pas rigolé quand le garçon avait laissé tomber sa glace parce que j'étais triste pour lui, mais, quand il a voulu donner un coup de pied au chien et qu'il s'est retrouvé sur les fesses, j'ai pas pu me retenir. La maman du petit garçon m'a vu rire et m'a lancé un regard mauvais à travers la vitre, puis elle a relevé le gamin et elle est partie avec lui, toute furieuse, et le garçon la frappait de son minuscule poing de rien du tout. Pourquoi est-ce qu'elle est pas juste allée racheter une glace à ce pauvre petit gars ?

Tante Kat et Beth s'éternisaient dans le milk-bar, mais moi ça m'allait, de regarder tous ces gens qui marchaient dans les rues, entraient et sortaient des boutiques, et ma vitre était juste assez ouverte pour que j'entende leurs voix. Des bouts de phrases. « Purée et saucisses à… On a besoin de lait ? Non. Et de pain ? Le chien a fait son… »

Puis j'ai entendu une voix que j'ai cru reconnaître. On aurait dit Taukiri. Je me suis redressé vite fait sur mon siège et j'ai regardé dehors à travers la vitre. Mais je l'ai pas vu. Je suis sorti de la voiture et j'ai grimpé debout sur le capot pour mieux voir. Là-bas, entrant dans le jardin public, de l'autre côté de la rue, il y avait un gars en sweat-shirt à capuche vert qui tenait une guitare.

Ça pouvait être lui, mais il fallait que je me rapproche.

J'ai sauté du capot et j'ai traversé la rue en courant. Une voiture a freiné au dernier moment pour m'éviter. J'ai pas regardé, j'ai continué de courir. J'ai foncé dans une dame qui m'a repris de volée avec son sac à main en marmonnant un truc. Je l'ai pas regardée. J'ai continué de courir. Le gars en sweat-shirt s'est enfoncé dans le parc. Y avait un tas d'arbres et je savais pas s'il fallait que j'aille à gauche ou à droite. J'ai pris à gauche, ce qui m'a conduit jusqu'à un pont couvert de gens qui lançaient du pain aux canards. J'ai zigzagué sous cette foule, à travers, en jouant des coudes et en poussant quand j'en avais besoin. J'ai entendu de la musique. Un son de guitare. J'ai remonté à fond une petite allée en suivant la musique.

Je faisais trop de bruit en courant. J'entendais plus rien. J'ai marché.

La musique se mélangeait à tellement d'autres choses, maintenant – les coin-coin des canards, les rires des enfants, les bébés qui hurlaient – que je savais plus d'où elle venait. Je me suis arrêté et j'ai fermé les yeux. Je l'ai entendue à nouveau. J'ai ouvert les yeux et marché vers elle. Elle est devenue plus forte.

Mes mains tremblaient salement et j'avais une drôle de sensation dans l'estomac. En sortant du virage, j'ai aperçu un groupe d'enfants plus grands assis ensemble, qui jouaient des instruments. Ils étaient très nombreux. Certains fumaient, d'autres étaient allongés dans l'herbe. Deux d'entre eux, assis côte à côte, avaient des djembés. Une fille chantait. Trois autres jonglaient avec un footbag.

Et puis j'ai vu le gars en sweat-shirt à capuche vert, penché sur sa guitare, qui me tournait le dos. J'ai couru vers lui. J'ai couru comme jamais avant. Je sais pas pourquoi, mais je me suis mis à crier le nom de Taukiri. Mon estomac me disait que je me trompais pas. L'excitation, dedans, me disait que j'avais raison.

Mon frère était venu ici pour me chercher, mais on était pas à la maison. On était partis en ville pour acheter des livres et maintenant il était là, et j'avais eu de la chance de le croiser en ville, parce que sinon il aurait pu s'en aller pour de bon en pensant que j'étais parti, et c'était vraiment un coup de chance que je l'aie trouvé et il allait être si heureux.

Tout en courant, j'ai crié de nouveau son nom mais il a pas relevé la tête de sa guitare. Je me suis pris un pied dans l'autre et je me suis fracassé contre son dos, son nom s'envolant de ma bouche. Il s'est retourné et a baissé les yeux sur moi. Plus un bruit. Tout le monde me regardait.

Il avait un peu de barbe au menton, les yeux marron. Des boutons.

« Aïe, pauvre tache ! il a grogné. Regarde où tu vas, merde. »

Il s'est frotté le dos, a froncé les sourcils. L'un des garçons qui jouaient du djembé s'est levé et m'a tendu la main pour m'aider à me remettre debout.

« C'est qui, Taukiri, p'tit mec ? T'es perdu ? »
J'ai secoué la tête.
« Ça va ? »
J'ai regardé mes mains.
« T'es venu avec quelqu'un ? »
Je regardais encore mes mains. Plus personne disait rien.

Je me suis levé et je suis parti. Mais j'ai regardé derrière moi. J'ai vu le garçon qui jouait du djembé donner une claque sur la tête du gars au sweat-shirt vert.

« Hé ! Pourquoi tu me tapes ?
— Parce que t'es un con. Allez, joue, bouffon. »

La musique a recommencé. Le garçon au djembé jouait bien, et il était sympa, comme Taukiri. Le gars au sweat-shirt était nul en guitare. Taukiri jouait carrément mieux.

Quand j'ai rejoint la voiture, Tante Kat regardait partout dans la rue et arrêtait les passants. « Vous n'avez pas vu un garçon avec un… » Puis elle m'a repéré de l'autre côté de la rue, et elle a couru et m'a serré très fort. Elle m'avait jamais serré aussi bien dans ses bras. Et puis elle s'est mise à brailler. Et ça m'a fait du bien, aussi. J'ai rien dit, je l'ai juste laissée me brailler dessus, son bras autour de mes épaules, en traversant la rue. Me serrant comme si j'étais quelqu'un d'un peu spécial.

J'ai donné un de mes Esquimaux à Beth pour le trajet retour vers la ferme.

Des fois, l'excitation au fond de mon estomac me trompe pas, comme avec cet oiseau pour lequel Taukiri m'a fait prier.

Tauk m'a chargé de trouver la boîte. « Une boîte à chaussures, un truc comme ça. »

Je suis allé voir Maman. « Tauk a besoin d'une autre boîte pour un autre oiseau.

— Il doit piller les nids, vu le nombre d'oiseaux qu'il trouve…

— Et tue. »

À ce moment-là, Maman s'est tournée vers moi, choquée. « Il ne les tue pas. Ils meurent. » Elle a ouvert un placard, a fouillé sur les étagères. Pas de boîte à chaussures.

Je me suis souvenu de la boîte de chocolats que j'avais donnée à Taukiri. Il y avait des images de trucs que Taukiri aimait bien coller dessus. Des vagues, le soleil, lui et moi en train de nous balader.

Je la lui ai apportée.

« Parfait. »

Il voulait laisser le papier aluminium doré dedans, parce que les oiseaux avaient l'habitude de vivre si près du soleil, peut-être que ce papier brillant leur ferait du bien. On a mis un peu de foin, d'herbe sèche et de mauvaises herbes dans la boîte.

« Je le sens bien », il a dit.

L'oiseau rose avait l'air mort ou tout comme dans sa nouvelle maison.

Taukiri a commencé par le nourrir avec un compte-gouttes, puis au bout d'une semaine – il avait jamais gardé aussi longtemps en vie aucun de nos bébés oiseaux –, il m'a dit : « Maintenant, il lui faut de la vraie nourriture. »

Il est allé dehors avec un pot de yaourt et, quand il est revenu, le pot était rempli de vers et d'autres trucs grouillants.

« Tu sais ce que fait la maman oiseau ? » il m'a demandé. J'ai fait non de la tête.

« La maman oiseau, elle mangerait tout ça, il a dit en soulevant le pot, et ensuite elle le recracherait dans la bouche du bébé.

— Ah bon ? » Ma bouche était déjà grande ouverte avant qu'il soulève le ver et le balance au-dessus de ses lèvres, en me regardant du coin de l'œil.

« Non. Non. S'il te plaît. Non. »

Il a fermé les yeux. « Désolé. Désolé. Regarde pas.

— Non. Fais pas ça. »

Il a descendu le ver dans sa bouche.

Puis, en rigolant, il l'a fait tomber sur le comptoir de la cuisine, il a pris un couteau. « Regarde ailleurs, si tu veux. »

J'ai continué de regarder.

Il a pris le petit pot et l'a secoué pour récupérer deux petites araignées, un ver, un papillon de nuit et une chenille. Avant qu'ils aient pu s'échapper, il a posé le couteau sur eux et s'est mis à les découper. Il a écrasé les morceaux contre les petits trous du presse-ail de Maman. La chenille et le ver ont coulé à travers. Il a secoué les parties liquides – les morceaux plus durs étaient restés coincés dans le presse-ail – qui ont coulé dans le couvercle d'une bouteille de lait.

J'ai craché dedans. « Ça sera peut-être plus facile », j'ai dit.

Taukiri a chanté pour le petit oiseau. Il a chanté, chanté. Toutes les chansons que j'avais entendues chantées par lui ou à la radio écrabouillées ensemble comme si c'étaient des vers et des araignées et d'autres bestioles. La chanson sur Alice, celle sur les Gitans, celle de l'arc-en-ciel, les *waiata* et Bob Marley, Justin

Bieber et Tupac et *Jingle Bells* et les chansons de feu de camp.

Le petit oiseau a ouvert le bec. « Hé, regarde un peu, a dit Tauk. Ça a marché. »

Tauk a fabriqué une sorte de cage pour que l'oiseau soit un peu plus en sécurité dans la boîte de chocolats, mais il l'a laissée ouverte sur le dessus, et moi j'ai dit que c'était débile, et j'avais raison. Un jour, j'ai apporté les vers et les araignées écrasés pour le petit déj, et l'oiseau avait disparu.

Aujourd'hui, j'ai ressenti ce frémissement, comme si j'avais raison sur quelque chose.

Sur le fait que le gars au sweat-shirt vert était bien Taukiri, et que tout allait soudain s'améliorer. Carrément s'améliorer. Peut-être que le carrément mieux arriverait un peu plus tard.

Maman avait jeté la boîte de chocolats à la poubelle. Je l'ai retrouvée. Je l'ai sortie de la poubelle et je l'ai posée sur mon appui de fenêtre pour qu'elle prenne le soleil. Je l'ai aspergée avec le parfum de Maman. Mais l'odeur du foin et de l'oiseau n'est pas partie, et les images étaient pleines de taches par endroits. Alors j'ai collé de nouvelles photos de Tauk et moi sur le dessus et sous le couvercle. D'autres vagues. Un autre soleil. Une photo de *tūī* prise dans un *National Geographic*.

« Je l'ai récupérée dans la poubelle, j'ai dit à Taukiri quand je la lui ai rendue.

— Merci, mec. » Il a soulevé la boîte. « Waouh », il a fait.

TAUKIRI

Je me suis installé dans le grenier de Megan, et je passais plus de temps avec elle qu'avec Elliot. M'installer, ça voulait dire que je dormais là-bas et que j'avais rangé ma planche de surf dans le grenier, car j'étais à peu près sûr qu'elle allait finir par se casser en deux sur le toit de ma bagnole. J'allais rouler sur un ralentisseur et elle se briserait. Elle était si sèche qu'elle allait se casser en deux comme un os de vœux laissé sur un appui de fenêtre pendant deux bonnes semaines.

En plus, j'en avais marre des commentaires des gens, du style : « Il se balade avec une planche sur sa voiture mais il surfe même pas. La classe. »

Megan et moi, on était assis sur sa véranda. J'étais en train de fumer une clope que m'avait passée Megan, et je lui ai demandé : « Tu veux bien me montrer une photo que t'as prise pour le boulot ?

— Non. » Elle a tendu sa main, deux doigts légèrement écartés, et je lui ai donné la clope. « Je devrais pas. »

Un avion descendait vers l'aéroport. On n'a plus parlé pendant le rugissement, juste regardé. Après que l'avion a atterri, tout est redevenu calme et elle a sorti son portable.

« Y a celle-là, elle a dit en tendant l'écran vers moi. J'ai dû la prendre avec mon téléphone, parce que mon appareil faisait des siennes. »

J'ai regardé la photo. C'était le capot d'une voiture, écrabouillé comme une boule de papier.

« Ils ont survécu, elle a dit. Jessie a rappelé aujourd'hui. Elle a laissé un message. Elle t'a ajouté sur Snapchat, elle veut que tu l'ajoutes aussi.

— J'ai perdu mon portable.

— Je m'en fiche.

— Bien sûr que non », j'ai répliqué avec un petit sourire.

Elle a pas souri en retour. « Tu vas faire quoi, Tauk ?

— Rester ici, fumer toutes tes clopes. Parler avec toi quand tu seras disponible. Vendre mon surf. »

Elle a regardé sa montre. « Il faut que je retourne au boulot. » Elle s'est levée et a frotté ses mains de bas en haut sur son pantalon noir. Elle a défait ses cheveux, les a bien lissés en arrière, puis les a rattachés. Elle n'avait pas de maquillage. J'ai regardé la tache de rousseur sur sa paupière.

« Si j'avais mon téléphone, je prendrais une photo de ça, j'ai dit.

— De quoi ?

— Cette tache de rousseur. Je la veux.

— Désolée, elle a répondu. Elle est à moi.

— Ramène-moi une photo. Du boulot.

— Nan. À plus. Va chercher un job, loser. »

Elle m'a laissé. J'ai entendu sa voiture démarrer et s'éloigner. Le soleil me tapait dessus. Je l'ai regardé, puis j'ai plongé les yeux dedans, il m'a brûlé alors je les ai fermés, et la tache de rousseur de Megan était là. Puis des tas de taches de rousseur, comme un kaléidoscope.

Quand je suis rentré dans la maison, j'ai vu que Megan avait laissé un mot près du téléphone : *Appelle Jessie, branleur !*

J'ai pris le téléphone et j'ai composé le numéro de Tante Kat. Après plusieurs sonneries, Oncle Stu a décroché en grognant. J'ai failli demander à parler à Ari, mais je me suis ravisé. J'ai raccroché, je suis sorti de chez Megan. J'ai pris ma voiture et je suis parti. Parce que je pouvais le faire. Je pouvais faire tout ce que je voulais, quand je voulais. Et j'aimais ça, mais j'avais quand même envie de buter contre quelque chose, une frontière, et qu'elle me pousse dans l'autre sens, ou au moins qu'elle résiste. Comme quand on est gamin et qu'on pousse sur une dent branlante, on voudrait qu'elle tombe, mais on n'est pas sûr qu'elle le fasse sous la pression de ses propres doigts. Une pomme, c'est mieux, ou bien une ficelle attachée à une porte qu'on claque, n'importe quoi d'autre. Tout sauf vous, vous-même.

J'aurais voulu que quelqu'un dise : « Hé, Tauk, arrête de déconner.

Viens là.

Fais ça.

Fume pas.

Comporte-toi bien. »

J'étais content que Megan m'ait dit de téléphoner à quelqu'un, même si c'était pas la bonne personne.

Ce soir, je pouvais juste aller m'acheter quelques bières. J'allais sans doute faire ça. Ou bien même de la super beuh pour bien me défoncer, comme d'autres gars de mon âge. Sauf que les gars de mon âge étaient capables de faire toutes sortes de conneries sans avoir peur. Ils savaient qu'il y avait un fond, une fin à leur chute. Que s'ils déconnaient vraiment, quelqu'un finirait sans doute par s'en rendre compte et les arrêterait. Le côté sans fond de ma vie donnait le vertige. Les choix étaient aussi écrasants que cette terrible mer.

Brosses à dents.

À quelle foutue heure je devais me coucher.

Appeler Ari ?

Chercher ma mère ? L'oublier ?

Boire ?

Quelques bières, pas plus ? Une ligne de coke, peut-être ? Fumer un peu d'herbe ? Gober un cacheton de E ?

Décisions, décisions. J'en avais pris de merdiques, des décisions merdiques aux conséquences terribles. Mais bon, difficiles à regretter totalement.

Par exemple, celle prise pendant cette horrible nuit d'orage où Nanny est venue dîner.

Nanny était là pour manger avec nous. Elle portait ses boucles d'oreilles préférées, celles avec les perles. Ari a posé des questions dessus. Une fois de plus. Je me suis retenu de rouler de gros yeux.

« Pourquoi elles transpercent pas tes oreilles comme celles de Maman ?

— Elles sont de l'ancien temps, comme moi, a répondu Nanny en sirotant son vin. D'un temps où il n'était pas civilisé de faire des trous dans son corps. »

J'ai manqué m'étouffer. « Mais elles sont percées, tes oreilles », j'ai dit.

Nanny m'a lancé un regard glacial. « Elles sont très spéciales, elle a repris en se tournant de nouveau vers Ari. Ma *māmā* me les a offertes – ton arrière-grand-mère. C'est un marin écossais qui les lui avait données. »

Je me suis levé, j'ai emporté mon assiette et celle d'Ari jusqu'à l'évier. Ma mère m'a donné une petite tape dans le dos, baissant la voix. « Assieds-toi, écoute l'histoire de ta grand-mère. C'est tellement important pour elle. Je vais faire la vaisselle.

— T'as de la chance. »

Je suis revenu vers la table et je me suis laissé tomber sur ma chaise.

Nanny a posé sa main sur celle d'Ari. Comme si elle allait raconter l'histoire juste pour lui, de toute façon. « Le marin écossais est arrivé ici, à Aotearoa, sur un grand bateau, elle a dit. Il avait juste sur lui une poignée de pièces, un ou deux changes d'habits et les boucles d'oreilles en perles de feu sa mère.

— Pourquoi sa mère était en feu ? » a demandé Ari.

Nanny a pris une grande bouffée d'air.

Je me suis redressé sur ma chaise, en me disant que j'allais aider. « Morte, Ari, j'ai dit. Elle était morte. »

Il a plissé le front. « Oh, c'est triste. »

Nanny a serré la main d'Ari. « Très triste, elle a dit. Mais écoute, c'est une histoire qui finit bien. Un jour, le marin marchait sur la plage de Halfmoon Bay quand il a entendu une femme qui chantait une chanson. Il ne comprenait pas les paroles, mais il a su que c'était une chanson joyeuse.

— Elle chantait en *te reo māori*, hein ?

— *Āe*, oui, mon *moko*.

— Elle chantait quoi, déjà ?

— Elle chantait un *waiata* qui a fait sourire l'Écossais, parce qu'elle n'était pas *poūri* – elle n'était pas très belle non plus –, mais elle était entraînante et la femme riait en se la chantant. L'Écossais a remonté la plage jusqu'à elle et il a dit : “Que chantes-tu donc qui te fait rire ainsi, femme ?”

« Elle a répondu que c'était un secret. Et que si elle le lui disait, il risquait de se fâcher. Son drôle d'accent ne lui inspirait pas confiance, et, à ce qu'elle en savait, il aurait pu être un nazi.

— C'est quoi, un nazi ?

— *Ūpoko mārō.* » À ce moment-là, elle a touché sa boucle d'oreille. « Et un lâche. »

Sans trop savoir pourquoi, j'ai beaucoup aimé Nanny, alors, son expression s'était adoucie, elle tenait sa boucle d'oreille, et puis elle m'a regardé et elle m'a souri.

« Un *poaka*, j'ai dit, en lui rendant son sourire.

— Un *poaka*, a dit Nanny et elle a touché ma main comme elle avait touché la main d'Ari. L'Écossais a supplié la femme : “Ma curiosité me tuera, j'ai besoin de savoir ce qui te faisait rire tout à l'heure, quand tu chantais toute seule devant la mer.” Ton arrière-grand-mère lui a fait confiance et, sans trop savoir pourquoi, elle lui a dit : “C'est une école dans le Nord qui chantait cette chanson. Ma cousine m'a écrit pour m'en parler. Ça s'appelle *Hītara Waha Huka, Ūpoko Mārō*.” Alors la femme – ma *māmā*, ton arrière-grand-mère – a recommencé à la chanter, en riant de plus en plus fort. “On pourrait chanter ça sous son nez, il ne s'en rendrait même pas compte !” s'est exclamée la femme en s'adressant à l'Écossais.

« Elle s'est approchée de lui et s'est tenue tout

près, si près que leurs bras se frôlaient, et elle s'est penchée pour lui dire à l'oreille : "Ça parle d'Adolf Hitler." Et puis elle s'est mise à chanter les paroles sur ce Hitler à tête de cochon qui avait l'écume aux lèvres. "La chanson dit qu'on lui brisera la mâchoire, à ce salaud sanguinaire, et que ses fesses tremblent de peur." L'Écossais lui a demandé d'en dire davantage, et c'est ce qu'elle a fait.

« "Ils chantent une version plus soft de cette chanson lors des *hui*, les grands rassemblements de la communauté, elle a dit. Mais dans la cour de récré, les enfants remettent les vilains mots et les professeurs font semblant de pas entendre. Ces nazis sont comme une meute d'animaux, avec ces symboles de gangsters sur leurs bras maigrelets."

« "Chante-la-moi encore", a demandé l'Écossais. Et ton arrière-grand-mère l'a chantée, et l'Écossais a dansé, frappé des pieds, s'est donné des claques sur les cuisses en sautant autour d'elle. Quand elle a cessé de chanter, il a sorti les boucles d'oreilles en perles de sa poche et lui a dit de les essayer, et quand il a vu qu'elles lui allaient parfaitement… »

Nanny les a touchées de nouveau sur ses propres oreilles.

« … Ces perles d'eau douce que, jadis, il y a très longtemps, même Jules César admirait, au point d'envahir des pays pour s'en procurer, et l'Écossais, ton arrière-*koro*, a su qu'il était très amoureux et le serait toujours. »

Nanny est partie dans un grand rugissement de rire. « C'est tout ce qu'il a fallu pour que cet idiot d'Écossais tombe amoureux de ma *māmā*. Et maintenant, on est tous là. » Puis son visage est devenu aussi sombre que la nuit. « Je l'ai jamais connu. Je n'ai que des histoires. Et mes boucles d'oreilles. »

Elle a frappé dans ses mains. « *Kia ora*, mes *mokopuna*, merci d'avoir écouté radoter votre vieille *kuia*. *Āe*. Venez me faire un *kihi*. »

Ari est allé l'embrasser le premier. Je suis resté en arrière.

« *Haere mai, tama.* » Elle m'a fait signe d'approcher, m'a serré contre sa poitrine, a déposé un bisou sur ma joue. *Pō mārie*. Dors bien. »

Je suis allé au lit plein d'amour pour ma grand-mère.

Plus tard, je l'ai entendue parler, mais sa voix était devenue sirupeuse. « Il aurait pas voulu ça. Il aurait voulu que sa femme, la mère de son fils, reste. J'ai toujours su qu'elle lui apportait rien de bon. Si elle n'avait pas été là…

— Tu vas pas recommencer avec ces bêtises.

— J'ai perdu mon fils. Ne l'oublie pas. Tu n'as aucune idée…

— J'ai perdu mon frère. Mais j'ai Tauk… nous avons Tauk. »

Elles ont arrêté de parler. L'eau qui coule, les assiettes qui claquent. Nanny a reniflé, puis, plus bas : « Ça fait mal. Quand je le regarde, je la vois, elle. » Sa voix soudain mouillée, et elle a marmonné quelque chose, et peut-être que si j'avais entendu ce que c'était, je serais pas parti. Parce que c'était peut-être rien. Mais j'ai eu l'impression que c'était quelque chose. Une chose qui faisait mal.

« Je vais te reconduire à la maison », a dit ma mère.

Mon visage était chauffé à blanc et j'avais les mains qui tremblaient. Ma jambe rebondissait contre ma volonté. Je les ai entendues partir.

Je suis descendu. Nanny avait laissé un demi-verre

de vin sur la table. Je l'ai siroté. C'était épais, sucré et dégueu. Ça allait quelque part et ça faisait un truc sur lequel j'arrivais pas à mettre le doigt. J'ai bu le reste cul sec.

Je remonte dans ma chambre. La lampe projette une lumière douce qui donne l'impression que ma chambre est cosy, la pluie martèle bruyamment le toit. Je prends ma guitare, m'assois sur le lit et gratte des accords, mais il n'y a personne pour m'écouter, alors à quoi bon. Je cherche mon portable et m'allonge sur le lit. Sandra m'a envoyé un Snapchat. Une photo de ses seins. Écrasés l'un contre l'autre. Ses tétons sont durs et sombres.

Puis elle écrit : *À ton tour.*

Le bruit de la pluie s'arrête, comme si le nuage d'où elle tombait avait appuyé sur le bouton *off*.

Au lieu d'envoyer une photo de ma bite, j'écris : *On se retrouve au skatepark ?*

Dix secondes après, elle répond.

Je descends, je remplis mon sac à dos avec les bières de Papa et je sors dans la rue.

On se retrouve au skatepark. Il y a d'autres jeunes de l'école. Il fait froid mais elle porte une jupe portefeuille un peu large et un débardeur vert décolleté. Des anneaux dorés sont pendus à ses oreilles pleines de trous anarchiques, ses lèvres brillent.

On fait semblant de pas être venus là pour se voir et on se mêle aux autres. Certains sont assis sur le rebord du *half-pipe*. Jambes dans le vide, fumant des clopes.

On s'assoit sur la rampe, je sors une cannette de bière et la lui tends.

« Je bois que du gin, parfois de la vodka », elle dit, puis elle prend la cannette.

Quelqu'un nous fait passer un joint et je tire une longue taffe dessus, en retenant la fumée jusqu'à ce qu'elle me brûle les poumons. Mon esprit se détend, et Nanny et ses bêtises me font plus rien du tout. Ça me fait plus rien et ça me fera plus jamais rien.

La fumée est tellement agréable dans mon sang. On s'allonge sur le bois froid de la rampe de skate, luisante de pluie, et on regarde les nuages bouger, là-haut, dévoilant des lambeaux étincelants de ciel, remplis d'étoiles.

« C'est mouillé, je dis.

— On s'en fout », répond Sandra.

Je prends sa main dans la mienne, elle la soulève et glisse un de mes doigts entre ses seins. Les bosses de sa chair de poule sont dures, tendant toute sa peau.

Sandra roule sur le côté et se retrouve face à moi. Elle se penche plus près et dit quelque chose, une chose que j'entends pas tant le sang bat sous mon crâne. Quelque chose comme : « Viens. » Puis elle rit trop fort et dit : « Viens par ici, Taukiri. » Elle glousse pendant qu'on se relève. « Viens par ici, Taukiri. Ça rime. »

Des sirènes de police découpent la nuit, mais j'ai plus de sang nulle part sauf dans ma bite, maintenant, alors je m'en tape. J'écoute à peine.

Derrière le skatepark, il y a un banc. Sandra me pousse dessus, soulève sa jupe et pose ses genoux de part et d'autre de mes cuisses. Elle m'embrasse, prend ma main et glisse mes doigts, comme si c'étaient les siens et plus les miens, oh mon Dieu, sous sa culotte. Elle est mouillée comme une nuit d'orage sombre, elle fait ressortir ma main et enfonce mes doigts dans ma bouche.

« Goûte ça », elle dit.

Elle déboutonne mon pantalon, sort un truc de sous la ceinture de sa jupe. J'entends un bruit d'emballage qui se déchire. Elle crache dans sa main, prend ma bite et voilà qu'elle enfonce la capote dessus, et moi, est-ce que je dois regarder ?

Je regarde, je regarde.

Et puis, putain, elle se remet debout, elle enlève sa culotte et le nuage rappuie sur *on* et une averse nous tombe dessus.

Elle s'abat sur moi comme une vague et, oh mon Dieu, il n'y a plus rien d'autre. Oh mon Dieu, il n'y a plus qu'elle, plus qu'elle, son visage trempé de pluie maintenant, mon visage trempé de pluie maintenant, la pluie et ses mains dans mes cheveux, dans mon cou, et plus qu'elle, plus qu'elle et l'odeur chaude du cannabis et de la bière qui entre et sort vite, très vite, de nos bouches ouvertes.

Maman, Papa et Ari étaient assis autour de la table quand je suis rentré à la maison. Ari buvait du Benco, une couverture sur les épaules. Son visage était rouge et tacheté. Celui de Maman aussi.

Papa s'est levé. « T'as laissé ton frère tout seul à la maison. On t'a cherché partout. »

Ari s'est mis à pleurer. « Pardon, Taukiri. J'avais peur et j'ai appelé Nanny. Je suis désolé. Je suis tellement désolé. Elle est vraiment fâchée. »

JADE ET TOKO

Même si elle se réveillait dans le lit de Toko tous les matins depuis un mois, Jade devait encore cligner et cligner et cligner des yeux pour le croire. Elle était sûre qu'un matin elle allait se réveiller devant les couleurs froides et tristes de la Maison. D'un côté, ça voudrait dire que Sav dormirait à quelques portes de là, au fond d'un couloir sombre, et que Jade allait revoir sa cousine. Mais, de l'autre, elles auraient encore été toutes les deux des femmes en train de mourir.

Deux faces, comme toutes les pièces.

Jade consacrait ses premiers instants d'éveil, chaque matin, à trois choses. Un, elle se persuadait qu'elle était vraiment dans le lit de Toko. Deux, elle regrettait que Sav ne soit pas dans celui de Tommy, à quelques minutes en voiture. Trois, elle écoutait la mer.

Le bruit de la mer lui apprenait quelle journée l'attendait dehors. Quand Jade entendait un grondement doux, elle imaginait des nuages blancs enveloppant tout. Des sommets des montagnes jusqu'à l'océan. C'étaient ces jours-là, où l'univers tout entier semblait noyé sous une douce épaisseur de coton, qu'elle se sentait le plus en sécurité. D'autres fois, elle n'entendait presque rien, un peu comme le son étouffé d'un coquillage à son oreille, et alors elle savait que la mer se présenterait sous son meilleur jour. Bleue et verte et placide.

Aujourd'hui, le son était celui d'un jour enveloppé de nuages.

Toko dormait profondément à ses côtés. Elle a tendu la main et touché le corps chaud de l'homme du bout de son index, remontant doucement le long muscle qui courait le long de sa colonne, jusqu'à sa nuque puis ses épais cheveux noirs. Il a bougé, a roulé vers elle et a passé ses bras, encore lourds de sommeil, autour d'elle. Elle avait presque l'impression que tout était parfait dans ses bras. Dans ses beaux draps et ses couvertures chaudes.

Elle a fermé les yeux, dormi, rêvé qu'il la frappait et s'en voulait et lui disait : « Oh, *baby*, t'as tellement mal », et il l'embrassait à l'endroit où il l'avait frappée. Mais alors il la frappait à la jambe, plus fort cette fois.

Elle s'est réveillée en nage, pleine de désir pour lui.

Toko n'était plus dans le lit. Il était en train de prendre des affaires dans son armoire et de les mettre dans une valise. Jade s'est assise sur le lit.

« Tu m'abandonnes ? »

Il a mis un tee-shirt dans la valise et l'a rejointe.

« Papa a acheté un nouveau bateau. Il est amarré sur le quai de Rakiura. Il faut que j'y aille pour le ramener avec lui à la maison.

— Comment ?

— En remontant la côte. Pour tester le bateau. Je t'ai pris quelques affaires – tu peux venir. T'as déjà fait du bateau ? »

Jade s'est souvenue d'un voyage en ferry avec Coon. Et de ceux qu'elle avait faits avec Sav pour aller assister à des enterrements où elles ne s'étaient jamais présentées. Leurs sacs étaient toujours gavés de drogue. Même quand Jade l'accompagnait, Sav faisait quand même en sorte d'emporter avec elle un peu de la came de Hash, pour qu'il la laisse partir sans rechigner. Jade passait ses traversées en ferry à se ronger les ongles jusqu'au sang.

Elle a menti : « Non.

— Tu vas adorer. »

Ils sont passés prendre le père de Toko à la maison familiale. Le père les attendait sur le pas de la porte quand ils sont arrivés, en jean et chemise à carreaux. Il tenait dans sa main un petit duvet.

« Ah ah ! Je comprends tout, maintenant, a-t-il dit en prenant la main de Jade. Moi, c'est Hēnare. »

Jade s'est entendue dire un truc ridicule, du genre : « Eh bien, je vois d'où Toko tient sa si belle allure. » Elle s'en est aussitôt voulu d'avoir fait semblant d'être une autre.

Toko a ouvert la portière. « Jade n'a jamais fait de bateau, Papa. »

Les voyages en ferry. Elle a baissé les yeux, chassé cette pensée.

Une fois, elle était montée à bord du ferry avec un billet que Sav avait acheté en jouant les pickpockets. Et voilà qu'elle disait des trucs du genre : « Eh bien, je vois d'où Toko tient sa si belle allure. » Elle se donnait la nausée. Elle n'avait pas la moindre idée de qui elle était. Et Toko non plus n'en avait pas la moindre idée.

« Jamais montée sur un bateau ! Vraiment ? Espérons qu'elle aura le pied marin, alors. » Hēnare a donné une petite tape sur l'épaule de son fils et a jeté le duvet dans le coffre ouvert.

Une femme est sortie de la maison, un récipient en plastique dans une main et un sac dans l'autre.

« Bonjour. »

Elle a refourgué le récipient et le sac à Hēnare, puis s'est approchée de Jade.

« Je m'appelle Colleen. » Elles se sont embrassées, puis Colleen a pris Jade par les épaules avant de la tenir à bout de bras. « Heureusement que j'ai mis un peu de beurre en plus dans les sandwichs.

— Heureuse de faire votre connaissance, Colleen. »

Heureuse de faire votre connaissance, Colleen.

« *Āe*, et enfin. Nous savions. » Et elle a pris son fils dans ses bras.

« Ah ah ah », a ri Jade.

Ah ah ah !

« Soyez prudents, d'accord ? Merci d'accompagner ton père, Toko.

— Bien sûr, Maman. Jade n'a jamais fait de bateau.

— Eh bien… Je suis montée sur un ferry, maintenant que j'y repense. Une fois ou deux. Je ne sais pas comment j'ai pu l'oublier. »

Je ne sais pas comment j'ai pu l'oublier.

Colleen a posé la main sur son épaule. « Donc, tu n'es jamais montée sur un bateau.

— Non, j'imagine que non. »

Ç'a été une longue route jusqu'à Invercargill dans la voiture de location, et de là ils ont pris le catamaran-ferry vers Rakiura. Hēnare, Toko et Jade avaient conduit chacun leur tour, mais ils avaient tout de même eu besoin de s'arrêter quelque part pour la nuit. Ils ont trouvé un hôtel dans une petite ville, sont allés dîner au restaurant. Jade a commandé une soupe de moules, servie avec du pain chaud et beurré. Hēnare a dit qu'elle allait adorer la soupe de fruits de mer de Colleen et que Toko devait l'amener dîner chez eux sans tarder.

« Ce serait un plaisir », a répondu Jade.

Elle s'autorisait à parler joliment. Avec des mots ronds et soignés. « Ce serait un plaisir », a-t-elle répété. Et elle a eu envie de le redire une troisième fois, mais n'en a rien fait.

De retour à l'hôtel, Jade s'est affairée. Elle a pris le stylo avec le nom de l'hôtel imprimé dessus et a fait courir ses doigts sur les sachets de thé. Des sachets de thé soigneusement alignés comme les rides d'un marin. Prêts pour les invités.

Pour préparer des tasses et des tasses de thé.

Toko l'observait.

« Voudrais-tu une tasse de thé ? » lui a-t-elle demandé. Il a souri et secoué la tête. Elle a feuilleté la brochure de l'hôtel : « Oh ! la la, combien coûte une nuit ici ? » Puis elle s'est rendu compte de ce qu'elle venait de faire, à le questionner de la sorte.

Pose pas de questions, ferme ta gueule, sous clé dans la boîte.

Gênée, elle s'est levée précipitamment et, du coude, a fait tomber une tasse du petit bar. La tasse est allée s'éclater sur le plancher et Jade s'est redressée brusquement, contemplant Toko les yeux écarquillés.

« Tu veux que je regarde s'il y a une balayette et un ramasse-poussière quelque part ? » a-t-il demandé.

Une sensation atroce s'est emparée d'elle, qu'il ne l'aimait peut-être pas vraiment.

Elle lui a répondu non, qu'elle allait nettoyer tout ça, et ça n'a pas eu l'air de le perturber. Elle a fait comme si la chambre ne s'était pas transformée en sables mouvants, dans la foulée de cette révélation qu'elle pouvait évoluer librement de par le monde, questionner les choses et les renverser du coude, les briser, les faire voler en éclats, et exiger des réponses.

Toko ne bondirait pas sur elle pour replier ses ailes de force.

Il s'est allongé en arrière sur le lit. Ses pieds touchaient le sol.

« Et maintenant ? a-t-elle demandé.

— Viens là. »

C'était un soulagement qu'on lui dise ce qu'elle devait faire, alors elle s'est allongée contre lui.

Il a passé ses mains sous son tee-shirt.

« Tu sais quoi ? a-t-elle déclaré. En plus de n'être jamais montée dans un bateau, je n'étais encore jamais allée au restaurant, avant ce soir. Et je n'avais jamais dormi dans un hôtel.

— Y a une première à tout », a-t-il répondu en retirant ses mains de sous le tee-shirt de Jade pour les caler sous sa propre nuque, exposant les muscles de ses bras.

Elle a enlevé son tee-shirt pour lui. C'était un tee-shirt qu'il lui avait donné après qu'elle lui avait demandé de brûler toutes ses affaires. Elle avait passé quelques jours, par la suite, soit nue soit se baladant en traînant les pieds dans les chemises trop larges de Toko, jusqu'à ce qu'il rentre à la maison, un jour, avec un petit sac d'affaires appartenant à sa sœur et quelques trucs qu'il avait achetés dans une boutique. Culottes, deux tee-shirts et un jean. Tous, hormis un soutien-gorge en coton doux et un paquet de culottes en coton, lui allaient mal, mais elle les portait tout de même. Les adorait.

Que quelqu'un lui achète des fringues – c'était

une chose qu'elle avait vue arriver à une femme dans un film, un jour.

Dormir dans un hôtel aussi.

Se sentir belle aussi.

Elle était contente que les vêtements lui aillent plus ou moins bien, et qu'une partie d'entre eux aient déjà été portés. Elle était contente d'apercevoir une minuscule déchirure dans le papier peint de l'hôtel. Elle était contente que le plan de travail pour préparer le thé accueille également un téléphone et un bloc-notes. Et qu'elle soit si près du lit qu'elle s'était déjà cogné le genou dedans par deux fois. Contente de cette vaisselle cassée. Elle regrettait seulement que ses narines à lui n'aient pas un peu frémi.

Jade a passé un doigt le long de l'ourlet du tee-shirt de Toko jusqu'à ce qu'il se redresse sur le lit, lève les bras et la laisse le lui enlever. Il a passé ses bras nus autour du torse dénudé de Jade. Ses seins se pressaient contre la poitrine de Toko. Les oiseaux tatoués sur sa cage thoracique donnaient l'impression de s'envoler dans la vague noire d'encre de son *tā moko*.

Ils se sont embrassés.

Coon aussi l'avait embrassée. Le soir où il l'avait retrouvée à la gare routière et lui avait dit de rentrer avec lui, chez elle, qu'il la protégerait. Il l'avait embrassée. Le premier baiser de Jade.

Il l'avait regardée avec une expression pleine de douceur, tête penchée de côté. Et elle avait pensé que c'était peut-être le vrai lui, sous tout le reste : le blouson de cuir rapiécé, la drogue et même ses yeux, leur froideur – peut-être que rien de tout cela n'était lui. N'ayant pas tout à fait l'argent qu'il fallait pour prendre un bus, elle avait décidé de rentrer chez elle, à la Maison. Elle pourrait partir un autre jour, quand elle aurait assez d'argent et le désir d'autre chose qu'un simple lit chaud entre des murs familiers.

De retour à la Maison, Coon s'était installé dans la chambre qu'elle avait jadis partagée avec sa mère et son père. La cloison de séparation que Head avait construite pour Jade avait été abattue. Pour le reste, il avait tout gardé. Même les couvertures de Head et Felicity, même le drap rouge devenu rose avec l'usure. Un flot de sang avait frappé Jade en pleine tête, au point de la sonner. Elle n'arrivait plus à détacher ses yeux du lit défait, telle l'épave imaginaire d'un enfant.

Coon avait refermé la porte derrière eux. « Le lit en jette, hein ? J'ai toujours su que derrière ce doux visage… »

Dans cette chambre fermée, elle avait senti son odeur, ces nuits de sommeil incrustées dans sa peau et ses vêtements. Elle avait entendu son lourd blouson de cuir s'écraser sur le plancher, derrière elle.

Il avait posé la main sur son épaule, et elle s'était retournée.

À la gare, il s'était assis pour qu'elle soit de son bon côté, et le grand air avait balayé son odeur.

« Peut-être que tu partiras bientôt, peut-être plus tard. On verra. »

Maintenant, elle se trouvait sur une autre île, c'était comme si la Maison n'avait jamais vraiment existé, et Coon avait été jeté en prison. Toko était en train de l'embrasser dans une chambre d'hôtel. Elle sentait encore la douche de ce matin dans ses cheveux, le vin dans son haleine.

Il avait les yeux clairs. N'avait pas l'air privé de sommeil. Privé d'amour. Privé de lait. Les bonnes choses, il en était plein à ras bord. Sa peau était brillante de vie et rugueuse de travail. Ça ne la dérangeait pas qu'il se lève et la hisse, ses cuisses à elle se refermant autour de ses hanches.

Il s'est penché pour appuyer sur la touche *Play* d'un lecteur de CD qu'il avait apporté pour des moments comme celui-ci, quand ses mains étaient trop occupées pour lui grattouiller une chanson. *Lie la lie, lie la la la lie lie... Lie la lie, lie la la la la lie la la lie...*

Il l'a embrassée fort avant de la jeter sur le lit et de lui ôter son jean de seconde main sans rien demander. Et ça ne l'a pas dérangée de ne pas pouvoir le repousser, car elle n'en avait pas envie.

CHANSON

Si seulement les grands voiliers qui ont navigué jour et nuit pour trouver ces îles avaient été remplis de guitares à la place des fusils. De tambourins au lieu d'opiacés. Plus de triangles, moins de bibles.

Voyez un peu : mon jumeau, Toko, tout gosse encore, qui trouvait des oiseaux tombés de leur nid et tentaient de leur donner une chance de survivre. Il les mettait dans des boîtes à chaussures et les nourrissait avec de petits compte-gouttes. Leur donnait à manger des vers de terre écrabouillés ou de la pâtée pour chat avec une pince à épiler. Le plus souvent, ils ne survivaient pas. C'était son superpouvoir.

Et puis ç'a été le tour de Taukiri. La première fois que le fils de mon frère est rentré à la maison, un oiseau au creux de sa main, j'ai voulu le renvoyer, l'arrêter, lui dire : « Laisse les choses se faire, Tauk. » Il est entré et a levé les yeux sur moi. J'ai vu ses yeux brillants d'espoir, comme ceux de son père. Comment aurais-je pu stopper cet élan, ce désir ?

Je m'inquiétais car Toko ne s'en était pas tenu aux oiseaux. Il y avait aussi des chiens abandonnés et des gamins abandonnés et des femmes abandonnées aux ventres vides.

Toko a présenté Kat à Stu. Le gars de la ferme, qui se pointait toujours à l'école avec des cernes bleus autour des yeux et regardait avec envie le déjeuner de Toko. Regardait avec envie la vie de Toko.

La guitare chérie de Toko était une épave.

Il l'avait trouvée à la décharge au milieu d'un tas de sacs-poubelle noirs, une mouette perchée dessus.

J'étais assis à côté de lui sur la banquette arrière de la voiture de Papa, Toko avait baissé la vitre et l'odeur du dehors nous avait frappés en pleine face.

« Papa, il a dit. Regarde.

— Quoi ?

— Ferme la vitre. » Je me pinçais le nez. « Bon Dieu, ça pue.

— Non, Aroha, regarde ! Papa ! Regarde ! Là ! » Toko pointait du doigt par la fenêtre, ses yeux allant et venant du visage de Hēnare à la guitare, puis se posant sur mon visage, pour voir si nous l'avions vue nous aussi. Quand il s'est rendu compte qu'on ne la voyait pas, Toko a ouvert la portière et sauté de la voiture, se ruant à l'assaut de la pile d'ordures.

Papa lui a crié de remonter dans la voiture. « Va pas là, Toko. C'est dangereux. Descends tout de suite ! »

Mais Toko grimpait et grimpait. Les cris des mouettes étaient partout.

Toko a empoigné la guitare.

Il l'a soulevée au-dessus de sa tête. Papa a écrasé le klaxon.

Elle avait juste besoin de deux cordes neuves. Les rayures étaient superficielles. Toko avait eu une guitare neuve un an à peine auparavant, pour notre dixième anniversaire. On nous en avait donné une chacun. Mais cette guitare qu'il avait sauvée du broyage avec les boîtes de conserve et les packs de lait, les pains moisis, les bananes et les os... cette guitare, qu'il a réparée de ses propres mains, est devenue son premier amour, et quand il l'a posée à côté de son instrument impeccable, acheté au magasin, qui n'avait exigé aucune intervention de sa part, il en a vu plus clairement la beauté. L'a appréciée encore davantage. Mon frère avait souvent tort, mais il n'a jamais cessé de chercher le bien là où d'autres ne le faisaient pas. Et il aimait les dégâts. Il les adorait.

TAUKIRI

Je grattais des accords sur la guitare rayée que Maman m'avait offerte.

Les gens dansaient.

J'ai ouvert la bouche. J'ai chanté. Elliot tapait du pied à côté de moi.

Il hurlait : « WOOOOHOOOOO ! »

Tout le monde, et Elliot le premier, me regardait. Cet instant était le premier truc pas foiré de ma vie. En dehors d'ici, les gens étaient morts et enterrés.

Des abandonneurs disparus.

L'accident de voiture était quelque part là-bas, et la vague qui nous avait emportés loin des eaux peu profondes, tels des doigts glacés. Elle aussi, elle continuait. Quelque part, elle roulait et déferlait encore. Et tout là-bas, c'était l'inconnu. Ari à tous les âges depuis ce jour-là jusqu'à l'éternité. Quelle part de lui allait devenir bonne ? Quelle part de lui, mauvaise ? Et dans cette dernière, quelle proportion serait due au fait que je l'aie abandonné ? Mais j'étais en train de chanter et de plaquer des accords. Et rien de tout ça n'avait d'importance.

C'était aussi petit qu'une goutte dans l'océan.

Je n'éprouvais aucune honte d'avoir laissé Ari.

J'en avais plus rien à foutre de rien.

Je me servais de ma douleur pour mieux faire la manche sur Cuba Street. Plus rien d'autre ne comptait.

C'était bon de prendre une bière au pub avec tout le monde, après.

Megan est allée commander au bar. Elle a rapporté nos verres sur un plateau, puis les a distribués. Jason, Elliot, et puis moi. Le verre froid et mouillé était agréable sous mes doigts. Elle a sorti son portable de sa poche.

« J'ai une photo à te montrer. » Elle s'est approchée et s'est blottie contre moi, presque au creux de mon bras.

« *Oi*, a lancé Jason. Z'êtes un peu près, vous deux.

— Je montre à Tauk le mème trop marrant que tu m'as envoyé, elle a dit.

— Ah, ouais. Il est excellent. Le montre pas à Elliot, il est *woke* à fond, il monterait sur ses grands chevaux. »

Mes yeux se sont posés sur l'écran. C'était la photo d'une femme. Son visage était d'un blanc immaculé, mat, comme un drap d'hôtel, ses yeux bleus comme un jean délavé. Sa lèvre était boursouflée et il y avait une grosse entaille dedans. Une bosse sur son crâne brillait comme une bombe à eau trop remplie, prête à éclater.

Megan m'a donné un coup de coude dans les côtes et a murmuré : « Tu devrais rire. » Puis, plus fort : « C'est drôle, non ? »

Megan se tenait si près de moi que je sentais l'odeur de la crème hydratante sur sa peau. Je contemplais la lèvre entaillée et la bosse étincelante sur le crâne de la femme, et je sentais les poils des bras de Megan frôler les miens, et le picotement qu'ils provoquaient m'a fait bander.

Jason guettait ma réaction à son mème, alors j'ai laissé échapper un petit gloussement, sans quitter des yeux la lèvre éclatée de la fille. « Trop marrant. Excellent, j'ai dit.

— Carrément drôle, hein ? il a répondu.

— Super drôle, j'ai dit », regardant toujours la photo.

Megan est allée vers Jason. « Où tu les trouves ? » Et elle l'a embrassé sur le front.

« Je les trouve, c'est tout », il a dit, comme s'il était modeste alors qu'en fait c'était lui qui les avait créés.

Jason est parti aux toilettes et j'ai demandé à Megan de me remontrer la photo. C'était sidérant, ce sang, la chair à l'intérieur de la lèvre, l'horrible pâleur de sa peau blanche comme un linge, la bosse étincelante comme si la peau s'était étirée autant qu'elle le pouvait.

« C'est pour ça que je mets jamais de maquillage pour aller au boulot. Faudrait vraiment être une salope pour me pointer avec du fond de teint et du rouge à lèvres.

— Elle s'appelle comment ?

— Je devrais pas te le dire… mais elle s'appelle May.

— Tu ne risques pas d'avoir des ennuis en prenant ces photos avec ton téléphone ?

— J'ai leur confiance. Je n'ai jamais rien fait pour la perdre. Jusqu'à maintenant.

— Le petit copain ?

— Son procès a lieu demain. »

Quand Jason est revenu des toilettes, Megan et lui sont rentrés. Jason avait un truc important à faire, il a dit, et Megan était fatiguée. Elliot était en train de danser avec une fille, alors je suis parti et j'ai marché dans la ville. Une odeur de viande grillée et d'oignons flottait dans l'air. Les fenêtres étaient illuminées mais les portes fermées à clé. À un bloc de là, j'ai entendu un bruit de verre brisé. Des rires. Puis des pas lourds sur le trottoir.

Des pas très lourds. Des pas qui couraient, vite. J'étais rentré en courant cette nuit obscure où Ari était resté seul à la maison.

Pendant que je suis sur la rampe du skatepark, Ari fait un cauchemar et se réveille en sursaut. Il va se glisser dans mon lit, mais je suis pas là. Papa et Maman non plus. Affolé, il appelle Nanny. Elle a bu mais, quand même, elle va ressortir dans cette nuit d'orage pour son Ārama. Elle va quitter leur confortable bungalow du bord de mer à Gore Bay, à Koro et à elle, et elle sera là en un rien de temps.

Koro tente de la raisonner, dit à Nanny que Maman est déjà en route. Pas besoin de sortir par ce mauvais temps, en pleine nuit, mais elle insiste. « Et si elle rentre pas direct à la maison ?

— Tu sais bien qu'elle va rentrer direct, réplique Koro. Tu veux juste remuer le couteau dans la plaie, femme.

— Non, Hēnare. C'est pas ça. »

Elle prend les clés de la voiture et sort de la maison, et la pluie se remet à tomber. Une pluie lourde, lourde, comme si Ranginui pleurait Papatūānuku.

L'averse fouette le pare-brise de la voiture. Nanny conduit plus vite qu'elle ne devrait sur cette route étroite et sinueuse. Elle veut arriver chez nous avant que toute cette affaire soit réglée. Du moins, c'est la version que j'ai choisi de croire. Qu'elle est contente parce que tout ça lui donne raison. Ce Taukiri, il n'arrête pas de causer des problèmes. Elle veut arriver là-bas au plus fort de la crise pour pouvoir dire : « Je vous l'avais dit. »

Sa roue heurte un rochcr. Elle fait un écart et sort de la route, va s'écraser dans un fossé. Rien de grave, elle est juste un peu choquée. Une frayeur, rien de plus. Plus de peur que de mal.

Elle n'est pas très loin de chez elle, pas vraiment, et si elle attend – eh bien, elle a bu plus qu'elle n'aurait dû et aurait sans doute mieux fait de rester chez elle. Si les flics se pointent, ils risquent de se rendre compte qu'elle n'aurait jamais dû prendre le volant.

Alors elle marche sous la pluie, dans le froid et l'obscurité. Elle trébuche sur une pierre, tombe, mais là encore, plus de peur que de mal. Elle cogne ses vieux genoux, mais c'est une dure à cuire. Elle époussette juste son pantalon, frotte ses mains l'une contre l'autre. Un peu de sang, rien qu'un pansement ne puisse régler. Une simple égratignure. C'est ce qu'elle dit à Maman au téléphone en rentrant chez elle, et Maman le dit à Papa et à Koro.

Mais ça, c'est avant qu'elle n'aille dans la salle de bains.

Après, elle appelle Maman, hystérique.

Parce que en allant se laver les mains, elle jette un coup d'œil dans le miroir et constate qu'en fait il s'est passé quelque chose de terrible.

Elle manque de s'étouffer.

Elle porte la main à l'endroit où l'une de ses boucles d'oreilles devrait se trouver. Car il n'y a plus que de la chair, là, un lobe épais. Elle enlève l'autre boucle et n'arrête plus de la regarder au creux de sa paume égratignée. Insignifiante, à présent. Bonne pour la poubelle. Car que vaut une boucle d'oreille sans l'autre ? Et c'est à ce moment-là, j'imagine, qu'elle a décrété que j'étais tout bonnement une malédiction pour sa famille.

Il y a des histoires qui nécessitent des accessoires, d'autres qui ont besoin de vides. Enfant, chaque fois qu'Ari demandait à Koro de nous raconter comment il avait perdu sa jambe, il avait plusieurs manières de commencer son histoire, du style : « Si j'avais su que cette pieuvre allait vendre si chèrement sa peau, je l'aurais laissée tranquille… »

La meilleure histoire de Koro avait besoin d'un vide.

Nanny aussi avait plusieurs manières de commencer ses histoires, genre : « Je peux te faire confiance ? Tu n'es pas un nazi ? »

La meilleure histoire de Nanny avait besoin d'un accessoire.

Nanny n'avait plus raconté l'histoire de sa mère maorie et de son père écossais tombant amoureux sur une plage de Rakiura depuis qu'elle avait perdu cette précieuse boucle d'oreille en perle sur la route et ne l'avait jamais retrouvée, même si nous l'avions cherchée et cherchée jusqu'à voir de la nacre partout, écrabouillée sous nos pieds.

ĀRAMA

Demain, le car scolaire passerait nous prendre, Beth et moi, pour nous emmener à l'école. J'allais pas dormir de la nuit, et Beth non plus. Pour elle, ce serait plus dur. Elle pensait que les salles de classe étaient comme des boîtes. Lui donnaient envie de s'enfuir.

La dame qui avait parlé à Tom Aiken au café, qui s'était renseignée pour qu'on puisse avoir un bus, est venue nous voir aujourd'hui. Pour nous souhaiter bonne chance. Elle avait des cadeaux pour nous. Beth a eu un paquet de gommes qui avaient la forme et l'odeur de fraises. Plus une boîte à lunch jaune toute neuve, et une gourde assortie avec des fraises dessus. Moi, j'ai eu des gommes en forme de ballon de rugby, une boîte à lunch et une gourde All Blacks. Elles étaient vraiment cool. J'étais plus content des miennes que Beth des siennes. Elle était un peu grognon quand elle a dit merci, et elle a pas essayé d'impressionner la dame avec des histoires rigolotes et des blagues, ce qui lui ressemblait pas trop.

En rentrant à la maison cet après-midi-là, j'ai posé ma boîte à lunch All Blacks sur le comptoir de la cuisine. Je l'ai ouverte en grand pour que Tante Kat se souvienne de la remplir pour demain. Je suis monté dans ma chambre et j'ai mis les autres cadeaux dans mon sac, en espérant que ce serait pas encore une mauvaise histoire qui commençait par moi faisant mon sac, comme les deux dernières fois. J'ai rangé dedans mes livres recouverts de plastique. Transparent, mais avec des photos découpées dans des magazines de surf que Tom Aiken m'avait trouvés.

J'ai pris aussi mes nouvelles gommes en forme de ballon de rugby. Tout au fond du sac, j'ai fourré mon lion en peluche. Puis j'ai remonté le zip de mon sac.

Sans vraiment y réfléchir, j'ai joint mes mains et fermé les yeux bien serrés, et j'ai dit : « Cher Dieu, tu peux dire à Taukiri de m'appeler ? J'ai des nouvelles pour lui. Merci. *Āmene.* »

Je voulais vraiment parler à Tauk aujourd'hui. J'ai pensé à lui toute la journée. Je voulais qu'il sache que je retournais à l'école. Je voulais qu'il me souhaite bonne chance. Demander à Dieu avait marché, avant.

Pendant le dîner, le téléphone a sonné, ce qui n'arrivait pas très souvent, et mon cœur a bondi comme une grenouille, il a bondi très haut et il est retombé dans la purée, s'est retrouvé coincé dedans et s'est mis à flipper.

Oncle Stu s'est levé de table.

« J'espère que c'est pas encore ce fils de pute qui va me faire faux bond… » Il a décroché. « Allô, il a dit. Allô. »

Oncle Stu a raccroché brusquement, il est revenu s'asseoir à table. Sa chaise a grincé et la table a tremblé. Chaque fois qu'Oncle Stu bougeait ou parlait, il faisait de tels bruits que mon cœur bondissait comme une grenouille affolée coincée dans une purée brûlante.

« Putain de faux numéro », il a dit.

J'étais persuadé que c'était Taukiri. Mon estomac

me le disait mais, comme au parc avec ce connard en sweat-shirt vert, je me trompais.

Oncle Stu n'y connaissait rien aux bonds. J'aurais tellement voulu être assez grand pour lui en faire faire un. Un horrible bond. Je refermerais le couvercle, comme une boîte à chaussures. Il pourrait être un oiseau tombé d'un nid. Et même si j'ai essayé de chasser cette mauvaise pensée de ma tête, les choses ont finalement pas tourné pour lui comme pour l'oiseau pour lequel on a prié. Ce *tūī* qui s'est envolé sans même un au revoir.

Pour Oncle Stu, les choses ont tourné comme pour les autres oiseaux.

Et c'est peut-être la pire pensée que j'aie jamais eue.

Il a quitté la table, sa fourchette et son couteau penchés au-dessus de son assiette, comme s'il avait pas terminé son repas. Comme s'il était pas reconnaissant, comme s'il pensait qu'il méritait quelque chose de meilleur pour le dîner.

JADE ET TOKO

Ils sont allés faire des courses à l'unique supermarché de Halfmoon Bay. Toko poussait le Caddie et Jade le remplissait.

« Du boudin noir, a dit Toko. Papa adore ça. »

Jade en a jeté deux dans le Caddie.

« Tu sais faire des beignets de maïs ?

— Je vais pas tarder à apprendre, a répondu Jade en jetant du maïs en boîte dans le Caddie.

— Il y a un freezer à bord », lui a rappelé Toko.

Alors elle a pris des épinards surgelés, de la glace, des nuggets de poulet, tendu la main vers un paquet de croquettes de poisson.

« Ah non, *baby*, a protesté Toko. Notre *kaimoana*, on va le manger tout frais pêché de la mer. »

Elle a reposé les croquettes.

Pommes, crème, haricots, patates douces, mouton, amandes, figues séchées.

« Des figues ? » s'est étonné Toko.

Elle a haussé les épaules. « J'en ai jamais mangé. »

Un pack de bières, une bouteille de vin rouge, un camembert, des crackers et un bocal d'asperges. Du beurre. Du pain. Des œufs et du lait. Du sucre en morceaux dans une boîte, parce que Jade avait seulement entendu parler de ces carrés de sucre dans les bouquins d'Enid Blyton et s'était toujours dit qu'ils devaient être meilleurs que le sucre normal.

Ils ont quitté Halfmoon Bay à la voile en fin d'après-midi. Frigo, freezer et placards pleins à craquer, comme s'ils partaient faire le tour du monde en quatre-vingts jours.

Dans leur cabine, Toko a vidé son sac : un lecteur CD, un livre, une salopette bleue, un caleçon, une brosse à dents et un tube de dentifrice. Il a rangé ses affaires, a appuyé sur le bouton *Play* du petit lecteur, puis a hissé Jade sur l'étroite couchette, et ils se sont embrassés et embrassés jusqu'à être incapables de faire la différence entre le balancement de la houle et le leur. Et comme ils avaient découvert qu'ils étaient doués pour le sexe, ils se sont offert une plaisante sieste crapuleuse, tandis que le bateau roulait et tanguait, que les mouettes criaient alentour et que la terre disparaissait à l'horizon comme si elle n'avait été qu'une illusion.

« T'es tellement beau, lui a-t-elle dit.

— Tu es, s'est-il moqué.

— Ah ouais ? » s'est-elle amusée. Elle aurait pu passer le restant de ses jours en mer.

Jade adorait le carré. Bien approvisionné comme ça, c'était un endroit où l'on pouvait se faire plaisir. Il y avait un grand réchaud – un réchaud monté sur cardan, lui avait expliqué Toko –, conçu pour rester à l'horizontale dans le roulis du bateau. Jade a fait frire des œufs pour le petit déjeuner et même quand les vagues soulevaient le bateau puis le faisaient retomber, les œufs crépitants glissaient à peine de-ci, de-là. Quasiment pas.

Les placards avaient des portes coulissantes. L'évier était tout petit et la paillasse tout juste assez large pour accueillir la vaisselle d'un seul repas. Trois assiettes, trois tasses, trois jeux de couverts et une casserole, avec un peu de chance. Ce premier soir, elle a préparé un festin, lavant chaque plat avant de l'utiliser. Elle a préparé les beignets de maïs de Toko avec les boîtes de conserve, de la farine, un œuf et un oignon. Elle a découpé le boudin noir et l'a frit dans du beurre. Toko lui a apporté un moki bleu et elle l'a rôti au four. Elle a fait revenir des épinards surgelés avec de la crème et de l'ail.

Elle a préparé une assiette de figues séchées coupées en tranches, de camembert et de crackers. Elle a sorti des bières fraîches et du vin dans les porte-verres.

Elle a dit à Toko de venir dans le carré. Il a préparé une assiette pour Hēnare et la lui a apportée dans la timonerie. Jade et Toko se sont assis ensemble.

Le bateau a heurté une vague et le plat de beignets de maïs a glissé à travers la table, basculé par-dessus le rebord et s'est écrasé sur le plancher.

« La règle des deux secondes », a dit Toko en riant, puis il a ramassé les beignets de maïs et les a posés à côté des épinards à la crème. Il a balayé les débris de l'assiette et les a mis à la poubelle, puis il est venu se rasseoir. « On trouvera un meilleur système », a-t-il déclaré en contemplant le festin.

Jade a mangé une figue et dit : « Mmm, miam », mais n'en a pas repris d'autre.

Toko a enfourné de grandes bouchées de poisson cuit au four et les a fait passer avec de la bière. Il a mangé un beignet de maïs couvert d'épinard à la crème.

« Un festin de roi », a-t-il apprécié.

Jade a pris l'un des beignets de maïs qui étaient tombés par terre.

Elle en a coupé un petit morceau et l'a posé dans sa bouche. Il n'était pas tout à fait cuit au milieu, mais elle l'a mâché sans faire de commentaires. Puis elle a senti quelque chose la transpercer.

« Aïe », a-t-elle marmonné, un goût de sang dans la bouche.

Elle a sorti un minuscule éclat d'assiette de sa bouche.

Toko s'est penché pour jeter un œil dans sa bouche. « C'est rien, juste une égratignure », a-t-il dit, et il l'a embrassée. Il a pris un morceau de boudin frit et l'a brandi devant lui. « Ouvre la bouche », a-t-il ordonné, et il le lui a donné à manger.

À la fin du dîner, Toko a emporté leurs assiettes dans l'évier. En se levant, Jade s'est cognée dans l'étagère derrière elle. Elle apportait les restes, mais est restée plantée là sans nulle part où les poser, et Toko lui barrait le chemin.

Il s'est retourné vers elle et l'a vue figée là, une assiette dans chaque main, ne sachant où les mettre, jambes bien écartées, chevauchant la mer.

« On va trouver un meilleur système, *baby* », a-t-il annoncé.

TAUKIRI

L'éclat de la lune à travers la lucarne du grenier me tenait éveillé. Et éveillé, j'arrêtais pas de penser et de penser, et de vouloir ne pas penser. Parce que Ari attendait. Tant qu'il attendrait, je ne serais pas libre. Ça paraissait normal. Pourquoi aurais-je dû aller de l'avant alors que je l'avais laissé avec des promesses que j'avais pas l'intention de tenir ?

Je suis sorti et j'ai fumé un reste de joint que j'avais trouvé dans le cendrier d'Elliot. Siroté une bière. Et pensé aux promesses que j'avais faites. Je suis rentré dans la cuisine et me suis assis près du téléphone. Pendant un moment, je l'ai juste regardé. Puis j'ai composé le numéro de la ferme, espérant plus ou moins qu'il ne décrocherait pas, mais sachant qu'en matière de courage c'était le mieux que je pouvais faire.

Juste avant de raccrocher, j'ai entendu sa voix : « Tauk ? » Il avait répondu au téléphone au beau milieu de la nuit en disant mon nom. Je me détestais tellement.

« Bud, j'ai dit.

— Tauk ! J'ai prié pour que t'appelles, tu sais, comme on avait fait pour cet oiseau qui s'est envolé. Et t'as appelé.

— Ouais.
— Tu reviens quand ? Bientôt ?
— Ari.
— Bientôt ?
— J'ai appelé pour te dire un truc.
— Oui. Et je voulais que t'appelles ! Pour te dire que je commence l'école demain. »

Mes yeux me piquaient. L'eau a envahi mon corps. Une marée trouble et algueuse.

« Ah ouais ? C'est super. T'es heureux… hein, Ari ? C'est bien là-bas, pas vrai ?
— Tu me manques.
— T'es heureux.
— Oui, j'imagine. Mais… » Puis il a murmuré : « Oncle Stu.
— Ari… »

Je l'ai entendu se mettre à pleurer. Je l'ai entendu entendre les mots que j'étais incapable de prononcer.

« Tu vas revenir ?
— Non, Ari, j'ai murmuré. Pas tout de suite.
— Pourquoi ? » il a demandé, sanglotant à présent.

Je n'ai pas pu répondre parce que je savais pas.

« Je t'appellerai, OK ? »

Il n'a rien dit. Il a juste ravalé son souffle et reniflé.

J'ai attendu. Il a attendu.

« Un jour, je te manquerai », il a dit, et il a raccroché.

J'ai regardé la lune dehors à travers la fenêtre, et la nuit, le ciel vidé d'étoiles, maintenant, et j'ai imaginé Ari en pyjama qui pleurait en regagnant son lit.

Grimpé l'escalier jusqu'au grenier. Assis sur mon lit, j'ai sorti ma boîte de chocolats. Enlevé mon os sculpté. Enlevé mon os sculpté pour la première fois depuis que Koro nous les avait offerts. Pour la première fois depuis qu'on s'appelait « les guerriers aux os sculptés ». J'ai mis l'os sculpté dans la boîte de chocolats et j'ai refermé le couvercle.

J'ai secoué quelques pilules de Tante Kat dans ma main et je les ai avalées d'un seul coup, sans eau. Puis j'ai rangé la boîte sous le lit et ignoré cette sensation d'être tout nu.

La légèreté de mon cou.

C'était bon. Comme si j'avais enfin recraché le dernier grain de sable fantôme. Et que j'allais enfin pouvoir reprendre le cours de ma vie.

Le lendemain matin, j'ai roulé jusqu'en ville et me suis dirigé vers la cour de district de Wellington. Je me suis garé tout près et suis resté dans ma voiture.

May était la personne que je voulais voir, mais pas la première personne que j'ai vue. Je ne savais pas pourquoi je voulais la voir en personne, la voir là, dans le monde – cette femme sur la photo de Megan, avec sa lèvre entaillée. J'avais besoin de voir qu'il s'agissait d'une personne réelle, pas juste une photo ou une histoire.

J'avais tenté de me convaincre que c'était parce que j'avais du temps à pas savoir qu'en faire, mais je savais que c'était plus que ça.

D'abord, j'ai vu une femme avec des cheveux courts, d'un rouge vif. Elle était appuyée contre un mur de briques, en train de parler à la deuxième personne que j'ai vue : un homme maigre, avec une coupe mulet. La rousse sautillait autour de lui. Elle fumait, lui a offert sa clope. Il a fait non de la tête et elle a jeté le mégot par terre, s'est mise à marcher d'avant en arrière et d'arrière en avant. Elle parlait, en regardant à droite, à gauche. Elle s'est adossée au mur, les bras croisés, mains dans les poches, mains sorties, allumant une autre clope.

Puis j'ai vu May. La fille de la photo.

Elle était assise sur un mur en béton près d'une porte vitrée. Immobile. Comme une pile de draps humides.

Sa lèvre était recousue. Elle portait un tee-shirt blanc avec une grande coquille Saint-Jacques imprimée dessus. Je l'ai reconnu, pour avoir bossé à l'usine de décorticage. C'était ce que portaient les employés de la cafétéria. Elle serrait fort son pouce gauche dans sa main droite. Elle s'est mise à donner des coups de talon sur le sol.

Un jeune homme est sorti du tribunal, et elle s'est redressée brusquement, son pouce toujours serré au creux de l'autre main. Le garçon est passé devant elle, et elle l'a suivi. Il portait une chemise grise, un jean noir et des sneakers blanches montantes. Il s'était plaqué les cheveux avec du gel. Elle lui parlait, l'air implorant, mais il ne la regardait pas. Ils sont arrivés devant une Mitsubishi bleue déglinguée. Il a ouvert la portière conducteur, il est monté et a démarré le moteur. Elle est montée côté passager et a enfoui son visage dans ses mains. Il est sorti en marche arrière, à toute vitesse, lèvres retroussées, le regard fixe, et ils sont partis.

ĀRAMA

Après le dîner, je me suis préparé pour aller au lit. Il était encore tôt, et je savais que de toute manière j'arriverais pas à dormir, mais je me suis dit qu'il valait mieux aller me coucher que rester assis là avec Oncle Stu et Tante Kat. Ma bouche arrêtait pas de presque s'ouvrir pour dire des trucs comme : « Je me demande à quoi va ressembler l'instituteur ? » ou « Je me demande s'il y a un château dans la cour de récré ? » ou « J'espère que les autres enfants m'aimeront bien ». Mais alors je fermais la bouche et gardais les mots à l'intérieur parce que c'était mieux que de les dire et que personne m'entende.

Oncle Stu n'entendrait pas parce qu'il m'entendait jamais, et Tante Kat non plus, parce qu'elle m'entendait pas quand il était là, vu que même quand il parlait pas il faisait du bruit.

J'ai encore essayé d'appeler Nanny pour lui dire. Mais encore une fois, elle a pas répondu. Jamais. Son répondeur devait être plein de messages de moi, maintenant.

« Bonjour, Nanny. Comment ça va ? Tu te sens mieux, maintenant ? Moi aussi, je suis encore triste. Peut-être qu'on pourrait se remonter le moral. »

« Salut, Nanny… T'es où ? Tu me manques. Appelle-moi. »

« Nanny. Tu sais où est Tauk ? Je crois qu'il faut que tu lui dises de revenir. »

« Nanny, tu peux m'appeler ? »

« Nanny, je connais quelqu'un qui va vraiment te remonter le moral. Mon amie Beth. Tu peux m'appeler pour que je vienne te voir avec Beth, un de ces jours ? »

« Nanny, est-ce que j'ai laissé un vieux ballon de rugby chez toi ? Lupo a fait un trou dans le nouveau. »

« Nanny, j'ai oublié de te dire : Lupo, c'est le chien de Beth. Tu vas beaucoup l'aimer. Je peux venir avec lui ? »

« Bonjour, Nanny, je t'appelle pour te dire que Lupo a encore mangé une abeille. Tu rigolerais en voyant son gros museau. »

« Nanny, t'es où ? »

« T'es si triste que ça, Nanny ? »

« Je t'aime, Nanny. »

« J'ai regardé *Django*, Nanny. »

« Oncle Stu a dit S.A.L.O.P.E. »

« J'ai trouvé ta boucle d'oreille, Nanny. »

Je croyais que ces trois derniers messages allaient la faire venir ici. Surtout le mensonge, qui me fait tellement honte – mais c'était pour la bonne cause. Je savais que les adultes mentaient *pour la bonne cause*. Alors moi aussi, je pouvais. Mais elle m'a pas rappelé. Pas une fois. Et Tante Kat a dit qu'elle savait pas quand on pourrait retourner la voir.

Tante Kat est venue me lire une histoire du soir. Elle a pris mon gros livre de mythes et de légendes.

« Tu veux Māui, ce soir ?

— Oui.

— Quelle histoire ?

— Celle de comment il a trouvé sa mère. »

Je suis allé jusqu'au carton dans mon armoire et j'ai montré deux versions de la même histoire. Une en maori, l'autre en *pākehā*.

Papa avait acheté la version en *pākehā*. Pour nous aider à apprendre la langue. Ça n'avait pas aidé. On lisait juste celle-ci à la place.

« Laquelle ?

— Ah. En anglais », elle a dit.

Moi j'aimais l'histoire, dans les deux langues.

Quand Māui est né, sa mère a cru qu'il était mort et elle a coupé ses propres cheveux et elle l'a enveloppé dedans, puis elle l'a jeté à la mer. Les enfants-vagues de Tangaroa, le dieu de la Mer, l'ont porté sur leurs dos. Tāwhiri, le dieu-Vent, l'a rafraîchi sous le soleil. Quand il a touché terre, les oiseaux de mer ont voulu le dévorer. Les mouches aussi, et même les méduses. Mais son oncle est venu et son oncle savait pas qu'il était son oncle, mais il l'a pris quand même. Et il lui a appris des choses. Māui pouvait se changer en oiseau. Māui était triste que les autres enfants aient des mamans, alors il a cherché la sienne et il l'a trouvée.

« Encore », j'ai dit.

Tante Kat me l'a relue, et je crois que sa voix se faisait plus basse, presque embarrassée, quand elle lisait le passage où l'oncle de Māui lui apprend des trucs. Même s'il savait pas qu'il était son oncle.

« Ça suffit. » Tante Kat a refermé le livre. « T'as peur pour demain ?

— Un peu.

— Moi aussi », elle a dit. Elle a regardé dehors par ma fenêtre, pendant un moment. « Les cours avec Beth et toi me manquent. Tu sais, quand j'ai commencé à vous les donner, c'étaient les vacances de toute manière. Les autres enfants n'étaient pas en cours. Je voulais juste, je me disais juste… »

Elle s'est levée, a bordé mes couvertures et m'a embrassé sur le front. C'était très agréable. Genre, j'allais peut-être tomber dans un bon sommeil, ce soir, grâce à ces choses. L'histoire. Être bien bordé. Embrassé. Elle devait avoir oublié que j'étais trop grand pour tout ça.

« Bonne nuit, Ari. Je t'aime.

— Bonne nuit, Tante Kat. »

Tante Kat m'avait jamais dit « Je t'aime ». Je le lui ai pas dit, j'avais l'impression que ça aurait été mentir. J'avais déjà menti, mais c'était pas agréable et cette mauvaise sensation aurait effacé la bonne sensation, la sensation qui allait m'aider à dormir ce soir. Le baiser sur mon front et les couvertures bordées bien douillettement autour de moi, une histoire dans ma tête. Même si elle était un peu triste. C'était quand même une histoire, une histoire que quelqu'un m'avait lue.

« T'es gentille, parfois, Tante Kat. » C'était le mieux que je pouvais faire, et sur le moment j'en ai été content.

Tante Kat m'a lancé un petit sourire en éteignant la lumière et a fermé ma porte.

Je me suis senti un peu mal, après, de pas avoir dit : « Moi aussi, je t'aime » à Tante Kat. Je crois qu'on lui disait jamais ces mots-là. Et c'était sans doute le cas – je l'aimais sans doute pour de bon.

Plus j'y pensais, plus je le ressentais.

Je l'aimais avant même de m'installer ici parce qu'elle était ma tante. Des fois, je la comparais à Maman, et alors elle était comme le sucre que je mangeais cuillère après cuillère quand ce que je voulais vraiment c'était une sucette. Mais le sucre, c'était bon quand même, sur les Weetabix ou dans la limonade.

C'était drôle que j'aie pas dit « Je t'aime » à Tante Kat parce que je pensais que ce serait sans doute un mensonge et qu'alors je pourrais pas dormir. Et ensuite, j'ai pas pu dormir de toute manière, parce que j'aurais dû lui dire « Je t'aime ». J'ai décidé de descendre pour le lui dire.

Je suis sorti de mon lit et j'ai marché jusqu'à la porte. Quand je l'ai ouverte, j'ai entendu des trucs. Ces bruits ont changé mon cœur en grenouille coincée dans la purée chaude.

Un bruit de coup, puis j'ai entendu Tante Kat crier.

« Alors tu a tout dépensé, putain d'idiote.

— J'en avais besoin.

— Pour des livres ?

— Pour notre neveu. »

J'ai fermé la porte. J'aurais voulu sauter par la fenêtre de ma chambre. Mais je pouvais pas.

J'avais peur d'aller courir dehors dans le monde alors que personne, sans doute, me remarquerait, parce qu'ils étaient tous trop occupés à pas se faire aspirer dans le trou avec l'eau du bain, et peut-être même qu'ils se demanderaient si j'avais vraiment été là, car j'étais peut-être juste un fantôme et pourquoi auraient-ils dû gâcher leur précieux temps pour chercher un fantôme ?

« Cher Dieu, j'ai dit tout haut, il faut que Tauk m'appelle. Et il faut que vous fassiez en sorte que ça arrive. Vous me devez bien ça. »

Je me suis assis, mon os sculpté serré entre mes mains, respirant lentement. « *Āmene* », j'ai dit.

Je me suis glissé dans mon lit et j'ai fermé les yeux.

Quand je me suis réveillé, c'était tard dans la nuit, si tard, le matin n'était plus très loin, et j'ai entendu quelqu'un renifler dans la maison. On aurait dit Tante Kat. Je me suis dit qu'Oncle Stu devait l'avoir rendue vraiment très triste. Je me suis levé du lit et je suis sorti de ma chambre, vers la chambre d'Oncle Stu et Tante Kat. J'ai jeté un coup d'œil à travers la fissure dans la porte. Oncle Stu était endormi sur le lit, pas sous les couvertures, il portait encore son jean mais avait enlevé sa chemise, son ventre blanc tout pendant, ronflant très fort. Tante Kat était agenouillée par terre, le dos tourné, penchée sur mon sac d'école, mes livres neufs empilés devant elle. Au-dessus des livres, il y avait les photos que je gardais bien rangées dans une des poches de mon sac.

Elle en tenait une dans sa main. Celle où elle était avec ma maman et Oncle Toko et Tom Aiken. Ils étaient tous debout sur une plage, avec un grand feu derrière eux. Je connaissais cette photo. Je l'avais regardée des tas de fois. Tante Kat souriait dessus, comme je l'avais jamais vue sourire. Un sourire grand et large et plein de dents.

Je savais. Ç'avait été sa vraie vie, pas celle-ci, pas celle-ci où on était tous les deux, maintenant. À vivre comme des fantômes.

Je suis descendu à pas de loup et j'ai marché jusqu'à la cuisine pour boire un verre d'eau. Tout était en pagaille, il y avait une assiette cassée, des restes du dîner par terre. Ma boîte à lunch All Blacks aussi, en mille morceaux.

Apparemment, c'était l'un des trucs préférés d'Oncle Stu, ça : balancer la nourriture partout. Comme un gosse. Pire qu'un gosse.

Je me suis approché du téléphone et j'ai tapé le numéro de Nanny.

« Nanny. J'ai très peur. »

J'ai raccroché, puis je me suis assis en tailleur devant le téléphone et je l'ai plus quitté des yeux. Taukiri allait m'appeler, j'ai pensé.

Je me suis allongé à côté du téléphone. J'ai attendu. J'allais fermer les yeux un petit moment et attendre ici.

JADE ET TOKO

C'était vrai, réalisa bien vite Jade : ses traversées en ferry n'avaient rien à voir avec être en mer avec Toko, partir de Rakiura et remonter la côte pour rentrer à Kaikōura.

Le dernier soir en mer, Toko a levé les filets d'une morue bleue pour le dîner. Il a fait glisser lentement le petit couteau à travers le ventre du poisson, de l'arrière des branchies jusqu'au bout de son dos épineux, d'un seul geste fluide, avant de retirer un filet rose translucide.

Quand il en a eu terminé, il a planté son couteau dans la planche à découper, puis s'est frappé le torse. « Je suis homme. Je chasse. Toi. » Il avait un sourire féroce, ses dents blanches étincelaient et sa peau sombre luisait. « Toi, femme. Tu cuisines ça. Tu cuisines ça pour moi. Et après tu fais pour moi tout ce que je veux. » Il l'a attrapée et l'a tirée contre sa salopette, et elle a senti l'odeur des entrailles et du sang du poisson dessus, et elle a senti l'humidité – la sueur de sa dure journée de labeur – à travers son tee-shirt. Il avait une odeur si terrienne, si sale, si masculine et si bonne.

Jade a vu qu'il y avait une autre morue, mise de côté.

Elle s'est écartée de Toko et a pris son couteau. Elle a soulevé le poisson par sa queue, elle a percé son ventre et a fait courir le couteau d'un bout à l'autre, le tranchant en deux, si bien que ses tripes se sont déversées sur la planche.

Elle allait plonger la main à l'intérieur quand Toko a posé la sienne sur son poignet. « Hé, ma p'tite dame. Vous essayeriez pas de me piquer mon boulot ? »

Sa voix était gaie, joueuse, mais Jade a cru y déceler quelque chose de tranchant.

Elle a posé le couteau. « Ah. Oui, t'as raison. Suis-je bête… J'arriverai jamais à lever ces filets.

— Tu veux que je t'apprenne ? a-t-il demandé.

— Non, non. Je te laisse faire. » Puis elle a ajouté, pour enfoncer le clou : « Beurk. »

Une vague a frappé le bateau, et une partie des entrailles chaudes et éparpillées a glissé de la paillasse et s'est répandue sur le plancher.

« Je vais nettoyer tout ça, a dit Toko.

— Merci, *baby*. » Elle a passé les bras autour de son cou et a levé les yeux sur son visage, la mer et le ciel derrière lui créant un horizon qui plongeait puis remontait, deux bleus qui ne se mélangeaient guère. « Tout ce que tu voudras », elle a dit. Puis elle a pris les filets et s'est sauvée en courant, s'est enfuie avec eux pour préparer le dîner.

Plus tard, alors qu'elle se reposait dans la cabine, elle a entendu la porte s'ouvrir. Il est entré. Son visage plus brun que ce matin. Il sentait le savon. Elle a bondi du lit et une décharge électrique est remontée de ses pieds le long de sa colonne vertébrale quand elle a atterri, mais elle n'a pas bronché. Elle était sur lui et lui enlevait déjà son jean et l'a pris dans sa bouche, et elle n'a plus arrêté jusqu'à ce qu'il jouisse, juste au moment où le bateau franchissait une vague et où elle se demandait si leurs deux estomacs n'étaient pas remontés dans leurs poitrines.

Celui de Toko parce qu'il se sentait si bien de se sentir si bien, d'être aussi chanceux et aimé. Celui de Jade parce qu'elle se sentait si mal de se sentir si bien, d'être aussi chanceuse et aimée.

Ils ont trouvé un système. Jade cuisinait et posait la nourriture sur les assiettes, et elle ne préparait plus de festins en mer. Elle préparait des plats plus simples. Juste du poisson ou des nuggets de poulet avec une ration de légumes. Pas d'assiette supplémentaire au centre de la table offrant d'autres choix. Manger ce qu'il y avait avant de le perdre. Débarrasser son assiette dès qu'on a fini et gratter les restes au-dessus de ce seau. « Je suis en train de faire la vaisselle alors tire-toi de mon carré avant que je te botte les fesses. »

« Je vais te botter les tiennes », répliquait Toko en grattant son assiette. Puis : « C'est bien, femme », en sortant du carré.

Quand ils ont accosté sur le quai de Kaikōura quatre jours après avoir appareillé, Jade avait l'impression d'avoir passé des mois en mer. Elle a titubé sur le quai comme un veau qui vient de naître. Ses pieds s'étaient posés sur la terre ferme, et elle n'avait plus besoin de danser d'un point A à un point B. Mais aussitôt, elle a eu hâte de retourner là où le sol anticipait son pas suivant et se cabrait pour l'intercepter, la projetant puis la rattrapant, comme un drap tourbillonnant. Le monde se fichait bien d'où elle posait les pieds et comment. La mer, elle, ne s'en fichait pas. La mer exigeait son attention.

Même conduire la voiture semblait brutal à présent. Le bruit des graviers craquant sous les pneus, la poussière soulevée. La vitesse à laquelle la voiture pouvait rouler.

Ils se sont garés devant la maison au pied de la montagne, et Colleen les attendait dans un fauteuil en osier blanc sur la véranda, à l'avant. Un homme était assis dans un autre fauteuil en osier blanc, en face d'elle. Son visage balafré, ses mains, ces mains-là, posées sur ses genoux, son gilet en cuir. Assis tout près de la mère de Toko, il semblait beaucoup plus laid encore que dans le souvenir de Jade.

Colleen leur avait empaqueté un délicieux déjeuner avec lequel partir en mer. Au fond du jardin, ses draps, froids et blancs, étaient étendus sur le fil à linge. Elle portait un gilet de laine crème sur une robe lilas qui descendait à mi-tibia. Et là, en ce dimanche après-midi, dans le jardin si joli de Colleen où ses draps battaient dans le vent, il y avait Hash.

Jade a vu les mâchoires de Toko se serrer et ses mains broyer le volant.

« Reste ici, a-t-il ordonné en ouvrant la portière. Et verrouille derrière moi. »

Toko est sorti de la voiture, puis Hēnare.

Jade a baissé sa vitre, juste un peu, pour entendre ce qui se passait.

« Bonjour, Maman, a lancé Toko à Colleen. Tu peux rentrer à l'intérieur, si tu veux. »

Ce qu'elle a fait.

« Pourquoi es-tu venu ici ? » a demandé Toko à Hash. Il parlait fort.

« Pour voir Jade.

— Elle ne veut pas te voir.

— J'étais un frère pour elle. Nous avons tous les deux perdu Sav. Nous l'aimions tous les deux. Tu sais bien comment c'est, *bro*.

— Je suis pas ton *bro*. » Toko s'est assis dans le fauteuil en osier de sa mère. Hēnare est resté planté devant eux. « Je peux te laisser, fils ?

— Ouais, va retrouver Maman. »

Hēnare est entré dans la maison.

Hash a sorti un paquet de clopes de sa poche, l'a ouvert et tendu à Toko. « T'en veux une ?

— T'es pas le bienvenu ici », a grondé Toko.

Hash a calé une cigarette entre ses lèvres, l'a allumée. Il a tiré une longue bouffée je-m'en-tape-complètement. « Ton pote et toi, vous vous pointez. La minute d'après, ma p'tite femme se fait tabasser à mort. Je me fous bien de pas être le bienvenu. Vous avez une dette envers moi. Toi et ton pote. Toi et ta petite pute.

— On te doit rien. On était là pour l'emmener, pour la sauver.

— Mais c'étaient pas vos affaires, si ? Et regarde ce qui s'est passé.

— C'est nous les responsables, pour toi ? Ah ! Vraiment ?

— Voici mon équation, si tu préfères, *bro* : Tommy plus Sav plus toi égale elle est morte. »

Toko a éclaté de rire. « Et voici la mienne : elle est restée avec toi et elle est restée avec toi et elle est restée avec toi et elle est morte. Tu ne peux t'en prendre qu'à toi-même. Putain, sérieux, t'as qu'à t'en prendre à Coon. » Il s'est levé. « C'est l'heure de partir, maintenant… Comment tu t'appelles, déjà ? Hash ? Ça fait gangster, ce nom, on fait pas plus gangster. C'est l'heure de partir, Hash.

— Selon moi t'es responsable, mon pote, Jade est responsable et, maintenant, vu que t'es si fier et que tu te prends pour un héros, j'ai l'impression que toi aussi t'as une dette envers moi. Je veux dire, t'es le seul qui sort gagnant de cette histoire. T'as une dette envers moi.

— Nan, *bro*. Nan. »

Hash a tiré sur sa cigarette, puis il a jeté d'une pichenette le mégot sur la véranda. Toko a bondi du fauteuil en osier blanc et l'a poussé en bas des marches.

Hash a trébuché et il est retombé tête la première dans la poussière. Vautré par terre, il a soulevé son menton pour jeter un coup d'œil, a croisé le regard de Jade à travers la vitre de la voiture. Il a craché. Il s'est levé lentement, titubant, puis a épousseté son jean noir, son gilet de cuir impeccable. Il s'est essuyé la bouche sur son avant-bras, étalant la saleté sur son visage. Il a marché vers la voiture.

Jade a remonté la vitre. Elle aurait voulu sauter hors de la voiture et se jeter sur lui, sortir les dents, le rouer de coups de pied et de poing. Lui arracher les yeux avec ses ongles. Au lieu de quoi elle a joint ses mains et les a serrées entre ses cuisses pour cacher ses griffes.

Hash s'est approché de sa portière et a donné un petit coup. Jade a vu Toko descendre deux à deux les marches de la véranda et sprinter vers eux. Elle n'a pas levé les yeux sur Hash jusqu'à ce que celui-ci plaque délicatement sa paume sur la vitre, et alors elle s'est demandé s'il avait quelque chose comme un remords à exposer, un hochement de tête peut-être, ou bien articuler les mots « Je suis désolé ».

Alors elle a levé le visage vers lui.

Il a craché.

Toko l'a bousculé, et le corps de Hash a semblé sur le point de se briser en deux.

« Ouvre la portière, Jade, a ordonné Toko, et elle s'est exécutée. Va dans la maison », et elle s'est dirigée vers la véranda.

Hash a descendu l'allée d'un pas branlant. Toko l'a suivi, se retournant une fois pour s'assurer que Jade l'avait écouté. Elle l'avait écouté. Elle était rentrée et, depuis la fenêtre de la cuisine, regardait Hash marcher lentement sur la route vers une voiture remplie de gens. Des gens qu'elle connaissait, auxquels elle tenait même peut-être ?

Colleen et Hēnare étaient assis à la table de la cuisine. Une odeur de café fraîchement moulu et de scones sortant du four flottait dans la pièce. La table était mise pour quatre. Au centre, il y avait du beurre, un bocal de confiture, un bol de sucre et un autre de crème fouettée.

Colleen a interrogé Jade : « Dans quoi as-tu entraîné mon fils ? »

Toko les a rejoints. « Ça sent bon », a-t-il dit.

Ils ont fait comme s'il n'y avait pas une autre odeur dans l'air, derrière celle du thé du dimanche après-midi.

Hēnare a récité le *karakia mō te kai* et ils ont mangé leurs scones en silence. Jusqu'à ce que Jade prenne la parole.

« Colleen, a-t-elle déclaré. J'aime beaucoup vos boucles d'oreilles. »

C'étaient les plus belles que Jade avait jamais vues. En perles et anciennes. Très anciennes.

Colleen s'est tortillée sur sa chaise, s'est redressée imperceptiblement, a presque souri. Comme elle souriait, les boucles d'oreilles ont légèrement tremblé, scintillantes. « Oh, celles-ci, a-t-elle dit en posant son couteau sur la table et en touchant l'un des bijoux du bout de son doigt. Je les tiens de ma *māmā*… »

Elle lui a raconté l'histoire. Et tandis qu'elle chantait les paroles de *Hītara Waha Huka, Ūpoko Mārō*, Colleen a dû empoigner le bras de Jade pour ne pas basculer, lâcher un rire plus fort et plus méchant, et alors Jade a passé le bras autour des épaules de son aînée et elle a ri à son tour.

TAUKIRI

J'ai roulé jusqu'à l'usine. Je me suis garé devant le quai, et j'ai marché vers le café.

M'approchant du comptoir, je l'ai aperçue dans la cuisine avec son tee-shirt orné d'une coquille Saint-Jacques, penchée sur sa vaisselle. J'ai commandé un café et un sandwich au poulet, et suis allé m'asseoir à une table près de la fenêtre. J'ai mangé le sandwich, qui était bon et salé, puis j'ai bu mon café.

May est venue débarrasser mon assiette vide. Quand elle a tendu le bras pour l'attraper, j'ai dit : « Je m'appelle Taukiri. »

Elle s'est figée. Il y avait une marque rouge sur son poignet. Elle avait l'air plus jeune de près, mais plus large des hanches, plus voûtée des épaules.

« Moi, c'est May, elle a dit.

— Tu viens d'être embauchée ici, May ?

— Aujourd'hui.

— Ça va pas être marrant, *girl.* » Je me suis levé, me retrouvant tout près d'elle. « Tu es trop belle pour servir des pêcheurs et des dockers à longueur de journée. »

Elle a pouffé et empoigné mon assiette. J'ai posé la main dessus.

« Tu leur diras, aux dockers et aux pêcheurs, que t'as quelqu'un qui veille sur toi. Un costaud. » J'ai bombé le torse. « Avec des yeux verts de la mort.

— Putain, c'est quoi ça ? T'es qui ? » Elle a tiré sur l'assiette et a ramassé ma tasse, mais son cou avait pris une teinte rouge marbrée. Elle regardait autour d'elle, nerveuse à présent.

C'était une erreur. Qui j'étais ? Ouais, bonne question. Et elle, qui elle était ? May à la lèvre entaillée n'était pas ma traînée de mère perdue de vue depuis si longtemps. May n'était pas ma faible et idiote de tante, Kat. Je perdais mon temps, là.

« Profite de ta première journée, May », j'ai dit. J'ai souri, mais elle m'a pas rendu mon sourire. Je suis ressorti du café, faisant tinter les coquilles Saint-Jacques suspendues à une ficelle devant la porte.

ĀRAMA

Beth et moi, on était au bout de l'allée à attendre le car scolaire, et quelque chose me turlupinait. J'essayais de savoir si j'avais fait un mauvais rêve cette nuit-là. J'essayais de savoir si Taukiri avait bien appelé pour dire qu'il allait pas revenir.

J'y croyais pas mais sa voix avait l'air vraie, et je m'étais réveillé couché devant le téléphone, et même si ça ressemblait à un mauvais rêve, ça paraissait aussi réel. Et Tante Kat m'avait regardé comme si elle était désolée.

C'était bizarre de voir Beth immobile comme ça, silencieuse. J'avais envie qu'elle me raconte une histoire pendant qu'on attendait le car scolaire. Des fois, elle choisissait les pires moments pour raconter des histoires idiotes, et maintenant que j'en avais besoin, rien.

Ses chaussures noires brillaient et elle avait les mains serrées devant elle, les pieds tout droits sous les genoux, qui étaient sous ses hanches qui se balançaient pas. Je me suis dit que, peut-être, il fallait que je sois un bon ami et que je lui dise un truc marrant, mais mon cerveau était occupé à se demander si Taukiri m'avait vraiment appelé au milieu de la nuit.

Mon déjeuner était empaqueté dans un sac à pain car Oncle Stu avait cassé ma boîte à lunch All Blacks. Il était déjà parti à l'étable quand je m'étais réveillé sur le plancher du couloir, en face du téléphone. Tante Kat m'avait secoué en demandant ce que je faisais là. Je lui avais dit que Tauk avait appelé, et elle m'avait regardé comme si elle était vraiment très désolée, plus désolée qu'elle l'avait jamais été. Elle avait dit que j'avais dû rêver. Et maintenant, on attendait le bus et je me posais toujours la question.

« Tauk va nous emmener tous les deux faire des choses super cool quand il reviendra, j'ai dit à Beth. Et ça va pas tarder. »

Elle continuait de regarder la piste en graviers. « Ah ouais ? elle a fait.

— Ouais. Il a appelé.

— Vraiment ?

— Cette nuit. Il a dit qu'il allait bientôt rentrer à la maison.

— Moi je trouve qu'il se la pète vraiment.

— Pas du tout.

— Ben si. Et c'est un con.

— Non, c'est pas vrai !

— Ouais, eh bien, Ari, je voulais justement t'en parler. J'ai toujours pensé que c'était un con.

— Pas du tout ! »

Beth a éclaté de rire. « C'est une blague, Django. T'emballe pas. »

Je l'aimais plus, là, et j'ai décidé de pas m'asseoir à côté d'elle dans le bus, même si on s'était promis de le faire.

Beth a fait tourner le bout de sa chaussure brillante dans les graviers.

« Je vais te montrer un truc », elle a dit.

J'ai fait comme si je m'en fichais. Mais je savais que ça allait sans doute être super bien.

Elle a posé son sac d'école par terre et en a sorti la belle boîte à lunch avec des fraises dessus que la dame blonde lui avait donnée. La boîte avait l'air lourde et, à travers le plastique, j'ai vu quelque chose de sombre dedans. Beth l'a posée dans les graviers et a relevé les yeux pour me regarder. Elle a ouvert la boîte à lunch.

Dedans, il y avait la bouillie de bouse de vache la plus jaune que j'avais jamais vue.

Je voulais pas qu'elle voie mes yeux s'écarquiller, mais ils se sont écarquillés et elle l'a vu.

« Qu'est-ce que tu vas en faire ? » j'ai demandé.

Elle a haussé les épaules, et a remis la boîte dans son sac d'école.

« J'sais pas encore. Tu m'aides à trouver une idée, Django ? »

J'ai avalé ma salive.

On a entendu des bruits de graviers écrasés sur la route et une camionnette blanche s'est pointée. Il y avait un mot peint dessus : *ÉCOLE*.

Le moteur du quad de Tom Aiken a rugi au-dessus de nous. On s'est retournés, Beth et moi, et on l'a vu en haut de l'allée qui nous faisait au revoir de la main, avec son gros visage rouge.

« Amusez-vous bien ! il a crié, et Beth a souri à son père, et elle a agité le bras comme si elle balançait un drapeau de droite et de gauche.

— Au revoir, P'pa. Oui, on va s'amuser ! »

Moi aussi, j'ai fait au revoir à Tom Aiken.

« Amusez-vous bien, les enfants ! il a crié encore une fois.

— Salut, Papa ! a crié Beth.

— Salut, Tom Aiken ! j'ai crié, et j'arrêtais plus de crier : Salut, Tom Aiken ! Salut, Tom Aiken ! », jusqu'à ce que j'avale le mot suivant, une boule au fond de la gorge.

Dans le bus, j'ai failli pas tenir la promesse faite à Beth de m'asseoir avec elle, mais j'ai repensé à la bouillie de bouse de vache dans sa boîte à lunch, et j'ai eu sacrément envie de m'asseoir à côté d'elle pour qu'on puisse trouver un truc à faire avec.

Y avait trois autres enfants dans le bus. L'un d'eux était une fille qui devait avoir à peu près le même âge que Beth. Je me suis arrêté, puis j'ai doublé Beth et j'ai choisi un autre siège, plus loin.

Elle s'est énervée : « Assieds-toi ici, pauvre débile, je peux pas laisser une autre personne s'asseoir à côté de moi ! » Elle a baissé la voix. « Elle risquerait de sentir mon lunch.

— Bonjour, a dit le chauffeur. Mettez vos ceintures. »

Et notre premier voyage jusqu'à l'école a commencé.

L'école était plus petite que mon ancienne. Elle était peinte en jaune bouse de vache et avait des haies d'arbres tout autour.

Quand on est descendus du bus, un groupe d'enfants plus âgés nous attendait. Une femme s'est avancée vers nous.

« *Nau mai, haere mai*, elle nous a dit en souriant. Bienvenue dans votre nouvelle école, on a organisé un *pōwhiri* spécialement pour vous accueillir. »

Beth a levé la main.

« Oui, ma chérie ?

— C'est quoi un pot-ferry ? »

Les enfants derrière la dame ont mis la main sur leur bouche, en gloussant de rire.

« Un *pōwhiri*, elle a répondu, c'est une cérémonie de bienvenue maorie.

— Oh, super ! a dit Beth. Mon ami Ari est maori, même s'il en a pas trop l'air, pas vrai ? »

Tout le monde a gloussé, encore une fois.

« Eh bien, si, un peu, a répondu la femme, puis elle a secoué la tête : Mais bon, ça n'a pas d'importance. »

Beth a continué : « Quand même, il est pas aussi dur que la plupart des Maoris que je connais. Ils sont sacrément durs, les Maoris que je connais. Un type qui est un ami de mon père s'est tatoué lui-même le bras, un jour. C'est de la merde comme tatouage, mais c'est lui qui se l'est fait. Et il a pas pleuré. Ari n'est pas très dur. »

J'ai donné un coup de coude à Beth.

« Désolée, a murmuré Beth, mais t'es pas… C'est pas grave, hein. » Elle m'a attrapé par le bras, et elle a murmuré : « T'es quand même mon meilleur ami. »

Tout le monde nous regardait.

La femme souriait – mais, pas un sourire genre « je suis super contente », non, plutôt « j'attends et je suis un peu énervée ». Je me suis demandé ce que pensaient les gens en entendant Beth dire le mot en M avant même d'avoir franchi le portail.

La femme a répondu : « Vous voulez voir le *pōwhiri* ? »

Beth a regardé les enfants descendus du bus avec nous. Personne n'a bronché. Puis elle a fait face à la femme, les mains jointes, et elle s'est bien calée sur ses chaussures rayées. Elle s'est mise à hocher la tête très lentement et bien droit, de haut en bas.

« Oui, m'dame. Oui, on aimerait bien voir ce pot-ferry. » Elle en a ajouté des caisses, genre elle connaissait pas ce mot. J'avais déjà vu des *pōwhiri*, mais, avec le côté bizarre de cette journée et de la nuit d'avant, je me sentais un peu perdu. Nerveux, et tout drôle.

Les filles ont commencé à chanter leur *waiata*. Je connaissais les paroles mais je voulais pas crâner, alors j'ai pas ouvert la bouche. Certains garçons qui se tenaient à l'arrière du groupe se sont mis à chanter aussi et à avancer vers nous d'un pas rapide, et ils faisaient tourner de longs bâtons dans les airs, grimaçant comme s'ils étaient en colère.

L'un d'eux s'est avancé en pointant son bâton vers nous. Il a fait un bon *pūkana*, langue sortie, les yeux vraiment écarquillés. Puis les filles se sont mises à agiter les feuilles dans leurs mains, et leurs voix tremblaient comme leurs doigts. Ça m'a fait dresser les poils des bras. Ça m'a fait bomber le torse, aussi.

Un grand garçon s'est approché de nous en dansant, et il a posé quelque chose sur le sol, et la femme a bougé la tête comme pour dire que je devais m'approcher. Je tremblais un peu moi-même, mais je me suis mis à marcher le cœur battant. Par terre, il y avait une plume blanche. Je me suis penché pour la ramasser et j'ai reculé jusqu'à ma place, à côté de Beth.

Un petit groupe qui se tenait debout sur le côté, à regarder le *pōwhiri*, s'est mis à frapper dans ses mains, et la femme les a regardés genre elle aimait pas qu'ils frappent dans leurs mains, alors ils ont arrêté. L'une des personnes qui avaient frappé dans leurs mains était la dame qui nous avait donné nos boîtes de lunch, dont l'une était déjà cassée, et l'autre était dans le sac d'école de Beth, remplie de bouse de vache. De penser à elles, ça m'a rendu à la fois joyeux et triste.

J'ai fait tourner la plume dans ma main et je l'ai regardée, parce que tout le monde se taisait maintenant, et je savais pas quoi faire.

« Ben dis donc, ça faisait peur ! » a dit Beth, et elle nous a tous regardés, nous, les gamins du bus, pour voir si on était d'accord.

Une petite fille a fait oui de la tête.

« Ça fichait la trouille, hein ? a dit Beth. Mais c'était joli. Vraiment joli. On peut entrer, maintenant ? »

La femme a franchi le portail de l'école et on l'a tous suivie, elle et tous les enfants qu'on ne connaissait pas encore. L'école avait un terrain en herbe avec des poteaux de rugby des deux côtés, et un grand château à escalader. J'avais tranché, maintenant : c'était juste un mauvais rêve – moi et mes mauvais rêves… Taukiri n'avait pas téléphoné du tout. Bien sûr qu'il allait revenir. J'aurais parié ma nouvelle plume là-dessus.

Je vais utiliser des mots.

Pardonnez-moi si je suis trop vague. Trop directe. Trop sincère.

Toutes ces années en arrière, il est encore magnifique de voir deux créatures envoûtées par de belles choses. De belles pensées, de beaux souhaits. Leur propre beauté. Mais l'amour les aveugle. Nous autres, les tangata whenua, *nous avons des mythes et des légendes, pas des contes de fées. Ont-ils oublié qui ils sont ?*

Les ventres des mères peuvent rendre aveugle. L'amour peut rendre aveugle. Les coups de pied dans le visage peuvent rendre aveugle.

Nous rugissons, nous tremblons devant le monde, nous gémissons, mais la plupart du temps rugir et trembler et gémir ne fait qu'empirer les choses.

JADE ET TOKO

Après que Colleen a partagé avec Jade l'histoire de ses boucles d'oreilles en perles, et qu'elles ont ri ensemble, Jade a voulu rentrer à la maison pour laver les draps de Toko et les mettre à sécher, passer l'aspirateur chez lui, aller acheter de la vaisselle et cuire un truc au four et inviter tout le monde à prendre le thé. Et qui était Coon, d'ailleurs, et Hash s'était-il vraiment pointé là ?

Ils ont roulé jusqu'à la maison de Toko. À leur arrivée, Jade a ouvert toutes les fenêtres, puis elle a pris une pelle pour ramasser les cendres dans la cheminée.

Toko a jeté un coup d'œil dans le frigo.

« On sortira après, il a dit. On n'ira pas très loin avec des scones.

— Appelle Tommy, alors. Je veux le voir.

— Tu l'aimes bien ?

— Oui.

— Ah ouais, vraiment ?

— T'es jaloux ?

— Jamais.

— Jamais ?

— Presque jamais. En tout cas, pas de ce gars de la ferme qui sent mauvais.

— OK. » Elle s'est approchée. « En parlant d'odeur, tu sens encore les tripes de poisson. »

Il l'a attrapée et l'a serrée contre lui. « Tripes de poisson ou bouse de vache ? À toi de choisir, femme.

— Je te choisis, toi. Avec les tripes et tout le reste. »

Jade a enfilé un jean et un débardeur bleu foncé – et quand elle faisait un certain mouvement, le plus haut de ses oiseaux tatoués se montrait au-dessus. Toko s'est rasé, a mis un jean et un tee-shirt noir, et ils sont allés manger dans une pizzeria en dehors de la ville.

À leur petite table, avec les gens autour qui criaient les commandes et la serveuse qui s'affairait et les amoureux d'à côté qui se penchaient l'un vers l'autre et Tommy qui ne parlait pas mais était lourd de mots, Jade a demandé : « Tu l'aimais ?

— Oui.

— Elle le savait ?

— Si elle l'avait su, pourquoi elle serait partie ? Chaque fois, elle partait. »

Jade s'est détournée de lui, sachant qu'il voulait une explication. Sachant qu'elle ne pourrait jamais exprimer clairement les raisons de Sav, qui étaient aussi les siennes. Alors ils sont restés tous les trois assis à cette table, sans parler. Leurs corps étaient des filets, leurs mots des poissons argentés qui se débattaient pour s'enfuir.

Sur la route du retour, Toko a pointé du doigt un des tatouages de Jade.

« Sav était avec moi quand je me les suis fait faire, a dit Jade. Elle est allée dans l'arrière-salle pour se taper le tatoueur, pendant que moi j'étais allongée sur la table, à les attendre.

— Est-ce que ce bébé était seulement de Tommy ?

— Oui, il était de lui. Elle l'aimait. C'est vrai, elle

a aimé un tas d'hommes, mais Tommy était… enfin, Tommy est Tommy.

— Il t'a tapé dans l'œil, hein ?

— Je l'adore, a-t-elle dit en éclatant de rire.

— Fais gaffe à ce que tu dis, femme.

— Ah ! Tu sais bien pourquoi. Il a offert à Sav son histoire d'amour. Au milieu de son histoire tragique, elle avait cette grande histoire d'amour tordue, complètement dingue. Chaque fois qu'une de ses connaissances mourait, elle faisait son sac et faisait semblant de se rendre au *tangi*. Je veux dire, est-ce que c'est pas un cas extrême de célébration de la vie en présence de la mort ?

— Comment ça se fait que tu ne sois pas complètement déglinguée ?

— Je le suis, en fait. Mais j'ai été aimée. Mon papa et ma maman m'ont aimée. Parfois, c'est suffisant.

— Oui, j'imagine.

— Felicity a reçu un carton rempli de livres pour enfants quand j'étais petite. C'est ma maîtresse qui les a apportés. Un jour, elle a sonné chez nous, j'étais tellement contente ! Je voulais lui montrer ma chambre, mais Felicity n'avait pas l'air d'avoir envie que je la fasse entrer, et je me rappelle avoir observé leurs visages. Il y avait tellement de choses qu'elles ne pouvaient pas dire tout haut…

« C'était une maison en bois, Toko. Je te l'ai déjà dit ? Une maison en bois normale. Il y avait une grande clôture en béton autour, et pas d'herbe. Mais derrière cette clôture, avec des barbelés en haut, c'était juste une maison en bois normale.

« Ma maîtresse est revenue après qu'une cloison avait été installée pour me faire une chambre séparée. Elle a apporté le carton de livres. C'étaient les histoires de Māui que je préférais, il y en avait des tas. J'imagine que ma maîtresse s'est dit que Felicity les aimerait, les comprendrait, mais c'étaient celles dont elle se moquait le plus. J'aimais pas quand elle faisait ça. »

Au milieu de la nuit, Jade s'est réveillée en sursaut.

Bien sûr que Hash était là. Tu l'as vu de tes propres yeux. Idiote.

TAUKIRI

« Bones Bay », m'a lancé Jason par-dessus nos verres. On était assis dans un bar. Une idée de Jason.

Le bar était vraiment pourri – moquette déchirée, tabourets bancals, le comptoir rayé de partout.

Toutes les fenêtres étaient barricadées avec des planches.

Mais en haut du mur du fond, il y avait une rangée de petites fenêtres carrées avec des peintures sur les vitres. Tout et n'importe quoi. Un dauphin, une fleur de lys, un coucher de soleil, la lune, une libellule. Amateur comme pas possible. Elles donnaient l'impression que le bar était un peu, bon… hanté. Elles me plaisaient.

« Mr Kyle, ça faisait longtemps, avait dit le gros serveur barbu quand on était entrés.

— C'est vrai, Blue.

— C'est qui, ce jeunot-là ? Un petit bâtard ? » Il avait éclaté de rire. Ari aurait dit que c'était un pirate. Je m'autorisais des fois à penser à Ari. Penser à lui, ça me faisait me sentir moins coupable parce que maintenant il savait que j'allais pas revenir et j'étais plus en train de lui mentir. Il n'attendait plus.

« Sers-nous deux bières, Blue, avait dit Jason. Tu sais, Taukiri, quand Elliot m'a raconté ton histoire, il a parlé de Bones Bay. J'ai jeté un coup d'œil sur Google : j'ai pas trouvé… »

Je n'ai pas répondu. Je me suis levé et j'ai marché jusqu'au juke-box, j'ai fait défiler les morceaux et j'ai trouvé un bon truc. Old school. Ça m'a rappelé Maman. *Dragons and Demons* du groupe Herbs.

J'ai mis une pièce dans la fente et tapé le numéro.

Je suis resté devant le juke-box pour écouter, le dos tourné à Jason et au pirate derrière le bar. Dehors, le vent semblait avoir forci. La porte s'est ouverte puis refermée en claquant, le vent soufflait à travers les fenêtres barricadées.

Blue a crié : « Super son !

— Tu devrais l'entendre la jouer, a dit Jason. Ça, c'est quelque chose. »

Blue s'est baissé et a sorti une guitare de sous le comptoir. « Je suis toujours partant pour un bœuf », il a fait. Sa voix était comme étranglée par quelque chose.

Je suis allé les rejoindre, j'ai pris la guitare et me suis mis à jouer. À chanter un morceau de Herbs pour un pirate et un dealer. Je me suis dit que si c'était ma vie, maintenant, elle était magique et ne pouvait que s'améliorer.

Je les regardais pas. J'ai chanté les yeux fermés, sans savoir si la chanson leur plaisait ou pas, savourant juste le fait qu'à l'intérieur d'une chanson le temps n'existait plus.

Quand j'ai ouvert les yeux, Blue avait le visage livide et les yeux ronds. Comme s'il avait vu un fantôme.

J'ai vu Taukiri entrer dans le bar avec un homme.

J'ai soufflé sur les façades du vieux bâtiment, j'ai essayé de faire claquer les fenêtres. Une chanson passait à l'intérieur et je voulais l'emporter jusqu'à Jade, quelque part, qu'elle sache que je l'aimais. J'aimais son garçon, le fils de mon frère, comme si c'était le mien. Mais maintenant, c'est son tour à elle.

Le tour dont je l'ai privée. Que je lui ai arraché.

Ce que j'ai fait enfle. Comme la mer.

Mais regardez : ils quittent tous la ville. Ma Māmā, *mon* Pāpā. *Le camion de déménagement est là et ils ont acheté un petit bungalow à Gore Bay. Ils n'auront plus à passer devant le Craypot, maintenant.*

ĀRAMA

Notre premier jour à l'école se passait pas très bien. En fait, la dame blonde au rouge à lèvres qui nous avait arrangé ce bus pour aller à l'école allait se retrouver dans le *Kaikōura Star* pour ça. Et tout le monde avait décidé d'en faire toute une histoire. Le *pōwhiri*, c'était cool. Et jusque-là, ç'avait été le seul truc cool de notre première journée d'école. J'avais dit à Beth que ça allait être le meilleur moment. Quelqu'un prenait des tas de photos, et la dame blonde a passé la journée à lisser ses cheveux et à se remettre du rouge à lèvres. Elle nous prenait dans ses bras, tous les pauvres petits gamins de la campagne. Elle nous appelait ses « chéris ».

Je voyais bien que ça ne plaisait pas à Beth et, pour être honnête, à moi non plus. Un premier jour à l'école était pas censé être comme ça. Nous, on voulait juste aller au château dans la cour et nous amuser. J'ai couru vers le terrain où des garçons se passaient un ballon de rugby. J'ai crié : « Je peux jouer ? » Alors le photographe est arrivé dans mon dos avec la dame des boîtes de lunch et tous les garçons se sont précipités vers elle en disant qu'ils voulaient être dans le journal.

Ils avaient oublié leur ballon, le jeu, c'était comme s'ils m'entendaient pas.

Beth m'a rejoint. J'ai vu qu'elle réfléchissait dur.

« Tu penses à cette boîte à lunch, Beth ? »

Elle a montré du pouce, derrière elle, la dame blonde qui parlait à quelqu'un. « Elle a de jolies chaussures.

— Ce serait vraiment regrettable, j'ai dit en souriant.

— Tu l'as dit, gamin. » Beth m'a fait un clin d'œil.

Et vu qu'on parlait comme dans un film, on s'est dit que notre idée était bonne.

Beth m'a dit d'aller trouver la dame et de lui demander une photo avec elle près de l'école, à côté de la fenêtre du bâtiment des toilettes. Elle pensait que la fenêtre était assez basse pour qu'elle puisse l'atteindre, et alors elle aurait pas trop de mal à faire basculer la bouse de vache dehors.

« Mais on vise juste les jolies chaussures, hein ?

— Bien sûr, fais pas ton trouillard. Moi, je retourne pas à la maison avec de la bouse dans mon sac. Il faut qu'on l'utilise. Malheureusement pour blondine, c'est la seule personne qui m'a pris la tête aujourd'hui.

— Moi aussi.

— Tu vois. » Elle m'a donné un grand coup dans l'épaule. « C'est pas facile de te prendre la tête. Elle l'a mérité.

— Peut-être que oui », j'ai dit.

Beth a sorti sa boîte à lunch de son sac et elle s'est éloignée en marchant comme un nain en colère, balançant ses bras et ses jambes.

Je suis allé trouver la dame, qui était en train de discuter avec le directeur. La plume du *pōwhiri* était encore dans ma main.

« Oh, Ari, elle a dit en me voyant arriver. Alors,

cher Ari, comment se passe ton premier jour ? » Elle a pas attendu ma réponse. « Un gentil petit garçon », elle a dit en se tournant vers le directeur. Et la dame blonde avait un bouton de défait en plus sur son chemisier. Ça m'a fait bizarre de remarquer son bouton défait. Ça m'a encore énervé, aussi, qu'elle m'appelle un « gentil petit garçon ». J'étais gentil, je crois. Mais elle le savait pas, en fait, ce qui voulait dire qu'elle était pas sincère.

Tout à coup, j'ai espéré que j'avais vu juste, et que Beth n'allait pas s'en prendre à ses jolies chaussures mais à ses jolis cheveux. Le vent a soufflé fort, soulevant ses cheveux et cueillant la plume dans ma main. Elle a atterri près de la fenêtre où Beth m'avait dit d'emmener la dame. J'ai eu une idée.

J'ai touché son coude, qui était bizarrement ridé. « Mademoiselle, j'ai dit. J'ai perdu ma plume, celle du *pōwhiri* de ce matin. Vous pouvez m'aider à la chercher ? »

La dame a tortillé des seins et ils sont encore remontés dans son chemisier. « Bien sûr, mon chéri. » Elle a penché la tête sur le côté, a souri au directeur. « Où est-elle, à ton avis ? »

Je lui ai répondu que j'étais allé jouer sur le ciment, près du bâtiment des toilettes.

« OK, elle a dit. Commençons par là. »

Mon cœur s'est mis à battre plus fort, et j'ai eu peur qu'elle l'entende. En s'approchant de la plume, elle s'est tournée vers l'endroit où se trouvait le directeur, pour être sûre qu'il la regardait toujours, puis vers moi : « Je crois que je la vois », elle a dit. Je l'ai suivie.

Le vent avait emporté la plume à l'endroit parfait.

Elle s'est baissée pour la ramasser.

« Maintenant », j'ai murmuré, en espérant que Beth allait m'entendre.

Alors, j'ai vu la boîte à lunch apparaître en bas de la fenêtre, et les doigts de Beth qui la tenaient sur les côtés, et la M.E.R.D.E. de vache qui coulait et atterrissait toute gluante sur les fesses penchées de la dame, coulant le long de ses jambes jusqu'à ses chaussures.

« Aaaaah ! elle a crié. C'est de la… ? Oh, mon Dieu, c'est… c'est de la… merde ? »

Plus un bruit dans la cour, tout le monde regardait.

Je me suis couvert la bouche avec mes mains parce que j'arrivais pas à croire qu'on venait de faire ça.

Ils ont trouvé la boîte à lunch de Beth. Elle l'avait enfoncée dans la poubelle.

Ils ont aussi deviné que j'étais de mèche parce que quand je croyais avoir murmuré : « Maintenant », c'était un cri qui était sorti.

Tante Kat et Tom Aiken sont venus ensemble à l'école pour nous récupérer. Beth et moi, on était assis sur un banc devant le bureau du directeur. Il nous avait mis là après avoir été carrément méchant. Il nous avait dit qu'on était les pires enfants de cette école. Les pires ! Puis il nous avait fait asseoir sur ce banc devant son bureau. J'ai entendu la porte de s'école qui s'ouvrait brusquement et, aux bruits de pas rapides, j'ai su que Tante Kat était là. J'avais sacrément peur de la voir. Alors je me suis planqué derrière Beth.

J'ai entendu Tante Kat dire au directeur qu'elle était là pour moi.

Elle a dit : « Je viens chercher mon neveu. »

Le directeur a commencé à lui parler de notre terrible, terrible comportement. Et ma tante l'a arrêté net, elle a arrêté le directeur de l'école au beau milieu de ce qu'il allait dire. J'ai jeté un coup d'œil vers Beth et le couloir. Tante Kat avait la main levée. Puis elle a répété : « Je viens chercher mon neveu. »

La manière dont elle a dit ça m'a fait sentir plus protégé que je l'avais été depuis longtemps.

J'ai souri en voyant Tante Kat. Mais elle, elle m'a pas souri. Tom Aiken non plus. Tante Kat m'a donné une grosse pichenette dans les oreilles, une qui piquait vraiment, et elle a annoncé que le plan *fish & chips* du week-end était mort. Ce qui voulait dire aussi pas de milk-bar pour acheter des sachets de bonbons à un dollar.

Mais pas grave : j'étais à elle. Elle était venue me chercher.

Pendant tout le voyage retour dans le pick-up de Tom Aiken, j'ai pensé à la jolie dame et me suis senti un peu désolé pour elle. Elle avait pleuré. Même Beth était un peu désolée. Sans doute juste parce qu'on s'était fait prendre. Elle avait plus le droit d'aller avec son père au cinéma le week-end suivant – Tom Aiken avait prévu de lui faire la surprise, et à moi aussi, mais maintenant, hors de question. On a entendu que ça pendant tout le voyage retour. Tout était hors de question.

À la maison, je me suis assis à la table de la cuisine. Tante Kat me préparait un en-cas. Je me suis dit que c'était bon signe : elle n'aurait pas préparé un en-cas pour quelqu'un après lequel elle aurait été vraiment, vraiment en colère. Oncle Stu est rentré, et Tante Kat lui a rien dit quand il est arrivé. Il a marché hyper vite vers moi et m'a regardé droit dans les yeux. Il m'avait jamais regardé dans les yeux. Il m'a attrapé par le col. Tante Kat lui a crié dessus.

« Laisse-le, Stu !

— Je me suis retrouvé tout seul pour finir de nettoyer les stabulations, pendant que t'allais chercher cette petite merde.

— Stu. Laisse-le. C'est qu'un enfant. »

J'avais peur. Le regarder dans les yeux était plus effrayant que sa main qui me serrait le col si fort que mes fesses se sont soulevées de la chaise et que mes yeux me brûlaient.

« Ça c'est sûr, que c'est qu'un enfant ! Un putain d'enfant débile. » Oncle Stu m'envoyait des postillons dans le visage, et il m'a balancé sur ma chaise, où j'étais en train d'attendre une pomme découpée et un sandwich au fromage. Je suis tombé en arrière, la chaise a basculé et ma tête a cogné par terre. J'avais l'air idiot. Mes jambes en l'air, mes yeux ouverts essayant d'empêcher la pièce de tourner.

Il a attrapé sa chaussure de sécurité et l'a soulevée au-dessus de mon visage. Puis il l'a écrasée sur le plancher à côté de ma tête. C'est passé juste à côté. Il s'est éloigné.

« Rien qu'un enfant, il a dit. Rien qu'un enfant con comme ses pieds. Un idiot, comme son loser de frère.

— T'aurais pu lui faire mal ! a hurlé Tante Kat.

— Si j'avais voulu le toucher, je l'aurais fait. Je manque jamais mon coup. »

Alors il a lancé trois mots à Tante Kat et ces trois mots sont d'abord restés suspendus, rendant l'air tout humide et froid et gluant, mais ils ont séché tout à coup et sont devenus durs, ils m'ont transpercé, ont transpercé ma langue comme des abeilles en colère, ils se sont enfoncés dans ma gorge jusqu'à ma poitrine où ils ont planté leurs dards dans mon cœur qui boum, boum, boumait.

Il a claqué la porte et la lampe au-dessus de moi s'est balancée. J'ai entendu son pick-up démarrer. J'avais pissé dans mon froc. Et j'ai juste levé la tête, sans cligner des yeux, vers la lampe qui se balançait au-dessus de moi, et j'ai écouté le bruit de Tante Kat ne sachant pas quoi faire pour moi.

Tante Kat a téléphoné à Tom Aiken, et il est venu me prendre. Je suis allé chez eux et je me suis assis dans le salon, je fixais la télé et je regardais les images colorées qui défilaient sur l'écran, mais tout ce que je sentais, c'étaient les abeilles coincées dans ma poitrine, qui me faisaient mal au cœur.

Beth était tellement, tellement désolée de ce qu'on avait fait à l'école, et Tom Aiken était triste pour elle. C'était dur pour Beth, sans sa maman, et l'école qu'était pas son truc. C'était juste trop. Pas besoin de la punir – elle était désolée.

« Et toi, Ari, eh bien tu mérites pas… Vous êtes que des enfants. T'es juste un enfant », a dit Tom Aiken, et c'était différent dans sa bouche, différent de quand Oncle Stu le disait, mais j'ai juste laissé mes yeux fixés sur la télé, la bouche fermée.

J'ai fini par comprendre que Beth était pas vraiment désolée. La raison pour laquelle je le savais, c'était qu'à l'école elle appelait les trucs qu'elle aimait « super bien », et les trucs qu'elle trouvait M.E.R.D.iques « carrément nuls ». Et elle faisait un tas de clins d'œil et appelait tout le monde « gamin ». Même les enfants plus âgés y avaient droit. Et elle racontait l'histoire de la bouse de vache dans sa boîte à lunch chaque fois qu'on la lui demandait. Elle disait qu'elle avait bien préparé son coup. Et la raison pour laquelle elle pouvait faire tous ces clins d'œil et appeler les grands « gamins » sans qu'on la traite de C.O.N.N.E., c'était que tout le monde savait qu'elle était la petite farceuse de la ferme. Celle qui avait versé de la bouse de vache par la fenêtre, sur les fesses d'une dame dont on disait qu'elle allait se présenter à la mairie de la ville. Et Beth lui avait fait dire le mot M.E.R.D.E. tout fort dans une école publique.

Donc Beth avait la classe, et elle pouvait dire des trucs débiles qui donnaient l'impression qu'elle était née dans un grand pays, où les gens se baladaient à cheval en se tirant dessus, et moi j'avais la classe parce que j'étais son petit complice qui avait crié : « Maintenant ! » Des fois, les enfants m'appelaient « le pote de Beth » au lieu d'Ari. Beth a essayé de me présenter comme Django, mais ce surnom n'a pas pris, je sais pas pourquoi.

C'était la version pas super d'avoir vraiment la classe.

Donc, j'avais pas la classe. Et maintenant, non seulement j'étais tout seul dans ma nouvelle maison, mais j'avais peur aussi. Peur à couvrir mon ventre de sparadraps. Peur à pisser dans ma culotte. Peur comme Django aurait jamais eu peur. Et peur de ce que les abeilles d'Oncle Stu, plantées dans mon cœur, avaient prévu de faire ensuite.

Je suis fatiguée. Et je commence à accepter l'idée que ce n'est plus mon boulot. De faire en sorte que les choses soient comprises, ou d'aider les gens à voir.

Le monde n'est qu'un grain de sable dans ma bouche, et pourtant mes lèvres laissent une empreinte parfaite sur les joues des fourmis que je pourrais embrasser.

Je suis le ver de terre, et l'oiseau, et les dix mille choses qui font un nid. Je suis la pierre et la main qui la jette.

Si j'avais des ongles, ils seraient encore pleins de la terre de mes jeunes années, passées à creuser. Jusqu'en Chine. En quête d'un trésor. Des tombes pour les animaux. Mon cœur bat encore fort de notre course jusqu'au sommet de la colline.

Mais venez, il faut que vous entendiez la nouvelle, une heureuse nouvelle.

Regardez-les : ils se marient. Lui porte une chemise blanche. Elle porte une robe crème et, dessous, son ventre s'arrondit. Ils sont les seuls à savoir, et maintenant moi aussi. Je sais tellement plus de choses maintenant que je n'en ai plus besoin, que je ne peux plus rien y changer.

L'église se trouve près de la mer et elle est peinte en blanc, dedans et dehors. Usée par les intempéries, elle est lisse et belle, et la peinture s'écaille par endroits, dévoilant le bois marron clair qu'il y a dessous. Il n'y a rien de rugueux.

On appelle les enfants qui jouaient sur la plage. La cérémonie doit bientôt commencer. Pas Taukiri, ni Ari – pas encore. Ce sont d'autres enfants dont les noms et ceux des hommes et des femmes dont ils descendent importent peu. Ces noms ne feraient que nous fatiguer.

Les enfants débarquent tout rouges dans l'église. Essoufflés.

Oh, ces mots réduisent tellement tout, et je suis fatiguée.

Cela semble impossible, mais je dois essayer. C'est peut-être la dernière fois. Je pousse de côté le voile en tissu, la peinture blanche s'écaille sur moi, dehors je lèche la plage et je suis emportée sous leurs ongles. Je suis la rougeur de leurs joues. Les voilà mariés maintenant, ils ont tellement de chance, ils le savent.

« J'ai toujours voulu avoir une sœur, me dit-elle, et à Kat aussi. Maintenant, j'en ai deux. »

TAUKIRI

Blue a connu mon père.

Il a connu Tom Aiken. Il a connu ma mère. Dans le temps, Blue avait un bar à Kaikōura qui s'appelait le Craypot, jusqu'à ce qu'il décide de le vendre. Il ne pouvait plus vivre là-bas, c'est ce qu'il nous a raconté.

Il avalait sa salive en parlant et choisissait ses mots avec précaution. C'était visiblement contraire à sa nature. Il avait l'habitude de dire tout ce qui lui passait par la tête. Ça, c'était clair.

« Y avait des taches sur la moquette, tellement de verre cassé », il a dit, et il m'a regardé pour voir si je comprenais les mots derrière ces mots. Mes yeux se sont posés sur les tatouages qui recouvraient ses bras, sur son petit bouc clairsemé.

« C'était il y a longtemps. » Il s'est arrêté, cherchant de nouveau les bons mots. « Putain, c'est incroyable que je l'aie pas vu tout de suite. Jusqu'à ce que tu chantes cette chanson.

— Et ma mère ? Tu sais où elle est ? »

Il a pris une bouteille posée sur l'étagère derrière lui, contre le miroir, et a versé du whisky dans un verre. « Je vous sers quelque chose ? »

J'ai fait non de la tête. Jason a soulevé sa cannette,

d'un geste sec. Blue a bu son verre d'un trait, a débouché deux cannettes, puis s'est versé un autre whisky et a remis la bouteille sur son étagère.

« Merde, il a dit. Tu sais ce qui est arrivé à ton père, Taukiri ?

— Un accident de bateau.

— Putain… » il a fait.

Ma bouche s'est remplie de salive.

J'aurais voulu être n'importe où ailleurs que dans ce bar. J'aurais voulu avoir ma chambre à moi. J'aurais voulu – pour la première fois depuis une éternité – avoir la tête d'Ari sur mes genoux, et qu'on regarde un dessin animé débile. Et je voulais pas entendre des mots laissant entendre qu'il y avait d'autres choses à raconter.

« Tu sais où est ma mère ? » J'ai senti ma voix qui tremblait.

« Je l'ai connue.

— Connue ?

— Aucune idée d'où elle est maintenant. »

J'ai pas su quoi demander après. J'ai siroté ma bière et reposé lentement le verre sur le comptoir. J'ai gratté deux accords sur la guitare de Blue.

« Ton père jouait exactement comme ça, avec toi sur ses genoux. C'était incroyable, tu bougeais pas d'un centimètre, comme si t'étais hypnotisé. Petit comme t'étais, j'ai jamais vu un gamin si petit rester aussi longtemps sans bouger. J'ai toujours trouvé que t'avais l'air mille ans plus vieux que ton âge. »

J'ai continué de jouer, sans relever les yeux. J'ai pas poussé Blue à poursuivre son histoire. J'ai préféré chanter. Blue et Jason se versaient verre sur verre d'une bouteille qui avait cessé de retourner se poser sur l'étagère derrière le bar, contre son miroir. Ils m'ont laissé tranquille, jusqu'à ce que j'aie plus envie de parler tout seul. C'est ce que les hommes faisaient, j'étais en train de l'apprendre : ils laissaient les choses tranquilles. Ils buvaient tous les deux, sans se soucier, pas plus que ma mère ou Nanny ou n'importe laquelle de mes tantes l'aurait fait, que la fin de notre conversation soit restée ouverte. J'ai joué. C'était la seule chose que j'avais jamais eu besoin de faire : jouer. Gratter, plaquer et chanter. Je pouvais presque survivre rien qu'avec l'énergie que la musique me donnait.

Il se faisait tard. Je m'en suis rendu compte car le soleil avait cessé d'éclairer un triangle aux pieds des gens qui poussaient la porte d'entrée. J'avais mal aux doigts, mais je m'en tapais, ils pouvaient bien saigner, rien à foutre, je continuerais de jouer quand même.

Le portable de Jason a sonné. « Megan », il a dit en regardant l'écran. Il a grommelé deux-trois trucs dans le téléphone avant de me le passer. « Tiens, il a dit, elle veut te parler. »

J'ai calé la guitare entre mes cuisses. « Quoi ?

— Taukiri ?

— Ouais.

— C'est Megan.

— Je sais.

— Ça va, les gars ?

— Ça va.

— OK, désolée. Il commençait à se faire tard et je me demandais si tu voulais que je prépare quelque chose pour le dîner. Et puis, j'étais inquiète. Parce que Jason… »

J'ai rien dit.

« Tu veux que j'envoie Elliot ? Pour te ramener à la maison, elle a ajouté.

— Ouais, envoie-le. Dis-lui de prendre une percu. Blue's Bar, sur Cuba Street. »

J'ai raccroché et rendu le téléphone à Jason.

J'avais envie de leur raconter une histoire, alors je me suis lancé.

« Bones Bay, j'ai dit en grattant les cordes de la guitare de Blue, c'est un endroit où on peut aller qu'en marchant. Koro nous y emmenait, mon frère et moi. C'était pour lui un bon endroit pour pêcher des *pāua*, parce qu'il n'avait pas besoin de descendre profond. Mon *koro* n'avait plus qu'une jambe, il avait perdu l'autre quand il était gamin, à peu près à l'âge que j'avais. Un accident de ferme. Il nous a jamais vraiment raconté, chaque fois qu'on lui posait la question, il inventait un truc marrant.

« Bref, à Bones Bay, mon grand-père pouvait pêcher ses *pāua*, tranquille. Mon frère et moi, on explorait les rochers. Un jour, en allant là-bas, on a trouvé un bébé baleine qui s'était échoué. Il était mort. Il puait comme pas permis. Les mouettes s'en donnaient à cœur joie. On a supplié Koro d'en parler à personne, pour qu'on puisse avoir un secret. J'étais tout juste encore assez jeune pour que les secrets aient encore vraiment de l'importance. Pendant longtemps, la baleine est restée là. Et elle est restée notre secret – et moi, j'aimais notre *koro* de nous avoir donné ça. Je trouvais ça vraiment incroyable, tu vois. Les adultes savent plus garder de secrets pour les enfants, de nos jours. Dès qu'il y a quelque chose d'excitant, ils le veulent pour eux aussi.

« Au bout d'un long, long moment, il est plus resté que des os, nettoyés par les mouettes, et plus tard encore, la puanteur a disparu. Y a eu une tempête, et on a eu peur que les os s'en aillent, mais ils sont restés là. La mer les avait juste bien rincés. Et puis ils ont séché et on grimpait dessus, Ari et moi. »

J'ai gratté un accord, et ils ont soupiré lourdement devant moi. « J'arrive toujours pas à croire que Koro nous ait donné ça. Personne d'autre l'aurait fait.

« Mais un jour, il nous a demandé si on voulait bien partager notre secret. Et on a dit oui. Alors on est allés là-bas avec deux autres hommes et Papa et Maman et Nanny. Ils ont chanté des *waiata* et récité des *karakia*, et un des hommes a emporté la mâchoire. Mon os sculpté... » Je l'ai cherché avec ma main, même si je savais qu'il n'était pas là – je l'avais laissé dans ma boîte de chocolats. « Ils ont donné une photo du *tā moko* de mon père à un sculpteur, qui a reproduit le motif en taillant dans l'os. Et Maman a demandé au sculpteur de nous ajouter, Ari et moi, ensemble. Ari en a un aussi. On a décidé de s'appeler "les guerriers aux os sculptés". »

Ari n'aurait jamais enlevé le sien. Pour rien au monde.

« Bones Bay, a dit Jason.

— Bones Bay. Je crois même pas que cette petite crique avait un nom. Personne d'autre que nous allait là-bas. On pouvait y arriver que par une route qui traversait le terrain de Koro et Nanny – avant qu'ils déménagent à Gore Bay. On l'appelait Bones Bay à cause des os. Rien que nous trois : Koro, Ari et moi.

— Et ensuite ? a demandé Jason.

— J'ai nagé jusque-là. Quand on s'est crashés en voiture. La mer m'a aspiré au large, mais m'a plus ou moins entraîné vers le sud. J'ai nagé de toutes mes forces vers la côte et j'ai atterri à Bones Bay. J'ai eu de la chance qu'on me retrouve. Mais Koro est allé là-bas. »

Jason s'est tourné vers Blue. « Deux shots. »

Blue en a versé trois. « À Bones Bay.

— À Bones Bay, a répété Jason.

— Bones Bay », j'ai murmuré.

Elliot est arrivé, et a laissé entrer un peu plus de nuit en poussant la porte du bar. Il avait une percu en bois sous le bras.

« Putain, *bro*. C'est quoi ce rade pourri ?

— Hé ! a lancé Blue. Fais gaffe à ce que tu dis.

— Pardon. Megan s'inquiétait. Elle t'a trouvé bizarre au téléphone.

— Faisons un bœuf sur la scène, pour rigoler. »

Et je n'ai pas chanté la chanson de Papa, ou de Maman, ou de je ne sais qui. J'ai chanté un truc qui me rappelait aucune personne morte. Ou juste disparue.

« Tu faisais des mystères, je connaissais pas ton nom. T'es partie trop longtemps. Rien, oh, rien ne sera jamais plus pareil... »

Personne ne dansait. Personne ne frappait dans ses mains. Les quelques clients du bar étaient penchés sur leurs verres et écrasaient leurs clopes – qui, Blue le leur rappelait de temps en temps, n'étaient pas censées être fumées à l'intérieur de son bar.

L'endroit s'est vidé. Jason a sorti du matos. Un truc pour se réveiller parce qu'il avait des choses importantes à faire. Il fallait qu'il se remette d'aplomb, et vite.

On en a sniffé assez pour entamer un deuxième set. Jason nous a laissés. « J'ai un truc à faire, il a dit. On reparlera de ce job. T'en as besoin, pas vrai ?

— Ouais, sûr.

— T'as de la chance d'être tombé sur moi, *bro*. » Et il est parti.

Blue a verrouillé la porte et il est allé dans l'arrière-salle pour dormir un peu. Notre came, c'était pas son truc.

« Boy, Toko Te Au aurait pas voulu que son fils sniffe cette saloperie. Mais bon, tu fais ce que tu veux… C'est juste que là, je peux pas vous suivre. Je vais aller pioncer un moment. »

Elliot et moi, on en a sniffé encore un peu.

J'ai plaqué des accords en chantonnant. Slappé et arpégé. Fredonné, avec la tête qui pétillait.

On allait rentrer chez nous, parce que c'était le matin, quand quelqu'un s'est mis à cogner sur la porte.

Je suis allé ouvrir. C'était Megan.

Elle m'a poussé pour entrer.

« Espèce de petit ingrat de merde. Tu te crois génial, hein ? Tu me parles comme ça et, après, tu raccroches ?

— T'es tarée ou quoi ? Calme-toi, j'ai dit.

— Oh, super. Une insulte, maintenant. J'ai pas dormi. Je m'inquiétais.

— On n'a pas bougé d'ici. »

Elle a marché vers le bar et s'est assise sur un tabouret. Elle s'est tournée vers moi. « J'essaie d'être ton amie. Tu mérites mieux que toute cette merde, Tauk. Et y a personne pour te le dire.

— On a juste tapé le bœuf dans un bar. C'était fun.

— Ouais. Bien sûr.

— Je suis désolé d'avoir été comme ça au téléphone. C'était pas cool, avec tout ce que t'as fait pour moi. Mais on venait de se raconter des trucs. C'était intense. Blue a connu ma mère…

— Connu ?

— Et mon père.

— Mais encore ?

— Je crois que je connais pas la vérité sur ce qui

lui est arrivé. Et je crois que j'ai toujours su que je savais pas la vérité. »

Megan m'a pris par la main. « Je suis désolée pour toi. »

J'avais tellement envie de l'embrasser.

Un Blue propre comme un sou neuf est ressorti de l'arrière-salle. Il avait les cheveux mouillés et noués en arrière. Il portait une chemise violet sombre, repassée. Une paire de lunettes, un livre sous le bras.

« Bon Dieu, rentrez chez vous maintenant, il a dit.

— Blue, je te présente la copine de Jason, Megan, j'ai répondu.

— Je vois. »

Le visage de Megan s'est durci. « Vous savez où est sa mère, ou pas ?

— Non. Je sais pas. Si je le savais, je lui dirais que je suis désolé.

— De quoi ? a demandé Megan.

— J'étais là la nuit où il est mort. La nuit où ils l'ont tué. »

Quand il a prononcé ces mots, quand il les a juste laissés échapper, quand il les a dits tout haut sans prendre le temps de les soupeser, je me suis senti tellement cassé, tellement brisé en deux, comme si la lune avait été cueillie du ciel.

« Qui ça, "ils" ? j'ai demandé.

— Il y avait ce type qui connaissait ta mère. Les deux autres étaient juste des animaux. Ça n'avait pas de sens. C'était horrible. Tellement horrible. Je revois encore ta mère en train de se débattre, de hurler… Je suis désolé.

— Ma grand-mère m'a dit que c'était juste une junkie. Que la vie de gang lui plaisait. Qu'elle m'a abandonné pour ça. Juste une junkie.

— Nan, *boy*. Personne est juste quoi que ce soit. Sur ce, il faut que j'y aille.

— Où ça ? j'ai demandé.

— Ça te regarde pas, petit curieux. »

Mais il m'a montré le livre.

« Sertissage des vitraux au plomb ? C'est quoi ça, putain ? » Les fenêtres. J'ai levé les yeux vers le mur du fond – le dauphin, la fleur de lys, le coucher de soleil, la lune, la libellule.

« T'as déjà découpé du verre, *boy* ? T'as l'impression d'être un magicien. Quand on pète du verre, on se sent comme un animal ; quand on le découpe, on se sent comme un magicien. Y a eu tellement de verre brisé, cette nuit-là… Depuis, j'ai décidé de faire des belles choses avec des éclats de verre. »

Il s'est dirigé vers la porte, l'a ouverte, et il est sorti dans le matin d'un pas léger, en sifflotant.

JADE ET TOKO

Toko a vendu sa maison du bord de mer et convaincu son père de lui vendre le bateau. Jade a apporté un couffin en osier, des draps en coton et les couvertures de bébé les plus douces qu'on puisse imaginer.

Ils allaient se marier et vivre dans le bateau. Un jour, peut-être, ils s'achèteraient une maison. Mais, pour l'instant, le bateau leur suffisait. Ils étaient tombés amoureux et avaient inventé un système pour pouvoir vivre ensemble sans rien casser, sans se casser l'un l'autre.

« Notre bébé va se plaire ici », se disaient-ils dans le petit lit de la petite cabine du petit bateau qu'ils avaient baptisé *Felicity*.

Il ou elle se laisserait bercer chaque soir, tandis qu'allongés là ils écouteraient le bruit de l'océan.

Le soir, Jade et Toko cuisinaient du poisson frais, de la langouste ou la chair noire des *pāua*. Parfois, ils ramendaient les filets ensemble ou réparaient le grillage des casiers à langoustes. Parfois, Toko devait enfiler sa combinaison de plongée, son masque et son tuba. La grosse bouteille pesante, aussi. Et Jade s'asseyait sur le pont, à surveiller l'eau, les mains sur son petit ventre rond, jusqu'à ce qu'il remonte à la surface.

Elle aussi, elle aurait voulu pêcher en l'attendant, avec une canne. Mais elle n'en faisait rien.

Une fois, il l'avait emmenée plonger pour chercher des *pāua*. Il lui avait donné un masque, un tuba et des palmes, et ils avaient sauté par-dessus bord. Ils avaient évolué ensemble sous la mer, et les cheveux de Jade se déployaient au-dessus d'elle et son ventre se désolidarisait de sa colonne. Toko avait montré quelque chose en lui prenant la main. Ils avaient avalé une grande bouffée d'air à travers leurs tubas, et ils étaient descendus vers un rocher.

Les crustacés se laissaient flotter, lui avait-il expliqué. Il fallait trancher leur attache avant qu'ils ne sentent le danger. Sinon, ils faisaient ventouse sur le rocher et il fallait s'y prendre à plusieurs. Décrocher un *pāua* effrayé était déprimant, avait-il avoué. Elle avait aperçu les coquillages sur le rocher, et ils semblaient bien accrochés. Mais elle s'était tournée vers Toko, qui lui avait fait un signe de la tête, alors elle avait frappé vite et glissé le poignard dessous, avait senti le crustacé tenter de se plaquer contre la roche, mais trop tard. Elle l'avait eu. L'animal n'avait pas senti le danger, et elle le tenait. Chaud au creux de sa main.

Ils n'avaient pris que ce *pāua*, ce jour-là.

Jade n'en voulait qu'un seul, et Toko s'était dit qu'il valait mieux n'en cuisiner qu'un.

Toko a décortiqué le crustacé et mis les viscères de côté pour Hēnare.

« Tu les manges pas ? s'est étonnée Jade.

— Non, je n'ai pas l'estomac aussi bien accroché que le vieux. »

Jade a martelé la chair du fruit. Elle l'a découpée, puis l'a fait mijoter avec ail et oignon. Elle était tendre à manger, lisse, douce parce qu'elle n'avait pas senti le danger.

Leur système allait s'améliorant, fluide comme une marée. Une seule chose était figée. Une seule chose était sûre, une seule chose la faisait se sentir comme une femme avant tout. À la fin du dîner, elle a dit : « Maintenant, casse-toi de mon carré ! »

Elle allait tout nettoyer seule. Et elle aimait ça, parce qu'elle savait que personne n'allait revenir faire la fête, personne n'allait revenir pour boire et fumer et balancer de la nourriture sur les murs et pisser dans les coins.

Elle passait son spray et épongeait, heureuse de savoir que la prochaine personne qui allait mettre un peu de désordre, ce serait elle.

Les soirs où il faisait chaud, ils montaient s'asseoir sur le toit de la timonerie, jambes tendues devant eux, assiettes du dîner sur les genoux.

Et Toko récitait le *karakia mō te kai* avant qu'ils ne mangent, et elle l'aimait pour ça. Elle l'aimait pour tant de choses. Il était homme. Elle était femme.

Ranginui. Papatūānuku.

La sœur de Toko, Aroha, était sage-femme. Elle venait régulièrement s'assurer que tout allait bien. Elle leur apportait les choses dont ils avaient besoin et profitait chaque fois de ces visites pour leur dire qu'il fallait rentrer à la maison. Elle leur disait qu'ils n'avaient plus aucune raison de s'inquiéter.

Un jour, Aroha est arrivée tôt pour venir chercher les prises du matin et les rapporter à son père, qui les vendait pour Toko.

Quand Aroha est descendue de son pick-up, Jade a vu depuis la timonerie qu'elle avait un grand carton sur les bras. Jade l'a reconnu. Elle se rappelait encore le jour où Mlle Matt l'avait apporté à la Maison, avec les meilleures intentions du monde. Elle se revoyait en train de fouiller le carton comme s'il s'était agi d'un coffre au trésor verrouillé, Head lui apprenant à lire *La Petite Sirène* car c'était l'histoire préférée de Felicity.

« La police a récupéré ça dans la Maison. On va la démolir. Il n'y avait pas grand-chose à garder. Mais ils ont trouvé ça. Il y a ton nom dessus. Ils ont pensé que, peut-être, tu aimerais l'avoir. »

Jade n'a pas remercié Aroha. Elle n'a pas souri non plus. Elle a descendu le lourd carton dans le bateau et l'a remisé dans un placard qui fermait à clé.

ĀRAMA

On partait camper.

C'est ce que Beth a dit quand je suis allé chez elle, parce qu'il n'y avait pas un bruit dans ma maison, et que Tante Kat était nulle part.

« Salut, Ari, elle a dit quand je suis entré dans la salle. Papa a dit qu'on partait camper. Aujourd'hui. Il a appelé ta tante, aussi. T'as le droit de venir. À vrai dire, c'est mieux si tu viens », a dit Beth, sans quitter la télé des yeux.

C'était bizarre. J'avais pas vu Tante Kat en me levant, je l'avais pas entendue.

« Il est où, ton papa ?

— Avec les vaches. »

Sur la télé, Django, M. Candie et Doc étaient dans une pièce, assis autour d'une grande table brillante, il y avait des bougies d'allumées et une statue d'homme, le cul nu. M. Candie a posé un crâne sur la table. Il a dit que c'était celui d'Old Ben.

Puis il a pris une scie, comme celle que Tom Aiken avait utilisée pour couper notre sapin de Noël, mais en plus petit, et il a découpé le crâne avec, et le bruit de la scie ressemblait à celui de l'arbre coupé pendant qu'on faisait le guet pour voir si le vieux pote de Tom Aiken allait pas débarquer. Et une fois qu'il a eu ouvert le crâne, il a arraché un morceau et l'a montré aux autres, en disant qu'il pouvait voir qu'Old Ben n'avait rien d'un Isaac Newton ou d'un Galilée – je savais pas qui c'était –, à cause de trois petites rides à l'intérieur de son crâne.

M. Candie a dit un truc que j'ai pas entendu parce que j'étais trop occupé à regarder ses dents noires beurk.

« … Pas embrassé par le génie », a murmuré Beth, en répétant ce qu'il disait, mais ça voulait rien dire. Elle avait les yeux fixés sur la télé, sans cligner des paupières, la bouche ouverte.

Et alors j'ai pensé à mon crâne à moi, comme une salle où brûlaient des bougies, et M. Candie était assis au bout d'une table, sciant en mille morceaux le crâne d'Old Ben.

« Bon, ben, je vais rentrer à la maison, Beth, j'ai dit.

— Ouais, et faire ton sac, elle a répondu. Le mien est prêt. »

En marchant sur la piste en graviers de la maison, je me sentais lourd, comme ça m'arrivait tout le temps maintenant. Mon cerveau était lourd dans mon crâne.

J'avais cru qu'un jour la vie redeviendrait normale. Plus d'Oncle Stu ou de M. Candie, ni de matin sans un bruit où je savais pas où se trouvait tout le monde.

Je commençais à piger. La vie revenait pas. Elle continuait juste de courir en avant, comme un train sans conducteur, et des gens tombaient, et elle s'en tapait. Il fallait qu'elle aille quelque part.

La lourdeur a vraiment commencé après que j'ai rêvé que Taukiri m'avait appelé pour me dire qu'il reviendrait pas. Quand je me suis réveillé, Tante Kat avait l'air désolée pour moi et ma boîte à lunch All Blacks que j'avais laissée ouverte sur le comptoir de la cuisine, comme je le faisais avant pour que Maman puisse la remplir, était cassée par terre. Après, Oncle Stu m'a attrapé par le col et m'a regardé droit dans les yeux et m'a jeté sur le plancher, et j'arrivais toujours pas à savoir à quel moment j'avais pissé dans mon froc. Je m'étais dit que c'était quand il avait frappé avec sa chaussure, mais c'était sans doute plutôt au moment où il en a eu terminé avec moi et où il a balancé ces trois mots à Tante Kat. Les trois pires mots que j'aie jamais entendus. Et ils m'ont sauté dessus et se sont enfouis en moi et ils étaient passés où, maintenant ?

Est-ce qu'ils étaient toujours dans mon corps, en train de se transformer en quelque chose de terrible ?

J'aurais voulu en parler à Nanny, mais Nanny répondait pas au téléphone.

J'avais pas vraiment envie d'aller faire du camping, et c'était ça le pire. J'en avais pas envie.

Si Maman et Papa et Taukiri étaient venus avec moi, mes sacs auraient déjà été faits. J'aurais été prêt pour l'aventure et le ciel étoilé immense au-dessus de nous. Mais là, malgré Oncle Stu qui dormait au fond du couloir et les mauvais rêves – des rêves qui devenaient de pire en pire, et y avait parfois dedans des hommes avec des masques blancs qui venaient pour nous tuer, Beth et moi, ou nous mettre dans la cage à suer, et M. Candie qui lâchait sa meute de chiens sur nous –, mon lit dans la maison de Tante Kat était le seul endroit où j'avais envie d'être.

Mais j'allais partir camper. J'étais courageux.

Les gens ne savaient plus ça sur moi, mais j'avais du courage, parce que j'allais faire mes sacs et partir.

C'était courageux, même si les gens le voyaient pas.

En rentrant à la maison, je suis allé dans la cuisine.

Tante Kat était en train de remuer quelque chose dans un saladier. Elle a relevé la tête.

Elle avait un œil au beurre noir.

Et moi, je suis resté bloqué dessus, parce qu'il me filait une telle frousse. Pas juste parce qu'il était si moche et semblait faire si mal, non, mais parce que j'avais rien entendu la nuit d'avant, comme c'était le cas d'habitude. Pas un bruit. Pas de cri, pas d'objets éclatés par terre ou cassés. Ce matin-là, j'avais pas vu de nourriture par terre.

Rien qu'un œil au beurre noir. À cause d'un coup de poing. Oncle Stu avait frappé ma Tante Kat dans l'œil, sans faire de bruit, et moi j'avais continué de dormir comme si de rien n'était. Comme une personne vivant dans un appartement l'aurait fait si elle avait vécu dans celui de tout en bas ou quelque part au milieu, et qu'elle avait pas entendu un orage venir.

Je le détestais.

Quand je pensais que je commençais à détester Taukiri, c'était pas de la haine. C'était juste de la colère. Ça, c'était de la haine.

J'étais censé préparer mes affaires pour partir camper avec Tom Aiken et Beth, mais Tante Kat se traînait en pyjama avec un œil au beurre noir, et je me disais que ce serait pas une bonne idée de la laisser toute seule. Parce qu'en fait je l'aimais vraiment. Et je voulais pas qu'elle se demande si je l'aimais.

Alors j'ai dit : « Bonjour, Tante Kat.

— *Mōrena*, Ari. T'es invité à aller faire du camping avec Tom Aiken et Beth. Je te prépare des cookies à emporter. Une recette que ta mère m'a apprise. »

Tante Kat n'avait jamais parlé de ma mère sans que j'en parle d'abord.

« Tu veux que je t'aide ?

— Ce serait gentil. Va me chercher des pépites de chocolat dans la réserve, tu veux bien ? »

J'ai trouvé le paquet et je l'ai rapporté à Tante Kat.

« Tu veux bien me prêter tes muscles une minute, Ari ? »

Elle m'a tendu le saladier et la cuillère en bois, et je me suis mis à tourner très fort. Je sentais l'odeur du beurre et du sucre mélangés.

« Ta maman en faisait pour toi, hein ? »

J'ai continué de tourner. Sans répondre.

« On n'est pas obligés de parler d'elle. Je suis désolée de pas t'avoir demandé comment tu te sentais. Comment tu te sens ?

— Je sais pas. Et toi, tu te sens comment d'avoir un œil au beurre noir ?

— Comme une merde.

— Moi aussi, j'ai dit. Maman me faisait des cookies. » J'ai remué la mixture. Puis je me suis de nouveau senti courageux. « Pourquoi Oncle Stu t'a fait un œil au beurre noir, Tante Kat ?

— Parce que c'est un connard, mon chéri. Voilà pourquoi.

— C'est vraiment un connard. Tu pourrais pas venir avec nous, Tante Kat ?

— Où ça ?

— Camper.

— Oncle Stu aura sans doute besoin d'aide.

— Mais c'est un connard, il devrait se débrouiller tout seul. »

Le pick-up de Tom Aiken s'est garé devant la maison.

« Merde, a dit Tante Kat. Je les ai même pas encore mis au four.

— Viens avec nous, Tante Kat. S'il te plaît. »

Et, pour la première fois, j'ai vu que ma tristesse était un peu magique.

« OK », elle a dit en glissant la plaque de cookies dans le four.

Tante Kat a dit à Tom Aiken et à Beth d'entrer et de s'asseoir à table pendant que les cookies cuisaient et qu'elle faisait son sac. D'abord, elle a préparé un café pour Tom Aiken.

« Qu'est-ce qui s'est passé, Kat ? a demandé Tom Aiken.

— Stu. Une de ses crises. »

Tom a croisé les bras. Beth et moi, on est restés bien immobiles, comme on le faisait souvent quand on voulait que les adultes continuent leur conversation et qu'on savait qu'ils le feraient pas s'ils se rappelaient qu'on était là.

« Pourquoi tu supportes ça ?

— Je sais pas. Pourquoi les gens font tout ce qu'ils font ?

— Je veux dire, après ce qui s'est passé.

— Arrête, Tommy, c'est quand même différent. Stu est pas un gangster. C'est juste un grincheux.

— Tu te fais des illusions… c'est un plouc, le con parfait qui sait pas garder ses pensées ou ses coups pour lui. Si Toko était là… »

Tante Kat a frappé de sa main sur la table.

« Il est pas là. Tout le monde est parti, pas vrai, Tommy ? Même ma mère et mon père, qui disaient : “Oh, Gore Bay est tout près d’ici, Kat… on se verra tout le temps.” Est-ce que je les vois tout le temps ? Non. Jade aussi s’est tirée, et Tauk, et bien sûr que c’est mieux comme ça, mais est-ce qu’il y a quelqu’un qui veut rester ici ? Non. »

Je me suis demandé qui était Jade, et Beth avait le même air que chez elle, tout à l’heure, quand elle matait Django en douce. La bouche grande ouverte, comme si elle était capable d’avaler tout un saladier de pop-corn.

JADE ET TOKO

Ils se sont mariés dans une petite église abîmée près de la mer. Le lundi, ils se sont présentés à la maison de Colleen et Hēnare au pied de la montagne pour leur annoncer qu'ils allaient se marier, et le samedi matin ils se réveillaient mari et femme. Un enfant déjà en chemin.

Les membres de leur *whanau* remplissaient la petite église. Tommy avait remonté l'allée avec Jade à son bras. Aroha et Kat, debout en face de leur frère, tenaient des bouquets de fleurs. Colleen et Hēnare étaient assis au premier rang. Jade ne voyait que Toko.

Cela faisait longtemps qu'ils n'avaient pas quitté le bateau, et tout le monde demandait à Toko où il était passé. Il répondait qu'il avait été occupé et que maintenant il se mariait.

« On ne la connaît même pas », regrettaient les gens.

Et ils comméraient à propos de son ventre rond et des lèvres crispées de Colleen.

Toko et Jade ont été heureux de retrouver le bateau, mari et femme, loin de tous ces gens.

Pour leur lune de miel, Toko n'a pas pêché pendant quelques jours. Ils ne sortaient du lit que pour cuisiner et plonger nus dans la mer.

Toko la taquinait. Il nageait sous le *Felicity*, jusqu'à l'autre bord, et Jade lui hurlait d'arrêter ces jeux.

« Ramène ton cul noir ici ! Arrête de jouer au con ! », alors il repassait sous le bateau, lui attrapait les pieds – elle se débattait en couinant – et la tirait à lui, contre son *tā moko*, la vague recourbée d'un noir profond tatouée sur son torse et le long de son bras. Jade la suivait du doigt et lui demandait ce qu'elle signifiait, et Toko lui répondait qu'elle signifiait qu'il était un guerrier et mourrait très vieux. Qu'ils feraient un tas de bébés, qui deviendraient en grandissant aussi forts qu'elle.

Elle éclatait de rire. « Tu mens.

— Je mens pas, mon tatoueur savait que j'allais te rencontrer. Regarde, tu es là… », et il pointait du doigt une forme qui aurait pu être un oiseau minuscule volant vers la vague incurvée de Tangaroa. Toko souriait.

« Bien, disait-elle. C'est bien. »

Assis sur la timonerie, ils admiraient le coucher de soleil.

Toko jouait de la guitare et chantait. Parfois, un *waiata* maori. La préférée de Jade était une chanson d'amour : *Akoako o te Rangi*.

« Joue-la encore », disait-elle.

Il la rejouait.

« Ça raconte quoi ? demandait-elle à son futé de mari.

— Un *Pākehā* a écrit les paroles, pour qu'on les traduise en *te reo māori*, donc elles sont tragiques.

— Dis-moi juste ce que ça raconte, petit malin.

— Ça raconte que je t'ai vue et que je suis tombé amoureux, que tu m'as quitté, et qu'alors je me suis caché sous un arbre avec le cœur brisé et que j'ai pleuré, femme, à cause de toi.

— Et qu'est-ce qui s'est passé, ensuite ?

— Je suis resté seul pendant une éternité.

— Et puis ?

— La musique est venue me trouver et m'a dit : "Réveille-toi, Toko. Il n'est pas d'obscurité que l'amour ne puisse illuminer."

— Qu'est-ce que t'as fait, alors ?

— J'ai arrêté de pleurer sur toi. Je suis allé me chercher une autre femme. »

Elle le giflait. « Et après ?

— Après les deux ou trois femmes suivantes, tu veux dire ?

— Oui, Roméo. Après elles.

— Eh bien, après elles, j'ai eu besoin d'un nouveau défi, alors je suis parti à ta recherche. J'ai roulé jour et nuit pour toi. Et je t'ai prise pour épouse. Mon défi, c'est de faire de toi une femme respectable.

— Qu'est-ce que tu feras de moi quand je serai respectable ?

— Oh, tu ne seras jamais respectable. Je ferai tout pour. »

Alors elle se déshabillait et plongeait dans la mer. Elle avait l'impression d'être magique, dans ces moments-là. Comme une sirène.

La sœur de Toko, Aroha, venait la voir au bateau.

Aroha était comme son frère. Belle et sensible et intelligente. Elle se frayait son chemin dans le monde des *Pākehā*, se disait Jade. Jade se sentait tellement en sécurité avec elle, avec ses opinions et son savoir et son *mana*.

Elles faisaient de longues marches au bord de la

mer, parce que, selon Aroha, c'était bon pour le bébé. En marchant, elles parlaient.

Une fois, Aroha a dit : « Kat s'est trouvé un petit copain très mignon.

— Ah bon ? J'aimerais bien la voir, un jour. Amène-la avec toi. »

Aroha a éclaté de rire. « Ouais, c'est ça. Bonne chance. Celle-là, pour qu'elle s'engage à faire quoi que ce soit… »

Mais Aroha avait fini par amener Kat pour un dîner sur le bateau, et Jade en avait fait des tonnes. Elle était bien enceinte, désormais, la naissance devait avoir lieu d'un jour à l'autre.

Toko les avait laissées entre elles. Pas de place pour quatre dans ce bateau, avait-il affirmé. Il était allé au Craypot, pour jouer au billard avec Tommy.

Kat a débarqué, une émeute à elle toute seule, ne prenant rien au sérieux, libre et facile, dix-huit ans à peine. Elle portait un dos-nu rose avec un profond décolleté et un jean bleu pâle ultra-moulant. Ses cheveux de soie lui descendaient quasiment jusqu'aux fesses. Elle avait mis de l'eye-liner et du blush, sentait comme une parfumerie.

Aroha avait apporté du mousseux et du jus d'orange, et Jade avait préparé une tourte au poisson fumé. Kat était venue avec un pack de bière. Elles se sont entassées dans la minuscule timonerie. Jade a dû s'asseoir sur le siège du capitaine, Kat et Aroha sur des caisses retournées.

Jade a renversé une caisse de bananes pour accueillir le plateau de fromages et de crackers.

Aroha a fait sauter le bouchon du mousseux et rempli les verres. Jus d'orange pour Jade, bulles pour les sœurs. Et elles ont porté un toast au fait de se rencontrer enfin et Kat a vidé son verre, elle a hurlé « Cheee-hoooo ! », puis : « Ça, c'est ce que j'aime. Fais-le-nous sortir ce bébé, Jade, qu'on puisse toutes aller en ville et faire la teuf ! »

Aroha a servi un jus d'orange à sa petite sœur. « C'est pas pour tout de suite. »

Kat a ignoré son verre de jus, elle a pris une bière dans le carton, l'a décapsulée. « J'vais retrouver les filles tout à l'heure. Pas question de boire du jus, ça c'est clair. »

Jade est allée chercher la tourte au poisson dans son carré. Aroha lui a dit de s'asseoir. Elle s'occuperait des assiettes et des fourchettes.

« Pas de tourte pour moi, manger c'est tricher », a déclaré Kat, et elle a bu une gorgée de sa bière.

Jade lui a demandé : « T'es toujours avec ce type mignon, Kat ?

— Ah non, putain, c'était vraiment un rabat-joie.

— Des visées sur quelqu'un ?

— Eh bien… »

Jade a découpé une part de tourte pour elle, une autre pour Aroha.

« Raconte-nous, allez, a dit Jade.

— Je sais déjà ce que tu vas dire, mais essaye de garder l'esprit ouvert, d'accord ?

— Dis-nous, c'est bon, a râlé Aroha.

— Stu.

— Quoi, genre Stuart Johnson ?

— Oui, Stuart Johnson. C'est lui qui m'a branchée. Il est tellement adorable. Il est à l'aise maintenant qu'il a la ferme de son père. Il dit qu'il a tellement d'argent que, si je me marie avec lui, j'aurai jamais besoin de travailler. Je pourrai rester à la maison à lui préparer de bons dîners et à me vernir les ongles.

Aller déjeuner en ville avec mes copines. » Kat a éclaté de rire alors, un vrai grand rire. « Je veux dire, il blaguait totalement, il flirtait, genre à fond, tu vois. “Si t'étais à moi. Bon Dieu, si t'étais à moi…”, il disait. Et merde, quand il a dit ça, eh ben mes jambes se sont mises à flageoler. Ça m'était jamais arrivé. Je veux dire, personne m'a jamais parlé avec autant de, autant de… c'est quoi le mot ? »

Jade a suggéré : « Culot ?

— Oui ! De culot. Il flirtait de fou. Putain, c'était chouette. »

Aroha a mangé une bouchée de tourte. Elle a mâché lentement, a avalé, a bu une gorgée de mousseux. « Tu l'as dit à Toko ?

— Ah non, putain. Et toi non plus, t'as pas intérêt à lui dire. Il ferait tout foirer.

— Je sais pas, Kat. Je veux dire, j'ai pas vraiment de raison de pas aimer Stu… je trouve juste vraiment pas bien qu'il te coure après comme ça. C'était l'ami de Toko.

— Et alors ? Ils sont plus amis.

— Pourquoi ça ?

— Eh bien, en gros, parce que Toko se la pète trop.

— C'est ce que dit Stu ? Sur ton frère ? Et toi, ça te dérange pas ? »

Kat a changé de sujet. « Et Jack, alors ? Comment il va ?

— Super.

— Évidemment, a commenté Kat. Il va toujours bien. »

Aroha et Jade ont fini de manger, Kat a vidé six bières, et alors il fallait qu'elle y aille. « C'est l'heure d'aller draguer avec mes copines », a-t-elle annoncé en riant, puis elle a découpé une part de camembert, l'a posée sur un cracker et a enfourné le tout dans sa bouche. En mâchant, elle a dit : « J'ai intérêt à blinder mon estomac. Ah ! Ça va être la folie au Craypot, ce soir.

— C'était cool de te voir, a dit Jade.

— Yep, je trouve aussi, a répondu Kat. Je reviendrai te voir quand ton *pēpē* sera là. »

Quand Kat les a laissées, Jade a demandé à Aroha : « Tu crois qu'on devrait le dire à Toko ?

— Non, ça va vite lui passer. Si on le dit à Toko, il va péter les plombs et Kat fera sa têtue. Elle aura encore plus envie de Stu. Il est pas méchant, je crois. Juste un peu con. » Elle s'est coupé un autre bout de fromage. « Elle va s'en rendre compte toute seule. »

Le lendemain matin, Jade découvre une tache rose pâle au fond de sa culotte.

Les contractions atteignent leur pic à minuit. Et la douleur arrive, si bonne. Si profonde et si méritée. Elle est dans le carré quand la poche des eaux se rompt. Elle prend du désinfectant et une serpillière pour nettoyer tout ça.

Toko s'assoit au bord du lit pour qu'elle puisse le serrer. Elle s'accroche aux bras de Toko et plante ses ongles dedans en gémissant : « Oh, mon Dieu… »

Toko essaie de se lever.

« Je vais aller chercher Aroha, dit-il, mais elle le retient, le clouant presque au lit.

— Non, dit-elle.

— Mais la douleur ?

— Ça va, ça va. » Mais elle est emportée dans le courant violent d'une nouvelle contraction, elle hurle et elle veut juste qu'il reste assis et la laisse le serrer, mais il ne peut pas. Il se dégage de son étreinte.

« On a besoin d'Aroha, dit-il.

— Très bien. Va la chercher. Va chercher ta sœur, Toko. Elle va le faire à notre place. Elle le fera mieux.

— C'est quoi, ton problème ? »

Où est passé son Toko sûr de lui ? Son homme qui sait tout faire, n'a besoin de personne, peut-être même pas d'elle. « Vas-y, c'est bon », dit-elle.

Elle espère que leur bébé va naître pendant qu'il sera parti chercher Aroha, et alors il sera tout penaud.

Pendant son absence, il faut qu'elle tienne bon. Tenir bon contre trois longues contractions, dures et sèches comme des coups de poing. Et ces contractions lui donnent l'impression d'être cruellement abandonnée.

En voyant Aroha courir sur le quai en direction de la passerelle, un sac à la main, le chignon bien serré, en chemise de coton et pantalon vert pâle, et Toko qui court derrière elle avec une bonbonne de gaz, Jade a envie de verrouiller la porte et de lever l'ancre, mais elle n'a plus d'énergie. Demain peut-être, se dit-elle.

« Comment va notre maman ? demande Aroha en posant le grand sac sur le lit, puis elle corrige : Notre presque maman ?

— Bon Dieu, grogne Jade. Si j'avais voulu l'hôpital, j'y serais allée.

— Pas question de prendre le moindre risque. Tous les scénarios possibles sont couverts, dans ce sac. Bon, comment est ta douleur ?

— Parfaite.

— Ce qui veut dire quoi, exactement ? Sur une échelle de un à dix. »

Toko se tient debout derrière sa sœur. Et Jade a envie de lui hurler dessus.

Au lieu de quoi, elle ricane. « Zéro. »

Alors une contraction s'abat sur elle, une lente brûlure qui serre à l'intérieur, et, putain, ça fait mal. Oh, mon Dieu, ce que ça fait mal et, oh, c'est si beau, songe-t-elle. Aroha, qui se dresse toujours entre Toko et Jade, fait le geste de prendre sa main, mais Jade la repousse.

« Aide ta femme, Toko, dit Aroha. Allez, reste pas planté là à ne rien faire. »

Le temps que Toko s'approche de Jade, la contraction retombe déjà, cède, abandonne, et Jade décide qu'elle le quittera demain dès les premières lueurs du jour. Elle le quittera en emportant leur bébé, et Toko ne le reverra jamais parce que c'est un putain de bon à rien.

Il faut qu'il le sache, alors elle lui dit : « Pourquoi tu t'en vas pas juste, Toko ? Ta sœur est là, maintenant. Elle va s'occuper de tout, maintenant. Casse-toi de là, mec. »

Il a l'air abasourdi par ses paroles, son langage, l'éclat dans ses yeux.

Jade entend Aroha le consoler. « Ne l'écoute pas. Elle a mal.

— J'ai dit zéro ! hurle Jade.

— Mets-toi contre elle, Toko, dit Aroha.

— Écoute ta sœur », grogne Jade tandis qu'une autre contraction commence à bâtir une maison dans son utérus, une grande maison faite de pierres rondes et chaudes.

Il s'approche d'elle et se penche, et sa sueur a une odeur merveilleuse comme toujours, et la contraction monte dans le ventre de Jade et elle serre la main de Toko. « Hein ? » dit-elle, sa propre sueur ruisselant sur sa lèvre, puis son menton, puis goutte sur le bras de Toko. « Pourquoi tu te casses pas, juste ? » Et elle l'empoigne par le coude. « T'aurais même pas dû t'embêter à revenir. »

Il pleure, à présent. « Je suis désolé. »

Elle hurle de douleur. « Tu devrais juste te tirer pour toujours !

— La douleur, là ? » dit-il, et il l'embrasse.

Mais elle est tout juste capable de hurler.

Alors Aroha leur dit que c'est le moment pour Jade de pousser.

Jade tourne sur le lit, puis se redresse, elle pivote et se roule comme un chat. Si elle doit se retourner comme un gant, est-ce que tout ce qu'il y a à l'intérieur va tomber par terre, son cœur, ses poumons, ses *tīpuna* – ses ancêtres ?

Elle s'accroupit au bout du lit. Toko est debout à côté d'elle, il lui frotte le dos.

« Non », dit Aroha. Et elle le pousse vers le lit. « Assieds-toi. » Puis doucement, tout doucement, elle pousse Jade vers lui. « Serre-la dans tes bras », ordonne-t-elle. Et Jade se dit que c'est la meilleure chose qu'elle ait faite, même si ça n'était pas contenu dans son sac à malice.

Toko passe ses bras sous ceux de Jade, et elle s'accroche à sa taille et pose la tête contre son ventre. Elle pousse et il sanglote. Il sanglote et sanglote.

« Oh, *baby*, tu es si courageuse », dit-il.

Mais alors ses sanglots se font trop sonores, trop vils, et on dirait que cela gêne Aroha. Elle crie : « Calme-toi, Toko ! Je n'arrive plus à me concentrer. »

Mais il ne peut pas. Il ne peut vraiment pas. Et Jade l'adore pour cela.

Alors Jade est en colère après Aroha, parce que Toko pleure à cause de sa douleur, il sanglote à cause de sa douleur, et il la ressent. Et rien ne pourra jamais remplacer cela. Aucun sac, aucun savoir, aucune chemise d'un blanc immaculé.

Et tandis que Jade propulse leur bébé dans ce monde-ci, elle prend la résolution de ne jamais, jamais quitter son Toko. Pas de départ demain matin, au petit jour, avec le bébé qu'il lui a donné. Ce n'est pas un connard, il ne le sera jamais.

Aroha tient leur bébé dans ses mains, à présent, et ils entendent son petit cri, et Jade lèche une larme sur le visage de Toko et se relève tant bien que mal, sur ses jambes tremblantes, et elle arrache son tee-shirt et prend son bébé et presse ce beau bébé soyeux contre son sein, recroquevillée au pied du lit.

Toko vient se glisser derrière elle. « Je suis tellement désolé, dit-il.

— Y a de quoi.

— Vraiment, je suis désolé.

— Alors chante un *waiata* pour ta famille. »

Toko chante *Akoako o te Rangi*.

Aroha va dans le carré de Jade pour faire bouillir de l'eau.

TAUKIRI

Chez Megan, on a mangé des restes de plats chinois dans le salon. J'ai pris un petit pois dans mon riz frit et je l'ai jeté sur elle. « Tiens, princesse. »

Elle a quitté la pièce.

« Hey ! j'ai crié. Fais pas ta princesse précieuse. »

Elle est revenue les mains dans le dos. « Si je te donne quelque chose, je veux quelque chose en retour. » Et elle a sorti une enveloppe qu'elle a tendue devant elle.

« C'est quoi, ça ?

— Des photos. Vieilles. De May… enfin, du tout nouveau connard de petit copain de May. Personne ne viendra les réclamer. J'espère. »

J'ai ouvert l'enveloppe et sorti les photos. Il y en avait une d'une chauve-souris allongée dans de l'herbe. Une autre d'un cadenas éclaté. Et des traces de dérapage sur une route.

Les photos étaient froides et légères entre mes mains. Je sentais l'huile sur mes doigts s'infiltrer dedans. J'ai regardé, regardé, et Megan m'a laissé, sans me demander ce que je pensais ou ressentais en voyant ces images, ou pourquoi je voulais les regarder, pourquoi j'étais encore en train de les regarder. Pourquoi je ne bronchais pas.

Elle m'a juste laissé. La chauve-souris. Le cadenas. Les traces de dérapage.

J'ai posé les photos sur la table basse.

« Je veux quelque chose en retour, elle a dit. Je veux une histoire.

— Pourquoi May ? Elle est quoi, pour toi ?

— C'était mon amie. Autrefois. Je l'ai perdue de vue. Quand on m'a demandé de prendre sa photo au commissariat, ça faisait un siècle que je ne l'avais pas recroisée. J'avais du rouge à lèvres et mes cheveux étaient impeccables. Elle, c'était une épave. La lèvre fendue, une sale peau, elle avait pris du poids. Des cernes tout noirs. J'ai vu à quel point elle avait honte en me voyant. Si peu de temps s'était écoulé – un an à peine – et on était tellement différentes. Ce qu'elle s'est infligé…

— S'est infligé ?

— Ce qu'elle a laissé faire ? Accepté ? Je ne sais pas. Elle a lâché le volant… juste une seconde. Ça suffit, Tauk.

— Elle travaille à l'usine… au café.

— Comment le sais-tu ?

— Je l'ai croisée dans la rue, j'ai vu son tee-shirt de l'usine. » Je me sentais mal de mentir à Megan, mais je voulais pas perdre sa confiance. « Va la voir.

— Allez, Tauk, a dit Megan. Je t'ai donné ces photos pour que tu me racontes ton histoire.

— C'est pas très équitable.

— Paie ton loyer, alors.

— C'est bon. J'ai une histoire de fantôme, si tu veux.

— Une histoire vraie ?
— Bien sûr.
— Une histoire triste.
— Terriblement. »

Elle s'est levée pour éteindre la lumière, elle a pris une boîte d'allumettes et allumé une bougie. « Raconte-la-moi bien comme il faut.

— Comme je m'en souviens », j'ai dit.

Elle a hoché la tête et l'a posée sur mes genoux, et, vu que je savais ce que j'allais lui raconter, sa tête sur mes genoux ne m'a pas fait bander. J'ai demandé : « Et si ton copain rentre ?

— Il ne rentrera pas. Il est occupé. Un truc important. Allez, raconte-moi l'histoire de fantôme, Tauk. »

J'ai posé la main sur sa tête. Elle a fermé les yeux.

« Il était une fois moi, petit garçon, et je sais à peine marcher. Le bateau se balance et mon père a étalé tous ces livres devant nous. Ma mère est triste. Elle veut pas de ces livres. Je pleure parce qu'il y a des images dedans. Je veux regarder les images et mon père est d'accord, mais il y a quelque chose, dans ces livres, qui ne plaît pas à ma mère. Elle dit qu'il y a une tache dessus qui s'en ira jamais.

« Mais bon, je vole une image. Je l'arrache d'un gros livre. Une belle image de sirène, avec de longs cheveux verts. Un jour, mon père la trouve sous mon oreiller. Il vient me voir et dit : “Tu as abîmé un des livres de Maman ?”

« Et je vois qu'il n'est pas content. C'était mal, de déchirer le livre de Maman. Et j'ai l'impression de plus être le gentil garçon de mon père. Alors je dis non, c'est pas moi. Et il me répond qu'il faut toujours dire la vérité et qu'il ne m'arrivera rien si je dis la vérité.

Et moi, je le crois, alors je le fais. Je lui dis la vérité. Je lui dis que j'ai effectivement déchiré l'image. Et que je suis désolé, et je pleure. Il me dit qu'il a une super idée, il m'essuie le visage avec son pouce et il dit : “Viens avec moi, mon *tama*.”

« Alors on va marcher le long de la mer, et il me dit de cueillir des fleurs qui sentent bon. Je ramasse un peu de tout, mauvaises herbes, fleurs, brins d'herbe, et je les donne à mon père. Il les prend dans ses grandes mains. Le soleil m'éblouit quand je lève les yeux vers lui. Son visage, ses dents et ses yeux, brillants comme une galaxie. Et j'attrape une touffe de mauvaises herbes, mais elles me piquent comme une méduse. Ça me brûle partout, ma main et mon bras deviennent rouges et pleins de bosses.

« Mon père dit : “Oh, mon *tama*, c'est des orties !” Mais il met quand même la touffe dans sa poche, comme s'il était trop fort pour que les orties lui fassent du mal, puis il fait plein de bisous sur mes mains et mes bras.

« De retour au bateau, on glisse les brins d'herbe, les fleurs et les mauvaises herbes, même les orties, entre les pages des livres de Maman. Je me souviens encore de l'odeur. Les odeurs, c'est dur de s'en souvenir, mais j'ai pas oublié. Parce que plus tard, longtemps après, enfin un temps qui paraît long à un enfant, ma mère s'est mise à me les lire. Et chaque fois qu'elle le faisait, l'odeur des fleurs et des herbes sortait des livres, et elles tombaient d'entre les pages. On n'avait plus besoin de se débarrasser de ces livres, et j'avais le droit de regarder les images chaque fois que j'en avais envie. Et on a rescotché la petite sirène dans son livre. Ma mère disait qu'on était ses héros. »

Megan a ouvert les yeux. « *The end?*

— *The end.*

— Merci », elle a dit.

J'ai appuyé mon pouce, doucement, sur la tache de rousseur de sa paupière. « Pas de quoi. »

J'avais une autre histoire de fantôme, mais je l'ai pas racontée à Megan. Ma mère et moi. Une autre odeur – une odeur sucrée et métallique. Des oiseaux qui saignaient.

Les oiseaux d'encre noire de ma mère saignaient.

Elle était allongée par terre, les yeux fermés.

J'ai peint sa peau avec tout ce sang.

JADE ET TOKO

Ils sont retournés à la ville. Le *whenua* était depuis longtemps enterré sous un arbre, au bord de la mer. Comme une ancre.

Ils ne planquaient plus le bateau. Suffisamment de temps avait passé et leur petit garçon aux yeux verts avait grandi, il avait besoin de bouger.

Il avait besoin de voir d'autres personnes. Et eux, ils avaient besoin que ces gens voient leur beau garçon.

Ils voulaient le montrer au monde.

Et lui montrer le monde. Le monde entier.

Toutes les choses d'avant. Hash, et même Coon, ne pouvaient pas les garder plus longtemps en captivité.

Ils allaient en ville pour acheter des glaces.

Ils rendaient visite à Nanny et à Koro.

Les rides autour de la bouche de Colleen avaient encore leur élasticité. Elles se pliaient en entendant une blague, ou de joie en voyant son *moko*.

Toko, Taukiri et Jade marchaient ensemble dans les rues de la ville.

Parfois, ils s'arrêtaient au Craypot.

Un jus pour Taukiri, ou une boisson pétillante offerte en douce par Bryan, le patron.

Parfois une bière pour Toko.

Il apportait sa guitare, comme avant. Et Taukiri restait assis sur ses genoux, si immobile – si immobile – que Toko pouvait jouer une chanson en entier. Et les yeux du petit garçon de Toko allaient des lèvres de son père à ses doigts qui bougeaient, avant de se reposer sur ses lèvres. Toko tapait du pied et le petit Taukiri regardait et écoutait, bouche bée – abasourdi par les chansons de son papa. Et tout le monde leur souriait.

« Il sera musicien, comme son père, disaient les gens.

— Regardez-le, il est comme hypnotisé par le son, disaient-ils.

— C'est son portrait craché. »

Et quand venait l'heure de rentrer, le serveur, en essuyant ses verres, demandait à Toko de chanter encore une chanson. « Une dernière pour la route, Toko. »

Toko avait toujours le temps d'en chanter une dernière.

Les gens adoraient voir ce Maori chanter ses airs maoris. Les gens dans le Sud le traitaient souvent comme s'il avait été un souvenir.

Toko, Taukiri et Jade grimpaient dans le pick-up et regagnaient le *Felicity*. Les mouettes montaient la garde. Et pas très loin au large de la péninsule, les eaux sombres du canyon de Kaikōura n'étaient pas à craindre. Elles n'étaient pas en colère, et même si elles pouvaient à tout moment briser des morceaux de la terre pour en faire des îles, elles n'en faisaient rien.

Jade ne faisait plus de cauchemars de chiens aux yeux et aux dents jaunes vivant à l'intérieur du bateau. Les pages de ses livres d'enfance étaient garnies de fleurs, d'herbes et de tiges de lin, si bien que ces bouquins ne portaient plus l'odeur de la Maison et n'avaient plus besoin d'être rangés hors de portée. Ils en laissaient quand même quelques-uns dans le carton. Un peu dedans, un peu dehors.

Comme une ancre.

TAUKIRI

Je n'avais plus d'argent. Plus du tout. Je faisais la manche, je dépensais les pièces, les rares billets, je faisais la manche, j'achetais à manger, je faisais la manche. Et maintenant, je n'avais plus d'argent.

J'ai ouvert le placard et j'ai sorti ma planche de surf. J'ai essayé d'ouvrir la housse mais le zip était grippé, j'ai dû tirer plus fort. La planche était collée à la housse à cause de la cire, elle voulait pas glisser. Elle était desséchée. C'était triste.

Elle semblait plus légère que d'habitude, et elle était sèche comme pas possible, cassante. Il y avait un peu de sable dessus, et j'ai réalisé que c'était du sable de Kaikōura, tellement sec qu'on aurait dit du sable préhistorique. Tout droit sorti du musée. Comme un sable fantôme.

J'ai sorti la planche dans le jardin, j'ai pris un couteau de cuisine mal aiguisé et j'ai commencé à gratter la vieille cire. D'abord, elle s'est enroulée comme du beurre froid, jusqu'à ce que le soleil se mette à la réchauffer, et alors elle s'est ramollie comme un chewing-gum qu'on vient de mâcher, et elle s'est détachée en coulées visqueuses qui se collaient sous mes ongles.

Jason est sorti de la maison. Il portait un jean moulant, des baskets blanches et un Bombers noir. Il était rasé de près, aussi. Mais on aurait dit qu'il n'avait pas mangé depuis des semaines. Malgré les conneries qu'il faisait, c'était un type assez correct. Difficile de le détester, même si j'en avais envie.

« Tu vas surfer, *bro* ? il a demandé.

— Nan, je vais la vendre.

— T'as besoin de cash ?

— Ouais, *bro*. Je suis complètement fauché. J'ai vraiment déconné en perdant ce boulot.

— J'ai un truc pour toi.

— Quoi ?

— Une livraison. Facile, en plus. Zéro souci. Juste déposer un truc, récupérer le fric.

— Déposer quoi ?

— Juste une commande.

— Ouais, ça, j'avais compris. Quel genre ?

— Une commande mixte. De la beuh au-dessus… le reste, t'as pas besoin de savoir, si tu préfères. Si ça t'aide, genre d'un point de vue moral.

— Combien ?

— Une heure de trajet chargé. Quinze minutes d'arrêt et un retour peinard, à vide.

— Combien ?

— Trois cents.

— Quand ?

— Ce soir. Ce soir, ouais, ce serait l'idéal. OK ?

— J'sais pas. J'sais pas. Nan. Nan.

— Alors bonne chance avec ta planche, mon pote.

— Yep. »

Et il est parti.

Une fois toute la cire dégagée, j'ai nettoyé la housse,

enroulé le leash autour de l'aileron, et j'ai remis la planche dans son étui argenté.

Je l'ai attachée sur la galerie et j'ai roulé vers le magasin de surf le plus proche.

Il y avait deux planches d'occase devant, à quatre cents et à six cent cinquante dollars. La mienne était mieux que ces deux-là. Je suis entré. Il y avait un type au comptoir, avec de longues dreadlocks et ces piercings qui transforment les lobes d'oreilles en trous béants.

« Tu la vends ? il a demandé en désignant ma planche d'un geste du menton.

— Yep.

— T'en veux combien ?

— Elle valait mille quand je l'ai achetée neuve. J'aimerais bien en tirer huit cents.

— Ah. Bonne chance.

— Faut baisser ?

— Essaie à sept cents, pendant un mois. Si elle part pas, faudra baisser.

— D'accord, j'ai dit, et j'ai posé le surf contre le comptoir.

— Ouvre-moi ça », il a dit.

Je l'ai sortie de la housse.

« Jolie. Bien taillée. On devrait pouvoir la vendre.

— Donc, tu peux me donner les sept cents ?

— Ah non. Ça se passe pas tout à fait comme ça.

— Ah, bien sûr, désolé. C'est quoi, ta commission ?

— Non, j'veux dire, ouais on prend dix pour cent, mais t'auras pas l'argent avant que la planche parte. Désolé, *dude*. Tu veux toujours la vendre ?

— Ouais, je crois. J'ai pas trop le choix.

— Tu pourrais aller sur Facebook. Y a une page

“Acheter et revendre Wellington”. C’est plus facile. T’aurais ton fric plus vite. »

Je me suis dit que je pourrais demander à Megan ou à Elliot. Ou bien me connecter à mon compte Facebook sur l’ordi portable de Megan et le faire moi-même, mais je voulais pas vraiment voir les messages que j’avais reçus ces derniers mois. « J’vais te la laisser, *bro* », j’ai dit.

J’ai écrit l’adresse et le numéro de Megan sur un bout de papier, et je suis reparti. Je suis allé trouver Jason. Il n’était pas rentré chez Megan, alors je l’ai appelé sur son portable depuis le fixe de Megan.

Il a répondu. « Salut, *babe.*

— C’est moi.

— Hey, Tauk, ça va ? T’as vendu la planche ?

— Nan. Tu cherches toujours quelqu’un pour ce job ?

— Bien sûr. Huit heures, c’est bon ? Je serai là-bas. Chez Meg. Avec la cargaison.

— C’est bon. »

Je suis monté au grenier et je me suis allongé sur le lit. À regarder le plafond. Ça me semblait si vide, là-haut. Est-ce que c’était parce que mon surf n’était plus dans le placard, ou bien parce que ma vie était sur le point de changer, et que j’étais dans ce petit moment de déprime avant de faire un truc que j’avais jamais fait et que j’aurais jamais cru faire un jour – une livraison pour Jason ?

Et « de la beuh au-dessus », j’avais pas besoin de connaître le reste ?

Mais d’abord, qu’est-ce qu’elle faisait avec ce type,

Megan ? Je l'aimais pas. Je détestais avoir l'impression que j'avais besoin de lui. Et pourquoi j'avais besoin de lui, d'ailleurs ? Pourquoi est-ce que je ne pouvais pas tout simplement me trouver un vrai boulot ? Qu'est-ce que je faisais à Wellington, déjà – qu'est-ce que je faisais, tout court ?

Le surf. Je m'étais accroché à cette planche en me disant que je m'en servirais plus jamais, que je m'approcherais plus jamais de la mer. Mais j'y croyais pas vraiment. Maman et Papa m'avaient acheté cette planche. Et Ari disait toujours aux gens que son frère était un surfeur et qu'un jour, lui aussi, il ferait du surf, que j'allais lui apprendre.

Maintenant, mon surf était dans une boutique, comme un loser que personne n'aime.

J'ai sauté de mon lit et je suis descendu en courant. J'ai pris ma voiture et foncé jusqu'au magasin.

Le type était encore là. « Ah ! Elle est pas encore vendue, *bro*. Désolé.

— Je la vends plus.

— C'est bien, *bro*, je suis content pour toi. Le bonheur, ça n'a pas de prix. » Il a montré le surf d'un geste du bras et je l'ai repris.

Mon voyant de carburant était allumé, mais j'ai quitté le centre-ville. Direction la mer.

J'ai négocié la courbe au bas de Moa Street, et je suis tombé sur Lyall Bay, aussi ouverte qu'un grand et beau sourire. Les vagues venaient se dérouler contre les récifs. Elles se courbaient devant le ciel. Elles se déplaçaient de gauche à droite, suspendant le temps dans un ralenti sublime, comme si elles n'étaient pas pressées mais, à la fois, filaient à une vitesse jamais atteinte par quoi que ce soit d'autre. Comme un pas de géant, rapide, puissant, gracieux.

Je me suis arrêté pour observer les surfeurs. En laissant le moteur allumé. Ils étaient six ou sept au large. L'un d'eux s'est lancé dans la pente et a fait un virage au bas de la vague, il a surfé ce rouleau parfait jusqu'au bout, avant de lever les bras et de sauter de sa planche. Aussitôt il est remonté dessus, il est passé sous la traînée blanche d'un canard efficace, regagnant le large aussi vite qu'il pouvait, pour ne rien manquer. Mon cœur s'est mis à battre, je tapais des pieds, mes mains martelaient le volant.

Alors une chanson au tempo profond, calme, funèbre, est passée à la radio. J'ai pas éteint. J'ai juste écouté, juste écouté en contemplant la grande baie ouverte. Une fois la chanson terminée, j'ai arrêté le moteur et je suis descendu de la voiture. Je me suis déshabillé et j'ai enfilé ma combi sèche comme pas possible, rêche et cassante maintenant. J'ai pris la planche sur la galerie et j'ai regardé un autre surfeur prendre une vague. Un premier *cut back*, un deuxième, un troisième. J'ai posé mes clés sur le pneu de devant, et avec seulement le bruit de la mer et un « *Akaw !* » sonore comme un oiseau qui va s'envoler, j'ai trottiné légèrement vers l'océan. Ma planche sous le bras.

La mer n'est pas grise et le ciel non plus. Le soleil est haut et la baie est ouverte comme le sourire du chat du Cheshire, et l'eau est déjà en train de ramener à la vie ma combi cassante et de faire succion sur ma peau.

Et la mer !

Elle m'embrasse comme si je lui avais manqué.

Elle est genre « T'étais passé où ? ».

Elle est genre « T'es parti où ? ».

Elle est genre « Qu'est-ce que je t'ai fait ? ».

Je ne réponds pas « Tu te souviens pas ? ».

C'est le passé. Tout est pardonné. Elle est pardonnée et, maintenant, je peux l'être aussi.

Elle est comme la langue d'un chiot géant qui a fait quelque chose il y a bien longtemps, un truc idiot comme mâchouiller mes chaussures.

Le plus salé des pardons déferle en bouillonnant.

Elle est contente que je sois de retour, elle me donne des coups de langue désordonnés, elle agite sa queue devant moi en courbes parfaites.

Pardonne-lui. Laisse-toi tomber dans la face de la première vague et tourne vite, *cut back*, remonte, descends. Pardonne-lui. Je pardonne tellement que mon cœur enfle, enfle, comme elle, qui enfle et enfle de nous voir réunis à nouveau.

Coups de langue réparateurs, comme si c'était une vieille ecchymose et qu'elle voulait la réparer. Et le sang dans l'ecchymose que je suis se décristallise, et décide de se remettre à nager partout, sous ma peau apaisée par les baisers.

Surfer. Canard. Surfer, surfer, surfer, monter, descendre, et enfler encore plus maintenant.

Et puis lâcher tout et s'éloigner de ma planche et flotter. Leash fixé à la cheville, quand même, pas si séparé. Pas flotter sans appartenir à rien, toujours ensemble, même si seul un cordon nous relie. Flotter, et le ciel est tellement ouvert au-dessus de moi qu'il n'y a rien d'autre que ça. Une vague s'écrase sur moi et emporte ma planche, et je sens la traction au niveau de ma cheville. Tirer pour ramener la planche, sauter dessus.

S'asseoir jambes ballantes. Les oiseaux plongent

comme des flèches. Les nuages filent. C'est de l'énergie pure, un shoot. De la came, direct dans mon sang.

Je surfe pendant une éternité. Je surfe jusqu'à ce que la soif née de l'eau salée que j'ai bue accidentellement-volontairement me ramène à la terre.

Je trouve une bouteille dans ma voiture. Je la vide cul sec, alors maintenant j'ai plus soif. Plus soif du tout.

Je me sens à nouveau. Taukiri. Et l'espace d'un instant infime, en regardant l'océan, je laisse Taukiri sentir qu'Ari lui manque.

Comment il va ? Comment il s'en sort ?

Après ma session de surf, je me sèche pas vraiment. La peau et les cheveux mouillés, j'essaie de me rhabiller et les vêtements sont durs à enfiler parce que je suis pas vraiment sec. Je veux pas me sécher. Je suis tellement heureux que je veux pas. J'essaie de sécher tout mon être depuis que je suis sorti en rampant de l'eau, sur la plage de Bones Bay. Mais maintenant je veux garder l'eau salée sur ma peau.

Dans ma voiture, j'ai tourné la clé dans le contact, mais la voiture voulait pas démarrer. Plus d'essence. Merde. Merde, merde, merde. L'heure. Huit heures. Jason.

J'ai marché jusqu'à un arrêt de bus. J'ai attendu vingt-cinq minutes, j'ai pris le bus, tremblant. De froid. D'inquiétude. J'avais besoin de ce fric. Trop tard, maintenant. À moins que Jason m'ait attendu ? Est-ce qu'il allait attendre ?

Je suis descendu du bus près de l'aéroport, j'ai marché jusqu'à la maison de Megan. Au moins une heure de retard. Serait-il encore là ? De la beuh sur le dessus, et Dieu sait quoi dessous. Y a pas de mal, hein ?

Porte fermée à clé. J'ai frappé. Personne a ouvert. Je me suis assis sur la véranda. Jason avait dû passer par là, avec la cargaison. J'espérais qu'il ne serait pas fâché. J'avais besoin d'herbe moi-même, rien que d'y penser. À l'argent que j'avais perdu.

Une voiture est arrivée. Elliot et Megan sont sortis de derrière la maison. Elliot m'a foncé dessus, il a foncé droit sur moi et m'a frappé de ses deux poings.

« Elliot ! » a hurlé Megan, et elle a attrapé ses bras, mais il l'a repoussée. Il m'a plaqué au sol et m'a frappé à la mâchoire.

« Putain, qu'est-ce qui te prend ? Tu fais quoi, putain, Elliot ?

— Tu l'as balancé, sale flic.

— Quoi ? Quoi ? De quoi tu parles ?

— Tu sais très bien de quoi je parle. T'es censé faire une livraison pour lui, il se pointe, faut qu'il fasse le job lui-même, mais Tauk, lui, qu'est-ce qu'il est allé faire ? Appeler les flics. »

Megan restait plantée là. Pâle, sauf la peau sur ses joues marbrées de rouge, ses yeux tout bordés d'écarlate.

J'ai marché vers elle, mains tendues devant moi.

« Ouais, le voilà ton mobile, a ricané Elliot. Le voilà.

— Ta gueule, Elliot. » Je me suis approché de Megan. « J'ai pas fait ça, Megan. Je te le jure. Je ferais jamais un truc pareil. J'avais besoin de ce job. J'ai plus d'argent. Je suis allé surfer. La voiture est tombée en panne sèche. Elle est restée là-bas. Je me suis sans doute fait tirer ma planche, maintenant. »

Elliot a éclaté de rire. « Oh, c'est trop triste, sale indic. »

Je me suis retourné et je l'ai frappé dans le ventre. « Je l'ai pas balancé aux stups. »

Megan a pris la parole : « N'empêche, on est dans la merde, Tauk. »

Elliot était plié en deux, souffle coupé. « Non, pas nous. Lui. Laisse-les s'occuper de lui. »

Megan a crié sur Elliot. « Mais je sais qu'il n'a pas balancé ! Je le crois. C'est pas un menteur.

— Bien sûr qu'il l'a balancé.

— Non, Elliot. Il ne ferait jamais ça.

— Parce que tu le connais si bien que ça ? C'est un connard, il a abandonné son propre frère, il l'a juste laissé comme ça. Ouais, c'est sûr, un type correct ce Tauk.

— Il n'a pas fait ça.

— Peu importe, a répondu Elliot. Ils ont sûrement déjà décidé qui devait porter le chapeau, maintenant. Et ils ont bien raison. »

Megan a pressé la paume de sa main sur son front, elle a marché vers moi. « Jason est la façade, Tauk. C'est la vitrine brillante du magasin. La beuh qui recouvre l'autre chose. L'autre chose qui est plus sinistre. » Elle m'a attrapé par le bras. « Tu comprends ce que j'essaie de te dire ? »

Je comprenais. Les gens qui en avaient après moi n'étaient pas Jason. Pas comme Jason. Pas du tout comme Jason.

« Non, j'ai répondu. Non, putain. »

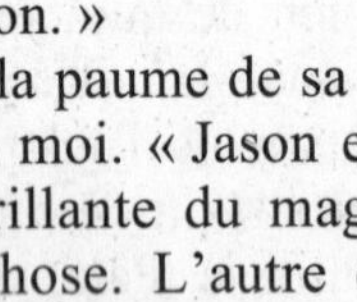

Ils ne savent pas ce qu'ils font.

Ils ne calculent pas leurs coups, ne planifient pas les morts qui leur tombent dans les mains. Dire cela, ce serait leur accorder trop de crédit. Quand l'heure de quelqu'un a sonné, c'est juste le mauvais endroit, au mauvais moment.

Ça commence par une sensation, qui se transmute en besoin, lequel devient un regard, une parole pleine de colère. Puis : un coup, de poing, de pied. Le flingue peut se retrouver au creux d'une main. Un flingue qui était juste censé être là pour faire peur, et la détente, un bout de métal à frôler en s'émerveillant. Comme le téton d'une femme.

Les ennuis les trouvent. Ils se frayent un chemin hors de leurs veines, et hors de leurs os poreux. Des os si fragiles, comme si leurs mères ne leur avaient jamais donné le lait qu'ils réclamaient de leurs cris.

Elle est enceinte de nouveau, mais elle garde cela secret. Ses joues rougissent lorsqu'elle y pense : un autre enfant solide dans son ventre. Le tatouage dit la vérité, espère-t-elle. Il est un guerrier puissant et mourra très vieux, après avoir engendré bien des enfants aussi forts qu'elle, aussi forts que lui, aussi forts qu'ils le sont, pense-t-elle. Tandis que le soleil se couche, la lumière de son ventre doré embrassant ses joues chaudes.

Ils ne savent pas ce qu'ils font, et pourtant ils apportent au bar exactement ce qu'il faut pour le faire.

Trois hommes entrent dans un bar. Mais ils brandissent une arme étincelante, alors vous devriez comprendre que tout cela ne va pas s'achever dans les rires.

Pensiez-vous que j'étais en train de raconter une blague ?

Vous prépariez-vous à rire de la chute ?

Un homme avec un bouledogue tatoué dans le cou attend une cargaison, et un autre arrive et lui dit que la cargaison ne viendra pas. Mais l'homme au bouledogue attendait cette cargaison en tremblant, même ses os le démangent. Puis, un nom qu'il reconnaît. « Trouve-le, tue-le. »

Il se gratte le cou et ressent trois choses. Fureur, remords, pardon. Mais il a oublié quelle heure est venue. Est-ce l'heure de la fureur ou celle des remords ? L'heure du pardon vient-elle, ou bien est-elle déjà passée ? Où en est-il du cycle ? Où en est-il sur la roue ?

Est-il la chute, ou la fin ?

Est-il le commencement ?

Au commencement étaient les ténèbres, songe-t-il.

Oui. Je suis le commencement.

Et il part, à la recherche d'un bar aussi sombre que lui.

ĀRAMA

Tante Kat était assise sur le siège passager, Beth et moi à l'arrière. La voiture sentait la bouse de vache et les cookies chauds.

On descendait vers les Conway Flats pour camper, et on allait pêcher l'anguille. Tom Aiken voulait rapporter une anguille de notre virée sous la tente, pour la fumer. Il nous a dit que la seule manière de manger une anguille, c'était de la fumer, sinon ça avait un goût d'eau et de vase. Beth a répondu qu'il y avait aucune bonne manière de manger une anguille, parce que ça avait un goût de M.E.R.D.E. Beth était capable de manger un ver de terre, alors j'avais confiance en ce qu'elle disait.

Lupo était à la fenêtre, la tête dehors, la langue trempée, et la bave qui coulait en grosses traînées gluantes. Je l'ai caressé dans le dos. Son pelage était lisse et doux. J'étais tellement content qu'il soit là avec nous. Je voulais qu'il dorme avec moi dans ma tente. Mais ce que je voulais encore plus, c'était qu'on dorme tous dans la même tente. Moi, Beth et Lupo au milieu, et Tante Kat et Tom Aiken de chaque côté. Là, j'aurais plus peur du tout.

Arrivés aux Conway Flats, on a planté nos tentes

sous les arbres, un peu à l'écart de la rivière. L'eau était basse, mais on a remonté la rivière en marchant jusqu'à une pataugeoire. Tom Aiken et Tante Kat se sont assis sur les rochers, Beth et moi on s'est mis en culotte et on a nagé, nos genoux tapaient sur les pierres au fond de la rivière. On était des anguilles, à nous faufiler entre les gros rochers, en se raclant la peau sur les pierres.

Dans la petite cascade, d'où Tante Kat et Tom Aiken pouvaient pas nous entendre, j'ai décidé de demander à Beth un truc qui me turlupinait depuis un moment.

« Tu sais ce que c'est, un plouc ?

— Oui, elle a répondu, mais ses yeux sont aussitôt montés se cacher dans son cerveau comme si elle cherchait à rassembler des bouts et des bribes pour en faire une réponse.

— Alors, c'est quoi ?

— Une personne qui essaie de cacher ses mauvaises pensées, mais sa peau est tellement blanche. Genre blanche. Blanche comme la mienne. Mais ses pensées sont tellement moches qu'on peut les voir. Dans son cou, là, elles rendent la peau toute rouge et fâchée. Parce que, tu sais, toutes les peaux sont pareilles, et celle de son cou en a vraiment ras le bol de garder les secrets de cette personne. Alors elle les montre à tout le monde. Un peu comme Rudolph le renne avec son nez rouge.

— Tu viens d'inventer tout ça.

— J'en ai inventé une partie.

— J'aime bien.

— Moi aussi. »

On avait deux tentes : une pour Tante Kat et moi, une pour Tom Aiken, Beth et Lupo. Beth et moi, on était déçus, on voulait dormir ensemble pour pouvoir parler. Et moi, je voulais dormir avec Lupo.

On était tous les deux dégoûtés, alors Tom Aiken a dit : « Bon, je vais dormir avec ta Tante Kat, alors », et il a fait un clin d'œil à Tante Kat, et Beth a sauté de joie, mais cette idée-là me plaisait pas non plus. J'allais avoir peur, si c'était juste Beth et moi. Tante Kat a donné une petite tape à Tom Aiken et elle a dit qu'il était pas question de partager une tente avec lui, qu'il allait sûrement péter et ronfler toute la nuit.

« Que des trucs dont t'as l'habitude, alors, Kat », a répondu Tom Aiken, et Tante Kat a eu l'air triste. Sans doute parce que ça lui rappelait qu'elle avait laissé Oncle Stu à la ferme, et elle devait se demander combien il serait fâché après elle quand on rentrerait.

Son œil au beurre noir avait l'air plus sombre encore sur son visage triste.

Tom Aiken lui a filé un petit coup dans l'épaule. « Sois pas triste, il a dit. J'irai lui parler. »

Tante Kat a claqué des mains. « Bon, qui veut un cookie ? »

Beth et moi, on a bondi sur place comme si on n'allait pas en avoir si on lui montrait pas qu'on en voulait vraiment.

« Moi, moi, moi, moi ! » on a crié. Et on a tous mangé les cookies sous les arbres, avec Lupo qui nous regardait en remuant la queue.

« Je me souviens de ces gâteaux, a dit Tom Aiken. La recette de Colleen.

— C'est qui, Colleen ? j'ai demandé.

— Nanny », a répondu Tante Kat.

J'avais oublié qu'elle avait un vrai nom. Pour moi, c'était toujours Nanny. « Elle est où, Nanny, Tante Kat ?

— Elle est partie essayer de ramener Koro à la maison.

— Mais elle aime pas conduire, j'ai dit.

— Je sais. Mais Koro doit retourner à la maison.

— Il est où ?

— À Rakiura.

— Pourquoi il est allé là-bas ?

— Parce que Nanny le rendait triste, et il était déjà assez triste comme ça.

— Elle faisait quoi, Nanny, pour le rendre triste ? »

Tante Kat a pas répondu, et on a tous mâché nos cookies en silence.

Puis j'ai demandé : « Elle est pas allée chercher sa boucle d'oreille, hein ? »

Tante Kat a éclaté de rire. « Bien sûr que non. »

J'ai senti le sang me chauffer le visage. C'était débile, comme truc à dire.

Tante Kat a ajouté : « Mais tu as raison : une pie a très bien pu la prendre. Elle pourrait vraiment être n'importe où, maintenant. Mais je crois pas que Nanny soit partie la chercher. Enfin, j'espère pas…

— C'est ma faute si elle l'a perdue, pas celle de Tauk. C'est moi qui ai appelé Nanny.

— C'était juste un objet.

— Nanny a dit qu'elle était irremplaçable.

— Elle aurait pas dû. »

Alors Tom Aiken s'est levé et a frotté les miettes de cookies sur ses vêtements et il a dit : « On va aller pêcher l'anguille, voilà ce qu'on va faire. Et on sera les guerriers de la rivière. »

Beth et moi, on a suivi Tom Aiken jusqu'à la voiture pour prendre les trucs dont on allait avoir besoin pour pêcher l'anguille. Beth m'a attrapé par le bras et m'a murmuré dans l'oreille : « Je sais quand il ment. Il a beaucoup plus à dire que “On va aller pêcher l’anguille et guerriers de la rivière, bla-bla-bla…” Ari, on va découvrir sur quoi il ment. » Elle m’a écrasé le bras. « T’en fais pas pour ça, Django. »

Tom Aiken avait un gros truc en forme d’hameçon qui s’appelait une gaffe. Et une lampe à pétrole, et on attendait qu’il fasse noir et alors on allait remonter la rivière avec notre lampe qui brillait. Tom Aiken a dit qu’on devait crocheter les anguilles avec la gaffe, les enrouler autour et ensuite les cogner contre les rochers, et s’il le fallait on leur taperait sur la tête avec des bâtons jusqu’à ce qu’elles meurent. Beth arrêtait pas de demander s’il faisait assez noir pour y aller maintenant, et Tom levait les yeux vers le ciel et répondait « Pas encore », et j’avais une sensation beurk dans l’estomac. Je voulais pas qu’il fasse noir. Premièrement parce qu’on allait marcher dans la rivière avec des crochets, et deuxièmement parce qu’il ferait noir.

J’aurais tant aimé que Taukiri soit là. Il me rendait toujours plus courageux.

Tante Kat ramassait du bois pour notre feu de camp. Tom Aiken découpait certains morceaux. Je l’ai entendu murmurer à Tante Kat : « Dans le temps, j’allais pêcher l’anguille avec Toko, pour ton papa. Ton papa adore l’anguille fumée. »

Tante Kat a pas relevé les yeux. « Je sais, Tommy.

— Il faut que Taukiri revienne, Kat.

— Mais c’est déjà trop, Tommy. Pour Stu. Ils s’entendraient pas et je me retrouverais sans arrêt au milieu. J’ai pas l’énergie pour, point.

— Que Stu aille se faire foutre, Kat. Qu’il aille se faire foutre. »

J’étais tellement heureux d’entendre Tom Aiken dire ça tout haut, et dans ma tête je me suis dit : « Ouais, va te faire foutre, Oncle Stu. » Puis j'ai changé pour juste : « Va te faire foutre, Oncle Stu. » Et j'aurais pas mangé un ver de terre pour ça, parce que c'était seulement dans ma tête, et en plus il le méritait. Ma Tante Kat, qui ressemblait plus à ma maman loin de la ferme, avait un œil au beurre noir.

Oncle Stu avait donné un coup de poing dans l'œil de Tante Kat. J'ai regardé son visage, puis juste son œil.

J'ai pensé aux mots qu'il avait dits et puis j'ai entendu sa voix, je l'avais entendu dire ces trois mots pendant que je regardais le plafond en pissant dans mon froc, et je m'étais dit que c'étaient les pires mots que j'avais jamais entendus, alors que j'avais entendu tellement de trucs horribles pendant ce très long été, mais là, en regardant Tante Kat, je les ai entendus à nouveau, juste dans ma tête, comme si maintenant Oncle Stu tournait en rond dans mon cerveau en répétant ces mots-là encore et encore, et il poussait des parties de mon cerveau à éteindre leurs lumières pour faire semblant de pas être à la maison, pour qu'il s'en aille, mais lui il partait pas, ça le dérangeait pas de tourner en rond dans mon cerveau tout noir, il me donnait l'impression que mon corps était si beurk et si lourd et le monde si horrible, comme un marécage, parce que dans mon cerveau il poursuivait Tante Kat et, elle, elle trouvait pas son chemin dans le noir et elle tombait, et coulait, et se noyait, et il marchait derrière elle en répétant sans arrêt ces trois mots : « Sale pute noire. »

« Foutre, j'ai dit, comme si je laissais sortir une petite abeille de ma bouche. Faire foutre, ce con. » Comme si je laissais sortir d'autres petites abeilles.

Et comme j'en avais laissé sortir certaines, d'autres voulaient s'échapper.

« Va te faire foutre, Oncle Stu, espèce de putain de connard de merde ! J'aimerais que tu crèves, sale connard ! Je te hais, espèce de putain de plouc de merde ! »

Personne n'a bougé. Comme s'ils avaient peur des abeilles maintenant, comme si les abeilles planaient au-dessus de nous maintenant. Et l'air est devenu comme du miel bouillant, épais, trop sucré, qui fait mal aux dents, comme si les abeilles avaient peur dans le monde maintenant, et qu'est-ce qu'elles devaient faire ? Trouver une autre bouche ? S'en aller tout de suite ? Mais elles restaient suspendues dans les airs, presque comme si elles espéraient que personne allait les voir, mais qu'elles étaient prêtes à attaquer si quelqu'un les voyait.

Beth a tourné la tête lentement, comme si elle avait peur de déranger les créatures dans l'air et elle a regardé Tante Kat pour voir ce qu'elle allait me faire pour avoir dit ces vilains mots.

Une larme coulait sur la joue de Tom Aiken.

La main de Tante Kat a sursauté. Elle a levé les yeux vers les abeilles dans les airs et elle a laissé tomber le bois qu'elle portait, elle a mis ses mains autour de sa bouche et a penché la tête vers les collines derrière la rivière, là-haut, et, elle aussi, elle a laissé sortir des abeilles.

« Va te faire foutre, Stu, espèce de connard total ! » elle a crié, et alors Tom Aiken a hurlé : « Sale brute de merde ! », et Beth a crié : « Ta tête est mise à prix, Stuart Johnson ! »

Et alors on s'est tous retrouvés debout les uns à côté des autres, avec les mains autour de la bouche, à brailler : « VA TE FAIRE FOUTRE, STU ! » vers les collines.

Et notre armée d'abeilles a filé le long de la rivière,

les berges s'effondrant sur leur passage, et elles se sont massées au-dessus d'un mouton mort dans la prairie près de la rivière, et tout à coup, elles ont fait demi-tour et nous ont foncé dessus comme la queue d'un *taniwha*, et nous, on n'avait pas peur. Elles bourdonnaient autour de nous, des millions d'abeilles, leurs corps couverts de peluche, vibrant comme si elles nous donnaient partout sur le corps des baisers de papillons aux superpouvoirs.

Et puis, elles sont parties.

Et j'avais plus peur du noir, parce que je me sentirais plus aussi seul dans l'obscurité. On avait enlevé un truc de nos poitrines. Et on se sentait moins seul dans le monde quand on s'enlevait un truc de la poitrine. On se sentait moins seul dans le monde avec notre armée d'abeilles qui volait au-dessus.

Il fait noir.

Je porte la lampe à pétrole. Beth et Tante Kat marchent à côté de moi, chacune d'un côté. Tom Aiken tient la gaffe. On remonte la rivière. Je suis le guerrier de la rivière, Tom Aiken arrête pas de le répéter, et j'ai pas peur. On va remonter la rivière dans le noir et crocheter des anguilles par la bouche, et puis les cogner contre les rochers. Tom Aiken dit qu'il va le faire en premier, et qu'après on pourra essayer. On pourra en attraper une chacun, il dit, parce que Koro les aime fumées. Quand Nanny ramènera Koro, il sera heureux si on a fumé des anguilles pour lui.

« Surveillez bien l'eau, dit Tom. Si vous en voyez une, pointez du doigt. »

Un morceau de lune est haut dans le ciel maintenant,

et l'air a refroidi. J'ai de l'eau qui me rentre dans la botte.

Tom Aiken se tourne vers nous, puis met son doigt devant ses lèvres. Beth me murmure à l'oreille : « Les anguilles, ça entend ? », et je hausse les épaules, et Tom Aiken grimpe sur la berge. Alors je vois l'anguille, qui nage devant, dans la même direction que nous. Tom Aiken se tourne encore vers nous et fait un grand sourire avant de changer la manière dont il tient la gaffe. Il la lève au-dessus de sa tête et frappe d'un coup sec, la laissant couper l'eau pour aller frapper la tête de l'anguille, puis il la relève brusquement et la ramène derrière lui et l'anguille est au bout du crochet et Tom Aiken crie : « Yeeehhhaaa ! » et il enroule et enroule l'anguille comme un moulin à vent, super vite, avant de l'éclater contre les rochers. L'anguille bouge encore un peu, mais pas trop. Tom lui donne un coup un peu plus fort sur la tête et, nous, on le regarde, bouche bée.

Une anguille a été crochetée par la tête et éclatée contre les rochers, et je sens un picotement dans les os de ma main parce que, moi aussi, j'aimerais vraiment en gaffer une.

Tom Aiken met l'anguille dans le seau que Tante Kat a apporté, puis il lève la gaffe en souriant. « À qui le tour ? » Tout le monde a l'air surpris quand je fais un pas en avant et que je dis : « Moi. »

La gaffe est super froide et j'ai de plus en plus d'eau dans les bottes, mais je m'en fiche. Avec ce crochet dans la main, j'ai l'impression d'être le guerrier de la rivière que Tom Aiken dit que je suis, et les guerriers de la rivière en ont rien à faire de l'eau dans leurs bottes. Alors je commence à me dire qu'un guerrier de la rivière porterait sûrement pas de chaussures et, sans réfléchir, je balance à grands coups de pied les bottes en caoutchouc au bord de la rivière, et j'enlève mes chaussettes d'une main, la gaffe toujours dans l'autre. Les chaussettes ont des camions de pompiers dessus. J'ai les pieds nus maintenant, et personne me dit rien pour avoir enlevé mes bottes et mes chaussettes. Du coin de l'œil, je vois Tom Aiken donner un petit coup de coude à Beth et à Tante Kat. Il leur a sans doute dit de se taire.

Je marche devant, ouvrant la route avec la gaffe dans la main, et la seule raison pour laquelle j'ai besoin de la lumière de la lampe à pétrole, c'est pour voir les anguilles que je suis en train de chasser.

C'est la seule raison.

Je vois une anguille, devant. Je me retourne et je mets mon doigt devant mes lèvres. Dans la lumière de la lampe, je vois Tom Aiken sourire et Tante Kat et Beth qui écarquillent les yeux. Je me tourne à nouveau vers l'anguille et je commence à grimper en me râpant les pieds, et parfois les rochers me font tellement mal que je devrais hurler, mais je le fais pas. Je suis un guerrier de la rivière aux pieds nus.

Je m'approche en douce derrière l'anguille qui nage lentement. Elle tourne rapidement vers un recoin sombre de la rivière et je m'arrête presque, mais je sens Tom Aiken juste derrière moi, alors je continue. Je suis l'anguille. J'avance vers la partie sombre et profonde de l'eau. Elle arrive à la ceinture de mon short. Beth et Tante Kat ont arrêté de nous suivre, et Tom Aiken leur a pris la lampe à pétrole des mains, pour moi. Pour m'aider à voir. Je cherche l'anguille dans l'eau sombre, mais je la vois nulle part. Et pendant une seconde, je pense à mes pieds nus, mais je serre juste plus fort la gaffe et cette pensée s'en va.

Tom Aiken pointe son doigt et on voit l'anguille qui ressort de l'autre côté de l'eau sombre vers la partie moins profonde. On traverse la partie profonde. Mon nombril est mouillé.

L'eau redevient moins profonde, et on n'a pas perdu de vue l'anguille.

« Là », dit Tom Aiken. Le vent fait frissonner mes jambes trempées. Tom montre du doigt. Je me dis que l'anguille doit plus être qu'à un petit pas de moi. On dirait qu'elle s'est arrêtée. Comme un oiseau planant dans le vent sans se servir de ses ailes.

« Lève lentement », dit Tom Aiken à mon oreille, et pendant un instant ses bras se posent sur les miens et il pousse très fort la gaffe vers le bas, et je la sens frapper quelque chose de très dur et de très doux. Les deux à la fois. Tom Aiken pousse mon bras comme un balancier.

« Continue, *buddy* ! T'arrête pas ! Balance-la jusqu'aux pierres ! »

J'ai l'impression de sentir les mains de Tom Aiken me pousser le bras pour que je continue le mouvement, et pendant que je rabats l'anguille qui s'enroule comme un moulin à vent pour l'éclater sur les rochers, j'ai l'impression de sentir les mains de Tom Aiken sur les miennes, mais quand je lève les yeux, après avoir éclaté l'anguille de toutes mes forces, Tom Aiken est à plusieurs pas de moi avec Tante Kat et Beth, et il a les bras croisés.

Lupo était tellement excité quand on est rentrés à la tente. Il a léché tout le sang de l'anguille sur mes doigts, a léché le sourire sur mon visage, puis il s'est remis à lécher le sang et les traînées gluantes de l'anguille.

Le feu nous a réchauffés. J'ai réchauffé mes pieds et Tom Aiken m'a donné une paire de ses grosses chaussettes en laine. Et aussi sa grosse chemise Swanndri.

Tante Kat a sorti un livre de son sac. C'était celui où Māui retrouvait sa mère. « Je me suis dit que ce serait bien de lire ceux qui sont au fond de ce gros carton que t'as planqué dans le placard, Ari. »

Elle l'a ouvert et une fleur séchée est tombée.

Elle a buté sur certains mots et elle a lu tout doucement, mais elle l'a lu en entier, tous les mots, et c'était tellement magique, cette autre langue. Notre langue.

Je nous imaginais dans la cuisine, ma Tante Kat et moi, en train de faire la vaisselle ou quelque chose, et Oncle Stu se pointerait et on lui dirait : « Hé, salut, *ūpoko mārō*. » Dans sa face, en souriant.

Puis, en *te reo*, on lui dirait qu'on aimerait bien lui briser la mâchoire, lui refaire le portrait, et il répondrait : « Qu'est-ce que vous dites ? »

Ma Tante Kat et moi, on sourirait, on sourirait, et elle lui répondrait : « On espère que ton dîner t'a plu. »

Elle a refermé le livre. « Mon *te reo* va peut-être me revenir, hein ? »

J'allais bien dormir. Après la pêche à l'anguille et avoir crié ces vilains mots et l'histoire dans ces mots magiques autour du feu de camp. S'il le fallait, je serais même capable de dormir à l'extérieur de la tente pour monter la garde. J'étais aussi grand que tout le ciel, de savoir ce que je savais maintenant.

JADE ET TOKO

Jade l'a d'abord annoncé à Aroha. Elles étaient assises au-dessus de la timonerie, en tailleur, Taukiri endormi près d'elles sur une couverture.

« Nous allons avoir un autre bébé », elle a dit.

Aroha l'a serrée dans ses bras.

« Je suis enceinte, a dit Jade, et Aroha a hoché la tête.

— Tu l'as dit à Toko ?

— Non, pas encore. Je veux que ce soit vraiment spécial.

— Ça l'est déjà. »

Aroha était toujours si prévisible, tellement la tête sur les épaules. C'était une chose que Jade s'efforçait d'aimer chez elle.

« Vous allez avoir des enfants, Jack et toi ?

— J'espère. Ça n'a pas été facile jusqu'à maintenant.

— Tu seras une mère formidable.

— Tu crois ?

— S'il nous arrive quoi que ce soit, à Toko et moi, il faudra que tu prennes Taukiri, et… » Jade a posé une main sur son ventre plat, l'autre dans les cheveux noirs de Taukiri. « Tu le feras ?

— Bien sûr que je le ferai, mais je n'aurai pas besoin.

— Je sais. »

Jade se demandait comment auraient été les choses si Sav avait été encore vivante. Son bébé aurait été juste un peu plus vieux que Taukiri. Ils auraient pu jouer, ils auraient joué ensemble.

Mais Jade la Maligne savait où elles auraient été, si Sav avait été encore vivante.

Je m'attaque à des choses auxquelles je ne devrais pas m'attaquer. Je bouscule des choses. Je secoue. Je secoue. Je soulève des vagues. Je tire et je pousse et je balaie.

Je suis le vent qui s'abat sur une route étroite et sinueuse. Un camion de déménagement file dessus aussi. Parce que Māmā et Pāpā partent s'installer dans un bungalow à Gore Bay, pour ne plus avoir à passer en voiture devant le Craypot.

« C'est tout près d'ici, Kat... on se verra tout le temps. »

Une fois seule avec Pāpā, Māmā lui dit : « Elle est tellement indépendante. Elle n'a pas besoin de nous. Mais il faut qu'on aille loin de cet endroit maudit. »

Alors ils s'en vont, et Kat trouve ça injuste, elle se sent presque abandonnée, bien qu'elle soit assez grande pour s'occuper d'elle-même, elle l'a toujours été, mais quand même.

Elle s'installe avec Stuart Johnson, pour lui préparer

de bons dîners et se faire les ongles à longueur de journée. Il s'intéresse à elle et elle est tellement blessée et elle a besoin de quelqu'un qui comprend, maintenant.

Qui connaît l'histoire, l'historique, pour qu'elle puisse partager des bouts et des bribes, et qu'il comble les trous. Les gouffres béants.

« Ma mère est vraiment une salope, tu sais.

— Ah bon, vraiment ? » dit-il en éclatant de rire, et elle se met à rire aussi. Il lui frotte le dos. « Elle peut être une sacrée salope, parfois, c'est sûr. »

Et comme Kat sait qu'il essaie juste de la réconforter, elle rit de plus belle. Elle est sûre qu'il sait qu'elle ne le pense pas vraiment, que ça a juste besoin de sortir, qu'elle aime sa Māmā, et que lui non plus ne le pense pas quand il le dit. Il veut juste qu'elle se sente comprise. Je vois tout cela, tandis que je me précipite autour d'eux, un vent d'hiver glacial qui s'engouffre par les fenêtres, fait claquer la porte.

Hā.

Il ne dit pas qu'il pense que le frère de Kat se la pétait, parce que ce serait déplacé.

En de telles circonstances.

Jack et moi et le petit Tauk, on rassemble nos affaires et on les met dans une camionnette de déménagement, aussi. On part vivre près de chez Māmā et Pāpā.

À Cheviot.

Ils ont besoin de nous. Ils ont assez perdu de choses. « C'est tout près d'ici, Kat. »

À présent, personne ne débarque à la ferme sans prévenir pour lui rendre visite. Ce qui est une bonne chose, décrètent Stu et elle. Je les entends dire ça, elle et lui. Et qui suis-je pour les contredire, alors que je suis morte et que tout ça s'est passé il y a si longtemps, de toute manière ? C'est l'idéal, en fait. Ils peuvent être pénibles, parfois, dit-elle.

Ils débarquent aux pires moments, sans prévenir, dit-il.

Mais c'était il y a si longtemps.

Maintenant, mon garçon est avec elle. Et elle l'a emmené au bord d'une rivière pour camper, pour pêcher l'anguille, pour hurler sur les montagnes, pour lui offrir l'enfance que je ne peux plus lui offrir. Il s'est débarrassé de ses bottes en caoutchouc pour traquer un poisson ancien, dans une rivière obscure. J'aurais aimé qu'il me crochète par la bouche et m'éclate contre ces rochers, juste pour pouvoir être le sang sur ses doigts. Juste au cas où il déciderait de me faire cuire sur un feu, de manger une portion de moi.

Avale-moi, s'il te plaît. Mets fin à mes tracas, à mon combat.

Avale-moi.

JADE ET TOKO

Aroha est venue au bateau faire du baby-sitting. Kat devait le faire, mais elle a été invitée à une fête et n'a donc pas pu. Toko et Jade allaient sortir seuls pour la première fois depuis une éternité. Ils sont partis pendant qu'Aroha apprenait à Taukiri un tout nouveau *waiata*, *Tai Aroha*.

Jade s'est plantée sur le seuil de la minuscule cabine. « Pardon, je venais juste dire au revoir.

— Tu as déjà dit au revoir, a répondu Aroha, sans cesser de gratter sa guitare. Partez. Amusez-vous bien. » Elle a chassé Jade d'un geste de la main.

« Au revoir, Maman. » Taukiri lui a envoyé un baiser.

Jade l'a embrassé sur le sommet du crâne. « Je t'aime », a-t-elle soufflé aux cheveux noirs de son fils, qu'elle avait laissés entrer dans la bouche, les mèches se prenant dans ses dents.

« Aïe ! »

Aroha l'a vue. Jade avait peur que sa belle-sœur croie qu'elle aimait trop son fils. Mais Aroha n'avait pas d'enfants – elle n'avait aucune idée. Elle ne pouvait pas comprendre ce que c'était que d'avoir envie de mettre son propre enfant dans sa bouche, s'est dit

Jade. De vouloir les dévorer, les mettre en sécurité à tout jamais.

« Je t'aime, Maman ! »

Elle lui a donné un bref dernier baiser, puis elle est remontée dans la timonerie. Toko est descendu à son tour pour dire au revoir.

« Sois sage, *buddy*. Je t'aime.

— OK. Papa. Je t'aime. Maman et moi on te fera des pancakes pour le petit déj demain, OK ?

— OK, fils.

— Ah, purée, s'est impatientée Aroha. Allez-vous-en. »

Jade a entendu Toko déposer un autre baiser. Puis chatouiller. « Attends un peu, a dit Toko. Si tata t'apprend un *waiata*, il faut que t'aies une guitare entre les mains. »

Taukiri a poussé un cri. Jade savait qu'il devait être en train de taper des pieds sur le lit et elle a fermé les yeux. Toko allait poser sa guitare sur les cuisses de son fils et la guitare serait trop grande et le garçon allait devoir se pencher dessus pour toucher les cordes. Il verrait à peine Aroha par-dessus la guitare, mais il la sentirait et il écouterait, et il tomberait amoureux de la musique, des *waiata*, du *te reo* et de sa tante.

Depuis le quai, étoiles et lune tremblotant sur la mer, le bateau ballotté, Toko et Jade les entendent. La guitare, le chant, les rires.

Arrivée à son pick-up, elle dit : « Je conduis.

— C'est mon pick-up, femme.

— Je m'en fous, *boy*.

— Ah vraiment ?

— Oui, vraiment. »

Et sur la route l'air s'épaissit car cela fait si longtemps qu'ils n'ont pas été seuls.

Jade gare le pick-up au bord de la route. Elle se penche, desserre le ceinturon de Toko. Elle baisse la braguette de son jean. Enlève sa culotte à elle et lui grimpe dessus. Remonte le bas de sa jupe. Voudrait être plus proche encore. Ils poussent si fort l'un contre l'autre, si profond, sans air entre eux. Il la broie. Bras serrés autour de ses reins. La serre fort contre sa poitrine.

Elle a du mal à respirer. Douleur diffuse dans son coccyx, à cause de quelque chose, d'une cruauté d'il y a si longtemps jadis. La douleur monte, se met à gronder. Elle pleure.

Il hésite.

« Ne t'arrête pas. »

Alors il la broie plus fort. Lui fait mal. Lui fait très mal, la vraie douleur. Il ne sait sans doute pas qu'il lui fait mal, mais elle fait comme s'il savait. Lui mord l'épaule pour ne pas crier. Fait comme s'il savait combien il lui fait mal. La fait jouir.

« Tu sais… » Il soulève son tee-shirt, touche ses tatouages. « Il y a cinq *tūī*, là. Peut-être qu'on aura cinq petits oiseaux. »

Elle se plie et embrasse son *tā moko* et sa peau chaude et fixe la mer de ses yeux verts.

« On va avoir un autre enfant, dit-elle. On va avoir tellement d'enfants doux à qui lire mes livres. »

Ils arrivent au Craypot à temps pour voir Tommy disputer sa première partie du tournoi de billard. Qui sait ? Ils iront peut-être à la plage, après. Ramasser des morceaux de bois flotté. Faire un grand feu. Ils ont toute la nuit devant eux. Toko a laissé sa guitare à la maison avec Taukiri, mais c'est bien, comme ça il aura les mains libres.

Tommy hurle à la mort : « Cheeehooo, mon *bro* est là ! »

Bryan, le patron du bar, abat ses deux poings sur le comptoir. « La première tournée est pour moi. »

La foule du bar. Toko a comme une aura.

Détourné d'elle, Toko rigole d'une blague, il rit et rit, et Jade voudrait savoir de quelle blague il s'agit, parce qu'elle veut savoir ce qui le rend si heureux, là. Mais il y a tant de bruit.

Et voilà Kat ! Dans une robe de soie rouge.

« Kat ! » crie Jade.

Kat lui fait un geste de la main, articule : « Je reviens bientôt… on va faire la fêêê-te ! », et l'instant d'après elle est partie. Jade regarde dehors par la baie vitrée du bar, la voit descendre la rue en courant avec ses copines.

Toko tire Jade du tabouret de bar sur ses genoux.

« J'ai vu Kat.

— Où ? »

Jade montre la vitrine. « Elle était là-bas, elle est partie maintenant.

— Elle reviendra.

— Chante-moi une chanson pendant qu'on attend, garçon.

— Garçon ?

— Garçon.

— D'accord, fille.

— Femme.

— Femme ?

— Ta femme.

— Ma femme. Mais bon, ça vient pas avec une bague, normalement ? »

Alors le juke-box s'enclenche et Tracy Chapman chante un air qui parle d'une voiture qui fonce et d'évasion.

Ivre. Rapide. Voiture. Deal. Conduire. Vite. Décision. Partir. Mourir. Conduire. Vite. Voiture.

Toko chante, puis Jade chante avec son mari parce qu'elle ne les a pas encore aperçus.

Jade et Toko, suspendus comme des *pāua* au-dessus du rocher.

Toko rit et murmure qu'elle a de la chance d'être belle et d'avoir un joli cul parce qu'elle sait pas chanter. Carrément pas.

Alors Jade entend une voix dans son dos. « Ça, c'est sûr. T'as raison pour ce qui est de chanter, *bro*. Pardon, je devrais dire : Toko. Putain, t'as bien raison pour ça. »

Jade sent les doigts de Toko s'enfoncer dans son ventre.

Ils sont trois.

L'un a de longs cheveux noirs et rêches avec des perles enfilées dessus, un autre un long bouc roux, des yeux sans couleur, le dos voûté et de gros bras à la peau toute grêlée, tachetés de gris, comme s'ils étaient pleins à craquer.

Le troisième, c'est Hash.

Jade aimerait tant que Toko et elle soient restés à la maison. Pourquoi avaient-ils désiré plus que ce qu'ils avaient dans ce bateau ?

« Pas d'embrouilles ici, les gars, prévient Bryan.

— Nan, bien sûr, *mister* Barman. Quatre bourbons, s'il vous plaît. »

Jade sent l'air de la salle qui se met à bouillir.

Voiture. Vite.

« Pourquoi t'es là, Hash ?

— Pour le business, Jade. Juste le business, t'en fais pas, j'aurais pas fait tout ce chemin juste pour vous voir. Simplement, je me suis dit qu'on allait faire d'une pierre deux coups et venir vous trouver dans votre nid. » Il a laissé échapper un rire poussiéreux. « En parlant de nid, j'ai toujours aimé ce tatouage d'oiseaux que t'avais. Ce que c'était excitant… Ça paraît drôlement loin, pas vrai ? » Hash jette un bref coup d'œil à Toko. S'assure que ce qu'il dit touche les bonnes cordes. « Une p'tite virée en ville entre pouffiasses, hein ? Vous en faisiez souvent toutes les deux, ta pétasse de copine et toi. Mais maintenant tu joues les victimes, pas vrai ? »

Jade a la nausée de l'écouter. De savoir que Toko l'écoute. Hash sirote son verre.

« Hey. Félicitations à notre petit couple bienheureux. » Hash lève son verre. « Bravo, *bro*. Je me fous de savoir si tu me considères comme ton *bro*, putain. On est frères, ça c'est sûr. Bravo d'avoir réussi à faire d'elle une femme comme il faut. Ah, Jade ! » Et il lève à nouveau son verre, le vide cul sec, avant de l'abattre bruyamment sur le comptoir et d'en redemander un autre.

« Je crois pas, mon pote, répond Bryan. J'aimerais mieux que vous partiez, toi et tes amis. Sinon je vais devoir appeler les flics.

— Aaaah, la flicaille. Sont pas du genre rapide, si ? »

Jade sent l'erreur que vient de commettre Bryan, de les menacer avec les autorités. Elle sent ce coup en plein dans son ventre de femme enceinte.

Toko se lève, jambes un peu chancelantes. « T'inquiète, Bryan, on va rentrer. » Il pousse Jade derrière lui. « C'était une super soirée. » Toko s'efforce de ne pas bredouiller, mais ses efforts ne font qu'empirer la chose.

« Ooooo-weee, t'as pas mal picolé ce soir, *bro*. C'est pas grave, nous aussi. Nous aussi on a picolé. Tu te rappelles, Jade ? Merde, c'était le bon vieux temps. Le bon vieux temps. »

Toko regarde les *brothers* de Hash, puis, d'un doigt, donne une pichenette dans le cordon du sweat-shirt à capuche de Hash. « Où est passé ton écusson ? La marque de ton gang ? Ah, je vois. T'as perdu quelques frères après ce que ton pote a fait ?

— T'es pas respectueux. Ceux-là sont mes frères.

— Eh bien, bravo. T'as envoyé promener le gang ? » Toko rit. « Nan, nan, c'est l'inverse, pas vrai ? Dommage. »

Jade n'a jamais entendu son mari parler de la sorte.

Hash l'interrompt. « Hey, où il est ton *bro* ? C'est quoi son nom, déjà… Tommy. »

Alors Tommy se dirige vers eux, sa queue de billard à la main.

Hash fait claquer son verre sur le comptoir. « Toi. »

Tommy lève la queue de billard, imperceptiblement. « Nan, *bro*, pas moi. Je l'ai pas tuée. » Et il baisse la queue de billard, imperceptiblement. « Tu sais très bien qui a fait ça. Écoute, on veut pas d'ennuis.

— T'aurais dû y penser avant de te taper ma meuf.

— Fallait bien que quelqu'un le fasse. » Il y a un sursaut soudain dans la voix de Tommy. Jade voit l'homme au bouc roux ricaner. Presque comme s'il riait de la vanne de Tommy, comme s'il se moquait de Hash. Aucune allégeance à rien, constate-t-elle. Ce type a quelque chose de perturbant. Son regard vitreux, sa manière blasée de s'accouder au bar. Comme s'il ne savait pas où il se trouve, ni pourquoi il est là, mais s'il ne se passe pas quelque chose très bientôt, c'est lui qui va le déclencher. Il a faim de quelque chose, quelque chose de vil.

Rapide. Décision. Voiture. Mourir.

Jade dit : « Rentre chez toi, Hash. Pourquoi faudrait-il faire du mal à qui que ce soit, maintenant ?

— J'sais pas, Jade. Mais j'ai envie de faire mal à quelqu'un. Il faut que je fasse du mal à quelqu'un, et comme j'aime pas tes mecs – putain, je les aime vraiment pas –, c'est à *eux* que j'ai envie de faire mal. Tu nous connais, on laisse jamais tomber, rien… jamais. » Hash lève son verre et le lance par-dessus le comptoir. Il va s'éclater contre le mur.

« C'est qui, *nous*, maintenant ? dit Jade. T'as plus personne.

— Arrête de lui parler, Jade. » Toko fait un pas vers Hash. « Tu crois que tu peux me faire mal ? Regarde dans quel état tu es. »

Bryan sort de derrière le comptoir. « Calmez-vous, les gars. Les flics vont bientôt arriver. Calmez-vous juste, tous autant que vous êtes. » Mais il y a une faiblesse dans sa voix. Un tissu rouge pour les taureaux.

Jade tire sur le tee-shirt de Toko. « Rentrons à la maison, *baby*. »

Hash marche sur elle. « Personne rentre nulle part, là. » Il empoigne la *ginger beer* qu'elle a posée sur le comptoir et la lui jette au visage, puis il balance le verre vide sur la porte du frigo, derrière le bar, et le verre éclate en mille morceaux. Des morceaux de verre partout.

« Hey ! s'écrie Bryan.

— Oh ! » hurle Hash en retour, dans un gloussement.

Toko bondit en avant et le frappe en pleine mâchoire.

Tommy lève la queue de billard au-dessus de sa tête et l'abat sur l'épaule de Hash. Un craquement se fait entendre, comme un truc qui éclate.

L'homme au bouc roux – comme s'il était un robot et qu'on venait de l'allumer – se met en action. Il plaque Tommy au sol, et le type avec les perles dans les cheveux se rue vers lui. Ils rouent Tommy de coups de pied.

Boum, boum, boum.

Toko écarte brusquement Jade, la projetant dans une chute en arrière hors de contrôle, sans les bras pour se rattraper. Comme si on l'avait jetée dans les bras d'un public sans qu'elle ait rien demandé, un saut sans joie. Des mains douces la plaquent contre une poitrine.

Jade ne voit plus Toko. Elle entend des bruits. Un impact et un grand coup, un craquement atroce et un souffle coupé, un truc qui se renverse et un truc qui se brise.

Ça lui fait montrer les dents, ces bruits, ça la rend prête à arracher des yeux avec ses griffes. Hors de question de laisser qui que ce soit faire du mal à une autre personne aimée. Elle repousse violemment les mains douces qui la tiennent. Se précipite hors de la foule.

Une pensée la traverse, brisant son élan, comme un ballon coloré lancé sur la plage : demain, Taukiri et elle doivent préparer des pancakes pour Toko. Elle espère qu'il reste des œufs dans le carré. Ils devraient en acheter sur le chemin de la maison.

Sur le chemin de la maison.

Il faut qu'ils rentrent à la maison. Rapide. Voiture.

Il faut qu'ils rentrent à la maison et, pour rentrer à la maison, elle doit arracher des yeux à coups de griffes, alors elle transperce cette pensée flottante de ses talons et bondit en avant.

Décision.

Un tabouret de bar a été soulevé, haut dans les airs, si haut qu'il va peut-être abîmer le plafond, le faire voler en éclats, laisser entrer la lumière de la lune et des étoiles, et personne ne voudra plus frapper personne.

Mais tout va bien. C'est son Toko qui tient le tabouret et elle court vers son guerrier, prête, s'il le faut, à se battre à ses côtés.

Puis elle voit quelque chose et c'est comme si elle regardait une pièce de théâtre, elle court mais elle court comme dans ses rêves, sprintant et sprintant sans jamais gagner de terrain.

Qu'est-ce qui est plus dur et plus méchant que le bois ?

Le métal.

Depuis le juke-box, Pat Benatar chante *We Belong*, et derrière la tête de Toko il y a une horrible chose grise, et l'horrible chose grise a un crochet dessus et elle est en métal, donc elle devrait servir à ouvrir des trucs, comme des coffres ou des malles, et où était-elle passée pendant tout ce temps ? Où était-elle ? Pas dans sa manche. Dans une boîte ? Non, dans son dos peut-être, sous la ceinture de son jean crasseux. Peut-être était-elle là depuis le début.

Le type au bouc roux écrase le crochet sur la nuque de Toko et un craquement se fait entendre. Un bruit doux, comme une poignée d'œufs d'oiseau qu'on broierait.

Et il frappe à nouveau, tandis que Toko bascule en arrière. Il frappe encore et rate son coup, et il frappe une nouvelle fois dans la jolie fossette à l'endroit où le nez de Toko rejoint ses yeux, là où ses yeux rejoignent son front.

Et quand Toko s'écrase dans un choc sourd sur le plancher, le son creux de son souffle s'échappe de lui.

Et le type s'apprête à frapper de nouveau, visant les dents cette fois.

Jade se jette vers lui, des ailes dans le dos, hargneuse comme une chienne.

Elle transperce de ses doigts la peau blanche des bras du type, lui donne des coups de pied, et des coups de poing, elle lui hurle dessus et crache dans ses yeux vides, empoigne son long bouc roux et le tord, mais le type pose une seule paume sur sa tête et attrape une pleine poignée de ses cheveux et de son cuir chevelu, et il pousse sa tête vers le bas puis la soulève jusqu'à ce qu'elle n'ait plus le sol sous ses pieds, et il la jette par terre et elle se vautre. Mais rapide comme une chienne, elle se relève d'un bond et se lance en avant, et Pat Benatar chante le dernier couplet de sa ballade. *We belong. We belong. We belong together.*

Nous sommes faits pour être ensemble.

Et le métal s'abat, il s'abat, libérant les belles dents blanches de Toko de sa bouche grande ouverte. Tandis que Jade bondit, des morceaux de Toko jaillissent dans les airs et s'écrasent lourdement contre elle, lui brûlant la peau, et elle s'effondre sur le sol où Toko gît, et elle prend le visage de son mari dans ses mains et elle regrette aussitôt d'avoir regardé sa bouche, et désormais elle passera le reste de sa vie à regretter d'avoir regardé. Elle ferme ses yeux et l'embrasse mieux.

Embrasse. Ses joues. Embrasse. Son cou. Embrasse des endroits. Sur le visage de Toko que… ses lèvres ne… reconnaissent pas.

Elle crie quelque chose, crie pour que quelqu'un

vienne, putain, et répare ce qui vient de se passer dans ce lieu maudit. Aime-le à vie ! L'amour. Tu parles d'un truc à la con. Mais elle ne continue pas dans cette direction. Non. Non. Non. Que disait Toko, déjà ? L'amour. L'amour. Oui ! Il n'est pas de ténèbres que l'amour ne puisse illuminer ! Tu parles d'un truc à la con. Non. Non. Non. Aimer. C'est tout ce qu'elle veut faire. Aimer Toko. C'est tout ce qu'elle veut faire pour le restant de ses jours. Passer ses bras autour des épaules de Toko, tenter de le soulever. Réveille-toi, mon Toko ! Rappelle-toi, il n'est pas de ténèbres que l'amour ne puisse illuminer, et elle continue de l'aimer et elle continuera jusqu'à ce qu'il se relève, et la ramène chez elle, dans leur bateau, dans leur lit. Auprès de leur fils et des autres bébés qu'ils n'ont même pas encore eu la putain de chance de concevoir.

Had... a... feeling.

Could... be... someone.

J'ai eu l'impression que je pouvais être quelqu'un.

La femme de Toko. La mère des enfants de Toko. Être quelqu'un.

Elle lève la tête. Dans la rue, il y a un visage qui fixe l'intérieur du bar à travers la vitre brisée, des éclats de verre jonchant le bitume autour d'elle, des pans de soie rouge s'élevant de son corps, dans le vent.

Kat pousse un hurlement, ses mains filent se poser sur sa bouche.

Le juke-box émet un cliquetis mécanique. Et Smokie se met à chanter, il veut savoir où est partie Alice. Il devine qu'elle a ses raisons, mais il ne veut juste pas savoir.

TAUKIRI

La session de surf avait été fantastique, et être seul avec Megan l'était plus encore. Personne ne nous trouverait ici, là où nous étions. Elle m'a acheté un ticket pour le ferry avec sa carte de crédit, et on a pris ma caisse. On m'avait piqué ma planche et ça me rendait triste. Mais nous étions seuls dans ma voiture à l'endroit où je l'avais garée avant, à l'endroit où j'avais vécu. Entre la maison abandonnée et la mer. Et nous ne risquions rien ici. Personne ne nous trouverait.

J'étais assis sur le siège conducteur, elle côté passager, et elle voulait qu'on appelle les flics.

« On devrait. C'est la solution la plus sûre. Raconte-leur. Reste avec eux, et puis tu montes sur le ferry et tu t'en vas.

— Non, j'ai dit.

— Je vais les appeler, Tauk.

— Tout va bien ici, personne nous trouvera. »

Elle a sorti son téléphone.

« Non, s'il te plaît. Pas tout de suite.

— Quand ? »

Alors je l'ai embrassée, embrassée fort, si fort, si profond. Je l'ai goûtée. Et elle m'a rendu mon baiser. Mes mains étaient dans ses cheveux, puis elles sont remontées le long de son tee-shirt, ont tenu son menton. Partout, elles voulaient être partout. J'ai empoigné le bas de son tee-shirt, j'ai dit : « J'enlève ça », et elle m'a mordu la langue jusqu'à ce que je le fasse.

J'ai déboutonné son jean et j'ai tiré dessus pour l'enlever, j'ai balancé mes chaussures et mon inquiétude et toute logique. Je voulais juste la sentir, parce qu'elle était une mer, un océan qui enflait et montait. J'ai embrassé sa tache de rousseur et elle a gémi. J'aurais pu mourir là, comme ça, sur ce son. J'aurais pu mourir quand elle a gémi parce que c'était la plus belle chose que j'avais jamais entendue. J'aurais pu mourir là parce que, eh bien, merde. Ce que je voyais, c'était la peau que je n'avais pas vue et, oh, mon Dieu, ce qu'elle était belle. Ah ça oui.

L'eau sous la pleine lune est noire.

Le vent éparpille tout. Tout, et tout le monde, et sans mains, il est tellement difficile de rassembler les choses à nouveau. Sans une voix pour les rappeler à la maison, les aiguiller, les prévenir, leur dire où elles seront en sécurité. Les bonnes graines sont mélangées avec les mauvaises à présent, et ce n'est qu'au moment où leurs premières pousses sortiront qu'on pourra voir ce qu'elles valent. Ou qu'elles ne valent rien.

Il est douloureux de ne voir qu'à travers ces yeux-mer remplis d'eau qui sont les miens et de n'entendre que ce que le vent – ce que je tire à moi – vient bien apporter. Les chansons, les mots harassants, qui ont commencé à m'échapper. Les joyaux, les trésors les plus vrais : les paroles, les poèmes, les ballades. Les histoires. Ce sont les plus rouges, les plus bleus, les plus verts des joyaux.

Le vrai trésor au fond de la mer.

Non pas mes os, mais ce que j'ai fait, et ses conséquences, et comment cela tournera, encore et encore et encore.

Qu'on me donne ma bouche, qu'on me donne mes doigts et mes mains, pour que je puisse, peut-être, réparer quelque chose.

Je l'ai pris. Je l'ai emporté brusquement, comme le vent que je suis à présent, et je lui ai dit, à elle, que j'allais prendre soin de lui.

Elle en était incapable, disaient les gens. Alors moi, je devais.

Et je l'ai fait. Je l'ai regardée partir et j'étais contente de voir son dos s'éloigner, sa tête basse. J'étais contente de le prendre, et de la laisser s'en aller avec un enfant dans le ventre.

Le premier jour de Taukiri à l'école a lieu la semaine où les enfants fabriquent des cartes pour la fête des Mères. Il rentre à la maison et pose son sac par terre, il me regarde et il dit : « Bonjour, Maman. »

Et moi je réponds : « Bonjour, mon fils. »

Et voilà. Ce qui est fait est fait.

Qu'on me donne ma bouche, qu'on me donne mes doigts. Qu'on me laisse réparer tout ça.

Je suis fatiguée de mordiller la poussière grise. Le sable fantôme. De mordre et de mordre, sans rien dire. Qu'on me laisse prononcer un dernier mot inutile.

JADE

Ils sont seuls dans le bateau.

Elle remet la chanson au début et la repasse.

Ils sont fous de l'avoir laissée seule avec lui, elle ne devrait pas avoir le droit d'être près de qui que ce soit, jamais, parce que cette personne va mourir. Et pendant bien plus qu'un instant, elle se demande si elle ne devrait pas sauter par-dessus bord avec lui. L'emmener avec elle sous l'eau et noyer les deux fils sans père de Toko d'un coup.

Le couteau sur le comptoir est la première chose qui lui sourit depuis que les dents de Toko ont été pulvérisées par les coups. Son fils est endormi sur le petit lit, dans la petite cabine.

Elle prend le couteau. Le couteau avec lequel elle a vidé un poisson.

Elle soulève son tee-shirt et s'assoit sur le plancher. Elle a mal.

Peut-être qu'on aura cinq petits oiseaux.

Et elle entaille le plus haut des oiseaux en plein vol, enfonce profondément dans et sous lui, jusqu'à l'os de sa côte. Ça, au moins, ça peut s'en aller. Ça, au moins, n'a plus besoin d'être sur son corps. Elle découpe plus bas et la douleur chauffée à blanc lui tire un cri, tandis qu'elle libère l'oiseau d'encre de son corps, dans un petit gargouillis de sang. Et la douleur fait du bien, comme pleurer dans un enterrement, alors elle tranche le suivant, le découpant comme la chair noire d'un *pāua*. Elle passe au suivant, enfonçant timidement son couteau dedans, mais elle ne produit qu'un gargouillis de sang avant de perdre connaissance à cause de la douleur. Pas la douleur des oiseaux sanglants, mais celle des nombreuses autres horreurs. Découpe-t-elle autre chose avant de fermer les yeux ? Elle espère. Elle espère qu'elle a fait du bon boulot. Elle espère qu'elle ne se réveillera pas. Elle espère que Toko la trouvera. « Toko, je suis là. Je suis juste là. *Auē.* »

Au lieu de Toko, elle est réveillée par des cris, et elle en a assez. Il y a tellement de cris, tellement de bruit. Tant de mots, tous les jours. « Comment te sens-tu ? Que pouvons-nous faire ? »

Vous pouvez aller vous faire foutre, songe-t-elle. Tous.

Taukiri pleure derrière elle, les doigts sur la cage thoracique de sa mère. Il touche les plaies béantes et les oiseaux sanglants. Il crie : « Manman ! Manman ! »

Aroha hurle et soulève brusquement Taukiri. Les mains du bébé sont tellement pleines de sang. Aroha l'emporte comme le vent.

Un jour plus tard, ou bien une heure, peut-être même une minute, Aroha entre dans la chambre blanche. La chambre où Jade a dormi, droguée et couverte de bandages, pendant ce qui a paru être une éternité. La chambre ne se balance pas. Elle ne brille pas d'un éclat d'or. L'absence de mouvement est violente. Comme voir le jour dans une chambre désolée après le clignotement tiède d'un utérus.

La porte s'ouvre, laissant entrer un peu plus de lumière aveuglante et des silhouettes floues vêtues de blanc.

« Cassez-vous », dit tout haut Jade – les mots d'une vie passée –, mais les silhouettes n'en font rien. Elles s'affairent autour d'elle comme si Jade était devenue leur propriété – une expérimentation sur la quantité de souffrance qu'une personne peut encaisser. Ces gens semblent occupés à tracer des graphiques la concernant, comme si elle était un miracle statistique.

« Elle est encore vivante », semblent-ils se dire les uns aux autres. Jade se demande s'ils pensent qu'elle ne devrait pas se réveiller.

Aroha vient l'aider à se vêtir de noir. « *E kare*, c'est le dernier jour du *tangi*, dit-elle. Nous avons besoin de toi là-bas. »

Elle pense au crumble aux pommes qu'il y aura sans doute sur place. Et vomit.

Aroha lui fait sa toilette, la déshabille comme si elle était une poupée. Ou comme si on devait bientôt l'enterrer.

Aroha défait une vieille cape d'orties, qui a fusionné avec la peau de Jade. Elle la recouvre, à vif et blessée, d'une nouvelle cape d'orties.

Mais cette fois, Jade ne sera pas dans la cuisine à préparer le *kai*.

Son chagrin, suintant par tous ses pores, pourrait bien empoisonner le crumble aux pommes.

Quand l'habillement en noir est terminé, à la convenance d'Aroha, celle-ci accompagne Jade jusqu'à la voiture, garée à proximité. Une proximité de force majeure. Elles marchent jusqu'à la voiture qui les attend dans la zone des ambulances, bras entrelacés comme si elles étaient les sœurs que Jade croyait qu'elles étaient. Toko a vraiment fait d'elles des sœurs. Les a liées. Maintenant il est mort. Aroha aurait dû la laisser pour morte.

« Il faut que tu sois présente. Ce sera plus dur pour toi, après, si tu ne viens pas. Tu as besoin du *tangi* et le *tangi* a besoin de toi. »

Jade a presque plus confiance en Aroha qu'elle n'a confiance en elle-même, parce que Aroha semble engagée dans le même mouvement que le monde alentour. Elle est le soleil qui se lève comme il l'a toujours fait. En partie dedans, en partie dehors. Circulaire. Jade est lasse de tout – le temps qu'il fait, les arbres, son propre cœur battant qui lui dit : « Ça devait forcément arriver, belle femme. Tu croyais que ton histoire était un conte de fées ? Pas de bonnes choses à venir. Descends du train de la paix, espèce d'idiote. Les rails au-devant ont été arrachés des courbes de la montagne comme s'ils étaient des cordes de guitare. »

Ces choses, même le sang-froid d'Aroha les proclame.

Aroha sort la bonbonne de gaz du coffre et revient s'asseoir sur le siège conducteur. Elles portent toutes deux des robes noires. Le soleil brille sur elles, blessant les yeux de Jade. « Pourquoi le soleil brille ? » demande Jade. La lumière lui donne le vertige.

Taukiri sur la banquette arrière. Les cheveux peignés.

Important ? Non.

« Maman, où est Papa ? »

Petit idiot.

Aroha presse l'embout contre les lèvres de Jade.

« Respire profondément. »

Jade a la tête moins lourde. Elle pourrait presque rire.

Mais elle demande : « Ce n'est pas dangereux ? Pour le bébé, je veux dire. »

Et Aroha l'enveloppe du regard le plus désolé qu'elle ait eu depuis qu'elle l'a découverte avec les oiseaux tatoués arrachés de ses côtes et les minuscules mains de Taukiri courant sur les plaies béantes, laissant derrière elles des traînées rouges, comme s'il peignait avec ses doigts.

« Est-ce vraiment important ? » demande Aroha, avant de poser à nouveau l'embout du respirateur sur les lèvres de Jade.

Maintenant, debout à côté de Taukiri dans sa poussette, Jade n'arrive pas à saisir le sens de ces mots.

Toko va être inhumé aujourd'hui. Elle a découpé les oiseaux tatoués sur ses côtes, et Aroha va prendre Taukiri pendant quelque temps, pour qu'elle puisse se reposer, et elle pourrait presque rire.

Sous sa robe noire, ses plaies infligées au couteau sont bandées, et sous les bandages elle ne sent rien, nulle palpitation, rien. Ses jambes sont faibles. Son cœur semble à peine battre. Les plantes de ses pieds sont engourdies. Elle a l'impression de flotter.

Les larmes éparses de Colleen ne la troublent pas autant que Hēnare, avec ses yeux. Les regarder ne serait possible qu'en augmentant la dose de médicaments, les regarder et se demander s'ils auraient pu être un jour ceux de Toko exigerait plus que cette bonbonne de gaz.

Le cercueil noir étincelant dans lequel repose son mari a l'air petit à côté du gros monticule de terre. Un homme avec des lunettes noires et une veste en cuir vient se planter à côté d'elle et demande : « Ton petit ? », et elle baisse les yeux sur le doux visage endormi de Taukiri, tourné vers le côté de la poussette. Jade regarde l'homme, ses yeux noirs, tandis qu'il insiste : « Le tien ? Ça va être dur pour lui », et il se penche pour lui murmurer à l'oreille : « Maintenant que son arrogant de père est mort. »

Alors elle pivote sur elle-même pour lui faire face et plante ses yeux dans les siens, derrière les lunettes noires. Elle soutient longtemps leur regard. Elle les prend en otage, comme pour obtenir une rançon. Elle les tient comme si elle pouvait les prendre, si elle le voulait. Comme si elle pouvait les arracher de leurs orbites. Les gens pensent avoir des droits sur elle, songe-t-elle. Pourquoi ne puis-je pas prendre ? Elle tient ses yeux cachés derrière des lunettes plus fort qu'elle n'a tenu quoi que ce soit depuis des jours. Elle le voit qui tente de respirer, mais il ne peut pas.

« Ni le mien. Ni le sien. » Et elle pointe du doigt Aroha. Aroha a la tête baissée, un bras passé autour de Colleen. « Le sien. »

Jade s'écarte de la poussette où dort Taukiri, et de l'homme. Un dernier regard, et Aroha se tient juste un peu trop loin du petit garçon orphelin de père.

L'espace d'un instant – avec Jade à un ou deux pas, prête à s'enfuir, et Aroha le dos tourné, à un ou deux pas, pas prête à s'enfuir –, aucune d'elles n'était assez près. Il était seul, pas encore réclamé.

Jade s'éloigne. Aroha allait le prendre, ça, elle pouvait compter dessus. Aroha n'abandonnerait pas son neveu. Elle ne laisserait pas tomber son frère.

Jade la Maligne s'éloigne et espère qu'on va enterrer Jade l'Idiote avec son idiot de défunt mari.

Elle se demande combien de temps Taukiri restera orphelin. Quelques secondes à peine, qui ne s'accumuleront jamais assez pour faire une minute.

Mais c'est quoi, le temps ?

Il a été abandonné pendant une éternité.

Un homme avec un bouledogue tatoué dans le cou est entré dans le bar, cherchant un jeune homme qui lui devait quelque chose.

Je frappe à la fenêtre et je secoue la porte. Je me fraie un chemin à travers les fissures. La Soleil est dehors. Elle n'essaie même pas de m'accompagner. Il fait trop sombre ici, ils l'empêchent d'entrer, les murs et le toit, les fenêtres peintes en noir. Elle pourrait brûler tout ça, mais elle laisse les choses telles qu'elles sont. Telles qu'elles ont toujours été.

Un homme barbu, les bras entièrement tatoués, prend une bouteille posée contre le miroir de l'étagère, derrière lui, se remplit un verre, boit une gorgée. Je lui souffle à l'oreille. Ça me demande un immense effort, un effort démesuré, et je vois dans ses yeux qu'il entend les mots que je souffle, les mots d'une chanson qui parle d'une voiture rapide, et qu'il aimerait ne plus jamais entendre. Je vois dans ses yeux qu'il sait qu'autre chose est là. Moi. Il me sent. Il ne bronche pas. Il se tourne vers l'homme qui se tient debout de l'autre côté du comptoir, maintenant.

« Je cherche un jeune. Un gamin qui s'appelle Taukiri Te Au. »

Et l'homme derrière le bar se fige, se tend. Nous le voyons tous – l'homme venu avec des questions le voit, lui aussi. « Jamais entendu ce nom, dit-il.

— Me mens pas.

— Jamais.

— Je sais que tu le connais, dit l'homme. Je le sais. » Et il part.

La lumière, la lumière qui perd patience avec moi et mes efforts, fend de nouveau tout en deux, mais n'avale pas. Elle se contente de briser, de transpercer ou de couper. Encore et encore.

TAUKIRI

Il y a un coup sur la vitre, qui manque de la faire éclater, et Megan crie parce qu'elle voit un homme nous regarder à travers, l'instant d'après il est du côté passager et Megan veut baisser le loquet, mais trop tard. Il ouvre brusquement la portière. Je saute hors de la voiture en remontant mon pantalon, et je cours, je cours autour de la voiture pour l'attraper, pour l'empêcher, et il l'arrache de la voiture et je bondis sur lui.

Mais clac. Crac. Puis tout est noir.

Je rêve d'elle maintenant. D'elle tout entière, si belle. Mais tout est noir. Juste noir. Voilà que je coule au fond du canyon de Kaikōura, mes muscles se détachant des os, un sang chaud ruisselant dans mon cou.

Kat a ses secrets, elle aussi.

Le lendemain du jour où Māmā a perdu sa boucle

d'oreille, Kat roule vers Gore Bay et nous trouve, Jack, Ārama, Tauk, Māmā, Pāpā et moi en train de marcher le long de la route, cherchant quelque chose. Elle conduit la voiture de Tommy. Elle s'arrête, se range sur le bas-côté et descend. Elle a pleuré, mais elle a remis du mascara. S'est pincé les joues.

« Bonjour, Tante Kat, dit Ari.

— Bonjour, dit Tauk, renfrogné, Whakamā.

— Tēnā koe, Kat, la salue Māmā sans même relever les yeux.

— Salut, ma chérie, dit Pāpā. Ça fait plaisir de te voir. »

Je demande : « Pourquoi t'as la voiture de Tommy ?

— Je l'ai empruntée. Pour aller voir Papa et Maman. »

Maman ne relève pas la tête. « On passe une très mauvaise journée, Kat.

— Qu'est-ce qui s'est passé ?

— J'ai perdu une de mes boucles. » Elle regarde sa fille. « Tu sais, celles qui sont si jolies. Qui me viennent de ta grand-mère. » Elle se remet à chercher.

« Oh, c'est tout ? »

Maman redresse brusquement la tête. « Elle est irremplaçable, Kataraina.

— Ouais, je sais, mais c'est juste que... » Une bulle de rire étrange s'échappe de Kat. « ... On a survécu à bien pire, pas vrai ? En tout cas, certains d'entre nous. »

Maman ne rit pas. « Tu ne prends rien au sérieux, n'est-ce pas ? Tu ne t'intéresses qu'à toi-même. »

Kat referme la portière, s'appuie dessus. « Je suis entrée et j'ai vu les dents de Toko sur le plancher du Craypot. »

Papa prend la parole, alors : « Arrête, Kataraina.

— Ouais, cherchons une putain de boucle d'oreille. Blanche comme une dent.

— Rentre chez toi, répond Maman. On n'a pas besoin de t'entendre t'apitoyer sur ton sort. Pas maintenant. »

Et puisque je suis juste le vent, l'air, hā, *soufflant autour des gens, aspiré dans leurs bouches, leurs poumons, leurs pensées, je le sais maintenant – Kataraina aperçoit quelque chose. Un objet qui brille.*

Mais avant de se diriger vers lui, cependant, elle réfléchit. Elle se demande pourquoi elle est venue ici. Elle est venue ici pour dire à sa mère et à son père qu'elle a besoin d'aide. Parce que, la veille au soir, Stu est devenu dingue, et même s'il ne l'a pas vraiment frappée, comme cela est déjà arrivé, il s'est mis très en colère parce qu'elle avait enfilé un tee-shirt moulant et descendu l'escalier en pensant qu'elle allait rendre visite à une amie pendant qu'il allait jouer au billard.

Elle n'y est pas allée au bout du compte. Il a fait en sorte que ça n'en vaille pas la peine.

Quand il est rentré à la maison, ils se sont disputés dans le lit, Stu a levé le bras puis il a posé sa main sur le cou de Kataraina et a appuyé sur sa gorge, pas très fort – l'espace d'une seconde, elle ne pouvait plus respirer. Elle aurait préféré qu'il la frappe ou dise une méchanceté, qu'il la pousse dans le dos.

Mais cela n'a duré qu'une seconde. Une seconde.

Elle se sent soudain idiote. Il n'y a pas de marque. Cela peut aussi arriver, ou pire, en serrant quelqu'un trop fort dans ses bras. Qu'allait-elle donc leur dire ? Stu m'a appuyé sur la gorge ? Ils savent qu'il a fait pire, et qu'elle l'a défendu ensuite.

Et cela fait longtemps qu'il ne l'a plus battue. Une éternité.

Les choses se passent mieux.

Elle marche jusqu'à l'objet brillant, à pas lents, puis elle marche dessus, fait pivoter son pied, l'enfonce dans les graviers, regagne la voiture de Tommy, s'assoit au volant et retourne à la ferme.

Rien qu'une seconde. Pas grand-chose, en fait.

Elle arrive à la maison à temps pour préparer un dîner acceptable.

ĀRAMA

Beth et moi, on a supplié Tom Aiken de nous préparer un morceau de l'anguille que j'ai pêchée.

Tom nous a répondu que ça aurait le goût de l'eau de la rivière, toute vaseuse, mais on lui a dit qu'on mangeait des vers de terre, parfois, et qu'à côté ça serait pas grand-chose. Il a fini par dire : « Bien sûr, un soldat doit manger ce qu'il a chassé », et il a coupé le bout de la queue de l'anguille, a enroulé de l'alu autour, et il l'a mis sur une pierre brûlante à côté des flammes. On entendait un bruit de grillé, le jus coulait comme de l'huile dans la poussière.

L'anguille n'était pas si mauvaise, on l'a mangée avec les doigts et on a même léché le jus. On se sentait courageux et comme de vrais aventuriers en mangeant l'anguille que j'avais pêchée dans l'eau sombre de la rivière, la nuit. Lupo remuait la queue en regardant, et sa langue pendait. J'ai posé un morceau d'anguille dans la paume de ma main. Il l'a mangé. Puis il a continué de renifler et de lécher ma main jusqu'à ce que je lui en redonne. Lupo voulait dire « loup » en italien, m'avait expliqué Beth. La tante de Beth est allée en Italie un jour et, quand elle est rentrée, Beth lui a téléphoné pour lui demander un nom italien cool pour son nouveau chien, et sa tante lui a donné celui-là.

« Mais Papa était pas content, il voulait qu'on l'appelle Sav. Et moi, j'ai dit : "Ouais, Sav comme savonnette. C'est débile." Il a répondu : "Non, Sav comme *savage*... "sauvage", mais moi, je me disais juste, "savon, savonnette", alors, nan, sûrement pas. »

Beth et moi, on allait dormir avec Tante Kat et Lupo. Tom Aiken dormirait tout seul dans l'autre tente. Quand on est allés se coucher, Tom Aiken m'a fait un clin d'œil et m'a dit : « Veille sur les filles, guerrier de la rivière. Je vais pouvoir dormir tranquille en sachant qu'elles sont avec toi.

— J'ai pas besoin qu'il veille sur moi, a protesté Beth en tapant du pied.

— Veillez l'un sur l'autre, alors. »

Tom Aiken était le meilleur. Il aurait dû être le mari de Tante Kat, et il devrait pas y avoir d'Oncle Stu.

Allongé dans la tente, je sentais l'odeur du feu de camp dans nos cheveux, et la terre entre mes doigts de pied. J'aurais voulu qu'on reste là pour toujours, à camper et à courir le long de la rivière, à sentir la poussière et le feu de bois quand on allait se coucher le soir.

« Lupo, ça veut vraiment dire "loup" ? j'ai demandé à Beth.

— Yep.

— Oncle Stu a un fusil, je lui ai dit. Un pour la chasse, un pour les rats. »

Beth s'est glissée plus près de moi. Lupo nous écrasait les pieds. On pensait tous les deux à Oncle Stu et à son flingue.

« Peut-être que mon père en a un aussi », a dit Beth.

Ça nous a fait nous sentir mieux.

Puis Beth a sorti le livre avec l'image des gens qui rament vers une île sur la couverture. Celui qu'elle avait demandé à Tante Kat de lui acheter au gars qui portait des draps sur lui dans la rue. Le livre sur la paix dans le monde.

Elle a allumé sa torche.

« Lis-le-moi, Django.

— Tu sais lire maintenant.

— Je sais mais quand même, s'il te plaît. »

Beth disait presque jamais « s'il te plaît », alors je lui ai lu le livre et elle tenait la torche.

« Le sexe est une chose ab-ab-surde. Imaginez un peu. Imaginez un homme et une femme faisant l'amour sans aucun at-tache-ment ro-man-ti-que. Imaginez qu'ils n'aient aucun autre dééé-sir que de créer un humain de plus. Imaginez des gens pas motiii-vés par une histoire dans leur tête. Une histoire ex-pli-quant leur ressen… » J'ai pointé du doigt le mot. « … leur ressenti bio, biolo, bio-logique.

— Donne-moi ça », m'a dit Beth en m'arrachant le livre des mains. Elle a poursuivi la lecture : « I-ma-ginez qu'il n'y ait pas de chhhhhi-mie. Comment l'hu-ma-ni-té pourrait-elle exister ? Sans po-é-sie, sans chansons, sans cheveux longs et sans par-fum et sans gui-ta-res, nous aurions connu l'ex-tinc-tion. Il n'y aurait pas d'humains sans amour. Et qu'est-ce que l'amour ? Vous sou-cie-riez-vous de l'amour si l'amour ne vous donnait pas l'im-press-ion d'être un enfant jouant au plus fan-tas-ti-que des jeux ? Le chat et la sou-ris. Cache-cache. Sans amour ro-man-ti-que, le monde ne serait qu'ar-bres et rivi-èèères rivières et mon-taaa-gnes montagnes enneigées et oiseaux, au-jourd'hui. Juste des animaux. Et pourtant, l'amour ro-man-ti-que n'est qu'une illu-siiii, illu-sion. »

Tante Kat a ouvert le zip de la tente. « Hey ! Extinction des feux. »

Beth a planqué le livre sous son oreiller. « Mais vous faites quoi, Papa et toi ?

— Tu crois qu'on fait quoi ? Qu'on joue aux dames ? On range tout. On éteint le feu. On va bientôt aller se coucher. Allez, dormez maintenant. »

Elle a refermé le zip.

Beth a ressorti le livre. « Les gens sont des a-nimaux. Ils é-cri-vent peut-être de la poé-sie et des lettres, et ils chantent. Mais ce sont des a-ni-maux. »

Beth a refermé le livre.

« Tu lis vraiment super bien maintenant, Beth.

— Je t'ai dit : je veux déménager à Auckland et travailler au bureau de ma tante dans la grande ville. Avec une Smart. Souviens-toi. Toi et moi. Mari et femme. Pas de truc dégueu. Pas de poésie. On est Django et Doc. Pas Django et Broomhilda. Regarde la pagaille que ces deux-là ont mise.

— Ils ont vécu heureux après.

— Ah bon ? C'est vrai qu'on les a vus s'en aller à cheval, mais est-ce qu'ils ont vécu heureux ? »

Lupo est venu nous lécher le visage, peut-être récupérer encore un peu de jus d'anguille sur nos mentons. Et c'était peut-être le vent, mais dehors on aurait dit que notre armée d'abeilles tournait et tournait autour, montant la garde.

TAUKIRI

En rêve, je chante pour elle. Une chanson d'amour, plus douce que je l'ai jamais chantée.

On peut rendre n'importe quelle chanson douce et la faire sienne. Comme je le fais avec le *We Belong* de Pat Benatar. Pour Megan.

Nous nous embrassons dans ma voiture et je l'aguiche, et je vais lui faire toutes sortes de choses maintenant, et elle rit, elle rit comme s'il y avait tellement plus d'espoir dans cette histoire, tellement plus qu'on ne l'avait cru.

« Je te veux… je te voudrai toujours. Encore et encore. Tu es prête ? » je demande.

Elle rit. « Tu es trop jeune pour moi.

— Comme les étoiles ? » je dis et je mords ses cheveux.

« Comment as-tu trouvé mon grenier, *boy* ? »

Je picore ses joues, le dessus de son nez, jusqu'à la tache de rousseur sur son œil. La plus belle étoile de mer que j'aie jamais vue.

« Tu m'as fait rentrer car il pleuvait dehors, je dis.

— Un oiseau mouillé.

— Partons ensemble. Allons chercher Ari ensemble. »

Elle grimpe sur le siège conducteur. « Je conduis.

— Bien. Et moi, je vais dormir. »

En rêve, quand je me réveille, on est presque arrivés au ferry. Si proches maintenant.

Je me réveille pour de bon, la tête qui pulse, un goût de sang dans la bouche, je me redresse. « Hey », je dis.

La voix est trouble et noire et mes oreilles sifflent. « J'ai connu ta mère », elle dit.

Je regarde dans le rétroviseur.

À la lueur de la lune, ses dents ont l'air tellement cassées.

ĀRAMA

Tom Aiken a pensé qu'il valait mieux qu'on rentre pile à l'heure de la traite, comme ça Oncle Stu serait pas à la maison. Je voulais pas rentrer. Je voulais rester au bord de la Conway River et vivre là.

J'ai remis mes affaires dans mon sac d'école. Tout doucement. Et puis j'ai eu peur d'avoir oublié mes sparadraps, alors j'ai tout déballé. Trouvé les sparadraps. Les ai comptés. Il en restait cinquante-trois. J'ai tout remis dans le sac, maillot de rugby, short, maillot de bain mouillé, et même ma culotte.

Brosse à dents ? J'ai tout redéballé.

« Dépêche-toi, grogne Tante Kat. Tom doit aller travailler. »

Je me suis cogné l'orteil contre une racine en marchant vers la voiture. Me suis arrêté. J'ai vidé mon sac d'école. Pris ma boîte de sparadraps. J'en ai mis un sur mon orteil.

Je les ai recomptés, avec soin.

« Non, mais tu plaisantes ou quoi ? » a grogné Tante Kat.

Il n'en reste plus que cinquante-deux.

J'ai tout rempaqueté. Je suis monté dans la voiture, en essayant de penser à un truc qu'on devait faire avant de partir, mais avant que j'aie pu trouver quelque chose, on était repartis.

Sur la route de la maison, Tom Aiken a dit à Tante Kat qu'elle ferait mieux de juste prendre ses affaires, de m'emmener, moi, et de s'en aller. On irait chercher Taukiri et on descendrait au sud chez Nanny et Koro, et tout le monde pourrait commencer à prendre soin de ce qu'il restait de cette famille. Tante Kat hochait la tête, mais j'ai vu ses mains qui se serraient très fort, comme si elles-mêmes n'étaient pas si sûres.

« Tu sais, Kat, Stu changera pas. Il a toujours été et sera toujours un connard. Plus que ça, Kat. À vrai dire, il est pire que ça.

— Tu le connais pas comme je le connais, Tommy. Il peut être adorable, parfois.

— Vraiment ? Tu crois ça, Kat ? Moi, je ne pense pas. Et Ari… » Tom Aiken a baissé d'un ton. « Ari, il en pense quoi ? Est-ce qu'il pense que Stu peut être adorable ? Sur ce point-là, Colleen avait raison.

— Elle avait raison sur d'autres points.

— Comme ?

— Jade.

— Non, elle n'avait pas raison. Pas sur Jade.

— Si elle n'avait pas été là…

— Il n'y aurait pas de Tauk.

— Toko serait encore vivant.

— Arrête, Kat. » Tom Aiken nous regardait, Beth et moi, dans le rétroviseur. Lupo était endormi entre nous, la tête sur les genoux de Beth. Le cul sur les miens. Et j'espérais qu'il allait pas péter comme il l'avait fait toute la nuit après avoir mangé l'anguille. J'avais failli mourir à cause de l'odeur dans la tente, et Beth avait essayé de me faire porter le chapeau parce que son Lupo chéri pouvait jamais rien faire de mal. Juste à ce moment-là, il a lâché une perle et j'ai baissé la vitre et Tante Kat s'est mise à crier : « Toi, arrête, Tommy ! Arrête de me dire que je devrais me tirer avec le fils de ma défunte sœur pour aller trouver la femme de mon défunt frère… Elle est sans doute morte, elle aussi ! Comme elle le désirait !

— Kat ! » a hurlé Tom Aiken.

Lupo s'est réveillé, a grogné, poils du dos dressés. Beth l'a caressé. « Il aime pas qu'on crie, elle a dit. C'est sans doute pour ça qu'il aime pas ton Oncle Stu.

— C'est pas mon Oncle Stu. »

Tom Aiken a monté le volume de la radio.

Beth m'a fait signe de m'approcher. Je me suis penché vers elle : « Je croyais que Taukiri était ton frère ?

— C'est mon frère, j'ai dit.

— C'est qui, Jade ?

— J'sais pas.

— Il y avait beaucoup de gens morts dans cette conversation, a dit Beth. Comme dans un film. »

L'odeur du pet de Lupo avait disparu, j'ai remonté la vitre et, avec mon doigt, j'ai écrit « Au *Feedezeen*, Oncle Stu » sur le verre.

Puis le nom « Jade », encore et encore.

Les chaussures de sécurité d'Oncle Stu n'étaient pas devant la porte. Et son pick-up, pas dans l'allée.

On s'est garés, et Tom Aiken a arrêté le moteur.

« Va faire tes sacs, Kat. Je t'emmène où tu veux. » Il avait l'air en colère.

Tante Kat lui a pas répondu. J'ai serré mon os sculpté dans ma main et retenu mon souffle. Je voulais qu'elle dise qu'elle allait juste faire nos valises et qu'après on s'en irait. Tom Aiken a touché le visage de Tante Kat. Il a touché le bleu avec son pouce. L'œil au beurre noir qu'Oncle Stu lui avait fait. Une larme coulait sur sa joue. J'avais envie de respirer, mais je pouvais pas parce qu'il fallait que je l'entende dire qu'on allait partir, qu'on partait tout de suite.

« T'es ma famille, a dit Tom Aiken. S'il te plaît, Kat.

— Je sais pas. »

J'avais la tête qui tournait, besoin d'air. Mais j'ai retenu ma respiration. La bouche de Beth était grande ouverte. J'ai entendu Lupo lâcher un autre pet. J'allais pas le sentir, en retenant mon souffle. Puis Beth a fermé brusquement la bouche et a fait la grimace, en me donnant un coup de poing. « T'es dégoûtant, Ari. »

J'ai continué de retenir mon souffle.

« Fais-le pour Toko, tout le monde a déjà trop souffert. Je n'en ai pas fait assez pour lui, ce soir-là. À vrai dire, j'ai aggravé les choses. Je le sais bien. C'est à cause de moi qu'il est mort. Je veux que tu vives grâce à moi. Là, tu ne vis pas. S'il te plaît. »

Tout à coup, moi qui retenais mon souffle et la tristesse de Tom Aiken, tous les deux ensemble, avons eu un effet magique, parce que Tante Kat a dit : « OK. »

Alors j'ai ouvert la bouche et j'ai inspiré, inspiré, et l'air m'a rempli les poumons, et je me suis senti comme un cerf-volant dans le ciel, des abeilles dans les os et un cerf-volant dans le ciel, et le vent dans mes cheveux.

J'étais presque désolé pour Oncle Stu. Mais bon, je tourbillonnais surtout juste sous le soleil, rayonnant, bourdonnant, pétillant.

JADE

Jade n'avait jamais retrouvé ses pieds. Ils lui faisaient mal quand elle marchait, comme son coccyx, et elle avait peur de devoir vivre trois siècles encore avec cette sensation d'avoir des éclats de verre jusque dans ses os les plus infimes. Sa tête sans cesse en train d'ajuster, tentant de s'orienter dans la vie sur terre après avoir passé trop de temps en mer.

Elle n'avait connu que la vie avec un homme.

Un homme bon ou un mauvais homme. La seule chose qu'elle avait connue, c'était la sensation d'appartenir à quelqu'un. La sensation d'avoir un système. Bon ou mauvais. Dans le carré d'un bateau ou la maison d'un gang. En mangeant de la morue fraîche ou un *fish burger* de la veille.

Elle a traversé la vie en titubant pendant tant d'années après avoir enterré son mari et déserté son fils.

Un jour, elle a reçu une lettre.

Elle était restée au même endroit assez longtemps, pour une fois, pour qu'on la retrouve. Dedans, il y avait un chèque. Et un mot : *Taukiri est heureux.*

Jade s'est détestée pour ce qu'elle a ressenti alors.

La somme inscrite sur le chèque n'était pas assez conséquente pour qu'elle puisse prétendre être plus que celle qu'elle était, mais suffisamment pour verser un dépôt de garantie pour un bungalow à Rakiura. Cette île où Toko l'avait jadis emmenée. Un endroit où ils s'étaient arrêtés pour faire des provisions pour le bateau et acheter un sachet de figues séchées.

Là, elle est restée tranquille.

Une lettre était arrivée une fois là où elle était restée en place assez longtemps pour qu'on la retrouve. Elle espérait presque que cela se reproduirait. Une lettre, un appel, peut-être même un coup à sa porte.

Elle espérait une chance de pouvoir demander pardon à la seule sœur qu'elle avait jamais eue, pour des choses que personne ne savait : la fois où elle avait voulu sauter du bateau avec Taukiri dans ses bras. D'autres choses, aussi. D'autres choses qu'elle avait faites, d'autres entailles infligées. Ce dont tout le monde avait souffert : la mort de Toko. Le fait que, si elle n'était pas entrée dans sa vie, il serait toujours là.

Mais aucune lettre n'est venue.

Les cheveux de Jade sont devenus gris, son visage s'est couvert de rides.

Mais les cicatrices sur sa cage thoracique, elles, donnaient l'impression qu'elle s'était tailladée quelques jours plus tôt.

Quand elle repensait au bébé qui était mort dans son ventre parce qu'elle avait perdu trop de sang et avait eu une douleur trop grande à anesthésier, elle savait qu'elle méritait toutes les versions imaginables de la solitude et de l'isolement.

Rakiura procurait l'isolement, facilitait la solitude.

Jusqu'à ce que… Un matin de printemps, le téléphone de Jade a sonné. C'était Aroha. Aroha qui l'appelait pour lui demander : « Est-il trop tard pour réparer tout ça ? »

Jade l'ignorait.

« Alors autant essayer. » Et Aroha a éclaté de rire.

« Oui, autant essayer. »

Aroha allait descendre avec Taukiri jusqu'à Rakiura sur le bateau dans lequel Jade et Toko avaient vécu autrefois.

« Ça ne t'embête pas ? Ça ne t'embêtera pas de le voir, de voir le *Felicity* ? »

Jade n'était pas très sûre, mais elle a répondu : « Non », comme si elle était sûre. « Je vais voir mon fils. Alors un bateau…

— Je l'ai pris, a dit Aroha. Je suis désolée.

— Je l'ai abandonné. »

En ne les voyant pas arriver, Jade a trouvé le courage d'appeler Colleen, et Colleen lui a raconté ce qui s'était passé.

« C'est ici qu'ils venaient, a dit Jade. Pour moi.

— Oui, évidemment. » Colleen a raccroché.

Jade a décidé de se suicider. Elle a marché jusqu'au sommet d'une falaise, parce qu'elle voulait mourir en volant.

Elle s'est penchée par-dessus le rebord et a regardé en bas. Une partie d'elle voulait vraiment sauter, une autre non. Une partie voulait s'écraser dans le sol, en bas, hérissé de dents blanches. Une autre voulait souffrir jusqu'au bout. C'était ce qu'elle méritait. Elle a avalé une grande bouffée d'air, par saccades, qui s'est nichée au creux de son estomac. Le vent a forci, poussant soudainement une protestation quasi humaine. Elle a senti qu'on la repoussait vers l'arrière. Un cri. Et de nouveau, la main du vent l'a repoussée, loin de l'espace grand ouvert au bord de la falaise.

Une fureur l'a prise, alors, après elle-même. Et elle s'est mise à courir. Malgré elle, elle s'est retrouvée en train de sprinter, sautant par-dessus des troncs d'arbres, des mares, des ruisseaux. Elle filait à travers les prairies, le long du sentier sinueux, furieuse après elle-même. Elle a arraché une branche au passage et l'a brandie comme une lance dans les airs.

Elle est arrivée à bout de souffle à sa petite maison insulaire, et a sorti des feuilles d'un tiroir fermé. Des feuilles et des feuilles griffonnées qu'elle avait planquées là, sous clé. Elle les a calées sous son bras et elle est ressortie de la maison, direction la baie.

Au bord de l'eau, elle a tendu les pages en l'air.

« J'ai écrit ton histoire, Toko, a-t-elle sangloté. Toute débile que je suis, je sais écrire. Tu le croirais pas, a-t-elle ajouté en riant, mais je sais écrire. »

Elle a reniflé. « Mais j'ai pas pu tout écrire.

« Dans notre histoire, on s'est rencontrés sur une plage. C'est ce qui se serait passé, si on avait eu de la chance. Mais on le fera – dans une autre vie, mon Toko. Dans une autre vie, on se rencontrera sur une plage. On s'est rencontrés où, *baby* ? Ah oui, c'était à l'hôpital. T'es venu avec Tommy. On est allés à la plage après, pas vrai ? Mais pour raconter mon histoire, c'était d'abord à la plage, et ensuite à l'hôpital. C'est quoi le temps, de toute manière ? Je me suis laissée croire qu'on s'était rencontrés là-bas. Tu méritais ça. Tu jouais de ta guitare, et moi je dansais. C'était une meilleure manière de raconter une histoire. Parce que le commencement peut être n'importe où, et pour moi c'était au bord de la mer, toi qui chantais, moi qui dansais.

« Quand j'étais petite, ma maman et mon papa m'ont emmenée à la plage, et j'ai toujours imaginé que c'était là que je rencontrerais quelqu'un comme toi. Un jour. Un beau jour.

« Je me suis laissée croire que je n'avais dit non qu'une seule fois. À lui. À ce chien. »

Elle voudrait arrêter de pleurer mais elle ne peut pas.

« Dans mon histoire, je me sentais aussi belle que tu pensais que je l'étais. »

Jade a touché les cicatrices sur ses bras. Sa langue passe sur les creux édentés de ses mâchoires. Elle a serré dans ses mains son conte de fées, son histoire d'amour tragique, son il-était-une-fois-et-elle-vécut-malheureuse-pour-l'éternité.

« C'est ma mère qui m'a appris à lire. Et quand elle ne pouvait pas m'écouter, m'écouter devenir plus grande qu'elle, et qu'elle me disait d'aller me faire foutre, je me prenais pour qui, je me croyais la plus maligne maintenant, hein ? je planquais des livres sous mon lit et je lisais les mots que Head m'avait appris à lire, et à partir de ceux-là j'en ai appris d'autres toute seule, et d'autres encore. Mais Felicity finissait toujours par revenir. "Pardon, elle disait. *Tū meke*, ma fille, t'es vraiment trop."

« J'ai écrit notre histoire comme si j'écrivais sur une île. Comme si j'étais un oiseau. J'écrivais ce qui était bon. En Head. En Felicity. Parce qu'il y avait du bon, il y avait du bon. Je le voyais sur leurs visages. Je l'ai vu dans leur manière de serrer les mains. J'ai vu la douleur chez ma mère. Il y avait tant de bon en eux, et je l'ai absorbé. Ils me l'ont donné, sans s'en rendre compte. Personne n'est juste quoi que ce soit. Pas vrai, mon Toko ? Tu m'as appris ça. "Je suis juste une traînée de gang", je t'ai dit. Et toi, t'as répondu : “Personne n’est juste quoi que ce soit.” Et dans mon histoire, Aroha me retrouve avec juste mes tatouages tailladés. Rien d’autre. Pas de veines. »

Elle a passé ses doigts sur les balafres de son poignet, de nouveau furieuse après elle-même.

« Pardonne-moi. »

Elle a déposé son histoire hors de portée de la mer. Sur la pile, elle a mis un galet. Pour l’empêcher d’être emportée par le vent.

Elle voulait que les mots soient avalés tout entiers, comme seule la mer pouvait le faire.

La mer a touché les pages. Jade les a regardées partir. Les a regardées être emportées dans un triste murmure violet. Une mer couleur ecchymose.

Jade l’Idiote. Jade la Maligne. Deviens Jade.

TAUKIRI

« J'ai connu ta mère », il dit. Il baisse la tête alors que je m'assois plus droit, et je suis content de ne plus avoir à regarder ses dents cassées dans le miroir.

« Y a longtemps. Je suis un homme que tu devrais craindre, parce que je suis bête. C'est de ça que les gens devraient avoir peur. La bêtise. Et la bêtise en bande est la pire de toutes.

— Megan ! » je crie. Je me frotte la tête. Trouve du sang dessus.

« Désolé pour ça. Mais c'est pas le pire.

— Megan ? »

Il a un bouledogue tatoué dans le cou. Il a le visage de quelqu'un qui a fait de mauvaises choses et qui a payé pour ça.

« Ah, Megan… » Il éclate de rire. « Les mecs se mettront toujours dans le pétrin pour tirer un coup, hein ?

— Elle est où, putain ? »

Il se tourne et braque un flingue sur moi. « À ta place, je surveillerais mon putain de langage. » Puis, d'une voix plus douce : « Tu me rappelles quelqu'un, *tama*. Vraiment. Bref, t'allais te faire la malle, hein ? Pourquoi ça ?

— Je vais voir mon frère, j'ai dit.

— T'as pas de frère.

— J'ai un frère. »

Il continue de rouler. Le flingue dans une main, le volant dans l'autre.

« Tu sais où est ta mère, *tama* ?

— Non. Je sais pas.

— Moi si. J'ai cherché longtemps. Je l'ai trouvée. Puuutain. Des années. Je l'ai trouvée, et toi aussi ! Tu vois, ça a pas mal parlé aujourd'hui. J'ai attendu que ma cargaison arrive, j'ai attendu. Et pas dans la joie. Parce que, tu vois, ces derniers temps je pense à me retirer, mais c'est juste que je veux faire certains trucs d'abord. Avant de me ranger des voitures, faut que je répare certaines injustices. Et que j'en commette d'autres. »

Je regarde partout dans la voiture, en quête d'une arme. Et il me voit chercher.

« T'as peur, *tama*. Et y a de quoi. T'as déconné. Et des gens sont fâchés. Vraiment fâchés. Et quand les gens déconnent comme t'as déconné, faut que quelqu'un paie. Alors le boss vient me trouver : "Tu connais un certain Taukiri Te Au ?" Moi je me dis : "Putain, pas croyable. Taukiri Te Au. Pas croyable." La vie est comme une boîte de chocolats, pas vrai ? T'as raison d'avoir peur, *tama*. J'ai tué des gens. » Il s'engage sur une route secondaire et s'arrête devant un hangar à bateaux. Pas une âme alentour.

« L'histoire que je vais te raconter va te faire un choc, *tama*. »

Qu'est-ce qui se passe, putain ? Je tremble, j'arrive pas à empêcher mes genoux de sauter dans tous les sens. Je me sens glacé jusqu'aux tripes.

« Un vrai choc, dit-il en se tapotant le front avec son pistolet.

« Ce flingue… » Il se tourne, le braque sur moi. « J'ai donné l'ordre qu'on le plante dans la nuque de ton *koro*. L'aïeul que t'as jamais connu. Je l'ai fait abattre. J'ai regardé ta maman pleurer à ses funérailles. »

Et il se met à pleurer. Le bruit qu'il fait est horrible, comme s'il avait jamais pleuré avant. Des sanglots étouffés, comprimés, peinés. Comme si ses poumons étaient remplis d'un sable fantôme noir, noir.

« Mais c'est bon. Ça fait partie de cette vie, tu sais. » Il se tourne vers moi. « Ça aussi, ça va te faire un choc : j'ai fait buter ton père, aussi. »

Son visage s'éclaire tout à coup, rayonne, comme celui d'un gosse. « Alors t'imagines ma surprise quand mon boss dit à tout le monde : "Trouvez-moi Taukiri Te Au. Et faites-lui la peau." Et, mon gars, tu penses que je voulais être le premier à te trouver. Y a rien dont j'avais plus envie que te trouver. »

J'arrête de trembler, alors, et mon corps devient si vide et engourdi et privé d'espoir, mais lui, il continue de parler. « J'ai pensé à toi de temps en temps, pendant toutes ces années. Tu vois, j'suis orphelin aussi, *tama*. » Il se frappe la poitrine. « Orphelin aussi. »

Il part d'un rire sec. « Regarde l'animal que je suis, maintenant. Puuutain. »

Son rire sec se change à nouveau en pleurs. Il chiale un moment avant de s'arrêter brusquement, puis il respire fort par le nez avant de l'essuyer du dos de la main.

« Mais t'as pas l'air si mauvais, *tama*. On dirait que t'as jamais fait de mal à personne. Mais t'es triste. Ça, j'le sais. Je l'entends. T'es triste. Et elle aussi. Et moi, je mérite pas la tristesse, la tristesse c'est pour ceux qui ont une âme. Tu vois dans mes yeux que j'ai pas de putain d'âme. C'est pour ça que t'as la trouille. Et t'as raison, nous autres les animaux, on change pas. Pas de raison. Trop stupides. Pas comme ta maman, pas comme ton papa. Puuutain, même Head, ton *koro*. Trop malin, le petit roi, ça l'a perdu.

« J'aime le noir, maintenant. Dans mon *pōuri*. »

Il tend la main vers la boîte à gants. Quand il l'ouvre, j'aperçois la boîte de chocolats qu'Ari m'a offerte. Et je veux cet os sculpté à mon cou. Mon cœur est tellement exposé. Ma poitrine si vulnérable. Je me sens débile de l'avoir enlevé.

« Pas beaucoup de fric, hein, *tama* ? La vie est comme une boîte de chocolats. Mais dans celle-là y avait que dalle ! Beau collier, quand même. » Il sort mon os sculpté de la boîte et le balance devant ses yeux. Il se laisse absorber par la beauté de l'os. Ses replis, sa complexité.

Puis il le laisse tomber. Referme la boîte d'un geste brusque.

Les lumières du ferry de Picton se sont pas très loin, elles clignotent au loin, flottant sur l'eau.

« Megan ? je redemande. S'il vous plaît…

— Je lui ai pas fait de mal. Juré. C'est pour toi que je suis venu. Mais je lui ai fait aucune promesse. T'as une dette envers moi, *tama*. Je veux dire, si t'es pas une racine dont elle se souvient, si t'es pas un homme dont elle se rappellera toujours, alors qui le sera ? »

Et il se remet à pleurer, et à dire des trucs que je comprends pas. Il reconnaît dix mille torts, ils sortent de lui comme une eau trouble, une rivière en crue charriant des débris, trop longtemps retenue. Je veux pas écouter.

« De mauvaises choses. Je faisais de mauvaises choses, puis je m'envoyais un shoot de meth. Ou bien je m'envoyais un shoot de meth, puis je faisais de mauvaises choses. »

Les larmes dévalent son visage taillé à la serpe.

Je sais pas quoi dire, alors je dis rien pendant qu'il se cogne le front contre le volant.

Il cogne et cogne.

Il descend de la voiture. Avec son flingue, il me fait signe de sortir. « Viens, que je te regarde. »

Je descends lentement. J'ai du mal à bouger mon corps. Je reste planté là, pétrifié. Je me demande si je ne devrais pas juste essayer de m'enfuir. Courir en espérant qu'il me tirera pas dans le dos. Il me fixe dans les yeux pendant un long moment.

« C'étaient de sacrément beaux yeux. Forts. J'aimerais bien les revoir. »

Il fait glisser le flingue le long de sa tempe, pleure encore, puis rit. Les deux sons se mélangent, comme s'il était un animal. La morve coule de son nez. Il regarde le flingue dans sa main. Ses joues sont mouillées, comme s'il était allé dans la mer.

« Tu sais, c'est le flingue de ton *koro*. Le seul que j'ai vu ou tenu. Dont j'ai entendu la détonation. J'ai pressé la détente moi-même. Quelques fois. On se sent comme un *atua*, hein, avec un flingue. Puissant comme un dieu. » Il sourit au pistolet, puis relève la tête. « Tu veux le tenir ? »

Question piège. Sans doute que si je fais le geste de le prendre, il va me tirer dans la tête. Je veux pas le tenir. Ni le voir. Ni même savoir qu'il existe.

« Non, je réponds.

— Non, quoi ?

— Non, merci. »

Il éclate de rire.

« Tu sais, je crois que les balles qu'il y a dans la chambre sont celles qu'a mises ton *koro*. Plusieurs sont parties. Il en reste une, deux peut-être. »

Il touche le flingue d'une manière qui me noue les tripes. Il le regarde d'une manière qui me fait honte. Il n'a pas peur de ce flingue. Ni de ce qu'il peut faire.

L'engourdissement se dissipe, et je suis chauffé à blanc maintenant. C'est la première fois que je sens mes organes, mes os et la peau de mes petits orteils. J'ai une conscience ultra-précise de mes ongles. De mes mains. Dois-je me battre, à présent ? Vu que, de toute façon, je vais bientôt mourir ? Dois-je me servir de ce sang chauffé à blanc pour me battre ?

Il s'essuie de nouveau le nez, pose sa main libre sur son front, dévoilant le dessous maigre de son bras, couvert de croûtes sanglantes.

« On parlait souvent d'elle, avant. De ce qu'on allait lui faire si on la recroisait un jour. De ce qu'on te ferait à toi.

« Et puis un jour, puuutain, je me réveille à l'hosto et y a une infirmière. Cette infirmière a les mêmes yeux que ta mère. La peau si lisse et noire, les cheveux tressés, elle me touche la joue. "*Kia tangi koe*", elle dit. Et elle me touche la joue. J'ai tellement de chance d'être en vie, c'est bien de pleurer, elle dit. "Tu as essayé, dans ton sommeil. Laisse-les sortir."

« Sa gentillesse, *tama* ! T'as jamais été traité si gentiment que t'aimerais jamais être né ! Depuis ce jour, je veux juste être mort. Mort, mort, mort. Mais y a des trucs que je dois faire d'abord, comme je t'ai dit, je pourrais pas m'en aller sans qu'ils soient faits. Parce que, quand cette infirmière m'a touché, ça a réveillé un truc en moi. Quand elle m'a dit qu'il fallait que je pleure. Je me suis réveillé. Boum. Puuutain.

« J'ai su qu'il tirerait une balle dans la tête de Head quand j'ai posé la main sur son épaule et que je l'ai appelé fils. Il a appuyé sur la détente comme s'il avait juste besoin d'entendre ce mot-là. Fils. »

Il plante son regard dans le mien, et serre le flingue dans sa main.

« Fils, hein ? Est-ce qu'il est pas puissant ce mot ? Chargé ? »

Son histoire est brisée. Comme ses dents. J'arrive pas à le suivre.

Qu'est-ce qu'il est en train de me raconter ?

Il bascule la tête en arrière, la penche de côté.

« Ce connard, j'ai rigolé et je lui ai tapé dans le dos. Enculé d'orphelin, je l'appelais. Et donc il vient me voir en taule, parce que je suis son papa maintenant, et je lui dis : "Va au *tangi*." Je dis : "Fais-lui peur", parce qu'il faut qu'elle se sente plus jamais bien dans ce monde. Plus jamais en sécurité. "Plus jamais, hein, fils", je lui dis. Il revient me voir après le *tangi*, l'enterrement de ton père, *tama*, et il me raconte. Il me dit qu'il lui a flanqué une belle frousse et qu'elle est partie, et que maintenant t'étais un petit enculé d'orphelin. Et on a rigolé. J'ai pensé à toi, comme il te décrivait dormant dans ta poussette, ton papa dans son cercueil. Le trou creusé. Ta maman qui se sauve. Et alors, toi aussi, on t'a appelé un petit enculé d'orphelin. On a dit : "Il viendra nous trouver un jour. Il aura besoin de nous." Et on a rigolé encore. "Putain, c'est tordant", on s'est dit. Et voilà qu'on est là, tous les deux. T'as besoin de moi maintenant, *tama* ? »

Chauffé à blanc. « Non. Pas du tout, j'ai dit.

— Sale petite merde prétentieuse. » Il agite le flingue. « Il devrait être à toi, vraiment. Je parie que t'as jamais touché un truc qu'il a touché ? »

Je réponds pas et il s'en fout.

« On s'appelait Coon et Hash, c'étaient nos noms de gang, parce qu'on était deux gros connards débiles. On croyait qu'on savait ce qu'on faisait, à jouer les gangsters. Mais le gang, c'est pas un jeu. Je le sais, maintenant. Puuutain. Ce que j'ai fait à Sav… ce que je lui ai fait. Ce que j'ai fait à ta mère, encore et encore. »

Il se tourne et marche sur les galets jusqu'au bord de l'eau et, en contemplant la mer, il prend le flingue et le plaque contre sa tempe.

« C'est ta chance, *tama*. Je te laisse partir. Je t'ai retrouvé le premier et je te laisse partir. Monte dans ce bateau. Va pas chercher la fille parce que sinon t'es mort. Monte dans ce bateau, tu m'entends ? Va pas suivre ta bite en ville, maintenant. Tu montes sur ce putain de bateau. »

Le flingue est braqué sur sa tête.

J'ai les lèvres sèches, ma voix monte de ma poitrine enveloppée d'une croûte de sable fantôme et je sais pas pourquoi, mais je le dis :

« Non. S'il vous plaît. Faites pas ça. »

Il se précipite sur moi, me braque avec le flingue, et je me recroqueville. « Ta compassion pour moi me fait honte. Tu m'as pas écouté ? J'ai détruit ta vie.

— Peut-être que non », je dis.

Il lève les yeux vers les étoiles et rit. « Alors je vais te raconter une autre histoire, *tama*, après on verra si tu m'arrêtes. Juste une dernière histoire. Ah, t'as le temps. Et celle-là, elle déchire. On se fait des amis en prison, sûr. Tout le monde s'en fait. Les gens ont besoin des gens. Un mec surnommé Sunset a besoin de moi. Sunset est un monstre, un monstre blanc, qui se rase le crâne tous les matins, mais qui laisse pousser son horrible bouc roux. Il adore le mal. Il adore faire mal, il adore qu'on lui fasse mal. Mais surtout, il adore faire mal. Il sent le mal suinter dans l'air autour de lui.

« Je l'aide. Pour l'essentiel, je lui dégotte des rasoirs et des ceintures et des sacs en plastique, parfois des trucs en verre. Un couteau, une fois, et il a eu la gentillesse de s'en servir sur lui-même. Je lui apporte ces trucs et, tant que je continue, c'est pas contre moi qu'il s'en sert. Le jour de sa sortie, j'sais pas comment, putain, il vient me trouver : "Tu veux que je fasse du mal à qui ? Ça pourrait me manquer, ici, il dit. Si ça me manque, tu veux que je fasse du mal à qui ?"

« Et je lui dis, *tama*, je lui dis que je veux faire du mal à ta mère, mais de pas la toucher, elle. "Trouve Hash, je dis. Hash en aura pas fini non plus, et vous ferez ça ensemble. Je veux qu'elle ait mal, je dis. Alors faites-lui du mal à lui, ce Maori avec qui elle est maintenant. Faites-lui vraiment mal."

« Il a rigolé. "Alors ça, c'est vache, il a dit. Deux pour le prix d'un. D'une pierre deux coups."

« Et moi j'ai dit : "T'es une grosse pierre, Sunset." Je savais que la taule allait lui manquer, à Sunset, toute cette douleur, toute cette douleur qui mijote et gargouille sous un même toit.

« *Whakamā*. C'est ça que je ressens maintenant, dans mes os comme un cancer. La *whakamā* me tue. Et c'est la fin. »

Il recule d'un pas et presse le flingue contre sa tempe.

« Alors vas-y. Maintenant que t'as entendu cette histoire, arrête-moi. »

Je ne bouge pas, je ne parle pas.

« Monte sur ce bateau, *boy*. Dis à ta mère que t'as rencontré Coon. »

Puis… un craquement… déchire le monde en deux. La tête explose. Se fracasse. Le crâne se fracasse. Et, oh non, les embruns, infâmes, les infâmes gouttelettes. Les mouettes braillent. Un corps, juste un sac. Un choc vide sur le sol. Bouge. Je peux pas. Bouge. Non. Non. Non.

Marche vers lui. Non. Marche vers lui. Mes jambes se plient comme celles d'une poupée. Je vomis.

Je vomis. Je vomis. Je vomis.

Le sang, l'os, le cerveau. Merde. La *whakamā*.

Il gît là-bas, sa *whakamā* se répandant autour de lui, glougloutant hors de lui, inondant l'air maintenant.

Je reconnais ce mot. Nanny l'utilisait. Pour décrire ce que les autres devraient ressentir, jamais elle. La honte.

Mais je suis planté là, un homme mort par terre devant moi, et, oui, il y a son sang. Une gouttelette sur ma chemise, une autre qui me brûle le visage comme de l'acide. Et encore une, là. Sur ma paume.

Le flingue luit sous la lune.

Tu veux le tenir ? Je parie que t'as jamais touché un truc qu'il a touché.

Non.

Toucher le flingue maintenant. Prendre le flingue maintenant. L'arme de mon *koro*.

Prendre le flingue maintenant. Courir maintenant.

Lâche ce flingue.

Non. Non. Non.

Rejoins la voiture. Monte dans la voiture.

Balance le flingue par la fenêtre.

Je glisse le pistolet dans la boîte de chocolats.

Du sang. Son sang, sa cervelle et ses éclats d'os sur moi. Changer de vêtements maintenant. Vite.

T'as le flingue. J'ai le flingue. Putain, qu'est-ce que je fous ?

Je parie que t'as jamais touché un truc qu'il a touché.

J'ouvre la portière et je vomis. Je referme la portière.

Je sors l'os sculpté de la boîte et je l'enfile à mon cou. Sa lourdeur, un réconfort soudain.

Monte dans ce bateau, va retrouver Ārama. J'allume le moteur et go, go, go. L'odeur de cet homme étalée, épaisse, dans la voiture.

Le flingue de Koro dans la boîte à gants.

Go, Dog. Go!

ĀRAMA

Tante Kat nous a envoyés jouer, on devait pas s'approcher de la ferme et rien dire à Oncle Stu si on le croisait. Tom Aiken allait aider Tante Kat à faire ses valises.

On a emmené Lupo à la rivière, pour lancer des bâtons et des cailloux. C'était un peu près de la ferme, un des pâturages d'Oncle Stu longeait la rivière, mais il faisait chaud et y avait pas grand-chose d'autre qui nous faisait envie.

Beth ne disait vraiment rien. On était assis sur un rocher pendant que Lupo courait dans tous les sens sur la berge, aboyant sur l'eau. Il était vraiment bête, des fois. Beth a jeté un caillou dans la rivière. Elle a sorti quelque chose de sa poche. C'était l'os de vœux du jour où j'étais allé chez eux et on avait mangé des sandwichs au poulet pour le dîner.

Elle l'a tendu vers moi. « Viens, on fait un vœu. » Son doigt était plié autour de l'os sec.

Moi aussi, j'ai enroulé mon petit doigt autour. On a fermé les yeux.

J'ai fait le vœu que Tauk revienne.

Celui de Beth, c'était sans doute sa Smart à Auckland.

On a tiré. L'os s'est vite cassé. Beth tenait le plus gros morceau.

« Bien, elle a dit, avec des larmes dans les yeux.

— Qu'est-ce qui ne va pas ?

— T'es pas triste ? » Elle plissait le front.

« Non, je vais partir de chez Oncle Stu. Il a fait un œil au beurre noir à Tante Kat. Et il est pas gentil.

— Et moi ? Je me retrouverai encore toute seule ici. Ça sera juste Papa et moi. Et j'aime vraiment être ta sœur. Et ta meilleure amie. Personne d'autre pourrait jouer Django aussi bien que toi.

— Viens avec nous comme on avait prévu, et on pourra encore aller à Auckland et acheter notre Smart et acheter un chiot pour que Lupo puisse jouer avec. »

Beth a gonflé les joues et fermé les yeux. J'ai passé le bras autour d'elle et elle m'a donné un coup de coude dans les côtes.

« C'est très regrettable… elle a dit.

— Tout à fait, Doc. »

Le soleil m'a ébloui les yeux, et les piquait.

Beth a vu. « T'es le Maori le plus douillet que j'aie jamais rencontré, Django. »

J'ai essuyé mes larmes. « Et le plus blanc.

— Ouais, le plus blanc ! C'est mal si je suis parfois un tout petit peu contente que ta maman et ton papa soient morts ? »

J'ai réfléchi. « C'est mal, Beth.

— Seulement parce que, comme ça, t'es venu à la ferme. » Alors, Beth s'est mise à pleurer. « Désolée, désolée d'avoir été contente.

— Je te pardonne. Maman et Papa te pardonneraient aussi. Ils voudraient que tu sois contente. Pas qu'ils soient morts, mais ils voudraient ça.

— Peut-être que Dieu l'a fait exprès.

— Tu crois pas qu'il aurait pu trouver un meilleur moyen pour qu'on devienne amis ? Je veux dire, on l'était déjà, plus ou moins.

— Non. On l'était pas. Je croyais que t'étais chiant, jusqu'à ce que je te connaisse mieux.

— Hey !

— Désolé, mais tu vois, peut-être que Dieu l'a vraiment fait pour nous. Pour que j'arrête de croire que t'étais chiant. »

J'ai ri. « Nanny dit que Ses voies sont impénétrables… ça veut dire qu'il agit mystérieusement.

— Il ou elle.

— Il !

— Peut-être elle. »

Beth m'a frappé dans les côtes, m'envoyant valdinguer du rocher. Je suis tombé dans l'eau et j'ai fait un gros splash. Je me suis fait mal aux fesses sur les rochers. Beth a bien rigolé. Puis elle a tapoté le rocher, et je suis retourné m'asseoir à côté d'elle, tout dégoulinant.

Elle a demandé : « C'était comment l'enterrement ? Le leur ?

— C'était un *tangi*, j'ai dit.

— C'est quoi, un *tangi* ?

— C'est un enterrement vraiment, vraiment triste, vraiment, vraiment joyeux. Je crois.

— Comment ça ?

— Un festin comme pour l'anniversaire d'un roi, mais les gens pleurent comme si toutes les reines du monde étaient mortes.

— Quoi d'autre ?

— Et ça dure une éternité, mais on a l'impression que ça finit super vite.

— Et encore ?

— J'ai rigolé et rigolé et tellement joué avec mes cousins que des fois j'oubliais que je devais être triste et pleurer, et puis je m'en rendais compte et, là, j'étais fâché après moi. Mais alors quelqu'un disait "C'est toi le loup" et je repartais de plus belle. Plein de larmes, de grosses larmes, pas comme quand moi je pleure ou comme cette fois où t'as pleuré à cause du lapin mort.

— J'ai pas pleuré !

— Si, t'as pleuré. Mais si je t'emmenais à un *tangi*, tu verrais ce que c'est, quand on pleure vraiment. Tu te rappelles quand je t'ai dit que les vaches fabriquent cinquante litres de salive par jour ?

— Ouais, et alors ?

— Eh bien, dans un *tangi*, la règle c'est que tout le monde doit fabriquer cinquante litres de larmes par jour.

— Vraiment ? Ils mesurent ?

— Bien sûr, j'ai répondu.

— Comment ?

— Y a des fées invisibles qui volent autour et attrapent les larmes des gens dans de petits pots et les apportent à la vieille *kuia* dans la cuisine, et la *kuia* décide qui a le droit de partir et qui doit rester au *tangi* pour toujours… ou au moins jusqu'à ce cette personne ait assez pleuré.

— Waouh. Mais si t'es pas du genre à pleurer, comme moi ? »

J'ai essayé de pas lever les yeux trop fort pour pas que Beth voie que j'inventais tout ça, en partie parce que j'y croyais moi-même, et en partie parce que inventer une histoire me faisait le même effet qu'un sparadrap, un qui couvrait les endroits les plus douloureux, pas sur la peau.

« Ils ont des chansons pour ceux qui ont ton problème. Si les chansons marchent pas, la vieille *kuia* dans la cuisine jettera un sort sur ta nourriture pour forcer les larmes à sortir. Des fois, ces sorts dégénèrent un peu et on peut plus arrêter de pleurer.

— Jamais ?

— Ça dépend de combien on est bouché.

— Je crois que je suis pas mal bouchée.

— Les rires aussi, on les mesure, les fées voient si tout le monde a assez ri. C'est vachement important, parce que laisser quelqu'un repartir d'un *tangi* sans avoir assez ri, c'est aussi dangereux.

— Mais c'est impossible à mesurer !

— Non. C'est plus facile. Parce que les rires, c'est ce qui permet au cœur des fées de continuer à battre. Si une fée réussit à survivre grâce à une seule personne dans un *tangi*, c'est qu'elle a assez ri. Le rire des *tangi*, c'est fort. C'est pour ça que les fées aiment bien y aller. »

Mon histoire était tellement bonne que je commençais à y croire moi-même, je commençais à me demander si c'était pas là qu'était Nanny depuis tout ce temps. Obligée de rester au *tangi* jusqu'à ce qu'elle ait assez pleuré, jusqu'à ce qu'elle ait ri un petit peu. Jusqu'à ce que son visage se torde et que tout son chagrin jaillisse d'elle comme un chien qui hurle à la mort.

« Tu rêves, Ari ?

— Je repense juste au *tangi*.

— Je peux te dire quelque chose, et tu promets de pas être fâché ?

— Ouais.

— Je t'ai menti. Ma maman est pas morte. Elle est juste partie.

— Oh. » J'ai jeté un bâton dans la rivière. « Eh bien, c'est une idiote.

— T'es pas fâché ?
— Je crois pas.
— Parle-moi encore du *tangi*.
— J'espère que je pourrai t'emmener en voir un, un jour. Mais faudra que tu pleures cinquante litres de larmes, tu penses que t'en es capable ? »

Beth s'est levée. « Bien sûr. Si j'étais vraiment obligée. Parce que je suis Dieu », et elle a frappé sa poitrine en poussant un grand cri.

« Ça, c'est Tarzan, pas Dieu, espèce de bêtasse de la campagne.
— Dieu peut faire tout ce qu'*elle* veut ! » Beth a sauté dans l'eau. « Et puis me traite pas de bêtasse de la campagne, espèce de chochotte de la ville », elle a dit en m'éclaboussant.

Je suis resté planté là, les jambes vraiment écartées, mains sur les hanches. « Tu veux te battre avec le guerrier de la rivière ? » J'ai poursuivi Beth dans la rivière et je l'ai éclaboussée et elle criait.

JADE

Hēnare s’est pointé à ma porte, une bouteille de whisky à la main.

« S’il te plaît, il a dit. J’en peux plus de les entendre parler. Les mots me fatiguent.

— Entre. » Je l’ai pris par la main.

On est entrés ensemble, au pas chaloupé de sa fausse jambe.

Assis dans la maison, le bruit de la mer dehors, je n’ai rien dit, je bougeais juste pour remplir son verre vide. Comment aurais-je pu le réconforter ? Quels mots auraient pu l’aider ?

Il a dit : « Ils racontent tellement de bêtises – “Si Toko était encore vivant”, “Aroha aurait voulu ça” – et ça me fatigue de les entendre parler sans arrêt à la place des morts. Ils sont morts. » J’ai encore rempli son verre. « J’ai trouvé Jack mort sur la plage. Et Taukiri vivant. Cet enfant était vivant sur la plage. »

Le vieux pêcheur sanglotait.

« Il a chanté à leur enterrement, Jade. Il avait la même voix que son père. Colleen a pas versé une larme. J’aimerais juste qu’elle arrête de parler. Qu’elle arrête de parler à la place des morts, parce que ces bêtises-là leur servent à rien – et qu'elle pleure. »

Encore une fois, j'ai rempli nos deux verres. Et j'ai évité ses yeux-mer.

« Personne sait que tu es là, Jade.

— C'est plus sûr. » J'ai contemplé la nuit obscure, les étoiles qui créaient un ciel au-dessus de l'eau noire, sans horizon.

Le lendemain matin, je lui ai servi de la viande huileuse et salée de *tītī*, l'oiseau qu'on piège dans nos îles du Sud. Il l'a mangée doucement. C'était son premier repas depuis des jours. Il n'avait pas réussi à arrêter de boire, m'a-t-il dit, depuis qu'il avait perdu Toko, et Colleen n'arrêtait pas de lui rappeler, d'une manière ou d'une autre, qui était coupable. Pour Toko. Pour Aroha.

Il avait envie de lui crier : « Personne n'est coupable ! La culpabilité a rien à faire ici. Il faut que tu le saches. » Et il a mangé un autre morceau de *tītī*, il a mâché puis il a avalé. « Elle n'a toujours vu que l'aspect d'elle-même qu'elle voulait voir, la grand-mère aimante, sur laquelle un de ses petits-enfants au moins pourrait toujours compter. Mais même là, elle a échoué. Nous sommes de terribles échecs, Jade. »

Chaque morceau que Hēnare arrachait du petit oiseau révélait un os minuscule.

Je buvais. Et je ne parlais pas. Je le laissais parler et s'asseoir à cette table que j'aurais voulu, rien qu'une fois, partager avec son fils.

Quand le vieil homme a eu terminé, il a essuyé ses mains huileuses dans une serviette. J'évitais de regarder la carcasse de l'oiseau dans son assiette.

« Stu la frappe, Jade, a bredouillé Hēnare. C'est ça qui fait mal, maintenant. Qu'il lui fasse du mal.

« J'aurais dû amener le bateau ici. Aroha, elle m'a même pas dit au revoir. Elle est partie comme ça. En colère. En me détestant. »

Hēnare s'est tu pour prendre une autre gorgée de son verre.

Est retourné en arrière, vers Stu. « Quel genre d'homme est-il donc ? »

Il a vidé son verre. « Ma Kat. C'était une gamine si belle, si heureuse. J'étais censé piloter le bateau jusqu'ici, je te l'ai déjà dit, Jade ?

— Oui.

— Mais Aroha n'a pas voulu. Elle m'a empêché. J'avais juste bu un verre ou deux. » Le vieux pêcheur a posé la tête entre ses bras, sur la table. J'ai touché ses épais cheveux gris.

« Ma Kat, c'était une petite fille si belle. Elle était tellement pleine de vie, elle nous rendait dingues d'inquiétude. Mais la bonne inquiétude, hein, de pas pouvoir la contrôler. Et que personne pourrait jamais le faire. Tu sais quand Colleen est tombée amoureuse de moi ?

— Non.

— Elle dirait que c'est pas vrai, mais je te le dis : j'étais accoudé au bar d'un pub et elle est venue me trouver – c'était pas rien, en ce temps-là –, elle est venue me trouver et m'a demandé si je voulais danser avec elle. J'ai soulevé le bas de mon pantalon pour lui montrer ma prothèse. “Faudra que ce soit vous qui meniez”, j'ai dit. Bon, elle dirait sans doute que c'est pas à ce moment-là qu'elle est tombée amoureuse, mais moi, je l'ai vu. » Il a soupiré, un soupir triste, monté du ventre. « Et ces jumeaux, ils lui ressemblaient tellement. »

Hēnare s'est endormi avachi sur ma petite table pour deux. Il avait enfin eu le droit de répandre ses propres mots dans un silence grand ouvert. Vidé. La fatigue l'avait vaincu. Il avait un livre avec lui, avec un marque-page glissé dedans. Ça m'a rassurée. Ça voulait dire qu'il se souciait toujours de la page où il en était. Pour le lendemain.

Colleen est arrivée. Elle a dit qu'elle voulait voir son mari. Je lui ai conseillé d'être douce, d'essayer. Il allait mieux. Il ne buvait plus autant.

« Oh. Tu l'as réparé, c'est ça ? elle a répondu, énervée. Après avoir détruit ma famille, c'est toi qui répares mon mari. C'est ce que tu es en train de me dire ? Tu répares mon mari ?

— On a tous mal. On souffre tous, Colleen.

— *Tous*, vraiment ? Vous n'êtes pas habitués à ces choses-là, vous autres ? Ceux de ton espèce, avec vos mauvais tatouages… vos tatouages qui ne témoignent aucun respect à vos *tīpuna*, vos ancêtres. Des gens meurent sans arrêt. Désolée, c'était nouveau pour nous !

— Ça s'arrange pas. »

Mais, oh, ça m'a ouvert le ventre de l'entendre m'appeler « vous autres ». C'était si brutal, comme si j'étais un *pāua* et la vie un rocher et ces mots un couteau de plongée émoussé. J'avais trouvé les miens. Et Colleen en faisait partie.

Elle a ricané. « Toko serait dégoûté de toi, de voir que tu as abandonné son fils.

— Vous le savez ? Vous le savez vraiment, ou bien c'est de ça que parle Hēnare quand il dit que vous mettez sans cesse des mots dans la bouche des morts ? Que vous parlez à leur place ? »

La mère de Toko est restée plantée, plantée, et elle m'a regardée, regardée.

Je l'ai attrapée par le bras. « Notre Toko. »

Ses lèvres ont tremblé, ses jambes la lâchaient. Elle a serré fort sa poitrine. Ses yeux se sont remplis, et des larmes ont inondé sa tête, noyant les mots. Les nettoyant.

Tous les mots épuisants.

Rien ne pouvait être dit sur ce qui était arrivé – il n'y avait pas assez de mots en ce bas monde.

Les jambes de Colleen ont cédé sous son poids, et je l'ai prise dans mes bras.

Hēnare et Colleen étaient assis sur la véranda de ma petite maison du bord de mer. Le réconfort que m'apportait le fait d'avoir des gens chez moi était effrayant.

Toko aurait aimé cette maison. Chaque jour depuis qu'elle est devenue mon chez-moi, j'ai rêvé de me réveiller ici avec lui. Combien de fois me suis-je demandé ce que ça serait de le voir apparaître sur le seuil de la porte, son corps bloquant la vue sur la mer ? Bloquant un soleil que j'aurais volontiers accepté de ne plus jamais revoir si j'avais pu le retrouver, lui. J'aurais vécu dans ses yeux. Je me serais perdue dans les profondeurs de sa voix.

Mais là, dehors, quelque part dans le monde, il y avait un enfant. Notre enfant. Il avait sans doute l'air d'un adulte, maintenant, mais pour moi Taukiri était neuf, tout juste éclos.

La grand-mère de notre fils a posé sa main sur le moignon de la jambe de son *koro*. Une vieille Maorie et un vieux Maori. Enfin, elle pleurait. À l'intérieur, j'avais laissé un mot sur la table. *Je reviens aussi vite que possible. Restez là. Je suis désolée, Jade.*

Avant de m'en aller, j'ai pris le whisky de Hēnare, j'ai dévissé le bouchon, bu une longue gorgée au goulot, tremblé.

Il y avait une distance et une incertitude entre ici et là où je voulais aller. Entre qui je voulais trouver, et qui j'allais trouver. Mais pour la première fois depuis une éternité, j'étais pleine d'espoir. J'ai baissé la vitre.

J'ai tout laissé s'engouffrer.

Pars, Jade.

Pars les retrouver.

C'est ton tour.

Le tour que j'ai pris.

Mais Taukiri est dans une voiture qui fonce comme s'il avait bu.

Elle pense que les vents ont forci et elle trouve étrange qu'ils puissent monter si soudainement.

Elle est tangata whenua, *et elle est la personne vivante la plus importante.*

Et elle doit se réveiller, se réveiller et voir ça.

Elle est tangata whenua. *Je crie : « La personne vivante la plus importante ! Réveille-toi et vois ça. »*

J'ai honte. J'ai vu sa whakamā *et en ai profité pour la voler.*

Je souffle autour d'elle maintenant, je m'enroule, tâchant de détacher la maladie de ses os, de ses muscles et de sa peau. Et Tāwhiri-mātea *doit l'aider maintenant. Doit l'armer maintenant. Parce qu'elle doit se battre, maintenant.*

TAUKIRI

Voilà ce qui s'est passé. J'étais debout à l'avant du *Felicity*. Qui portait le nom d'une femme dont je ne savais et ne saurais sans doute jamais rien.

Il faisait encore nuit. Le ciel se vidait de ses étoiles et la lune faisait son entrée, mais les oiseaux étaient en train de se réveiller, ils chantaient, appelant le soleil.

On attendait Koro parce qu'on partait en voyage à Rakiura. Maman, Papa, Koro et moi. Ari allait rester avec Nanny. Une tempête était annoncée, mais pas de quoi s'inquiéter. Koro était un bon marin. Enfin, dans le temps.

Koro a fini par arriver. Il s'est garé, est sorti de sa voiture et a marché vers nous comme s'il était déjà en mer.

« *Mōrena*, Aroha », a salué Koro.

Elle l'attendait, les bras croisés. Elle a grogné sur son père, mon *koro*. « T'avais promis. T'avais promis que tu serais en état de partir ce matin.

— Je le suis », il a répondu en trébuchant, légèrement, sur un caillou.

Il a mis la faute sur sa canne, sa fausse jambe. Ce qui était en partie vrai, c'était en partie leur faute.

« Non, Pāpā. Non, t'es pas en état. On voulait prendre le bateau pour elle. Dis-lui, Jack, dis-lui. Aide-moi. »

Mon papa s'est approché de ma mère et l'a prise par la main, et il s'est tourné vers Koro, désolé pour lui. « Partons en bateau demain », il a dit.

Maman a explosé. « Non, Jack ! On la laisserait tomber, et Taukiri aussi. On va prendre la voiture. Demain ce sera le même bordel, de toute manière. *Ka pai, Pāpā.* »

Ils parlaient comme s'ils essayaient à la fois de garder et de révéler un secret. Et moi, j'ai pas fait le rapprochement – peut-être que j'avais pas envie. Comment un super voyage en bateau jusqu'à Rakiura allait-il pouvoir être un super voyage en bateau jusqu'à Rakiura si on prenait la voiture de Papa ?

Maman m'a regardé, elle a vu mon cerveau tourner. « L'idée, c'est d'y aller, mon fils. Peu importe comment on y va. »

Koro s'est éloigné du ponton en titubant, vers sa voiture. « J'vais rentrer au bercail, alors. Je suis désolé.

— Au revoir, Koro, j'ai dit. J'aurais eu le mal de mer, de toute façon. »

Maman a rien dit. Elle ne l'a même pas regardé. Pas d'au revoir, pas de pardon. Qu'il s'en aille. Comme si c'était facile pour elle.

Il est parti en boitant, penché sur sa canne, tête basse comme un chien. J'ai couru jusqu'à lui, je l'ai attrapé par les épaules et j'ai pressé mon nez contre le sien, partageant son souffle chargé de whisky.

Koro m'a regardé. « La dernière fois qu'un homme m'a fait le *hongi*, c'était à l'enterrement de ton père. »

Maman attendait dans la voiture, sur le siège conducteur, Papa assis à côté d'elle. Je suis monté à l'arrière et j'ai baissé ma vitre. On s'est mis en route avant même que Koro ait atteint la sienne.

« Il devrait pas conduire », j'ai dit à Maman.

Elle n'a pas répondu. Elle l'a juste laissé partir. Elle a juste serré les lèvres comme Nanny l'avait fait, et l'a laissé partir. Si quelqu'un devait sortir de la route de la côte et tomber dans la mer, on aurait pensé que ce serait Koro.

Maman et Papa se sont disputés. Ses yeux à elle braqués sur la route. Musique éteinte. Sa vitre relevée. Ses mains à dix heures dix. Jointures blanchies de tant serrer. Les épaules remontées jusqu'aux oreilles tandis qu'elle roulait, tâchant de tout contrôler, tout, la journée, Koro, la voiture et ses passagers, ses pensées à elle, ses sentiments, le voyage.

Maintenant qu'elle était assise au volant, tout était finalement mieux comme ça.

C'était pour cette raison que ses épaules étaient haussées, pour se dire qu'elle avait pris la bonne décision, et alors elle l'a dit : « C'est beaucoup mieux comme ça, je crois. Un road trip. Plus rapide. C'est mieux.

— On aurait dû partir demain, a répondu calmement Papa. Avec le bateau. On aurait dû parler à ton père, lui laisser une autre chance. Il va s'en vouloir à mort.

— S'il en était capable… » Maman a desserré ses mains sur le volant. « Le pauvre. »

Elle a tapoté le volant avec son doigt, et je l'ai vue quitter des yeux la route l'espace d'une seconde. « Regardez-moi ça. C'est sans doute la même couleur que pour les bébés dans le ventre de leur mère, vous savez. Cette traînée de couleur là-bas, à l'horizon. »

Papa a éclaté de rire. « Tu crois tout savoir. » Il s'est tourné pour me faire un clin d'œil, en montrant du pouce Maman. « Une sage-femme qui se prend pour Dieu. Contente-toi de conduire, femme.

— Chéri, elle a répondu, on va avoir un autre bébé », et elle avait à peine dit ça qu'elle a décidé que ça ne sonnait pas comme il faut. Elle a reformulé : « Je suis de nouveau enceinte. Enfin. »

Elle a souri à Papa, puis à moi dans le rétroviseur. Papa a refermé sa main sur le genou de Maman. On s'est tournés pour regarder ce que le bébé voyait peut-être. Mais la tache de couleur avait déjà disparu. Ces nuages violets la recouvraient, comme des ecchymoses.

Maman a monté juste un peu le son de la radio. Se reglissant peu à peu dans la douceur, après avoir été si dure avec Koro.

« On se serait fait secouer », a commenté Papa.

La mer se déchaînait sur les récifs, en bas. Battant l'air comme si elle voulait dire quelque chose. Comme si elle avait une terrible histoire à raconter.

« Remonte ta vitre, Taukiri. Ce vent ! J'entends rien.

— Laisse-le, a dit Papa. Tu sais combien il aime ça. »

J'avais du mal à respirer avec ce vent dans le visage. Oui, j'aimais ça.

Maman aussi a baissé sa vitre. Elle a posé ses mains à quatre heures moins vingt.

On s'engageait dans une grande courbe quand une voiture est apparue brusquement devant nous, du mauvais côté de la route.

« Attention ! » a hurlé Papa.

Maman a donné un coup de volant et la voiture s'est mise à tournoyer comme une pièce. Elle a essayé de se rabattre pour ne pas rouler sur l'étroite bande d'herbe entre la route, les rochers, la mer. En se rabattant, elle a zigzagué vers l'autre voiture. On était au ralenti et on allait bien trop vite, dans le mauvais sens.

Les vitres qui éclatent. Le capot qui s'enfonce. Coup du lapin. Sans réfléchir, j'ai défait ma ceinture. Il fallait sortir de là. Sortir. La voiture écrasée dans la mer. Elle se remplissait à vue d'œil. L'eau s'engouffrait par nos vitres ouvertes, transformant la voiture en un plomb massif, comme ceux des plongeurs.

Tandis que je me mêlais de ce qui ne me regardait pas, je ratais certaines choses.

Le soleil brille sur eux. Une petite fille et un petit garçon dans un enclos. Du sang coule dans la rivière et se répand sur le rocher. Les anguilles blotties pour la journée dans leur lit d'herbe le long de la berge sont réveillées par son odeur.

Mais elles attendront la nuit.

Du sang encore, sur une autre pierre.

Et il y a un homme que je connais. Cet homme marche vers la maison, son fusil à la main, pendant que ma sœur regarde Tommy dans les yeux. Il la supplie.

Quand l'homme arrive, il les observe par la fenêtre, et de la voir fixer ainsi Tommy et Tommy la supplier, ça le rend dingue.

J'ai soufflé le vent dans les mauvais endroits.

Frappé aux mauvaises portes.

Je suis la fille de ma mère.

Je souffle sur la maison. Ma sœur pleure et Tommy lui tient la main et elle lève les yeux sur lui. Je souffle, je déchire.

Je suis en train de déchirer.

ĀRAMA

Oncle Stu était au bord de la rivière, plus haut. Il s'aspergeait d'eau le visage. On est restés pétrifiés. Il devait pas nous voir, avait dit Tante Kat, parce que sinon il saurait qu'on était rentrés et que Tante Kat était en train de faire nos sacs pour s'échapper.

On s'est accroupis derrière un gros bloc.

Lupo s'est mis à poursuivre une abeille.

« Je te l'avais dit, j'ai soufflé à Beth. Je t'avais dit qu'on n'aurait pas dû jouer par ici.

— Viens là, Lupo, a murmuré Beth.

— Tu sais bien qu'il va pas t'écouter, Beth. Il veut cette abeille.

— Lupo, elle a répété, mais il était tellement près d'Oncle Stu maintenant.

— Lupo ! » j'ai crié.

On s'est planqués derrière le rocher, et Beth a pointé sa tête à nouveau. Elle m'a donné une claque. « Je crois qu'il t'a entendu, espèce d'idiot. Mais le bon côté, c'est qu'il va sûrement empêcher Tante Kat de s'en aller, et alors toi aussi tu vas devoir rester.

— T'es tellement égoïste, Beth.

— Quel grand mot. Mais ouais, si tu veux…

— Il faut qu'on lui dise quoi ?

— Eh bien, il va pas nous parler de toute manière, alors t'inquiète pas. Vaut mieux rester encore un peu cachés. Il va retourner travailler. »

Lupo a repéré de nouveau l'abeille, il s'est remis à la pourchasser. On l'a vu escalader la berge, puis Oncle Stu s'est retourné et il a dit : « Hé, le clébard ! »

Beth et moi, on est sortis de derrière le rocher. Oncle Stu a regardé droit vers nous, mais il nous a tourné le dos.

Lupo gambadait dans le pâturage, où les vaches mâchaient de l'herbe en le regardant par-dessus leurs museaux de vaches comme s'il était la chose la plus barbante qu'elles avaient jamais vue.

« Je savais qu'on n'aurait pas dû venir à la rivière, j'ai répété.

— OK, c'est bon. J'ai compris. Je te l'ai déjà dit. J'ai compris. »

J'ai vu Oncle Stu se pencher sur le plateau de son pick-up. Lupo poursuivait l'abeille, quelques vaches ont sursauté en le voyant, puis se sont éloignées.

Beth s'est mise à courir. « Lupo, reviens là ! Arrête de chasser les abeilles ! »

Oncle Stu nous tournait encore le dos, mais je l'ai vu pointer quelque chose à travers le pâturage. Il m'a fallu un moment pour comprendre que c'était son fusil. Il m'a fallu encore plus longtemps pour comprendre ce qu'il visait.

Beth aussi l'avait compris ; elle a accéléré.

« Lupo, reviens ! Hey, hey ! Baisse ce fusil. Il chasse juste une abeille. »

J'ai couru après Beth. « Arrête-toi, Beth ! » j'ai crié.

Le fusil a tiré. Oncle Stu a éclaté de rire, il a visé,

tiré à nouveau, faisant sauter des éclats de terre. Lupo courait. Il courait et courait.

Crac. Une autre balle s'est plantée dans le sol. Tellement près de Lupo. Il a jappé et puis une autre balle, et puis une autre.

Comme un jeu, comme si Oncle Stu faisait un jeu avec Lupo, mais Lupo, lui, voulait pas. Il s'amusait pas.

Une autre. Bang ! Juste à côté et Lupo a filé dans les broussailles.

La queue la plus triste que j'avais jamais vue entre ses pattes.

Oncle Stu a traversé l'enclos.

Il nous hurlait dessus : « Hey, gamine, ton putain de chien courait après mes vaches !

— Elle s'appelle Beth », j'ai dit, une grenouille dans la gorge, si grosse que j'avais du mal à parler. J'ai failli pisser dans mon froc.

Et Oncle Stu s'est planté devant les broussailles, a pointé son fusil vers elles. Et bang. Un gémissement. Un autre coup de fusil. Pas de gémissement, rien. Juste Beth qui courait en criant, en pleurant, vers Oncle Stu.

Il a baissé son fusil et tendu le bras dans les buissons, il a sorti Lupo en le traînant par ses pattes mortes, il a traîné Lupo comme un sac. Beth hurlait, et hurlait. Et où étaient nos abeilles maintenant, où était cette armée d'abeilles maintenant qu'on avait besoin d'elles ?

Alors j'ai vu. S'élevant de la rivière comme un *taniwha*, fondant sur la prairie et filant derrière Beth. Et elle a dû sentir ces abeilles, sentir ce *taniwha*. J'ai voulu rattraper Beth, mais j'ai trébuché et je suis tombé et je me suis éraflé le genou et il a saigné.

Avec les abeilles derrière elle, Beth a foncé sur Oncle Stu. Elle a serré les poings et l'a frappé dans le ventre. Elle lui a donné un coup de pied dans le genou.

« Toi ! elle hurlait. Sale branleur de plouc ! » Elle l'a frappé avec ses poings, encore et encore, et les abeilles grouillaient autour et elle braillait. « Ta tête est mise à prix, Stuart Johnson, t'es le branleur le plus moche de toute cette foutue ville ! »

Oncle Stu a pas vu les abeilles, il a lancé son bras en arrière et l'a rabattu brusquement. Le dos de sa main a frappé le visage de Beth et elle a volé en arrière et s'est écrasée sur le sol. Le *taniwha* d'abeilles a éclaté en mille morceaux, tournoyant dans les airs.

Je me suis relevé. Le sang coulait sur mon tibia, mais j'ai couru quand même.

Oncle Stu a ramassé son fusil. « Ton connard de chien courait après mes vaches. »

J'ai crié : « Mon frère va te casser la gueule quand il reviendra me chercher ! »

Il a éclaté de rire. « Il reviendra pas. Il a jamais pensé revenir. J'aimerais bien qu'il te reprenne. Et il pourrait bien essayer, il pourrait bien essayer de me casser la gueule. » Il a ri de nouveau. « Qu'il essaie, tiens ! »

Oncle Stu a traîné Lupo jusqu'au bord de la rivière et l'a fait basculer par-dessus la berge. Il y a eu un splash. Un splash mauvais, mauvais, vide, vide, mort, mort.

Oncle Stu a marché jusqu'à son pick-up, il est monté dedans et il a démarré.

Beth bougeait pas. Je me suis approché d'elle. Elle était allongée dans l'herbe et ses yeux étaient fermés.

Y avait plus d'abeilles.

Rien que le bruit du pick-up d'Oncle Stu qui s'en allait, et, quand il a fini par disparaître, rien que la rivière et les vaches qui broutaient de l'herbe. Arracher, mâcher, mâcher, arracher, mâcher, mâcher, arracher. Comme si elles venaient de voir le truc le plus barbant du monde.

Mais c'était pas le plus barbant, c'était le plus terrible, parce que j'avais entendu dire qu'Oncle Stu était un bon tireur. Qu'il ratait jamais sa cible. Et il aimait vraiment pas jouer à des jeux.

Tandis que je me mêlais de ce qui ne me regardait pas, je ratais certaines choses.

J'ai soufflé le vent dans les mauvais endroits.

Frappé aux mauvaises portes.

Je suis la fille de ma mère.

Je souffle sur la maison. Ma sœur pleure et Tommy lui tient les mains.

Je souffle, je déchire. Mais tout est statique. Ils restent plantés là comme si on allait les marier. Comme s'il s'agissait de leur photo de mariage. Je souffle – mais rien ne bouge. Seulement le sang dans la rivière. Et des bruits de pas. Des pas lourds.

Ces pas, je les entends. Je les entends alors que Taukiri m'arrache de la voiture. Me tire dehors par la vitre. Il me fait sortir de l'eau, me ramène à la surface. Nous avalons une grande bouffée d'air.

« Accroche-toi à ça », il dit, et il pose mes mains sur une bouée.

« Je vais chercher Papa. »

Quand il remonte pour respirer une première fois, je suis encore là. « Bien, Maman. Bien. Reste là. »

Il prend une grande inspiration et replonge.

Quand il remonte une seconde fois, je suis toujours là. Agrippée à la bouée.

Il appuie ses mains sur les miennes, comme pour m'ancrer là. « Bien, Maman. Encore un peu. Tiens bon. Je vais récupérer Papa. »

Je sais déjà qu'il ne le récupérera pas. Son père est déjà mort.

Les deux.

Je le sens dans le soudain frisson de la mer. La manière qu'elle a de trembler comme si elle retenait quelqu'un contre sa volonté. Mais je ne dis rien. Le laisse juste partir. Le laisse partir. Comme je l'ai fait avec d'autres avant lui, comme je le referais encore.

Il disparaît une troisième fois. La mer se soulève comme un drap qui se gonfle, mais dense, mais lourd. Mais armant son poing pour frapper. Frapper assez fort pour m'arracher à ma bouée miraculeuse. Quand Taukiri remonte une troisième fois, j'ai glissé de la houle en colère vers les calmes profondeurs obscures au-dessous. Un courant sous-marin m'aspire en direction du canyon de Kaikōura, on ne me retrouvera donc jamais.

Je le sens qui me cherche et me cherche. Et pendant ce temps, la mer l'entraîne plus loin en elle, toujours plus loin, si loin que bientôt il ne verra même plus la terre. Comme si elle essayait de l'embrouiller. « Oublie cet endroit. Reste ici. Reste avec moi. »

J'essaie de crier. « Pars. Pars. Pars... »

Mais il prie et il pleure et il cherche, plongeant de plus en plus profond après chaque respiration.

J'ai regardé Jade s'éloigner, j'ai regardé Papa s'en aller en boitant, j'ai regardé Taukiri nager vers la côte et, maintenant, je me suis noyée.

Comment pourra-t-on me pardonner un jour, alors que je me suis noyée ?

Comment pourrais-je arrêter ces pas lourds, si lourds, alors que je me suis noyée ? Ce que j'ai fait enfle. Plus vaste encore que cette mer où nous sommes tous morts.

TAUKIRI

Dans l'un des salons du ferry, il y avait une carte du monde affichée au mur. Sur la carte, l'eau entre les deux îles principales de la Nouvelle-Zélande, celle du Nord et celle du Sud, ressemblait à une ligne très fine, comme si on pouvait jeter une pierre de l'une à l'autre. En faisant des ricochets, elle atteindrait l'autre rive en trois bonds, quatre peut-être. L'eau entre l'île du Sud et Rakiura, on aurait dit qu'il était possible de l'enjamber d'un pas, facile. D'ici, à mi-chemin, je ne voyais pourtant ni l'île du Sud ni l'île du Nord, voilà à quoi je pensais en regardant par le hublot.

Tout mon argent était encore dans la boîte de chocolats. Avec d'autres trucs. Un billet de cinq dollars froissé et une poignée de pièces. Des peluches et des bouts de papier, un filtre à cigarette, un peu de tabac à rouler. Il avait juste tout vidé comme ça, tout ce qu'il avait dans ses poches. Tout ce qu'il possédait, peut-être.

Avant de se tirer une balle dans la tête.

Et il m'avait laissé un mot. *Ta mère habite au 20 Beach Road, Halfmoon Bay, Stewart Island. Donne-lui ça.*

Il avait écrit deux mots au dos.

J'ai eu l'impression qu'on me tirait en pleine poitrine en les lisant. De recevoir en pleine poitrine son écriture, et ces deux mots, et ce qu'ils signifiaient. Frappé de plein fouet. J'ai serré ses derniers dollars froissés et son tabac et son filtre – et le mot – dans ma main.

J'avais le flingue de mon *koro*, et putain qu'est-ce que j'avais foutu ?

J'essayais de ne pas m'inquiéter pour Megan. Je le croyais – qu'il ne lui avait pas fait de mal. Je croyais qu'elle était rentrée chez elle, maintenant. Je l'appellerais dès mon arrivée à Picton.

J'ai relu l'adresse de ma mère. Les gens avaient des adresses. Les fantômes, non, et elle était réelle et elle se trouvait quelque part avec une maison et un lit et une vie, et vivante. Je suis sorti sur le pont, j'ai cherché la terre.

La pluie s'était mise à tomber. Quand l'île du Sud s'est enfin dessinée à l'horizon, ç'a été un soulagement. La matinée avait tout fait ressembler à Bones Bay, et les gouttes de pluie qui tombaient étaient les larmes de Koro, son visage au-dessus du mien, bloquant les rayons du soleil tout ce temps en arrière, tandis que je me réveillais d'un cauchemar pour basculer dans un autre.

Je suis vivant, Koro ?

Tu es vivant, mon *moko*, tu es vivant.

À Picton, j'ai acheté une carte de téléphone dans un milk-bar et j'ai trouvé une cabine. J'ai appelé Megan.

« Salut, elle a dit.

— Salut.
— Tu vas bien ?
— Je vais bien.
— Tu es où ?
— Picton.
— Vas-y, elle a dit. Va retrouver ton frère.
— Merci pour tout, Megan. Je suis désolé.
— À bientôt, elle a dit.
— À bientôt. »

J'ai essayé de faire une sieste à l'arrière de la voiture avant de continuer vers le sud, mais j'ai pas réussi. Le vent soufflait sur la voiture, et autre chose aussi, autre chose me bousculait, m'empêchant de me reposer. Me poussant vers là où j'allais, me pressant de reprendre la route. J'ai allumé la radio et j'ai cherché Magic Mix FM, parce que je voulais du old school. Parce que le old school, c'est sans doute ce que Coon avait dû entendre, gamin, au pub avec sa tante, en mangeant des frites dans un petit sachet, en buvant du Coca et du sirop de framboise, avant que sa vie devienne pourrie. Du moins, c'est ce que j'imaginais. Qu'il y avait eu un temps où tout allait bien pour Coon.

Frites et framboise et Coca.

Ça me faisait me sentir mieux. Et Magic Mix FM aussi.

La route. Cette route. Les routes. Je gardais les deux mains sur le volant, négociant les virages comme un chef. J'ai atteint Ward, bientôt je verrais la mer.

Mais d'abord des rochers comme des dents, préhistoriques.

Puis toute l'eau, presque lisse, jamais tout à fait. Les algues brunes géantes, les mouettes, le soleil blanc. Un phoque, qui saute ! Et j'ai regardé, regardé, et mes mains sur le volant se sont desserrées juste un peu, une seconde à peine.

Ça suffit, Tauk.

J'ai regardé devant moi.

Magique, un classique absolu, David Bowie : *Heroes*.

Mon cœur qui battait au rythme du morceau. Et dans un rien de temps, je serais à la ferme.

Ari. Si près maintenant.

Un autre phoque, et un nuage noir, le jour soudain plus sombre, plus agréable, plus facile, plus lent. Puis le nuage a poursuivi sa course et moi j'avançais, j'avançais, la route devant moi qui se déployait, puis se tricotait de nouveau avec la côte.

Et le flingue. Dans la boîte à gants.

Je n'ai pas su mettre le doigt sur ce qui était étrange quand je suis arrivé. Était-ce le fait que le chien de Tom Aiken m'ait pas aboyé dessus, ou que le pick-up de Tom Aiken soit là à l'heure de la traite ?

Ou bien était-ce juste le fait que je sois là ?

J'ai éteint le moteur et je suis descendu. Des mouches bourdonnaient à l'arrière du pick-up de Tom. Il y avait deux anguilles mortes sur le plateau. L'une d'elles avait un bout de queue en moins. Une gaffe en métal était posée juste à côté. Une lampe à pétrole, une tente.

Ils avaient dû aller camper. J'avais hâte de voir Ari pour qu'il me raconte tout ça.

Un coup de fusil. Bref. Sec. Un écho dans l'immensité des champs : « Salut, salut, salut. Y a quelqu'un, un, un ? »

Une autre détonation. Puis une autre. Là-bas, en amont de la rivière.

Un coup de fusil. Encore. Merde. Des flingues. Merde. Le crâne de Coon. Le sang.

Fallait-il que j'aille chercher le flingue, maintenant ? Le flingue de Koro.

Non, pas question. Juste un chasseur. Juste quelqu'un qui chasse. Laisse ce putain de flingue là où il est. Mais j'ai pris la gaffe en métal sur le plateau du pick-up. Il y avait du sang et des morceaux d'entrailles dessus. Ceux des anguilles.

La détonation était venue de la rivière.

Le pick-up d'Oncle Stu. Mes tripes se sont nouées. Il s'est garé de l'autre côté de la maison, je me suis baissé, l'acier froid de la gaffe au creux de ma main. J'ai entendu ses chaussures, ses grosses chaussures dans les graviers, et il s'est arrêté. Stu. Je me suis couché par terre à côté du pick-up de Tom, les graviers s'enfonçant dans ma joue. Il était planté devant la maison, comme s'il regardait quelque chose.

La crosse d'un fusil contre sa godasse. Du sang dessus.

Un vent soudain a soulevé la poussière et l'a laissée retomber. Une porte a claqué à l'arrière de la ferme, je ne voyais plus les chaussures d'Oncle Stu ni la crosse de son fusil.

Où était Ari ? Où était mon petit frère ?

Je l'ai vu. J'ai soufflé autour de lui, j'ai voulu l'intimider, mais je n'étais qu'une légère brise en cet après-midi d'été. Tāwhiri-mātea, *qui entre et qui sort, des bouches, des poumons, des pensées.*

Et je l'ai vu regarder l'horloge.

Mon beau-frère avait regardé à l'intérieur de lui-même et il avait eu honte de ses actes. Il n'aurait pas dû casser la boîte à lunch. Il n'aurait pas dû la frapper. Pourquoi fallait-il qu'il fasse mal ? Et quand il s'était rendu compte qu'ils n'étaient pas à la maison, il avait roulé jusqu'à la ville, et il avait acheté une portion de fish & chips *et une boîte à lunch neuve parce que, bon, merde. Il pouvait s'améliorer, pas vrai ?*

Il avait tellement foncé pour rentrer à la maison que les fish & chips *étaient encore chauds et la maison encore vide. Et il avait posé la nourriture sur la table, mis la table pour trois, et il s'était assis.*

Les fish & chips *s'étaient refroidis, et lui aussi. Ils avaient ramolli et sa résolution aussi. Pour se réchauffer, il s'était servi un whisky et l'avait bu d'un trait.*

Il avait mangé un morceau de poisson, froid à présent, et la graisse froide était restée coincée dans sa gorge, si bien qu'il avait dû la faire passer avec un verre. Et il l'avait fait passer, encore et encore, et quand il s'était retrouvé à attendre encore, assis à cette table dans le noir, avec trois couverts mis et une boîte à lunch neuve et le putain de dîner qu'il avait acheté.

Tout ça aussi, il l'avait fait passer avec un verre.

À minuit, le monstre s'était cabré pour s'extirper de lui, il avait piétiné Stu la Chochotte jusqu'à ce qu'il dorme, ce dégonflé. Je l'ai vue, j'ai vu la bête se dresser et réprimander l'homme. Et la bête a pris la nourriture et l'a balancée contre un mur, a pris la boîte à lunch neuve et l'a brisée en deux, et est allée en ville pour acheter une autre bouteille parce que, merde, plus question d'être pris pour un idiot.

Stu a dormi sur la table.

La seule chose qui avait vraiment changé le lendemain matin, c'est qu'il a découvert qu'on ne lui avait pas préparé son déjeuner. Alors à la place, il a pris la bouteille.

Est parti bosser, en se sentant comme la chute de l'histoire.

ĀRAMA

Beth était toute minus, mais quand j'ai essayé de la soulever, j'ai pas pu. Elle était tellement lourde.

« Au secours ! » j'ai crié.

Mais personne n'est venu. Je la sentais respirer, et même si tout à l'heure ses yeux avaient été grands ouverts, elle les avait fermés. Ils étaient restés fermés.

On avait besoin de sparadraps, elle et moi, on avait besoin de tellement de sparadraps. Et Lupo, des sparadraps pour Lupo.

Prier ? Comme je l'avais fait pour l'oiseau ? Comme je l'avais fait quand je voulais que Taukiri m'appelle ?

OK. Prie.

J'ai prié comme si je parlais à ma maman, parce qu'il fallait que je parle au dieu de Beth, et le dieu de Beth était une fille.

« Hey, jolie Dieu, j'ai dit. Tu sens bon comme les fleurs, mais tu es forte comme un *taniwha*. Est-ce que tu peux nous aider ? Est-ce que tu peux nous changer en oiseaux ou me rendre assez fort pour la porter ? Il faut que j'aille trouver Tom Aiken. Et puis, Dieu, on va s'acheter une Smart et un appartement, et Lupo viendra avec nous, alors s'il te plaît. Je dois pas mal de vers de terre, j'ai ajouté. Je me nourrirai que de ça. Au petit déj, au déjeuner et au dîner. »

Dieu m'a dit que j'étais courageux. Je l'ai entendu. Il a soufflé dans mon oreille.

Beth avait raison. Dieu était une femme. J'avais raison. Dieu était un homme.

Je l'ai soulevée et j'ai fait un pas. C'est tout ce que j'ai pu faire. Un pas. Puis je me suis arrêté. Et je l'ai posée par terre. Puis je l'ai soulevée, et j'ai fait un autre pas. Puis je me suis arrêté.

J'ai toujours su que j'étais courageux. Même quand les gens voyaient pas tout mon courage, je savais que j'étais le plus courageux. La tête de Beth pendait de mon bras. Ses jambes et sa tête pendaient.

J'étais toutes les sortes de guerriers. Le guerrier à l'os sculpté. Le guerrier de la rivière. Le guerrier du pâturage.

Quelqu'un avait besoin de quelque chose ? J'étais ce guerrier-là.

J'ai fait un autre pas. Je me suis arrêté. Je l'ai posée par terre. Et je l'ai soulevée. J'ai fait ça encore et encore.

J'ai fait ça.

Moi.

Ari.

Je l'ai fait.

Et même quand je trébuchais, je tombais pas. Mes bras étaient tellement forts. Et même quand le corps de Beth donnait l'impression qu'il était plein d'une rivière et devenait plus lourd, je tombais pas. Et même quand je pouvais plus la porter, je continuais. Et même avec le sang qui coulait sur ma jambe, je l'ai pas fait tomber.

TAUKIRI

J'ai rampé dans les graviers, jusqu'à l'avant du pick-up, et j'ai regardé les pâturages de la ferme et, là-bas, dans l'enclos le plus proche, j'ai aperçu Ari avec la fille de Tom dans les bras.

C'était du sang qu'elle avait dans les cheveux ?

Ari s'est arrêté. Il l'a posée par terre. Il a reverrouillé ses mains ensemble, et il l'a soulevée à nouveau.

Ari s'est écroulé, il a essuyé quelque chose sur sa jambe. Puis son visage, puis le visage de Beth.

J'aurais voulu crier, lui dire que j'étais là, que tout allait bien se passer maintenant. Mais je savais qu'il ne fallait pas. Que je devais pas faire de bruit.

Puis il s'est mis à courir. Il m'avait pas vu. Il pouvait pas, parce qu'il cherchait quelque chose ? Quelqu'un ? De l'aide ?

Quand il m'a repéré, accroupi derrière le pick-up de Tom Aiken, son visage s'est froissé, son corps s'est affaissé, son torse s'est gonflé. Tellement de douleur sur son visage, tellement de soulagement dans sa poitrine.

J'ai rampé vers lui. J'ai rampé vers mon frère. J'ai rampé comme je le méritais. Pour l'avoir abandonné. J'ai rampé vers ses yeux, brillants comme des citrons verts, tout écarlates autour, comme si j'allais me glisser dedans. Même s'ils étaient la mer immense et qu'on me laisserait plus jamais en sortir.

J'ai montré du doigt une barrière en métal. Il a marché jusqu'à la barrière et s'est accroupi derrière. Moi, j'ai continué de ramper.

J'ai rampé vers lui.

Je n'aurais pas pu l'oublier. Même si j'avais essayé pendant dix mille ans. Même si j'avais gobé tous les cachetons et fumé toute la beuh du monde. Ces trucs-là avaient voulu me faire croire que je pouvais l'oublier, mais quelque chose de plus fort l'avait empêché. Et voilà qu'il était devant moi.

Il m'a touché, pour s'assurer que j'étais vraiment là. « Tauk, il a dit. Tauk. » La même voix que la fois où il avait répondu au téléphone au milieu de la nuit. Juste Tauk – rien d'autre. Si sûr, si sûr de moi. Comme s'il n'avait jamais douté de moi, mais qu'en même temps je n'étais peut-être pas réel.

J'aurais voulu aller mater un film ou quelque chose. Faire ce que font des frères qui ne se sont pas vus depuis une éternité. Mais on pouvait pas. Il y avait un problème, ici. J'étais parti en pensant que c'était moi, le problème, mais il était ici depuis le début.

Il a dit : « Beth… »

On a rampé dans l'herbe jusqu'à elle.

Son visage était blanc, ses cheveux gluants de sang.

« Oncle Stu l'a frappée, et elle s'est cogné la tête sur un rocher. » Il a avalé sa salive. « Elle va mourir, Tauk ? »

J'ai posé ma tête contre sa poitrine. Elle respirait.

« Il a tiré sur son chien, Tauk. Il a tué Lupo. » Il pleurait. « Il l'a tué et l'a balancé dans la rivière. »

Puis il a ajouté, comme s'il avait tellement changé

depuis que je l'avais laissé, comme s'il était plus vieux maintenant : « Tom Aiken dit que des animaux morts dans les rivières, ça peut tuer les vaches. Les rendre malades. Oncle Stu est un mauvais fermier. Une mauvaise personne. La pire, Tauk, la pire. »

Je l'ai attrapé. Je l'ai attrapé de toutes mes forces et je l'ai serré dans mes bras. « Tout va bien se passer », j'ai dit, en le serrant fort, aussi fort que je pouvais.

Je n'en avais pas envie, mais je l'ai relâché. J'ai porté Beth jusqu'à ma voiture et je l'ai allongée sur la banquette arrière. « Reste ici avec Beth, j'ai dit à Ari. Quoi qu'il arrive, tu ne bouges pas ! »

Il a pris la main molle de Beth. « Tauk est là, il a dit. Tout va s'arranger maintenant, Doc. Tauk est là. Je t'avais dit qu'il viendrait. »

Stuart Johnson avait jeté un animal mort dans sa rivière. Il avait laissé une petite fille, le crâne ouvert, se vider de son sang dans un champ. Comme s'il n'en avait plus rien à foutre de rien. Qu'il avait juste vidé ses poches, mais de la pire des manières.

JADE

Je ne voulais pas rester.

Je voulais trouver les gens et les choses que j'étais venue chercher. Puis repartir. Et je ne reviendrais plus jamais là. Je m'étais toujours demandé ce que ça me ferait de revenir à Kaikōura, l'endroit où j'étais tombée amoureuse, l'endroit dont j'étais tombée amoureuse.

C'était pire que ce que j'avais cru. Ça me piquait la peau, ça brouillait ma vue. Ça m'arrachait les nerfs et les veines et ça les posait par terre, où les oiseaux et les enfants curieux les confondaient avec des vers de terre.

Je m'étais dit que je récupérerais le carton de livres, ceux que Mlle Matt m'avait offerts dans le temps, et grâce auxquels je m'échappais. Ceux que Toko et moi, on avait lus à Taukiri, après qu'il avait glissé de jolies fleurs, des orties et des mauvaises herbes entre leurs pages pour couvrir l'odeur de mon passé. Les livres qu'Aroha lui avait lus aussi, elle me l'avait dit au téléphone. J'avais dû retenir mes larmes quand Aroha m'avait dit que Taukiri faisait la lecture à Ari. Ari préférait que ce soit Taukiri qui lui raconte ces histoires.

« Tu serais fière de voir quel bon frère il est. »

J'espérais que le carton de livres était dans la voiture avec eux.

Hēnare m'avait dit qu'il avait vu les traces de pneus sur la route, l'épave de l'autre voiture dans le fossé. Les voitures de police étaient déjà là, et il avait entendu l'ambulance qui fonçait le long de la côte. Il avait aidé les gens à fouiller la petite bande de terre en contrebas, en priant pour que ce ne soit pas la voiture qu'il savait que c'était. On n'avait rien retrouvé. Pas tout de suite, du moins.

Juste après le virage suivant, il y avait Bones Bay, dont personne ne connaissait l'existence, à part Hēnare.

Peut-être était-ce parce qu'il était un peu ivre et n'avait pas les idées claires qu'il y était descendu.

Et Taukiri était là. Son garçon miraculé échoué sur la plage de Bones Bay.

Je voulais ramener ce garçon – mon garçon –, son frère et Kat chez leurs grands-parents. Les leur rendre. Glaner ce qu'il restait, et le rendre.

Nous pourrions nous cacher ensemble.

Je me suis engagée dans l'allée. Quand avais-je vu Kat pour la dernière fois ? Qu'est-ce que j'allais lui dire ? Verrais-je Taukiri ? Allais-je le reconnaître ? Me connaîtrait-il ?

Les graviers craquaient, et le ciel était vaste. Deux *pūkeko* se tenaient au bord de la piste. Ils étaient absorbés par quelque chose, inquiets de quelque chose. Alors j'ai vu. Au milieu de l'allée, un faucon était en train de picorer un *pūkeko* mort. Les deux autres restaient plantés dans l'herbe à contempler le mort en train de se faire dépecer. À regarder sans rien faire. L'un d'eux a penché la tête de côté, puis l'autre. Clignant des yeux, clignant des yeux.

Je me suis approchée en voiture et ils se sont envolés. D'abord le faucon, puis les *pūkeko*, dans le ciel sans nuages.

TAUKIRI

Une voiture s'est garée. La portière s'est ouverte. Une belle femme est descendue alors, juste là. De longs cheveux noirs. Les yeux ronds et noirs. Les lèvres violettes comme si elle avait froid.

Et là, bam ! Plus moyen de respirer. Qui était cette femme ? Était-ce elle ?

C'était elle. Son visage, c'était comme un bateau qui vous berce jusqu'au sommeil.

La gaffe en métal soudain brûlante entre mes mains.

La femme s'est approchée d'Ari, assis à l'arrière de la voiture. Et Ari lui a dit, comme s'il avait pas la tête d'un autre enfant qui saignait sur ses genoux : « J'ai une photo de toi dans mon sac d'école. »

Au soleil, ses cheveux étaient striés de gris.

« J'ai attendu longtemps de te rencontrer, Ari. » Elle a posé la main sur son bras. Elle a touché la tête de Beth. « Qu'est-ce qui est arrivé à ton amie ? »

Ari serrait Beth contre lui comme s'il avait peur que quelqu'un essaie de la voler.

« Oncle Stu l'a poussée et elle s'est cogné la tête sur un rocher.

— Et il est où maintenant, Oncle Stu ? »

J'ai ouvert la bouche pour parler. Rien n'est sorti.

La gaffe était de plus en plus chaude, la poitrine en feu, parce que, bon. J'ai réessayé. « Il est entré dans la maison », j'ai dit, même si j'avais l'impression que c'était pas vraiment à elle que je parlais, impossible. Même si j'avais l'impression de parler à la Petite Souris.

Les mots sont sortis comme s'ils avaient été collés au fond de ma gorge.

« Il a un fusil, j'ai dit.

— Il a tué Lupo », a ajouté Ari.

Il avait l'air au bord des larmes, mais il s'est retenu. « Lupo est dans la rivière. Il nous faut des sparadraps.

— Il y a quelqu'un d'autre, dans la maison ?

— Je sais pas, sans doute Tante Kat. Et le pick-up de Tom Aiken est là. »

Elle a sorti un portable de sa poche. « Je vais appeler une ambulance, et la police. »

Elle a composé le 111.

Elle a tendu le téléphone en l'air pour trouver un peu de réseau.

Une détonation a claqué à l'intérieur de la maison. Les détonations, dans un endroit fermé, font pas du tout le même bruit. Pas comme dans une ferme.

Courir. Je pouvais pas. Mes jambes étaient comme de la guimauve. Et puis plus. J'ai couru.

Couru vers la maison et elle a hurlé : « Arrête, Taukiri, n'y va pas ! »

Le flingue. Prendre le flingue. Mais si je faisais demi-tour pour aller le chercher, je perdrais le courage d'entrer dans la maison. J'ai serré la gaffe plus fort, et j'ai accéléré.

« Arrête ! » elle a crié.

Toute ma vie, j'avais voulu que ma mère me dise quoi faire. Mais bon, ça m'a pas arrêté. J'ai couru.

À l'intérieur, il y a des bruits sombres. Du mouvement à l'étage. Et puis elle est derrière moi, tout près. Ma mère est derrière moi. J'ouvre une porte, doucement, sans faire de bruit, et je la referme derrière moi, derrière nous. Dans la cuisine, il y a des *fish & chips* sur le plancher. Une bouteille de whisky vide sur la table et une boîte à lunch cassée en deux. Trois couverts sur la table. Une assiette sale, deux propres.

Je la sens encore derrière moi. Ça me donne le vertige. J'ai presque envie de lui dire de se casser.

Le couloir, puis l'escalier. Gaffe tendue devant moi, les mains blanches de tant serrer.

Puis : des sanglots étouffés. Quelqu'un qui parle entre ses dents.

La douleur.

Écoutez ça : la peur. Le crachat. Les dents serrées. La douleur.

La voix d'Oncle Stu maintenant. « T'échapper ? Ah ! Avec toi, hein ? Tommy ? Ah ! Tes sacs étaient faits. Ah ah ! »

Un bruit doux, sombre, charnu. Puis Tante Kat.

« Je vais tirer, dit Oncle Stu. Reste où tu es. »

Il éclate de rire. A l'air triste. « Regarde ce que t'as fait. Regarde. Regarde. T'es la seule responsable. »

De nouveau, ce bruit doux et charnu. Tante Kat sanglote. « Tout ça, c'est de ta faute, Tommy. »

Le flingue ? Va chercher le flingue.

Tante Kat hurle. Bruit. Sombre. Chair. Un gémissement. « Stu, j'allais pas m'échapper.

— Tes sacs étaient faits. »

Et bam. Tante Kat pousse un cri.

Ma mère m'attrape par le coude. Son contact me fouette de part en part.

Je secoue le bras pour me dégager. « Fais pas ça, je dis.

— Je vais y aller, Taukiri. Je peux pas te laisser, elle dit. Je peux pas. Pas cette fois. »

J'écoute pas. Toutes ces choses que je n'ai pas faites.

Ne pas écouter ma mère. Juste par principe ?

Je m'approche, maintenant. De la porte d'où les bruits viennent. Puis elle inspire trop bruyamment cet air mort. Elle s'en remplit le ventre. Elle inspire tout l'air autour de nous. Je m'approche de l'ouverture, et je le vois qui agite quelque chose, le fusil. Du sang sur ses chaussures.

Il se retourne.

Reculer maintenant, on recule, dos plaqués contre le mur, l'un en face de l'autre dans le couloir, juste une gaffe, juste nous et une gaffe.

Je lève la gaffe. Ma mère, les yeux écarquillés alors, écarquille, écarquille.

Pas la peur. Une décision. Une décision dans l'instant.

« C'est moi, Stu. »

Elle décide de l'attirer dehors, loin de Tante Kat, loin de moi. Vers elle.

Sa voix est du sang, et lui, c'est un requin.

Oncle Stu se déplace d'un pas : « J'en ai plus rien à foutre », et tout à coup, le voilà devant nous. Fusil levé. Comme un aileron gris et glissant.

ĀRAMA

Je vais aller à l'intérieur chercher des sparadraps.

Elle se réveille toujours pas. Je lui dis : « Doc, j'ai des sucettes. Je suis en train de toutes les manger, Doc. Si tu veux pas que je les mange, tu ferais mieux de te réveiller. »

Elle se réveille pas.

Je vais chercher des sparadraps.

Je trouve une vieille couverture par terre dans le pick-up. Je la mets sur Beth. Je l'embrasse sur la joue. Elle grogne pas « Beurk, espèce de pervers de la ville », alors j'y vais.

« Reste ici, je dis. Je vais chercher des sparadraps. »

La dame qui dit qu'elle est ma tante Jade m'a laissé le téléphone et m'a dit de continuer à appeler le 111. J'ai appelé, et quelqu'un va venir.

Mais je rentre dans la maison, je vais dire à Oncle Stu, bien en face, que c'est pas mon oncle. Je lui dirai peut-être : « Je te déteste. » Puis je prendrai les sparadraps et je prendrai Tante Kat avec moi et je ressortirai avec elle, comme ça.

Il va pas en revenir. Il saura pas quoi dire. Il restera planté là en sachant plus où se mettre.

Je cours vers la maison, j'ouvre la porte et j'entre.

Je marche sur un morceau de poisson, je continue d'avancer. Je traverse la maison maintenant, parce que qu'est-ce que ça fait ? On s'en va. On prend nos trucs et on s'en va.

TAUKIRI

Il a pas l'air de lui faire peur. Elle veut juste qu'il la regarde, elle, et pas moi. Il braque son fusil sur elle, lui touche le nez.

« C'est bien toi. Qu'est-ce que t'es venue chercher ici, Jade ?

— Kat. Les garçons.

— Tommy est là aussi, tu sais. À faire son branleur. Il s'est pris pour un héros. »

Je lève la gaffe. Il m'a toujours pas vu, il se balance juste dans ses godasses comme le connard qu'il est.

Son fusil bien pointé sur ma mère. Ma mère. Et c'est moi qui nous ai mis dans ce pétrin ? Juste par principe ? Et il va lui tirer une balle en pleine tête devant moi, là, maintenant ?

Elle ne regarde pas son fusil, elle le regarde, lui. Comme si elle avait vu pire. Et il doit voir qu'elle n'a pas peur. Sûrement que ça le déstabilise.

Elle a pris ses yeux en otage. C'est ma seule chance.

Je lève la gaffe.

Derrière moi, j'entends des petits bruits de pas.

Légers comme tout.

Ari se pointe dans mon dos.

« Ari. Va-t'en. Tout de suite. »

Mais mon petit frère marche vers l'homme dont le fusil est planté dans le nez de ma mère.

Se dresse devant lui. Entre eux. Le canon au-dessus de sa tête. Il lève les yeux vers Oncle Stu. Il a jamais paru si petit. Je sais que je devrais faire quelque chose, mais tout ce que je peux faire, c'est rien. Rien. *Nada*.

« T'es pas mon Oncle Stu, dit Ari.

— Ah ! Nan, t'as bien raison, gamin.

— Je viens chercher des sparadraps. Et Tante Kat. »

Personne ne bouge. Oncle Stu enfonce encore plus son fusil dans le nez de ma mère. Son cou à elle se tord légèrement sous la pression.

Ari, entre les deux.

« Je viens dire à Tom Aiken que t'as fait du mal à Beth. Et à Lupo. Je viens te dire d'arrêter. Je suis venu chercher des sparadraps. »

Oncle Stu baisse le canon de son fusil, maintenant, le pose entre les yeux d'Ari.

Ari a les jambes qui tremblent.

Alors, Tom Aiken apparaît dans l'encadrement de la porte, derrière Oncle Stu, qui se retrouve encerclé, mais il est le seul à avoir un flingue dans sa main.

« Je viens chercher Tante Kat », répète Ari. Ses mots comme une rivière, frissonnant, tremblant comme si un tremblement de terre se mettait à gronder au-dedans de lui.

ĀRAMA

Et c'est là que je pisse dans mon froc.

C'est la deuxième fois qu'Oncle Stu me fait pisser dans mon froc. Il pointe un fusil entre mes deux yeux. Il enfonce le fusil dans ma peau. Comme Beth le fait avec des bouts de bois.

Mais le métal, c'est autre chose.

Sur mon front le moi est si fin – fin comme une peau de bébé lapin – et la bouche ouverte du fusil est tellement près de mon cerveau qu'elle le fait vibrer. Quand je parle, mes mots sortent tout secoués.

Les abeilles grouillent à nouveau, elles essaient d'enfoncer les vitres. Les fenêtres claquent, et les portes, et les murs. Tout tremble. Une tornade d'abeilles est en train d'envelopper la maison pour l'envoyer tournoyer dans le ciel.

Les abeilles sont fâchées alors, fâchées que les fenêtres soient fermées, elles essaient de péter les vitres et tournent autour de la maison en faisant beaucoup de bruit. Trouvent la porte, foncent dans l'escalier, le couloir, arrachent le papier peint des murs et les lampes du plafond, cassent la maison en deux.

À côté de moi maintenant, rugissant à côté de moi,

rugissant et se tortillant et prêt à se battre : un grand méchant *taniwha*.

Beth.

A un flingue. Du sang dans les cheveux. Un flingue dans la main.

« Hey, Django. J'ai fait le vœu que ton vœu s'accomplisse. Et je vois qu'il s'est accompli. »

TAUKIRI

Beth a le flingue. Beth a le flingue de Coon.

Ari dit : « Je suis venu chercher Tante Kat. »

Beth vient se planter à côté de lui.

Oncle Stu dit : « V'là la grosse dure. »

Elle serre bien ses mains sur la crosse, relève le flingue d'un centimètre. « Mon nom, c'est Doc.

— Quoi ?

— T'as bien entendu. »

Ma mère : « Beth… Beth… ma chérie, viens là. »

Ari tend quelque chose à Beth. « Tiens, un petit remontant », il dit.

Et elle le prend, mais je ne vois pas ce que c'est, et elle boit, mais je ne vois rien.

« T'en fais pas, Django. Je te couvre, elle dit. Va chercher Broomhilda. »

Ari fait un pas en avant. « Je vais la chercher. »

Oncle Stu presse plus fort le canon de son fusil contre le crâne de mon frère.

Peut pas comprendre ce qui le rend si téméraire.

Je parle, alors : « Lâche ce flingue, Beth. »

Oncle Stu relève son fusil.

Il y a une marque rouge sur le front d'Ari et

une tache sombre entre ses jambes. « Vas-y, dit Oncle Stu. Récupère cette salope.

— Monsieur Candie, dit Beth.

— Prenez-lui son flingue, à cette petite cinglée. »

Ari marche vers Tante Kat. Oncle Stu sourit et pointe son fusil sur elle, maintenant.

Tom bondit sur Oncle Stu de derrière la porte. Ses mains frappent le canon du fusil comme deux serpents, la gueule ouverte. Il plaque Oncle Stu au sol. Le fusil tire, une balle se plante dans quelque chose, seuk.

Oncle Stu arrache le fusil des mains de Tom et lui écrase la crosse sur le nez.

Chauffé à blanc. Le canon pressé contre le visage de mon petit frère me chauffe à blanc. La tache de pisse sur le pantalon de mon frère me chauffe à blanc. De voir Tante Kat qui bouge pas, aussi.

Je lève la gaffe.

« Ne fais rien, Taukiri, s'il te plaît », dit ma mère.

J'abats la gaffe et la plante dans la jambe d'Oncle Stu. Jusqu'à l'os. Et je tire dessus. Il hurle.

Vite, je l'enfonce dans sa chair une nouvelle fois. Il pousse un cri.

Je retire la gaffe.

Il se jette en avant, braque le fusil sur moi.

Des mots étranges alors, des mots étranges de la part d'une petite fille.

« *Auf Wiedersehen* », dit Beth, et elle tire avec son flingue et vole en arrière. Oncle Stu s'effondre sur le plancher en un tas affreux.

Ari enjambe Oncle Stu et court vers Tante Kat.

« Je suis venu te chercher, Tante Kat ! » crie Ari, et il embrasse son visage sanglant.

Je lâche la gaffe.

ĀRAMA

La tante de Beth, celle qui vit à Auckland, a pris l'avion jusqu'ici. Et elle est entrée dans la salle spéciale toute calme pour attendre calmement à l'hôpital comme une reine en colère. Comme si elle avait envie de crier : « Qu'on leur coupe la tête ! »

Elle est entrée comme une furie, ses talons claquant sur le sol, des rivières noires dévalaient ses joues. Elle a crié sur Tom Aiken : « Django, sérieux ? Tommy, je t'avais dit que je pouvais m'occuper d'elle. Que je pouvais la prendre. Aider.

— Tais-toi, il a répondu.

— J'aurais pas dû la laisser avec toi.

— Avec qui, alors ? Sa mère ?

— Elle court partout comme une sauvageonne. Elle est à peine allée à l'école. Bien joué. »

Sa voix a eu un tas d'échos dans la salle spéciale toute calme pour attendre calmement à l'hôpital. Elle était propre, à part le maquillage qui dégoulinait sur son visage de poupée, ses cheveux étaient parfaits et bien peignés et elle avait des talons hauts, et Tom Aiken avait du sang séché sous le nez et les paupières lourdes et ses habits sentaient mauvais et étaient tout sales du camping. Il puait le feu et l'anguille et le sang.

Elle, elle sentait le parfum et la lessive. J'en étais pas tout à fait sûr parce que je voulais pas trop m'approcher – mais je me suis dit qu'elle devait sentir ça.

« Django ? » elle a crié une nouvelle fois et elle est partie comme une furie en fracassant les portes battantes, la seule personne autorisée à voir Beth maintenant. Même Tom Aiken est coincé ici dans la salle d'attente spéciale. Le tic-tac de l'horloge. Le sol qui brille. Les piles de magazines.

« Pourquoi ils nous laissent pas voir Beth ? j'ai demandé à Tauk. Elle a le droit. »

Il a pas répondu. Je l'ai attrapé par le bras. « Tauk ? »

Il a répondu, avec une voix qu'était pas la sienne. « Elle a des ennuis.

— Il l'a frappée en premier.

— Je sais.

— Très fort.

— Je sais.

— Je suis content.

— Dis pas ça.

— Si, c'est vrai.

— Je t'ai dit de pas dire ça, Ari.

— Je suis content.

— Moi aussi. »

J'ai regardé dehors par la grande fenêtre. Il commençait à faire noir. J'ai tiré à nouveau sur le tee-shirt de Tauk.

« Les anguilles vont manger Lupo.

— Allons-y, alors », il a dit.

TAUKIRI

Fatigué. J'étais si fatigué, putain. J'avais besoin d'un lit. Je rêvais d'un grenier. Ari avait une chambre dans une maison. Une maison avec des taches sur le plancher. Et des impacts de balle. Il vivait là le matin même, mais ça me paraissait une éternité.

Je m'imaginais pas déménager la chambre d'Ari une nouvelle fois. Je m'imaginais pas abandonner une autre maison. Je m'imaginais pas installer toutes ses affaires ailleurs et faire comme si c'étaient les mêmes affaires, donc la même vie. Je pouvais pas faire comme si – comme je l'avais fait la dernière fois – il suffisait de mettre quelques-uns de ses livres sur une étagère et un couvre-lit et les jouets bien ordonnés, et ça faisait un chez-soi. Le même, le même juste un peu différent.

Laisser une partie des bouquins dans le carton, parce que c'était comme ça. Certains dedans, d'autres dehors. Certains mots enfermés, d'autres lâchés. Une partie de l'amour gardée à l'intérieur, une autre donnée. Une partie de la colère rentrée, une autre libérée.

On allait tout laisser ici. Autant arrêter de faire comme si posséder les mêmes objets voulait dire qu'on était les mêmes personnes.

Oncle Stu avait braqué un fusil sur le crâne de mon petit frère, et ça rendait ma gorge si sèche.

Coon avait vidé ses poches fatiguées dans cette boîte de chocolats avant de se tirer une balle dans la tête. Puis mon oncle avait fracassé la tête de ma tante en la braquant avec un fusil, et Tom avait tenté de l'arrêter, mais il n'arrêtait pas de dire : « Approche-toi et je la descends, Aiken. Regarde ce que tu m'obliges à faire. » Et voilà que j'étais assis dans cette salle. Et je savais pas quoi penser de tout ça.

Cette femme pleurait, hurlait. Elle avait l'air parfaite. L'était sans doute pas.

J'aurais voulu qu'elle la ferme. Qu'elle se taise juste.

Ari a tiré sur mon tee-shirt et m'a rappelé que le chien de Beth, abattu par Stu, était encore dans la rivière. Valait mieux que j'aille sauver ce chien d'une centaine de gueules d'anguilles, plutôt que rester là à écouter cette femme déblatérer. On avait tous envie de crier et de pleurer, mais ses cris et ses larmes nous empêchaient de le faire. Il n'y avait de la place que pour elle dans cette salle d'attente si brillante.

« Allons-y. »

Mais je suis d'abord allé trouver Tommy. Du sang, du poisson et des cendres partout sur lui. « J'vais aller récupérer Lupo », j'ai dit.

Il a à peine relevé les yeux. « D'accord », il a dit.

Ari l'a serré dans ses bras.

J'ai sorti de ma poche le mot de l'homme qui s'était tiré une balle dans la tête et je l'ai tendu à ma mère.

J'ai attrapé Ari par l'épaule. « Viens, on va chercher un pantalon propre pour toi. Et Lupo. »

On est partis.

JADE

Sur ce bout de papier, il y avait mon adresse d'un côté, écrite comme par un enfant. Je l'ai déplié et, de l'autre côté, j'ai lu deux mots griffonnés. Rien que deux mots.

Pardonne-moi.

Peu importe de qui ils sont, ça pourrait être Coon ou bien Hash. N'importe lequel de ces deux chiens.

Il fait nuit. Il n'y a que la lueur de la lune.

Les garçons marchent le long de la rivière.

Taukiri dit à Ari de rester là, de s'asseoir dans l'herbe.

« Reste là, faut pas que tu voies ça », dit-il, le visage baigné de larmes.

Mais Ari suit son frère.

« Je peux aider », dit Ari.

Taukiri descend dans la rivière et dérange une anguille. Elle s'éloigne dans un mouvement fluide.

Il remonte le corps du chien sur la berge.

Ils creusent un trou et enterrent ce qu'il reste de Lupo.

Je sens le plus petit morceau – un infime grain de moi – qui touche terre.

Voilà Ari qui ressort du wharemate. *Le soleil le fait cligner des yeux, il cligne des yeux et puis les ferme, offre son visage au soleil. Puis il se met à courir et poursuit ses cousins au premier, au deuxième et au troisième degrés jusqu'aux arbres derrière le* marae, *et il rit alors, il rit si fort, un rire capable de faire battre à nouveau le cœur d'un mort.*

Je m'envole alors. Je m'envole dans le vent de sa voix. Son rire.

Et un petit os se pose sur la plage.

Puis Jade lit un mot : « Pardonne-moi. » Et pour elle, peu importe de qui il est. Il est de tout le monde et de n'importe qui. Il est d'eux et de lui et de moi et d'elle.

« Je te pardonne. »

Et la lumière s'ouvre, m'avale.

M'avale tout entière.

TAUKIRI

Il était temps d'apprendre à Ari à jouer de cette guitare que je lui avais achetée pour Noël. On avait le temps. Je n'avais pas l'intention de partir. J'avais appelé Megan quelques jours plus tôt, et apparemment Coon avait laissé un mot pour ses gars. Il leur disait qu'il travaillait pour les stups, et qu'il avait eu une révélation. Il pouvait épargner au monde cette cargaison-là, et c'est ce qu'il avait fait. Megan avait lu le mot. L'avait pris en photo et me la montrerait un jour. Peut-être.

J'ai appelé les flics, avait écrit Coon.

Pour sauver ce monde des connards que vous êtes.

Désolé pas désolé.

Tchao.

Mais elle avait entendu des trucs. Que le flingue n'était pas sur lui.

C'était la police qui l'avait. Le flingue de mon *koro*.

Je parie que t'as jamais touché un truc qu'il a touché.

J'avais touché des trucs qu'il avait touchés. Je le savais à présent.

Des livres.

« Ton *koro* m'a appris à lire ça », m'a dit Maman en passant sa main sur les cheveux verts de la sirène. Pas besoin de toucher son flingue.

J'ai pas dit à Megan que je savais qu'il était plus sur lui, j'ai préféré ne pas la mettre dans cette situation. J'avais peur de ce qu'elle penserait de moi, peur qu'elle ne sache pas quoi dire.

Elle était allée voir son amie, celle de la photo. « Tu sais, May. Je suis passée la prendre en voiture et on a fait un tour. On a roulé, roulé, Tauk… Juste roulé. On a parlé de faire un voyage ensemble. En Europe peut-être.

— Waouh, j'ai dit. Cool. »

Je l'ai pas rappelée depuis. Elle non plus m'a pas appelé.

Ari et moi, on était assis sur le lit qu'on partage dans la maison de ma mère, à Rakiura. Il me l'a apportée encore enveloppée. Juste une petite déchirure dans le papier cadeau.

Des bruits dans la cuisine. Nanny qui mettait la table. Koro était parti pêcher. Tante Kat dormait sans doute. Ma maman devait se balader partout dans la maison, pour être sûre, bien sûre. Que Nanny s'occupait du repas et que Tante Kat respirait encore et que Koro avait laissé un marque-page dans son livre, que je m'étais lavé le visage et que j'avais fait mon lit et que je m'étais brossé les dents.

Toutes ces choses, ça voulait dire qu'on était toujours là, qu'on n'allait pas s'en aller.

Il a laissé tomber la guitare sur le lit, dans un bruit sourd. « Je peux l'ouvrir maintenant, il a dit.

— Alors vas-y. »

Il a déchiré le papier. « Je le savais, je le savais ! Une guitare ! Je me disais, c'est peut-être pas ça, peut-être que c'est une embrouille, mais waouh. Une vraie guitare.

— Elle est pas toute neuve.

— C'est bien. Comme la tienne ?

— Ouais. »

Beth est apparue sur le seuil. Elle était venue d'Auckland, le temps que sa tante règle quelques affaires. Elle vivait plus avec Tom Aiken, parce que c'était pas un bon père, tel que défini par trois simples questions posées par une ou deux personnes importantes du ministère de l'Enfance ou un truc comme ça, qui portaient des chemises moches et des chaussures correctes. *Django Unchained* ? Vraiment ? Et elle est à peine allée à l'école ? Sérieux ? Et elle sait s'occuper de la maison ? Franchement ?

C'est peut-être pas définitif.

C'était triste qu'elle soit sans lui. Comme un petit galet maintenant, l'os le plus minuscule. Blanc et lisse et silencieux. Comme un truc qu'on pourrait glisser dans sa poche.

Ari avait du mal avec la nouvelle Beth, même si, des fois, ça semblait lui plaire d'être celui qui parle. D'être le courageux.

Jusqu'à ce que la nuit tombe.

La nuit, c'était encore un trouillard. Une chance qu'on partage une chambre, pour l'instant.

Il jouait maintenant, il grattait les cordes. Il avait un don pour ça. Moi, je l'entendais, même si personne d'autre pouvait.

Beth s'est penchée pour l'écouter. Puis elle s'est avancée, un pas, stop, deux pas, stop. Elle s'est assise au bord du lit, a coincé ses mains sous ses petites cuisses.

« Regarde ce que je sais faire, Beth. »

Il a gratté les cordes.

Il les pinçait mais jouait pas une chanson. Il apprenait juste, connaissait pas d'accord. Mais il grattait les cordes. Il tapait du pouce sur le palissandre brillant et secouait la tête et tapait du pied. Il entendait un truc que personne d'autre pouvait entendre, une chanson avant qu'elle soit une chanson. Ari sentait la guitare jouer d'elle-même.

On s'est arrêtés. Mon frère a souri à Beth, un sourire qui disait : « T'as entendu ça ? »

« Mmh mmh », elle a marmonné.

Beth a plongé la main dans sa poche. Lentement, comme tout ce qu'elle faisait maintenant. Sans doute pas à cause du coup sur la tête mais à cause du traumatisme de toutes ces mauvaises choses qui s'étaient passées le jour où elle avait tué un homme.

Beth a sorti un coquillage. Puis une pièce. Un caillou. La moitié d'un os de vœux. Un truc qu'était peut-être une perle.

Beth a jeté tous les trucs sortis de sa poche devant Ari et il l'a applaudie.

Et quand Ari a vu le truc qu'était peut-être une perle, il s'est étranglé, l'a attrapé, l'a soulevé, l'a fait tourner dans sa main et l'a tendu dans la lumière.

Puis il s'est tourné vers moi, sachant déjà. J'ai fait non de la tête. « On la retrouvera pas, Ari. »

Il n'arrêtera jamais de chercher. Nanny et lui vont à la plage parfois et il la rend dingue à force de chercher. De pointer du doigt. De ramasser. De vérifier.

Pendant un moment, tout a été calme, si calme, rien que nos souffles et la guitare qui chantonnait encore.

Mais là, sans prévenir, elle l'a redit. Elle l'a juste dit. Comme si c'était un petit animal qui avait besoin de sortir, un petit animal pris au piège au-dedans d'elle, alors elle le libérait, mais un autre poussait à la place, alors elle laissait sortir celui-là et ainsi de suite.

Certains enfermés, d'autres lâchés.

Parfois elle le répétait encore et encore comme s'il y avait tout un essaim, parfois elle le disait qu'une fois. Trois mots. Lents, mélodieux. Déchiquetés. Brisés. Elle pouvait les prononcer avec tristesse ou avec colère, parfois même avec joie : « Je l'ai tué. »

Les chanter bien haut, les chanter tout bas. Les faire connaître.

« Je l'ai tué. »

Alors Ari fonçait chercher sa boîte de sparadraps. « T'as mal où, Doc ? »

Beth touchait un endroit sur elle qui n'avait pas l'air blessé. Qui avait l'air d'aller très bien. Pas une égratignure, ni un bleu, ni une ampoule.

Et Ari déchirait l'enveloppe du sparadrap, décollait les protections et le mettait là où elle avait mal.

Il y avait des odeurs d'herbes et de poisson en train de croustiller, des sifflements et des bouillonnements venant de la cuisine.

Nanny nous a appelés à table : « *Haere mai ki te kai !* »

Autour de la table ronde : Koro à côté de Nanny et Tante Kat à côté de Koro, Maman à côté de Tante Kat, moi à côté de Maman, Ari à côté de moi, Beth à côté de Ari et Nanny à côté d'elle, et Nanny a dit le *karakia mō te kai* pour bénir le repas et elle a dit : « *Āmene* », et on a tous rouvert les yeux et je me suis tourné vers Nanny et, alors, je l'ai vue qui brillait.

Je l'ai juste regardée, regardée, puis je me suis

tourné vers Ari, je ne voulais pas être celui qui le lui dirait, je voulais qu'il la voie d'abord, par lui-même. Mais il était occupé par son *kai* maintenant, la tête dans l'assiette, sans respirer, dévorant les pommes de terre grillées et la morue bleue croustillante.

« *Homai te pata* », a demandé Nanny.

Tante Kat a pris le beurre et le lui a passé, et alors je l'ai vue la voir, à son tour, elle s'est tournée vers Ari puis vers moi.

Ari engloutissait son *kai.*

« *He inu māu*, Ari *?* » j'ai demandé.

Nous avions eu une réunion de famille, et Nanny nous avait demandé à tous : « Comment allons-nous faire ? Comment survivre maintenant ? » Ari avait levé la main et dit : « On aura besoin d'un langage secret, Nanny. » Alors elle avait ri et répondu : « *Āe*, Ārama, commençons déjà par notre *reo*. Nous avons assez perdu comme ça. »

Il n'a pas cessé de manger quand je lui ai posé cette question. « Nan.

— Mais t'as besoin de boire quelque chose. Nanny, passe-lui la bouteille de L&P. »

Ari a relevé la tête. « Y a du L&P ?

— J'en vois pas », a répondu Nanny. Et quand elle s'est tournée pour le chercher, confuse, de-ci, de-là, Ari l'a vue, aussi.

« Nanny !

— Quoi, mon *moko* ? »

Ari a pointé le doigt. Vers son cœur. Vers la chose brillante accrochée à une chaîne d'argent.

« Tu t'es fait un collier avec la perle, Nanny. Avec ta boucle d'oreille. »

Elle l'a touchée, et a souri. « Oui, Ārama. Pour que t'arrêtes de chercher l'autre, maintenant. »

Ari a posé son couteau et sa fourchette. « C'est pas du toc ?

— *Ehara, ehara.* » Elle l'a touchée, alors. « Ça ressemble à du toc ?

— Raconte-nous, raconte à Beth, l'histoire. » Il a donné un coup de coude à Beth. « Tu vas adorer. C'est vraiment ton genre d'histoire. »

Beth a continué de mâcher, mais a fixé Nanny droit dans les yeux.

Tante Kat a posé son couteau et sa fourchette. « Raconte-nous, Maman. »

Nanny a bu une gorgée d'eau, s'est éclairci la gorge. « *Āe, āe. Whakarongo mai, whānau.* »

Koro, tout sourire, a caressé la joue de Nanny. Le menton de Nanny a tremblé.

Ma maman a fait un clin d'œil à ma Tante Kat, qui a penché la tête de côté.

Ari m'a pris la main, puis celle de Beth.

REMERCIEMENTS

Maman, tu m'as acheté des machines à écrire, des stylos et des livres, et tu m'as fait croire que les histoires de fantômes et les contes de fées et les poèmes tristes que j'écrivais, enfant, étaient les meilleurs du monde – que j'étais une écrivaine. Merci d'être la *māmā* la plus gentille et la plus encourageante qui ait jamais existé.

Maddox et Siena Manawatu, mes beaux enfants, vous m'avez inspiré une écriture ayant recours à toute la magie que je pouvais réunir. Le fait que je ne gère pas toujours ce que les autres mères auraient sans doute géré ne vous a pas – je crois – dérangés, et vous avez toujours été là pour aider votre père à faire tourner notre *whare*.

Tami et Nicole, mes sœurs, vous avez fait en sorte que je n'oublie jamais que mes cheveux blonds et mes yeux bleus ne voulaient pas dire pour autant que je n'étais pas assez maorie. Vous me manquez.

Papa, merci pour ton soutien discret et ta générosité, pour avoir entretenu les feux, pour avoir pêché et cuisiné tant de *kaimoana*. Merci pour notre voyage à Rakiura. Pour les aventures partagées à ramasser des *pāua*, des moules, à remonter un poulpe à l'occasion.

À mon petit frère Kodie, merci d'être le gars que nous admirons tous et aussi l'un de mes meilleurs amis.

Tina Makereti, merci pour tes commentaires attentionnés et le *tautoko* – le soutien – que tu m'as apporté dans le cadre du programme d'évaluation de manuscrits organisé en 2016 par la New Zealand Society of Author. Je garderai toujours précieusement cette première version imprimée qui m'est revenue par courrier, avec tes conseils éclairés griffonnés dans la marge.

À la revue littéraire Headland et au Maisonnette Trust, merci d'avoir financé le voyage qui m'a permis de passer une journée avec l'éditrice Mary McCallum, directrice de Mākaro Press.

Penny Howard, les images illustrant la couverture originale de ce livre n'auraient pas pu être plus *ātaahua* – belles – ni plus parfaites.

À mon professeur Cliff Fell et aux étudiants de ma promotion au Nelson Marlborough Institute of Technology, cette classe était remarquable, inspirante, stimulante, et c'est là que j'ai gratté certains des meilleurs os de ce *Bones Bay*.

Lee Scanlon et Teresa Wyndham-Smith, je me sens privilégiée d'avoir travaillé aux côtés de deux journalistes aussi extraordinaires, qui possèdent un immense savoir et un vocabulaire si ample, ainsi que la capacité de voir et le désir de dénicher des histoires. Ce livre n'aurait pas été ce qu'il est si je n'avais pas tant appris de vous à l'heure de remanier le texte. Je vous suis reconnaissante de votre soutien et de votre patience au cours des deux dernières années.

Te Miroa Maxwell et Emma Walker, merci de m'avoir laissée faire ma petite *wahine* taquine pendant nos cours hebdomadaires de *te reo*, et poser des questions en douce pour améliorer ce roman. Vous m'avez aidée à faire en sorte que mes limites dans cette langue ne deviennent pas celles de mes personnages. S'il reste des erreurs, elles sont de mon fait.

Tokohau et Desiree Samuels, merci de votre *pai*, votre éternelle gentillesse. (Et vous aussi, toute ma famille, mon *whānau*.) À la famille Ngatai, merci de m'avoir prêté le petit bungalow de Mōkihinui pour travailler. Au Frankfurt Writers Group, merci pour les rencontres si inspirantes au Club Voltaire, et pour m'avoir encouragée à laisser entrer un fantôme dans ce roman.

À Paul Stewart pour son merveilleux travail de composition et sa relecture pourtant ardue des épreuves, et à Carrie Wainwright pour avoir eu la gentillesse de vérifier tous les passages en *te reo*. L'ouvrage maori *Made Easy* de Both Scotty Morrison et les cours à distance et ressources en ligne sur la culture maorie de l'organisme Te Wānanga o Aotearoa m'ont beaucoup aidée. L'ouvrage d'Osho *Intuition–Knowing Beyond Logic: Insights for a New Way of Living* a inspiré le texte du livre que Beth et Ari lisent ensemble sous la tente.

Louise Leung Wai, tu m'as conduite en voiture à travers Wellington un jour de gueule de bois (les jeunes Amelie et Ruby n'étaient pas très contentes à l'arrière) pour que je puisse remettre mon manuscrit en main propre à Mākaro Press. Il fallait que je le fasse.

Renée, merci d'avoir perçu le potentiel de ce roman et de l'avoir défendu, si difficile que cela ait pu être au début. Merci, également, d'avoir rendu possible le dialogue entre Mary et moi au sujet du titre, qui ouvrait tant d'autres horizons, et d'avoir répondu avec bienveillance à mes courriels inquiets.

Mary McCallum, merci infiniment pour ton incroyable *mahi* – ton travail –, pour ton *taumauri* – ton calme –

quand j'avais besoin d'apporter une dernière correction, d'ajouter une ligne de plus, de couper un dernier mot, et merci de m'avoir dit quand m'arrêter. Merci d'avoir semé des graines, sans jamais me presser, mais en me poussant discrètement vers des modifications plus cruciales. Le meilleur de ce roman est né de ces interventions discrètes.

Bones Bay n'aurait pas vu le jour sans le *tautoko* – le soutien – de mon mari, Tim Manawatu. Mettre le *kai* sur la table, étendre la lessive, préparer des cafés sans fin. Tu as su gérer les hauts et les bas d'une vie avec une personne plongée dans l'écriture d'un roman. Félicitations : nous avons survécu. Et merci de m'avoir emmenée à Kaikōura et de m'avoir appris à pêcher les anguilles avec une gaffe.

Ce livre est dédié à la mémoire de notre cher Glen Bo Duggan (1983-1994). Ce beau garçon intelligent, gentil, drôle et artiste qui aurait eu besoin qu'un *taniwha* vienne défoncer sa porte d'entrée et fasse s'écrouler les murs de la maison pour que tout le monde puisse voir ce qui se passait derrière eux.

10
18

Qu'avez-vous pensé de ce livre ?

Partagez votre avis sur vos réseaux sociaux
avec les # suivants :
#passionlecture
#1andelecture1018
#éditions1018
et tentez de remporter **1 an de lecture***.

Retrouvez-nous sur les réseaux sociaux
et découvrez tous nos conseils de lecture :

editions1018 Editions 10-18 Editions 10/18

***voir modalités sur la page https://un-an-de-lecture-10-18.lisez.com/**

#lisez! engagé
www.lisez.com
Pour plus d'information :
Imprimé sur du papier issu de forêts gérées durablement.

10/18 – 92 avenue de France, 75013 PARIS

Imprimé en France par
CPI Brodard & Taupin

N° d'impression : 3057348
X08313/01